Silvana Henzel

Fios de ovos

KOTTER
EDITORIAL

Coordenação Editorial: Sálvio Nienkötter
Editor-Executivo: Claudecir de Oliveira Rocha
Editor-adjunto: Daniel Osiecki
Montagem da capa e design editorial: Carlos Garcia Fernandes
Ilustração da capa: Marli Leal (Releitura)
Ilustrações internas: Silvana Henzel
Produção: Cristiane Nienkötter
Revisão: Paulo Fernando M. Ferraz
Preparação de originais: A Autora

Dados Internacionais de Catalogação na Publicação (CIP)
Angelica Ilacqua CRB-8/7057

Henzel, Silvana
Fios de ovos / Silvana Henzel. -- Curitiba : Kotter Editorial, 2023.
288 p.

ISBN 978-65-5361-280-8

1. Ficção brasileira 2. Diversidade 3. Racismo I. Título

CDD B869.3

23-6764

KOTTER EDITORIAL

Kotter Editorial Ltda.
Rua das Cerejeiras, 194
CEP: 82700-510 - Curitiba - PR
Tel. + 55(41) 3585-5161
www.kotter.com.br | contato@kotter.com.br

Feito o depósito legal
1ª Edição
2023

Silvana Henzel

Fios de ovos

À minha Mãe,

Jacyra Therezinha.

E a todas as Mulheres de minha vida,
especialmente às longevas,
que me inspiram e busco aqui representar, pretensiosamente,
representando todas as mulheres do mundo.

Sumário

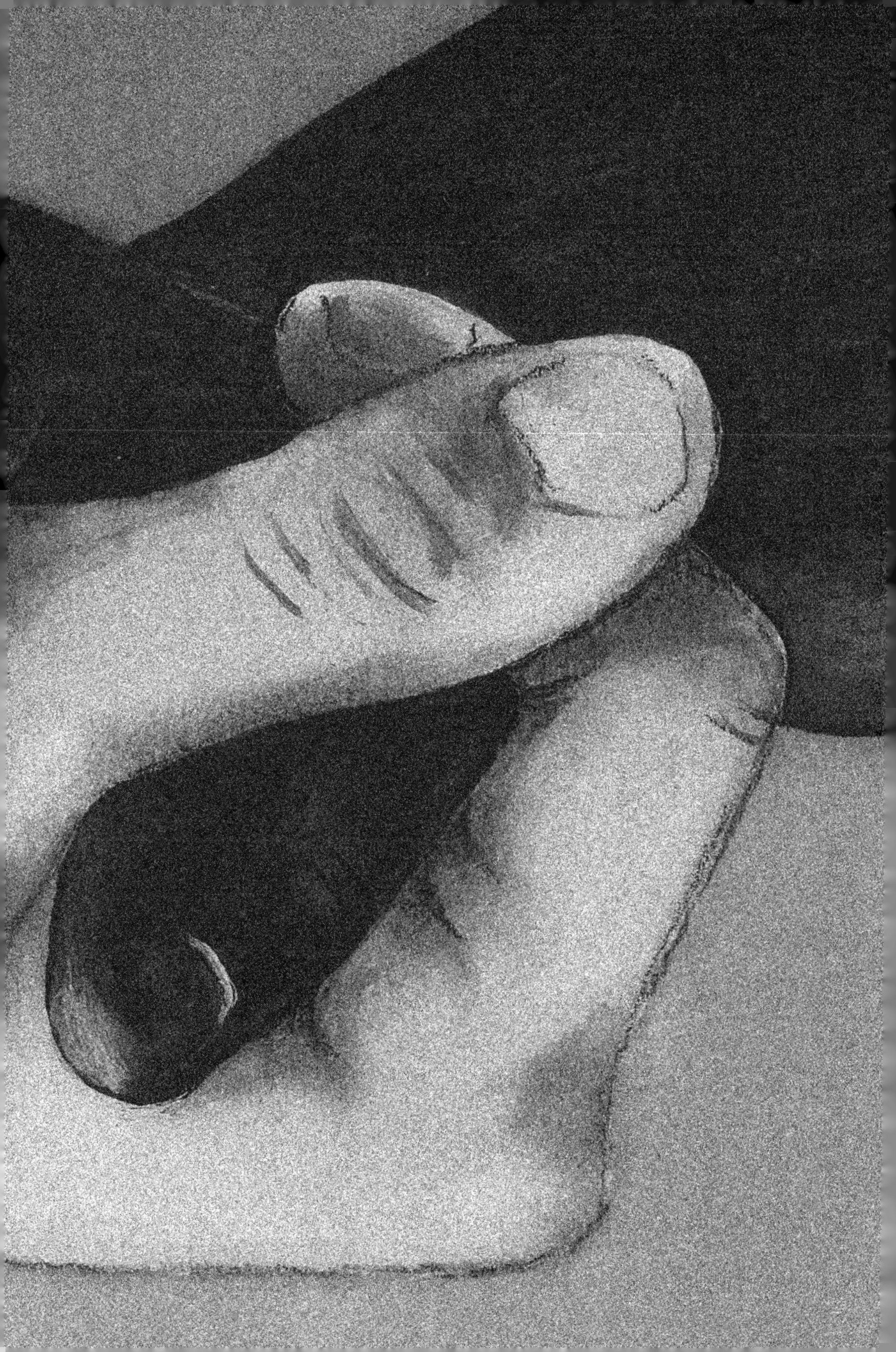

1

O Balançar da Rede

As luzes dos carros, ao longe, enchiam a rua que leva ao Teatro Municipal da maior metrópole do país, e refletiam-se na taça pousada na janela. Guardada pela tela que protegia as gatas, exalava o odor daquele líquido levemente inebriante. Demorou anos para aprender a apreciar um bom vinho. O prédio do teatro, restaurado, impunha-se historicamente na selva de concreto, iluminado e imponente. Provavelmente havia alguma estreia importante naquela noite de sábado, quase primavera. Ali – há noventa e cinco anos, comemorados em fevereiro – foi o palco da Semana de Arte Moderna, que durou três dias apenas, mas nunca terminou, na qual Mário de Andrade desnudou Eva e libertou a arte da poesia. Para todos os lados que ela olhava, só via construções, com esparsas pinceladas de natureza. E ainda assim, a distância que seus olhos alcançavam, fazia-a mergulhar em suas lembranças e enxergar ao longe, no tempo, a imensidão verde dos campos de sua infância.

Em segundos, sua mente percorria anos, décadas, milhares de quilômetros, que traziam, em *flashes* absurdamente rápidos, rostos, lugares, fatos e sentimentos. *Que dia é mesmo hoje? Ah, sim! 16 de setembro de 2017.*

Amanhã é dia de festa! Por isso vim!! Como isso se fez assim, ligeiro? Ainda ontem eu estava vivendo minha infância! Falava alto, como se necessitasse escutar a si mesma. 1937, o ano em que nasceu, foi o centenário da aquisição do direito das meninas brasileiras de frequentarem a escola. Naná lhe contou isso, certa vez, quando já havia percorrido muitos capítulos da montanha-russa que sempre foi seu viver. E, também, quando veio ao mundo, fazia apenas quarenta e nove anos que as pessoas pretas escravizadas haviam sido alforriadas.

No cenário mundial atual, a menina paquistanesa Malala – que em 2012, aos quinze anos, fora alvo de um ataque a tiros por um grupo terrorista, por defender, em um blog, o direito de acesso das meninas à escola – ingressaria, no mês seguinte, na universidade de Oxford. Mulheres seguiam sendo mortas diariamente no Brasil – um dos países líderes nesse tipo de crime – apenas por serem mulheres, apesar da lei do Feminicídio estar em vigor desde 2015. E o povo preto continuava sendo alvo de atos e assassinatos racistas camuflados. O mundo vinha mudando lentamente, passos para frente, outros para trás. *Como o tempo passou assim tão célere? Amanhã serão oitenta anos. Oitenta anos de vida! Oito décadas, ou quase isso, sendo espectadora da História!* Nem ela acreditava que seria possível. Tantas vezes havia se deparado com a morte, em diversos sentidos. Não poderia comemorar em outro lugar que não fosse ao lado do melhor *"regalo"* que já recebera de aniversário, exatamente no dia em que completou 48 anos. Nina Rosa foi realmente um presente. Há quase 32 anos. Teria sido ela a inaugurá-la no lugar de avó, não fosse o destino reservar surpresas.

A vida dera mesmo muitas voltas desde então. Talvez pudesse resumir a sua em dez ou onze capítulos até ali, fazendo uma drástica seleção de tudo o que vivera. Naquele momento, ela havia virado tantas vezes as esquinas e mudado os rumos do que, em outras épocas, poderia parecer já estar definido, que, se havia algo que já aprendera, era que nada é permanente. Todas as formas são finitas. Tudo passa, o bom e o ruim. Aprendeu. Basta dar tempo ao senhor tempo. E agora, às vésperas de completar a oitava década de vida, ainda insistia em se perguntar, como em tantas situações fizera, principalmente nas horas de extrema dor, *Qual a razão para se viver? O que confere verdadeiro sentido à vida?* Essa resposta ainda não construíra, apesar das oito décadas de viagem.

Voltava a olhar para longe. As luzes vermelhas, brancas e alaranjadas dos carros enfileirados, quando o semáforo fechava e fazia juntar um atrás do outro, às vezes pareciam luzes de Natal. E agora, vendo os carros com faróis cada vez mais incrementados, aquele movimento todo parecia um pinheiro gigante de oscilante resplendor. São Paulo realmente é uma cidade que não para e não dorme. Não entendia como Nina se apaixonara por aquele lugar. A primeira vez em que pegou um táxi ali, o taxista dissera *Sampa tem muito de tudo. Verdade,* pensou. É uma materialização da *cultura e da loucura em massa.* Quando o sinal ficava verde e liberava os automóveis para que seguissem, seu olhar viajava outra vez. Os pensamentos a levavam para a imensidão do verde dos pastos do sul. Naquele tempo, quando ainda era uma criança sem nenhuma noção da amplitude da vida, à noite, as únicas luzes que se via eram as dos lampiões a gás, fracas e trêmulas.

Regressava, em voo livre, para a infância, para a Casa Grande no meio das muitas árvores, entre elas algumas araucárias – aquele pinheiro que lembra vagamente uma menorá, como a que Nina mantinha sobre a mesa e que viu pela primeira vez na casa de Filippo, onde viveu o melhor capítulo de sua biografia privada. A árvore, agora ameaçada de extinção, típica do sul do Brasil, foi a espécie que deu nome à cidade de Araucárias do Sul, à qual pertencia a zona rural onde nasceu. Um pontinho no fim do mapa. No fim do mundo.

Comparado ao que estava diante da janela agora, o que conheciam naquela época como cidade, não passava de um vilarejo, em que todos se conheciam e sabiam uns da vida dos outros. Mas lá, na Casa Grande, ela demorou para ampliar o mundo além do verde que seus verdes olhos alcançavam. Nem mesmo o vilarejo de Araucárias era maior ou mais importante do que a Casa Grande e o Galpão. Por anos, aquele era seu mundo. Lá era O Mundo.

Veio-lhe à lembrança a imagem da mãe. Também não tinha, naquela época, qualquer noção do quanto a Mamãe, a quem respeitou até o fim da vida, matriarca forte e impositiva, era na verdade uma menina, cujo fadário a forçara a pular da infância à vida adulta, como num passe de mágica. Mágica cruel, poderia dizer agora, sem nenhuma dúvida, ainda aplicada às meninas ao redor do mundo e no Brasil, um dos primeiros países no ranking de casamentos infantis.

Enquanto a Mamãe, baixinha e gorducha, com sua visão já começando a ser prejudicada pela catarata, dava ordens às *negas*, como chamava a todas as serviçais da propriedade, e administrava com ar grave as lidas da casa, Ziza sabia que o seu próprio território era bem mais amplo que o casarão de tantos quartos. Para além das árvores, saindo pela enorme porta da grande cozinha com seus caldeirões fervilhantes e cheirosos – território que um dia seria tão dela – o mundo multiplicava de tamanho.

O Galpão abrigava mistérios, tanta gente, tantos cantos, que se tornava um mundo à parte. Lá dormiam, em quartinhos de chão de barro, em camas malfeitas de ferro e colchões de palha barulhentos, todos os *"negos"* e *"negas"* que faziam a vida alegre e com quem ela aprendera tanto. Os *negos* e as *negas*, incluíam também brancos escuros, pardos, bugres – os indígenas locais –, pois quem passava de branco era preto. *Nego e nega* não referiam necessariamente cor, mas sim lugar. De inferioridade. E aquele, o Galpão, um lugar sem fim. Logo que se entrava nele, havia a parte dos grandes tanques de tijolos, com tábuas de madeira e cheiro de sabão, com bicas de água pura e gelada que, se não fossem fechadas com uma espécie de rolhas, vertiam o tempo todo. Ali, lavavam-se todas as roupas da Casa Grande. Com seus olhos de criança, enxergava um lugar imenso, onde depositavam os restolhos, palhas em montes muito altos, que serviam para alimentar os animais, fazer colchões – para os novos serviçais que chegavam – e para substituir os que acabavam puídos ou côncavos. No centro, o caldeirão de ferro preto, pendurado em estacas também de metal, sempre sobre restos de lenha e cinzas, exalava continuamente o cheiro de sabão feito ali mesmo, que se sobrepunha aos outros cheiros, inclusive o da graxa dos porcos abatidos, guardada para o feitio do mesmo. Ali também ficavam guardados mantimentos os mais diversos e, entre espigas de milho e ferramentas, sacos de farinhas e sementes, sacos das penas das aves das quais se enchiam travesseiros e cobertas, tachos de madeira e metal, repousavam relhos de couro de boi trançado, para bater nos cavalos e nas vacas – e, às vezes, nos *negos* e nas *negas*. Essas lembranças ainda lhe provocavam tristezas e lágrimas.

Entre tantas portas e janelas, o cômodo do pilão. Pilão assemelhava-se a um copo gigante de madeira, que continha um batedor, onde os serviçais quebravam sementes e faziam farinhas. Era assim que lembrava. Dentro, só conseguia enxergar quando um dos *negos* a erguia no colo e espiava a fundura e a poeira. Da "mão de pilão", só via o cabo. Pensando agora, parecia um colossal copo de caipirinha. Achou graça da comparação inusitada. E lá adiante, depois de mais algumas árvores, encontrava-se o Galinheiro. Das coisas mais lindas da infância, carregava a vívida memória dos pintinhos e dos patinhos. Os pintinhos manchadinhos, tipo carijó, outros, amarelinhos. Mas os patinhos eram todos amarelinhos. Ainda sentia uma ternura imensa ao recordar. Perguntava-se como sabiam andar sempre em fila, atrás da mãe? Era lindo de ver! Os patinhos, sempre comportados; os pintinhos, extraviados. *Tal e qual os filhos humanos, alguns mais comportados, outros, extraviam-se vida afora... ou para além da vida,* pensou.

Até ela crescer um pouco e perder o medo, a parte dos fundos do Galpão tinha um quê de proibido. E, mesmo proibido, era um lugar de aventuras. Ou justamente por sê-lo. O telhado lá era mais alto e havia espaços separados para os cavalos, com seus olhos de gente. A parte destinada aos porcos, o chiqueiro, fedia muito e eles eram barulhentos, principalmente os pequenos e as fêmeas com os filhotes. Porém, barulho mesmo faziam para morrer. Maior que tudo era a parte aberta, imensa, nos fundos, para onde eram levadas as vacas no final do dia. Quase como um ritual.

Ao se deparar com a imagem das vacas, inscrita em si, pensou na obediência delas. Ao menos, à noite, ficavam onde lhes era destinado ficar. Não pulavam a janela para conhecer os mistérios do breu, quando a lua ficava cheia e a música chegava de longe e entrava pelos ouvidos de quem não estava disposto a dormir, como ela, sempre inquieta. Parecia-lhe que era lá que a vida realmente acontecia! Sentia ainda o cheiro das fogueiras, dos corpos pretos, alguns pardos, amarelos, brancos também, das roupas lavadas com sabão, da cachaça e dos cigarros de palha. Vinham-lhe à cabeça os sorrisos brancos dos pretos de grandes dentes, as vozes que sussurravam, os abraços que a deixavam curiosa e, por vezes, arrepiada. Dos tambores que eles mesmos criavam com restos de madeira e couro de vaca, saiam músicas ritmadas, que ganhavam forma com suas vozes em uníssono. E das danças! Lembrava daqueles corpos suados, ondulantes, que ora se enroscavam, ora se afastavam, em movimentos que capturavam seu olhar de criança que pouco entendia, mas muito via, ouvia e, mais que tudo, sentia. O Mundo entrando pelos buracos de sua cabeça. De quando a descobriam a espiar pelos cantos e a incluíam naquilo que se assemelhava sempre a uma festa. E a balançavam em seus colos, no ritmo daquele som hipnotizante. Até que alguém a levava de volta, em silêncio e segredo. O oposto das noites da Casa Grande.

A varanda, que circundava parte do Galpão, era o lugar de descanso quando raramente os desafortunados conseguiam parar. Às vezes, enquanto a Casa fazia a sesta após o almoço, alguns, exceto as *negas da cozinha*, conseguiam sentar nas cadeiras de madeira e pano grosso listrado ou nas poucas e velhas redes penduradas entre paredes e pilares. Ali também era território dela.

A clareza quase material daquelas redes onde se balançava, sempre acompanhada de alguém a quem aprendera a amar, desde os tempos em que sequer já sabia ser ela mesma gente, invadiam seus sentidos. Em pensamento, vislumbrava ainda os corpos quentes colados ao seu, que a faziam suar no verão, aqueciam-na nos dias amenos e nos rigores das tardes do inverno gaúcho, quando então redes, cadeiras e sofás eram cobertos por pelegos, o couro peludo, geralmente branco encardido, retirados das ovelhas.

Foi naquele Galpão que passou muitas das melhores horas da sua infância. Talvez tenha demorado demais a entender que *eles* não eram da família. Certamente, não conseguia compreender, pois eram *eles* que a cuidavam, que a protegiam, que brincavam com ela e que lhe ensinaram tantas coisas boas. E outras, demorara também a assimilar, outras nem tanto.

A sirene de um carro de polícia a trouxe de volta. Ninguém mais dá muita importância aos incidentes cotidianos da vida urbana em São Paulo, mesmo que os sons provenham de apressadas ambulâncias ou viaturas. Constatou que, nesse quesito, *Sampa já se assemelha à Nova Iorque. Vivemos todos acostumados com a violência de todo dia*, pensava ela. Mais um gole de vinho.

Conjeturou que *O silêncio no campo, às vezes é quase mais assustador que o barulho da cidade. Os ruídos intensos e constantes preenchem os vazios e nos distraem dos nossos próprios devaneios.* A Mamãe costumava dizer, e crescera ouvindo, que *Quando o silêncio é demais até o diabo desconfia.*

O diabo, no caso, muitas vezes, a seu ver, era a própria.

Desde que se sabia viva, todos na fazenda acordavam com as galinhas. Ela geralmente era uma das primeiras. Gostava de pensar que não havia vida acontecendo longe dos seus olhos. Ilusão onipotente de criança. Mas admitia para si mesma que ainda hoje mantinha um pouco disso, e de tantas outras infâncias, dentro de si.

Quando acordava, geralmente a vida já estava em andamento. Desconfiava muitas vezes que algumas pessoas não dormiam nunca. A *nega* Minda, sua preferida, era uma delas. Sempre sentiu que era recíproco, mas também não poderia imaginar, naqueles tempos, a extensão do vínculo que nutririam ao longo de suas vidas. Diante da pressa de correr para colher ovos e ver os pintinhos e os patinhos e assistir tirarem o leite das vacas, assim mesmo, nessa urgência que ainda durava em si quando lembrava, Minda a segurava pelo bracinho, no meio da cozinha, antes que chegasse à porta imensa, erguia-a no colo e olhava, com bondade, bem dentro dos olhos, como só ela sabia fazer, e tinham a conversa íntima. *A boneca não vai lavá essa cara de alemoa, não?* Com olhinhos remelentos, dizia *Minda, deixa eu vê os pinto, deixa?!* Com sorriso alvo, Minda respondia *Só dispois que minha minina lavá a cara, tomá uma caneca de leite, cumê um pãozinho de manteiga e...?* Com a expressão sapeca, repetia *E?* Minda olhava-a de lado, interrogativa. *E?* Enlaçando os bracinhos no pescoço da menina grande, correspondia *E dê o beijo da Minda, é?* estalando a boca na bochecha da outra. Apertando-a, como quem sova pão, confirmava, *Isso memo!* Soltando-a, rumo ao conjunto de bacia e de jarra de louça pintada do lavatório.

A Minda era linda. *A mais cheirosa de sabão,* como costumava dizer a ela. Agora, olhando para as bisnetas, seus olhos confundem o coração e a mente, e via claramente, muitas vezes, o sorriso lindo da Minda. E o olhar de bondade. Deu-se conta, então, que dentro de uma hora ou duas, estariam elas chegando e lhe dando o beijo da Biziza. Pensou mais uma vez como a vida dá voltas e do quanto jamais imaginou os rumos que cada vida, incluindo a sua e a partir dela, tomaria. Nunca entendeu de filosofia, até decidir estudar. Deveria ter lido menos Júlia e Sabrina quando era jovem e começado a ler mais cedo livros bons de verdade, aquele tipo que acrescenta, faz pensar e não aliena em fantasias machistas adestradoras. Porém, nunca é tarde. Não conseguia evocar claramente quando ou como, de que forma os livros e os estudos ajudaram, mas um dia começou a compreender o destino. Não o fadário, aquele místico, pois não era dada a crendices, mas o destino como o imponderável. Aquele rumo que se escreve a cada decisão que tomamos, a cada imposição dos acontecimentos incontroláveis, a cada volta que se decide dar, e que vai cozinhando a vida, feito Fios de Ovos, nas caldas nem sempre doces deste constante desafio que é estar vivo, juntando e separando, unindo ou rebentando os filetes sob o arbítrio da fervura dos afetos. Fios de Ovos era seu doce preferido, sua especialidade, sua marca. Ninguém fazia aquele doce como ela. E Naná e Didi, desde os primeiros passos, aprenderam a pegar com os pequenos dedinhos em pinça, os tais fios dourados, que passaram a ser o doce que mais gostavam.

Quantos milhares de quilômetros de Fios de Ovos e de Fios de Vida foram cozidos desde o dia em que a Mamãe, aos gritos, a arrancara da rede no galpão, até aquele dia da véspera de seus oitenta anos? Quantos amores, quantas dores, quanto cansaço, quantos risos, quanto choro, quanta esperança, quanta saudade, quanto. Quanta Vida.

Sua mente voou sobre os arranha-céus, passando por sobre o Edifício Joelma, bem ao lado, palco de um grande incêndio no ano de 1974. Sobrevoou aquela enigmática cobertura festiva do prédio em frente, com sua porta envidraçada que deixava à mostra a escadaria em curva, que tanto lhe atraía o olhar, sempre com a bandeira do arco-íris tremulando no terraço decorado com vasos e plantas verdejantes, que parecia *flutuar* em cores e melodias e corpos dançantes, e que em dezembro seria palco de um clipe musical forte, em defesa da diversidade humana, nas vozes de Johnny Hooker e Liniker, expoentes das novas gerações. E, de repente, viu a si mesma a flutuar, para logo correr solta entre as árvores de seu passado. Vivia em meio aos adultos. Mamãe não teve mais filhos depois dela. Ressentia-se de que poucas vezes o irmão, dois anos mais velho que ela, aceitava-a em suas brincadeiras. Os outros já eram rapazotes, cedo partiram, cedo já trabalhavam. E com as duas irmãs, as mais velhas, pouco conviveu. Ao todo eram dez, mais os que não nasceram ou morreram ainda pequenos. Àquela época, em casa ainda, só ela e Zizo. E Tonho, que nunca saiu da infância e vivia em seu mundo particular.

Mais tarde, ela também entendeu que era um tempo em que se estudava pouco ou nada e, cedo, quase todos saíam de casa para buscar trabalho, tentar a vida, morando com parentes, conhecidos ou em pensões, aprendendo um ofício para sobreviver. Quem possuía terras, colocava os filhos na lida com os animais e nas plantações. Não era o caso do Papai e da Mamãe, que viviam de favor, nas terras do Vovô Ardenghi, velho autoritário, descendente de imigrantes italianos pobres, que vieram ao Brasil em busca de oportunidades e para isso receberam do governo brasileiro as passagens, concessão de terras, subsídios financeiros, roupas e até animais para criar. Tempo em que *todas as cotas eram para brancos*. Tudo que o velho herdou e ampliou sacrificando famílias inteiras de bugres, os povos nativos originários, para tomar seus pequenos torrões. Tudo que ele passaria aos filhos homens. Diferente dos pobres que, ainda muito jovens, se desprendiam dos laços familiares. Talvez, como consequência, visitavam pouco a família, gerando um distanciamento que transformava alguns em quase estranhos. E não raro, desenvolviam quadros de alcoolismo. Dois de seus irmãos morreram precocemente por complicações com o vício. Deles, ela retinha apenas imagens pálidas.

Por esses fatores, entre outros, pouco recordava da presença dos irmãos durante os anos de infância. Da irmã mais velha, guardava algumas cenas daquela época. Cedo, Dóia, a primogênita, foi morar com a avó, mesmo antes de ela própria ter nascido. Era o que contavam. E cada vez que ela ia à Casa Grande visitar, levava balas, vestidos ou calçados. E assim que chegava, descia da carroça, chamando *Zizinha! Zizinha! Cadê você?*

Quase tinha o olhar de bondade igual ao da Minda, mas havia algo que ela não reconhecia. Tinha os olhos carregados de uma sombra triste, via-se bem lá no fundo, e que marcava a diferença. No entanto, Dóia parecia alegre. E não cheirava a sabão. Recendia o perfume daquelas águas de vidros bonitos, com letras douradas. Abraçava, beijava. Não era assim com mais ninguém. Nem com o irmão, o caçula dentre os meninos. Nunca chegava chamando o Zizo. Só se ela esqueceu. Aloísio era Zizo. Heloísa era Zizinha. Para todos, do Galpão, da Casa Grande e da Cidade.

Absorta, tomou mais um gole do vinho e, lentamente, o rebuliço de crianças no corredor a trouxe de volta à realidade. Será Nina com as meninas? Já era hora de chegarem. Certamente nenhuma festa duraria tanto. Apesar de que, naquela cidade, tudo parecia estar, no mínimo, há duas horas de distância, por isso a demora. Levantou-se quase de um salto, pois as pernas já não acompanhavam seus impulsos como em outros tempos, e foi até a porta. Alarme falso. Pelo olho mágico, viu que eram as crianças de outro apartamento, que silenciaram assim que a porta do lado de lá se fechou. Chineses. Sua fala parecia um barulho incompatível com um idioma. Perguntava-se se eles estariam mesmo dominando o mundo.

Voltou à janela. O sofá pareceu frear um pouco o ímpeto das lembranças. Ali, olhando a rua, tão cheia de luzes, ruídos e movimentos, é que parecia viajar no tempo com mais facilidade. Como se o excesso de estímulos a desatrelasse do presente. Imaginava que fazer oitenta anos provocaria um balanço natural da vida, mas não previu que ficaria tão intensamente tomada por seu passado e pelos questionamentos sobre a vida. Dizem que a memória fica prejudicada com a idade. Mas se ela não lembrava exatamente com quem estava ontem, lembranças antigas voltavam como um filme em uma imensa tela imaginária, muito mais que o cinema 4D que conheceu com a filha e as bisnetas. Era uma soma de sensações que a tomavam, como se tentassem fazê-la crer que possuía muito mais que os cinco sentidos. O passado era a certeza que tinha. *Futuro, aos 80, seria muita pretensão,* disse a si mesma.

Era como se agora tentasse juntar e compreender alguns fios que cozinharam separados, dos quais não se enxergava nenhuma ponta, como se não tivessem começo nem fim. Assim era a sua relação com a irmã mais velha, de quem quase nada sabia sobre as dores da alma. Estreitaram o convívio durante a vida adulta, mas a cozedura daquele fio, que as conectava, parecia não ter sido por inteiro. Suspeitava que Glória, a Dóia, tivesse levado com ela algumas pontas secretamente engendradas, segredos de uma vida, como todas têm.

Dos tempos no campo, lembrava-se do Papai a sair cedo para a cidade. Voltava à noite; às vezes, não, quando dormia por lá mesmo. As terras que Vovô cedeu para o genro, alemão pobretão, e para a filha, baixinha e gordinha – uma chatuquinha estrábica – criarem "seus netos", eram razoavelmente próximas do vilarejo e, a cavalo, no galope, até parecia menos longe. Italiano rude, Vovô raramente visitava a filha

Tonha, e de avô só tinha o título. Mantinha uma residência na cidade e outra na fazenda ao lado, onde revezava os dias. Era ele quem mandava e castigava os *negos* que trabalhavam na plantação e na criação. Mamãe administrava os "da lida com a casa", que cuidavam e viviam no entorno. Papai, como o chamou até o fim – e até hoje ainda assim o evoca – trabalhava na cidade, em uma casinha pequena, com porta na calçada, perto do Casarão dos sogros, onde, desde quando já guardava as lembranças, morava Dóia. Lembrava-se, com carinho, de tudo que remetia a ele. Alemão típico, atravessou o oceano de navio com os pais, aos cinco anos. E aos onze, pouco antes de ficar órfão e sozinho no mundo, já saiu de casa para trabalhar e virar homem, o que, naqueles tempos, incluía aprender a fumar. No entanto, em se tratando de afetos, não correspondia em nada ao estereótipo. Era carinhoso com os filhos, como foi também, mais tarde, com os netos. Cultivou um amor especial por Adriana, como se chamava Naná, a filha de Ziza. Teria sido assim com os bisnetos e tataranetos se o câncer não lhe tivesse levado, aos poucos, tão cedo, comendo-o por dentro, emagrecendo-o a cada dia.

Pensar no Papai reacendeu novamente seus sentidos. Estava agora, naquela casa, em que se ouvia o barulho das tesouras e da máquina de costura. Sentia o cheiro dos tecidos, que eram organizados por cores, empilhados em prateleiras abertas, de madeira rústica, e em alguns roupeiros. Os tecidos mais finos ficavam dentro dos armários, no alto. Os preferidos das senhoras que vinham encomendar roupas para os seus maridos e filhos homens. E, mais ainda, das mães dos noivos. Quando eles vinham experimentar os trajes, elas ficavam sentadas em confortáveis sofás. As finas xícaras de porcelana, imbuídas com chás – gelados, no verão, e fumegantes nos dias glaciais do sul – eram servidas a elas pelo próprio Papai. A um canto, sobre uma mesinha baixa, ficava sempre pronto o chimarrão, ao lado de um pequeno fogão à lenha, que mantinha aquecida a água na chaleira. Esse era para as visitas. Bomba de ouro e prata, com as iniciais do seu nome gravadas: **HH**. Henry Heimrich tinha orgulho de seu nome, que significava "o que governa e manda em casa", destino que nunca cumpriu. Não era da sua natureza. E orgulhava-se também do seu trabalho, com o que mais preenchia a sua vida. Mas, daquele chimarrão dos clientes, papai não tomava. Não misturava sua saliva nem com a da Mamãe. E jurava jamais ter beijado na boca. Achava anti-higiênico. Sua cuia, bem pequena, ficava na sala de corte, só para ele. Alemão criado em solo gaúcho, adquiriu o hábito indígena muito cedo.

Era outro paraíso da sua infância: a Alfaiataria do Papai. Recordou daquele tempo, e lágrimas de saudades percorreram os caminhos tortuosos entre as marcas e os vincos que o tempo desenhou em seu rosto, outrora liso e rosado, tão beijado e elogiado pela Minda. Lembrava-se de como ficava embaixo da grande mesa de corte e juntava os pedaços de pano, de fitas, de fios, alfinetes, linhas coloridas, agulhas, botões, presilhas, ganchos, e com tudo isso fazia ali mesmo suas invenções. Imitava o Papai, criava bonecas de pano e, logicamente, roupas para elas. Papai passava as peças prontas, com o ferro de brasa e borrifos de água, para pendurar nos cabides. Era a melhor parte. O cheiro da roupa nova passada! Quanta coisa levou também dali para a vida, costurando para si e para os seus, cosendo entramados tecidos de histórias. Assim como, da cozinha da Minda, aprendeu a cozinhar tantos sentimentos, cozendo dores e amores.

Lá da rua, os sons de buzinas e de freios culminaram no abrupto estrondo metálico. Voltou à realidade. Lançou o olhar para fora. Dois carros no meio da rua, meio tortos pela colisão, luzes acesas e pessoas ao redor. Os gritos em meio aos vozerios.

Pensou em como as vidas se misturam e cenas particulares se tornam repentinamente públicas. Um engavetamento. Ou, como se diz lá no sul, dois carros "pecharam". Demorou para entender essa expressão, de origem espanhola, que se refere ao bater de frente, de peito, *de pecho*. Parecia fazer mais sentido "engavetamento", quando um carro se aloja na traseira do outro, como algo que entra em uma gaveta. No caso, ele a cria. Afunda a traseira do outro e pronto: acidente em pleno centro de São Paulo, em um movimentado sábado à noite. Acirraram-se os ânimos e, da multidão, emergiram berros e gritos. E, antes da sirene da polícia invadir a sala, suas divagações voaram novamente para o passado.

No mundo de sua infância, os ruídos eram escassos, sutis, conhecidos. Os alaridos eram os mesmos, todos os dias. A rotina era protetora. Mas nada dura para sempre. E um dia a rotina é rompida, quebrada. Perde-se um estado de coisas antes seguro. O mundo se revela diferente, após alguns engavetamentos inesperados da vida. Pessoas se *pecham* entre si. E tudo muda.

Era comum acordar naquela pressa, de quem tem ânsia de viver, cumprir as rotinas do início do dia, incluindo o beijo da Minda e tudo o mais que lhe era exigido ou permitido. E, mais tarde, ficar entretida com brincadeiras de criança do campo. Escalava árvores pequenas, enquanto nutria em segredo o desejo de subir nas grandes, ainda proibidas, comia frutas do pé, ajudava a colher os ovos, e vivia aquilo como uma grande aventura. Subia na velha carroça quebrada, que ficava entre o casarão e o galpão, e ali fazia casinhas, criava historietas e encenava, vez ou outra, para sua plateia fiel: a Minda. Que a aplaudia entusiasmadamente e, que às vezes, dava-se ao luxo de subir e brincar com ela, cuidando das filhas de panos ou de sabugos de milho. Fazia também saquinhos de arroz com os quais eventualmente jogavam Cinco Marias. Um jogo que ela dominava ainda hoje e que jogou com Naná, ensinou Nina e, certamente, ensinaria às bisnetas.

O dia em que o mundo mudou, começou como outro qualquer. No final da manhã, Zizo inclusive a deixou brincar um pouco junto com ele e fizeram diversas manobras com a preciosa tropa de ossos, que ele colecionava desde que era muito pequeno, e que guardava em uma caixa de madeira, tipo um baú de tesouro dos livros infantis, que Papai havia feito com esse fim. Era mesmo sua maior riqueza naquele tempo. Quando um osso, ou um boi da tropa quebrava uma das pontas – pois os ossinhos também ficavam velhos e quebradiços, ressecados que estavam – Zizo chorava como se tivesse perdido um ente querido. Falava a todos com lamento, convocava quem podia, a participar do ritual do corpo presente. Imitava o padre e fazia a encomenda da alma a Deus. Mas, ela só foi entender isso mais tarde, pois nunca havia visto um funeral. Só os mortórios das tropas do Zizo. Ele os enrolava em panos, fazia uma pequena embalagem como um caixão, ou caixinhas de fósforos, e os enterrava em um cemitério que criou só para sua tropa, perto da grande Paineira-rosa, que floria lindamente na primavera e que dava a maior sombra no verão. Seus bois e vacas tinham nomes, quase todos parecidos, mas ele insistia que não os confundia, que sabia sim o nome de cada um. Naquela manhã, não havia morrido nenhum boi da tropinha. Mais tarde é que suas fantasias a fizeram temer a morte de alguém, mas alguém gente, não boi de osso.

Depois do almoço, como todos os dias, a casa silenciava e era hora da sesta. Não era domingo, pois o Papai não estava em casa, não foi feito churrasco, nem havia sido dia de galinhada nos grandes panelões e não houve junção de compadres. Um dia comum. Nem frio, nem quente. Seu sono ameaçou chegar, cochilou no quarto, mas logo despertou. O silêncio ainda reinava no casarão e arredores. Saiu de mansinho para não acordar a Mamãe, foi pé ante pé, escapulindo-se de Minda pelos cantos, até o pátio, onde correu para o Galpão, atravessando o arvoredo. Lá estavam alguns *criados* recostados em cadeiras preguiçosas de madeira e pano, outros aninhados nas redes ou em pelegos pelo chão, alguns abraçados. Quase todos ressonavam largamente.

Naquele momento, o *Minino Chico,* como o chamavam, vendo-a se esgueirando de mansinho, chamou-a com os braços esticados em sua direção, para que deitasse com ele na rede. Correu ao encontro do seu *nego* preferido. Que era mestiço. *Chico não era preto, era mulato,* e parecia com o Vovô, diziam. Com a facilidade de sempre, a içou, já sorrindo o sorriso largo e branco, montando-a em sua barriga, como se ele fosse um cavalinho. Brincavam assim muitas vezes. No colo dele, aquecia-se ao lado do fogão à lenha na imensa cozinha da Casa Grande, quando alguns se reuniam à tardinha para tomar um café, após a lida do dia. Na rede, Chico fazia mágicas com as mãos. Cortava o dedo polegar bem diante dos seus olhinhos e tornava a colá-lo, mexia as orelhas sem usar as mãos, fazia sumir o dedo anular, erguia uma sobrancelha e depois a outra, brincavam de fazer caretas e um imitava o outro, faziam cócegas e riam em silêncio, pois essa era a regra: não podiam fazer barulho para não acordar ninguém. E brincavam de barco. Ela, menina, sentada sobre Chico, que movimentava a rede, imitando o balanço do mar. Ele contava sobre como é o mar. Ela não conhecia. Imaginava um açude sem o outro lado, de águas azuis. Achava que aquela era a brincadeira que Chico mais gostava. Ele repetia o movimento diversas vezes, para cima e para baixo. Como a canoa ondulava nas águas, em dias de vento, no açude do Vovô, quando ia pescar com o Papai. Ela gostava também, sentia um prazer diferente naquela brincadeira. Seu corpinho aquecia e oscilava no balanço do barco, que era o próprio corpo do

Chico, navegando no mar de rede puída, pendurada na varanda. Só paravam quando Chico fechava os olhos, após um leve tremor e, às vezes, parecia que fazia xixi, pois sentia a umidade quente da roupa dele em seu corpinho. Então, ele dizia que cansara, abraçava-a, colocava-a ao seu lado e os dois cochilavam mais um pouco. Aquela era *A brincadeira secreta,* como Chico dissera.

Mas, naquele dia, enquanto brincavam de barco, e ela achava que Chico estava quase se cansando, ouviram os gritos da Mamãe. Como num raio, ela partiu para cima dele, tomando a menina nos braços e batendo com toda a força que podia na cara do rapagão forte, que agora parecia pequeno, encolhido diante dela, na rede. Mamãe desconfiou do silêncio. E virou o próprio Diabo, mirando-o aos gritos, *Nego desgraçado! Nego desgraçado! Eu vou te matar!* O rapazote apavorado, tentava se defender, *Carma, dona Tonha! Carma!*

Todos acordaram com os olhos esbugalhados. Chico tentava se proteger com os braços. Atrás da Mamãe, já vinham as cozinheiras e Minda, que a tomou para si. O tropel foi insuportável. Talvez maior que o barulho do engavetamento dos carros na noite do sábado paulistano. Lembrava-se como se estivesse de volta àquele momento assustador. Não entendia, naquela época, qual a razão da fúria da Mamãe contra o Chico, pois estavam apenas brincando. Nunca a vira tão furiosa e tão gigante. A chatuquinha estava da altura do Galpão. E, agora, parecia absurdo pensar que Mamãe, de já tantos filhos e ordens, naquele dia, tinha apenas 32 anos. A idade que Nina, sua neta, faria no dia seguinte.

Em seguida, a cacutu decretou que trancassem Chico, com corrente e cadeado de ferro, em um quarto. Na sequência, mandou que outra *nega* levasse a menina Ziza para dentro de casa, quando então foi arrancada, aos prantos, dos braços de Minda. E, entre choro e soluço, na correria dos passos da *nega* que a carregava, viu de olhos arregalados, a Mamãe acertando a cara da Minda com a mão aberta. *Splaft*! Como uma pechada. Um engavetamento. *Você é uma nega irresponsável! Não vale nada! Não presta nem mesmo pra cuidar da menina! Não posso confiar! Não posso nem fechar os olhos!* urrava a endiabrada mulher, enquanto a outra, implorava *Perdão, dona Tonha! Perdão! A sinhá me perdoa!* Minda gemia, entre lágrimas, ajoelhando-se diante da Mamãe, chacoalhando o corpo em desespero.

Ziza, ainda no colo, via a violência nos olhos da mãe e o medo nos de Chico, que era arrastado por dois outros *negos* para dentro do galpão, forçados a levar o amigo, onde, dias depois, encontrou a corrente e o cadeado abertos. Mamãe, quase ao mesmo tempo, gritava para Lindolfo, um *nego* baixinho e careca, que encilhasse um cavalo e fosse até a fazenda chamar o Vovô. Gritava que *O Vovô deve vir imediatamente!* Não sabia, naquela época, o que aquilo tudo significava, não entendia quase nada do Seu Mundo particular, nem tampouco do mundo lá fora, que sequer sabia existir. Bem para além do mar, fervilhavam brigas maiores, muita gente estava sendo morta na segunda grande Guerra Mundial, onde alguns, que se achavam melhores que outros, exterminavam judeus aos milhares, em enormes câmaras de gás. Isso só soube décadas depois, quando a vida adulta já havia invadido seu ser por inteiro, preservando apenas um rastro da criança que foi. Antes do final da tarde, o Vovô estava ali. Do quarto, ouvia sua voz, aos gritos.

Em seguida, ao anoitecer, mais cedo do que o normal, Papai também chegou. Lá, em silêncio, imóvel, encolhida e envergonhada debaixo da cama onde se escondeu, os gritos de Chico, pedindo perdão, a invadiam. E ela ainda não entendia o motivo de tudo aquilo. Era proibido brincar de barco? Nunca haviam lhe dito nada. Durante a gritaria, acompanhava, em pensamento, a cena: entendeu que amarraram Chico ao tronco próximo ao galpão. Zizo já lhe contara que, naquele tronco, prendiam os *negos* que precisavam apanhar, até tirar o couro, para que aprendessem a fazer as coisas direito. Ele parecia achar natural.

As súplicas de Chico ficaram cada vez mais fortes. E, depois, minguaram e foram sobrepostas aos berros do Vovô, que ralhava: *Tu vai aprender a respeitar as gentes!* Entre chibatadas, chamava-o de *Nego podre! Nego ruim! Nego do demônio!* Conforme os urros se tornavam gemidos, e o estalar do chicote nas carnes varava a Fazenda, outrora tão previsível e rotineira, crescia dentro de Ziza uma culpa, que talvez ainda sentisse, se acaso se permitisse vasculhar mais a fundo dentro de si, setenta e cinco anos depois.

Nunca mais viu o *Minino Chico*. Nunca mais se falou nele. Nunca mais, naquela casa, alguém mencionou aquele dia. Mas, desde aí, o mundo mudou. A mancha de sangue, que ficou no tronco e no chão, foi lavada pelas chuvas dos dias que se seguiram, mas a mancha em seu coração nunca descorou. A primeira. Em um tempo de vida mais recente, compreendeu que aquele jovem homem e todos e todas como ele, por séculos, foram depositários de todos os ódios do mundo. Pessoas escravizadas, maltratadas, relegadas a um lugar onde só poderiam existir na condição de servil. E todo e qualquer erro era uma oportunidade de os senhores materializarem tal ódio histórico. Invertido.

Passou a ter medo da Mamãe. Sentia um remorso, mas ainda não sabia que era esse o nome. Culpa. Fitava a Minda com vergonha, mesmo sem saber do quê. O ar de reprovação da Mamãe, quando seus olhos se encontravam ao acaso, a deixavam acanhada. Então, no mesmo momento, olhava o chão. Queria saber de Chico, mas por intuição, pressentia que nunca mais o veria. Necessitava ter de volta o amor de ambas, o de Minda e o de Mamãe, mas não tinha certeza se os teria. Não captava o mesmo nos olhos do Papai. Ao contrário. Ele parecia ter ficado mais preocupado com ela. E se ocupava mais com a pequena, desde então. Traduzia no olhar dele um carinho e um cuidado renovados. Aos poucos, também experimentava novamente o amor de Minda, cuja tristeza enfraquecia, fazendo-a voltar ao normal e esquecer. Mas a Mamãe não. Continuava fria. Na verdade, talvez sempre tenha sido assim. Culpou Minda por um descuido que era seu, um erro que possibilitou o outro. Nunca se ocupou muito da filha. Mamãe era boa em delegar tarefas, inclusive a maternidade. Ela, que dizia tantas vezes que *Na hora que colocamos a cabeça no travesseiro, não há como fugir das próprias verdades*, provavelmente lá no fundo de si, dormisse com o remorso de não ter ela mesma se apropriado dos filhos. Mas o que sabia uma mulher que, aos treze anos, foi entregue em casamento a um homem, dezesseis anos mais velho, a quem sequer conhecia, exposta à vida sexual, que tinha como fim último "servir ao marido", sem maiores explicações e vivendo no fim do mundo, gerando um filho atrás do outro, vendo seu corpo de criança passar dos treze aos quatorze anos, de criança à mulher, da infância à gravidez, sem nunca poder questionar como teria sido se não fosse assim? Mamãe foi mulher no tempo em que às mulheres não era dado o direito de ser um indivíduo, um sujeito. *Pobre Mamãe*, pensava ela agora. E há muito entendera isso. Desde que, aos poucos, também foi sendo exposta a essa metamorfose trabalhosa, que leva uma menina a se tornar mulher.

Só bem mais tarde, ressignificou que a atitude tão assustadora da Mamãe para protegê-la de algo que, naquela época, não podia entender como impróprio, foi justamente consequência do que ela, a Mamãe, viveu. Com pouco mais do que o dobro da idade que ela tinha no episódio da rede, Mamãe foi exposta aos caprichos de um homem, com o consentimento dos pais, sem que isso fosse visto como abuso. Talvez não quisesse que a caçula passasse pelo mesmo sofrimento. Sofrimento do qual talvez Mamãe não houvesse conseguido salvaguardar a primogênita. Mas isso só lhe ocorreu décadas depois. Dores repetidas. Feridas incuráveis.

Desde aquele dia, parecia que nunca mais ficava só. Sempre havia alguém a brincar com ela, a cuidá-la, a vigiá-la. Gradualmente foi iniciada, entre brincadeiras ou não, a fazer as lidas da casa. Era incluída em tudo: preparar o café, lavar a louça, fazer chimarrão, colher ovos, tirar leite das vacas, escolher feijão, fazer fogo, arrumar as camas, cortar o sabão, ajudar no banho da mamãe na enorme bacia de lata e lavar suas costas, coletar frutas, descascar e limpar os figos no tijolo, varrer, encerar, lustrar, acender os lampiões, até ajudar a desnucar, depenar e sapecar as galinhas no fogo, de onde ainda guardava a memória do cheiro forte da penugem queimada das aves.

Uma manhã, depois de Mamãe dar todas as ordens e se recolher ao seu mundo, enquanto ralava coco com Minda e comia os pedacinhos que sobravam, ela perguntou timidamente, bem baixinho, *Minda, o minino Chico morreu?* A outra a olhou de canto. *Se aqueta, minina. Num mexi cum o qui tá quétu!* Sussurrou em mais uma tentativa, *Mas Minda, o Vovô interrô ele igual aos bois de osso do Zizo?* Calando a boca da pequena com a palma da mão, disse enfática, *Isqueci issu, criança! Chico foi morá notra fazenda.*

E já foi fazendo outra lida. Ela nunca se convenceu. Tentava acreditar que Minda falou a verdade. O que não diminuía a fantasia de que ele estava enterrado embaixo da grande árvore com os bois de ossos, onde sempre que podia levava uma flor escondida e enterrava por ali, como um presente ao seu amigo querido de tantas brincadeiras, risos e segredos.

Aquele dia mudou o mundo, transformou as relações e a fez começar a compreender, não sabia bem como, que atitudes têm consequências. E que uma vida interfere nas outras. Que existe certo e errado muito mais do que entendia antes. Que há culpa e remorso. E isso tudo, irreversível. De abuso mesmo, só entendeu muitos e muitos anos mais tarde. E não foram poucos.

Algum tempo depois, quando ainda não sabia medir o tempo em meses ou anos, foi à escola. Zizo já frequentava o lugar antes dela. Minda foi encarregada de levá-la. Caminharam os três pela estrada, horas e horas, o que parecia o dia todo. Mas não era. Chegando lá, viu outras crianças, também com a lousa na mão, um saquinho com pano e aquele lápis de giz. A sala de aula era mista, continha meninos e meninas de muitas idades, em níveis diferentes de aprendizagem. Quando sua protetora deu tchau, o choro brotou. Ninguém a convenceu a ficar. Agarrada à Minda, resistia com força de Sansão. Esse mito ela já conhecia. E, em pensamento, agradeceu por Mamãe ter feito a tal promessa e nunca ter cortado seus cabelos. Acreditava na força das melenas. Voltou, soluçando, para casa, agarrada ao pescoço da incansável Minda.

Tentaram levá-la mais vezes, muitas vezes, e acabou cedendo. No início, Minda mentia que estaria do lado de fora da escola. Depois, viu que não e chorou de novo e de novo. Acalmou-se quando a professora a deixou ficar no outro extremo da sala, sentada ao lado de Zizo, que não se conformava com a irmã grudada nele. O Sarampo a tirou da escola definitivamente naquele ano. Ficou grata ao Sarampo.

No ano seguinte, viveu tudo de novo. Quando chegou o inverno gaúcho, rigoroso como só, adoeceu de Caxumba e deixou de ir à escola novamente. Recuperada, estava sendo convencida a enfrentar o amanhecer, a estrada, o frio, a lousa, e, então, surgiram as primeiras bolhas da Catapora. E lá se foi mais um ano.

Daquela vez, no entanto, Mamãe já começava a conversar sobre morar na cidade, que não via mais razão para permanecer no meio do mato, se os filhos todos já se foram e os dois caçulas precisavam estudar, que o mundo estava mudando e que até ao marido, já mais velho, era difícil ir e vir todos os dias, a cavalo, pela pedregosa estrada. Convenceu o Vovô. E, naquele início de verão, o mundo mudaria mais uma vez. Sem engavetamento, mas mudaria. Para sempre e de novo.

De volta à paisagem noturna, emoldurada pela ampla janela de ferro, olhava repetidamente o relógio, saudosa das bisnetas que pareciam não chegar nunca. Veio com muita expectativa de vê-las. Samara, "a urbana", uma flor que brotou na família, no meio daquela selva de concreto, estava com treze anos de idade e somava já três anos de convívio e muitos cozimentos.

Trouxe consigo as marcas profundas de suas vivências e uma resiliência inexplicável. Com Frida, "a pacífica", ainda precisava cozinhar mais intimidade. Há um ano, com 18 meses, olhos de Minda e cheia de energia, juntou-se aos fios familiares. Nessa fase da infância, os meses representam muito. Não queria perder vivências preciosas de fervura de fios de vida e momentos efêmeros dessas vidinhas que lhe vieram já prontas através da neta. Nina as gestou longamente no coração, até poder tê-las nos braços e nos abraços.

Ziza, vinha cheia de presentes e saudades, como Dóia, quando a visitava na fazenda, com a carroça carregada de regalos e o peito cheio de amor. Chegara no voo da tarde, por isso ainda não as havia encontrado. Voltando seus olhos para a rua, percebia que não via mais sinal do engavetamento. *Foi coisa pouca, por certo.* A ladeira que levava ao teatro continuava cheia de carros e gente. Completamente diferente da estrada vazia pela qual saíram da fazenda na tarde quente de verão de 1947, quando completaria dez anos, idade com a qual Samara chegou para a família.

Todos os objetos da Casa Grande iam pouco a pouco sumindo para dentro de grandes caixas de madeira rústica, que chegavam da cidade em carroças. E para elas retornavam, cheias de coisas. Em baús, roupas dobradas e guardadas junto aos puídos sapatos e às pequenas bonecas. Louças brancas, delicadas, escondiam-se peça por peça, em um excesso de palha. Tudo precisava ser arrumado. Poucas coisas ficariam. Mamãe é que decidia. Ela passou alguns dias com o Papai, na Alfaiataria. Negociavam uma casa. E Vovô precisava concordar, pois detinha o dinheiro, e o dinheiro sempre foi e ainda é poder. As carroças, puxadas por cavalos grandes e fortes, surgiram com o amanhecer e tudo ia sendo colocado nelas. Como se fossem carregar a Casa Grande para outro lugar. Aos poucos, o vazio. Zizo, eufórico, brincava com o eco. Sequer foi se despedir de sua tropa no cemitério da velha paineira. Parecia que nem mais lembrava dele. Ziza engolia, com os olhos marejados, os pedacinhos do Mundo Inteiro em que vivera.

Quando tudo estava sobre as carroças, Mamãe ordenou que fechassem portas e janelas. Subiu, com seus muitos quilos, condensados em pouca altura, em uma das conduções. Abriu sua sombrinha de pano com estampa floral e babado verde, como se fosse um pedaço daquele mundo que ficava para trás, sendo carregado em sua mão. E ordenou o lugar de cada um. Ziza, agarrada à Minda, foi na penúltima diligência, de onde podiam ver tanto para frente, a caravana, quanto para trás, a Fazenda. Enquanto andavam, as rodas levantavam uma poeira avermelhada da estrada de chão, sob um verão que já iniciou seco, e que turvava a vista ao se misturar com as ondulações que o calor fazia brotar do solo. Mas nada disso impedia de ver a Casa Grande, o Galpão, as árvores, a Paineira-rosa majestosa – que talvez guardasse embaixo dela mais do que ossos de boi – as varandas, as redes ainda penduradas, os animais, tudo ficando menor a cada giro das esferas que faziam o comboio avançar caminho afora, rumo ao mundo novo na cidade, até sumirem do alcance do olhar, depois da longa curva que levava, não mais somente ao vilarejo, mas, agora, a um inquietante futuro. Seu estômago parecia conter bolhas de gasosa que borbulhavam num misto de medo, curiosidade e expectativas. Começava ali um dos tantos destinos que a vida guardou para ela, num porvir impossível de prever, de tantos amores, laços e rompimentos, gerar e perder. Reinventar-se com todas as mudanças que viriam no mundo, que transformariam valores, lugares e crenças, como sempre foi, apesar de às vezes acreditarmos mais na constância do que no devir, como um absurdo apego a um permanente, impossível de existir.

2

A Casa da Porta Verde

Muitas vezes, ria sozinha dos próprios pensamentos. É provável que estivesse achando graça de coisas que só tinham graça para ela mesma. Falou disso à filha certa vez, que a olhou com um sorriso intrigado. Estaria parecendo senil? Pois um dos motivos de rir de si era o fato incontestável de que, em seus pensamentos, desenvolveu a rapidez de Lewis Hamilton, aquele moço vitorioso, engajado e preto, prova viva de que o mundo estava em mudanças. Lembranças e ideias fluíam, contrariando seu corpo, que estava cada dia mais *tartarugoso*. Uma mente alada, presa em um casco rígido. Os joelhos se assemelhavam com aqueles movimentos articulados das bonecas americanas: dobravam-se e desdobravam-se em cliques. Mas ainda acreditava que estava com muito lucro diante da cruel passagem do tempo e do implacável perecimento do corpo.

Novamente espiou no olho mágico da porta, centralizado naquela moldurinha de quadro amarela, marca registrada de uma série de tv, que Nina não cansava de rever com o irmão quando se encontravam. *Friends*, chamava-se. Não ouviu nenhum barulho dessa vez. Através da pequena lente, enxergou a vizinha do apartamento ao lado. Dona Zulmira era da sua geração. Com a diferença que sempre viveu na cidade grande e transitava por aí afora, com naturalidade e elegância, provavelmente desde muito cedo. Diferente dela, que precisou aos poucos superar sua síndrome de Tarzan, para se integrar à civilização. Gostava da Zulmira. Foi importante na adaptação de Nina à metrópole. Tinha isso claro. Tanto que, precisava admitir, chegou a sentir ciúmes da proximidade que ambas construíram. Cozinharam um consistente fio de amizade bonito de ver, transpondo todos os obstáculos que tamanha diferença de idades inevitavelmente apresenta. Cuidavam das folhagens uma para a outra, recebiam correspondências, trocavam notícias diariamente, além dos bolos e delícias que a anciã levava à porta da neta. Enfim, tornaram-se amigas. Superou o ciúme racionalizando sobre o quanto isso era maravilhoso para elas. E, para tanto, tornou-se também amiga de Zulmira. Amanhã estariam juntas, com certeza.

Enquanto retornava ao sofá, fazendo um rápido paralelo entre sua vida e a da nova amiga paulistana, caiu novamente no abismo de lembranças que a levou para 1947. E, ao espreitar o corredor, o dia em que as carroças foram entrando na rua estreita de Araucárias do Sul, enformava-se diante de seus olhos. Uma atrás da outra, com Mamãe na frente, carregando o que veio do antigo mundo, até desembocarem na viela em que passariam os próximos longos anos. Conforme andavam, percebia pairar sobre ela os olhares das pessoas nas calçadas. E, entre frestas e cortinas, desconhecidos ameaçavam invadir sua vida itinerante. Curiosos analisavam os passantes e todo o conteúdo expendido via afora. Nunca se sentira tão exposta e desnuda, alvo de muitos estranhos que se tornariam conhecidos, receberiam nomes e sobrenomes.

Fizeram curvas, dobraram esquinas e, a tarde já era metade, quando a gaiota da frente, de duas rodas, que carregava a matriarca, estacionou em frente a uma casa de beira de calçada, centralizada em um vasto terreno. Todas as carroças estacionaram atrás. Não lembrava quantas eram. Abarrotadas. E, logo, descarregadas por braços fortes, acostumados ao serviço pesado. Mas antes, desceram elas e foram andando até a Porta Verde, que já estava aberta, com uma moça de avental e pele negra à espera, *Tarde, Sinhá. Tarde, Branca,* disse Mamãe.

E foram entrando, a vida adentrando nela. Branca já era conhecida. Trabalhava na casa do Vovô. Habituada à lida, já havia deixado tudo limpo. Ainda agarrada em Minda, Ziza entrou em passos inseguros no recinto. Tudo era espaçoso e ainda vazio, mas menor que a Casa Grande. A primeira sala era para visitas, escutou dizerem. Logo adiante, havia uma sala maior que se estendia até o fundo. E lá no fim, uma ampla porta balcão, de madeira e vidros, abria-se para um espaço com piso de tábuas cruas, como quase tudo, e guarnições ao redor, que delimitavam o cômodo sem teto. Uma sacada da qual se via quase todo o terreno. Entrou com cuidado, tinha uma sensação de que estava fora do chão, como se fosse cair de uma grande árvore, sem galhos onde se segurar. De lá, enxergou Zizo. Estava ele a correr por debaixo de uma grande parreira de uvas. E explorava cada canto como se já fosse seu. Ela, timidamente, começou a mapear.

Ao lado da parreira havia um galpão com diversas portas, mais ao fundo o que parecia ser um galinheiro, depois uma cerca baixa que separava uma espécie de horta e pomar a parecer perder de vista. Voltando à sala, arriscou-se pelo corredor da direita de quem entrasse pela frente. Portas ladeadas ao longo, protegiam quartos que seriam designados um a um. Depois de olhar cada cômodo, debruçar-se às janelas de onde enxergava parte do grande terreno, incluindo uma escadaria que emoldurava todo aquele lado direito, da calçada da rua ao pátio. Dali, viu também as casas vizinhas, agora muito perto umas das outras. Encaminhou-se à ala esquerda da casa onde havia uma grande cozinha, despensa com muitas tuias, banheiro, mais um quarto e uma porta lateral, bem ao lado do fogão à lenha, que se abria para uma rampa em declive, por onde se acessava o pátio e os fundos. E onde Mamãe plantaria, mais tarde, um caminho de copos de leite. Flores que levaria a cada ano ao cemitério, nos dias de finados, quando limpava todos os túmulos que, de tempos em tempos, somavam mais um.

Curiosa, foi se desprendendo de Minda e espreitando os novos espaços. Descendo a rampa da esquerda, descobriu que a casa, que na frente tinha a porta principal na calçada, escondia na parte de trás, um porão. Três pequenas portas enfileiradas ocultavam outro mundo. Na primeira, o banheiro de chão de barro, a bacia com a bica de água e, ao lado, o chuveiro de água fria, que assim foi mantido sempre: o banho da *negrada,* disse Mamãe. Frio, inclusive no gélido inverno do sul gaúcho. E quem não tomava banho, ouvia gritos e levava relho. Ao lado do banheiro, na segunda porta, o comprido quarto, de chão de barro também, sem janelas, já com camas alinhadas, de ferro e colchão de palha, onde ficariam as *negas*. Quando abriu a porta, sentiu a golfada gélida e o forte cheiro de mofo. *Gente tratada com diferença existia no campo e na cidade. E em todos os tempos e lugares*, pensou.

O terceiro acesso, embaixo da sacada, fez seu olhar sorrir diante da felicidade pela qual foi tomada. Era ali o destino de quem descesse pela escada lateral da direita, que vira através da janela dos quartos, e que traria os clientes diretamente à Alfaiataria. Aquela porta, ao lado de uma grande janela, desvelou o novo espaço do Papai. Tudo estava ali. A mesa de corte, as tesouras, a máquina de costura, os tecidos, os carretéis de linhas coloridas, os armários, o ferro de brasa, as cuias e as bombas, a chaleira, o pequeno fogão, e o sofá. O cheiro era o cheiro dele. O chão era feito de madeira, igual à escada que vislumbrou a um canto, a subir em direção da casa. No alto, a porta levava diretamente à sala grande, próxima à sacada. Encantada, pensou que estaria perto dele todos os dias. Isso era absolutamente novo e parecia maravilhoso.

Em sua excursão, perambulou pelo galpão, que era uma versão menor daquele no qual ela cresceu, com todos os espaços. O salão úmido e grande, com os tanques de lavar roupas e os caldeirões de sabão, a salinha do pilão e de guardar farinhas e sementes, o quarto para os *negos* e um curral coberto para as vacas e cavalos. Não havia nem varanda, nem redes.

Para trás do galinheiro, muitas árvores frutíferas coloriam o terreno e convidavam às brincadeiras e correrias, que vieram durante alguns dos anos seguintes, até perderem a graça. De todas as plantas e árvores, a preferida passou a ser, pouco a pouco, a Tenda de Bananeiras, nomeada assim por ela, bem no meio de tudo aquilo, com seus cachos verdes, e depois dourados, e seus corações roxos pendentes a enfeitá-las. De tempos em tempos, os galhos e as folhas secas eram retirados, pois *Bananeira que já deu cacho, pra nada serve,* dizia Mamãe. A clareira, que ficava no centro, formava um refúgio perfeito para brincar ou ficar consigo mesma. E, muitas vezes, quando a vida pesava, era só disso que parecia necessitar. Lembrou-se do dia, que parecia ser o último, anos mais tarde, quando perdeu a conta das horas em que a tenda a acolheu no seu âmago. Por vezes, a própria vida parecia ser uma bananeira que já deu cacho, da qual nada mais se podia esperar. Desespero e desesperança pendem sempre do mesmo galho.

A casa, onde foi morar aos nove anos, era certamente o cenário que, confundido vez ou outra, em devaneios indissociáveis, com as lembranças da fazenda, permanecia vivo em sua memória. Frequentemente voltava para lá em sonhos. Ou pesadelos. Pensou que, depois daquela época, passou a prestar mais atenção às pessoas, aos fatos e aos afetos. Reparava menos nos lugares e nas coisas. O lar, de porta verde e beira de calçada, tornou-se oficialmente o território no qual sua infância ainda hoje habita.

A vida na cidade não parecia tão ruim como no começo. Em poucos dias, já conhecia cada canto da casa, a rua em que morava, sabia ir à venda, o nome de algumas vizinhas e vizinhos e se sentia mais livre do que no campo. Não demorou um mês para fazer amizades. Em frente, moravam duas meninas com quem passou a brincar de casinha, de bonecas e de outras brincadeiras, que foi aprendendo aos poucos. Parecia que, em cada lar da vizinhança, havia pelo menos duas crianças.

Não só visitava as novas amigas, como elas vinham para sua casa passar tardes que voavam muito mais rapidamente do que lá fora. O tempo parecia correr diferente na cidade. Perdeu o medo da sacada e passou a brincar de casinha nela. Montavam espaços bem divididos no chão, com riscos de giz, que representavam sala, cozinha e quarto. Não havia espaço para um banheiro. Na brincadeira, ninguém precisava fazer xixi. Ziza achou graça daquela constatação, que jamais havia feito antes. Pensou que, aquela varanda, antes amedrontadora, substituiu a velha carroça quebrada, palco de suas aventuras de outrora. E, rindo, voltou à realidade, onde andava pelo apartamento da neta, ainda à espera. Se o tempo corria rápido na cidade, nem de perto voava como em seus pensamentos.

Deu-se conta que estava diante de uma casinha de bonecas, no quarto da bisneta caçula. Olhava ao redor, tudo muito colorido, comprado pronto, perfeito e feito de muito plástico. Nina não se agradava disso e tentava equilibrar com brinquedos pedagógicos de madeira, tecidos e outros materiais mais naturais e sustentáveis. Procurava alternativas que estimulassem a criatividade das gurias. Por isso, havia uma prateleira só para as bonecas de pano que, ela, a Biziza, especializou-se em fazer. As crianças ganham muitos presentes, não há como evitar. As ofertas são demasiadas e convidativas. Em contrapartida, em um dos cantos do quarto, havia também uma colorida, variada e manuseada biblioteca de livros infantis e juvenis, muito bem selecionados. Foi construída desde muitos anos antes das meninas chegarem, durante toda a longa gestação de coração, fecunda na querência do amor. *São tão diferentes as infâncias,* pensou.

De volta à sua casinha na sacada, onde tudo era feito artesanalmente e nada comprado pronto, vislumbrou em devaneio, as suas próprias bonecas de pano, o fogão de tijolos e lata, onde ela e as novas amigas faziam sopa de água, no fogo imaginário, com sal e miolo de pão. E chá de capim cidreira feito por Minda. Mamãe deixava que lhe desse ingredientes da cozinha para as brincadeiras. Nunca antes imaginaria que pudesse ser tão mais feliz ali na cidade. E foi.

Mamãe também. Parecia mais alegre, vestia-se melhor, usava roupas que Papai fizera especialmente para ela, sapatos e chapéus e até algumas poucas joias, que havia ganhado da Vovó e do Vovô, e que, antes, jamais tirava da caixinha. Por vezes, arrumava-se depois da sesta e saía para visitar a Vovó e Dóia, as vizinhas, alguma parente, ou mesmo para ir ao Armazém do irmão, buscar coisas que *só ela sabia escolher,* como gostava de dizer.

Papai almoçava em casa todos os dias. Quando vinha da horta ou do pomar, subia pela rampa de copos de leite e adentrava a cozinha, sempre com um sorriso no rosto, a procurar conversa com um ou com outro. Outras vezes, surgia direto na sala, quando vinha pela escada da alfaiataria. Ziza o via como um príncipe lindo, de bondosos olhos azuis. E feliz também. Naquela época, andava com destreza e nada o cansava.

Dóia aparecia quase diariamente, mas depois da morte da Vovó Glória, voltou a morar em casa. Mamãe sofreu, chorou, mas superou. Amava a mãe a ponto de ter dado seu nome à sua primeira filha. Em seguida, sofreu e chorou de raiva, quando Vovô anunciou que se casaria de novo. Apresentou Samira à família e não demorou a ter outros três filhos, mais jovens que Ziza, a neta mais nova dele. *São teus tios,* explicava Tonha. Se a Vovó Glória há muito vivia acamada e em dores, Samira chegou vigorosa, como seu nome a definia. Cheia de vida, conquistou a todos sem maior demora. Até Vovô estava remoçado. E a vida ia se ajeitando, a cada virar das rodas do tempo, que cedo ela foi sentindo, não paravam nunca de girar.

Pouco tempo depois de instalados na cidade, Papai trouxe para morar na casa, no quarto próximo à cozinha, um moço jovem chamado Domingos. Era órfão e trabalhador. Parecia que todos já o conheciam. Ziza não guardava recordações, mas não demorou a se afeiçoar a ele. Mingos, como o chamavam, era uma pessoa grande, corpulenta, mas que carregava no rosto quadrado o olhar mais doce que ela já havia visto em um homem, depois do de Papai. Portava consigo um sorriso, do olhar aos lábios, que sempre exibiam um palito entre os dentes, levado de um lado ao outro da boca, de pouco em pouco, em um repetido menear da língua. E a vida foi mostrando que filhos e irmãos de verdade não necessariamente têm o mesmo sangue, nem saem da mesma barriga. Mingos, adotado por todos, foi o mais presente dentre os irmãos, ao longo da vida que compartilharam, por décadas.

O tempo, na memória, ia e vinha a cada piscar de olhos, a cada buzina ou sirene. Nas ruas de Araucárias, percorreu o intenso caminho que tira a todos e todas da infância, sem pedir licença, e joga nos turbilhões dos hormônios, que culminam nas lutas por autonomia e nos embates contra as autoridades adultas. *Comigo não poderia ter sido diferente,* dizia a si mesma.

Mamãe foi se acostumando com a vida na cidade e os entusiasmos do início foram dando lugar à sua essência. Enquanto perdia pouco a pouco a visão, que há anos a abandonava, mas ainda lhe garantia alguma autonomia, passava a ter que enxergar e administrar problemas para os quais não fora preparada ao casar, ainda menina. A liberdade se desvanecia, enquanto os filhos ganhavam o mundo.

Ziza se entristecia pela mãe ao lembrar de todas as dores pelas quais ela passou, dores que, na ocasião, jamais imaginava como seria senti-las. De todos os dez filhos e filhas que haviam sobrevivido, Dóia foi a que nunca mais saiu de perto dela, mesmo que o relacionamento entre ambas se sustentasse em um quase palpável muro de silêncio. Tetê, ainda menina, desafiando os pais, casou-se com um viúvo de não tão boa fama e foi morar em uma cidade vizinha, grande o suficiente para que se achasse superior ao resto da família. Dirceu saiu cedo para fazer a vida e sumiu no mundo, sem deixar rastro. Apesar de os familiares nunca desistirem de procurá-lo, nada mais se soube dele. Lembrava que a última notícia que tiveram foi a de que teria ido de carona, em um caminhão, para São Paulo, onde agora estava ela. *Ironia,* pensou Ziza. Encontrar alguém naquela multidão sem fim seria o mesmo que procurar um alfinete nas águas de um rio.

Recordava-se pouco, ou quase nada, de Pedro e de Eliseu. Morreram muito cedo, em um curto período de tempo, com complicações de saúde, agravadas por um quadro de alcoolismo precoce. Mamãe parecia chorar para dentro quando falava neles. *Filhos perdidos, feridas eternas*, Ziza sabia. E eram muitas as maneiras de perder.

Francisco foi morar na capital, onde casou e criou raízes. Esporadicamente, visitava a Mamãe, que o esperava com galinhada e, na despedida, presenteava-o com um pouco de tudo que podia oferecer, de ovos a frutas e farinhas. A nora nem sempre vinha e Mamãe também não fazia questão. Era a típica sogra e ninguém parecia bom o suficiente para seus filhos e filhas. Como se ver a felicidade dos filhos, provocasse uma inveja incontrolável, por ela mesma nunca se perceber feliz. Dóia talvez tenha até desistido, em parte por isso. Ou não.

Antônio vivia em casa e não havia possibilidade de ser diferente. Contavam que sofreu uma crise de congestão que o deixou meio surdo, meio cego e meio bobo. Era meio-homem-meio-menino. Vivia às voltas com sua realidade particular, com personagens e narrativas, raramente tangíveis. Tonho era protegido de Tonha. Mas não era o único.

Dionísio se casou ali na cidade mesmo e por ali ficou. E quando todos se foram, para a morte ou para a vida, foi ele, Nísio, juntamente com Mingos, que deu assistência à Mamãe e à irmã, de consertos na casa à difícil tarefa de preencher os dias e, principalmente, os domingos, levando netos e netas e soprando vida onde ela se esvaía aos poucos e teimava em não ter mais sentido aparente.

Aloísio era claramente o nenê de Tonha, mesmo sendo mais velho que Ziza. Casou-se também na cidade, com uma mulher de origem germânica que o apoiava em tudo. Gertrudes, mulher forte e de palavras inteiras, foi a única agregada com quem Mamãe jamais se indispôs. Direta e áspera, esteve ao lado de Zizo até o fim, na riqueza, na alegria e na tristeza, na saúde e durante todo o período da doença que o escravizou, tolheu sua vitalidade, ceifou precocemente a vida, mas não foi suficiente para amenizar a dureza, a arrogância e seu viver voltado para fazer dinheiro e adquirir bens, mesmo que isso significasse enganar irmãos, parentes ou a própria Mamãe, apropriando-se de todas as heranças, sempre buscando levar vantagem sobre os outros. Como se tivesse que ter todas as tropas de gado daquele mundo familiar. Colecionava imóveis, tal qual os acumuladores que padecem de sofrimentos psicóticos, talvez com a mesma ilusão alucinatória de preencher assim os vazios de dentro. Tiveram apenas um filho, a quem criaram à sua imagem e semelhança. O egoísmo circulava neles como o sangue em suas veias. Zizo não viu o filho chegar à vida adulta. E jamais teria visto um neto, se por acaso sobrevivesse, caso o filho tivesse construído uma família, ao invés de levar a vida como um eterno adolescente que, com a mesma competência que tinha para ganhar dinheiro, tal qual o pai, gastava-o ainda com prostitutas, patas de cavalos e outras coisas mais que nunca o permitiam virar adulto.

O dia em que recebeu a notícia da morte do irmão se tornou vivo na caprichosa memória. Irmão com quem não falava há alguns anos, desde que, também com palavras inteiras, acusou-o de todos os egoísmos e desrespeitos. O aperto no peito ao olhar para a foto de Nina ao lado de Milan, com quem mantinha um laço inabalável, tirou-lhe o ar. Os jovens netos sabiam o valor um do outro para si. A falta de maturidade a fez não ir ao velório de Zizo. Hoje, faria diferente. Culpa e arrependimento não são bons companheiros com quem dividir a cama em noites de insônia.

Ao contemplar as mochilas das meninas, penduradas no corredor, ao lado das portas dos quartos, interrompeu o fluxo de pensamentos e voltou para um tempo em que muitos desses destinos ainda eram impensáveis. Quando os problemas ainda se resumiam a conhecer a escola da cidade e se adaptar a ela. E isso passava por suportar ser a mais velha e a maior aluna da classe, fruto de suas teimosias, que renderam um atraso de três anos em sua escolaridade. Vivia um misto de inferioridade e vergonha que poderiam tê-la paralisado. No entanto, transformaram-se em mola propulsora, abasteceram-na do desejo de aprender que cresceu nela e com ela. No final do quarto ano, prestou prova e pulou o quinto, entrando no ginasial. Isso foi importante para sua autoestima. Queria aprender para *Ser alguém na vida,* como repetia a Mamãe, especialmente para os filhos homens. Tomou para si. E, para a sua geração, já seria demasiado concluir o ginasial. Poucas meninas que iam adiante, cursavam o Normal para serem professoras. As profissões faziam parte do território ainda quase que exclusivamente dominado por homens.

Naquele fim do mundo, ao sul do Brasil, alguns rituais sociais eram valorizados e preservados. Um deles era o Baile de Debutantes, que acontecia sempre no mês de outubro, início da primavera. Aos quinze anos, as meninas eram apresentadas à Sociedade, na qual elas se criaram e onde todos as conheciam. Uma incongruência. Como se, de um dia para o outro, deixassem de ser crianças. Como se se tornassem moças da noite para o dia. Como se a infância acabasse em um passe de mágica. Isso para as gurias que ainda não haviam se casado. Essas, já embalavam crianças noite adentro. Ziza não cogitava debutar. Mamãe dizia que se a primeira não debutou, nenhuma debutaria. E era muito caro. Foi poupada. E no ano seguinte, aos dezesseis, confirmou sua percepção.

Todos os anos, mal começava o gélido inverno dos pampas, onde o vento minuano corria solto, sem barreiras, como cavalos selvagens, a bater crinas por onde passava, e os preparativos das mães das meninas já ocupavam seus dias. Mulheres que, na grande maioria, dispunham do dinheiro dos maridos, saíam à busca de tecidos, pedrarias, fitas, botões e costureiras. As famílias mais ricas viajavam à capital, em uma disputada corrida do ouro pelo vestido mais lindo. Havia a escolha da Mais Bela Debutante e isso contabilizava status na concorrida feira de jovens maridos. Um resto da cultura machista que ainda vigorava com força, disfarçado de camuflagem social, na qual as mulheres são objetificadas, criadas para conseguir um bom casamento, agora sem o dote. Ou talvez, a vestimenta e as conversas nas mesas estavam encarregadas de transmitir o valor indireto do baú que acompanharia a escolhida.

Os pares para a esperada valsa, eram convidados pelas moças, com a aprovação da família, obviamente. Quem estava naquele enredo, não tinha força de rebeldia para ir contra nada. Papai lucrava com o Baile de Debutantes, pois algumas famílias dos rapazes o procuravam para fazer os trajes. A escadaria lateral da casa ficava movimentada nos dias que antecediam o evento. O *melhor alfaiate do mundo,* como ela o designava, gostava de finalizar todos os *smokings* quase ao mesmo tempo. Dizia que temia *os estiramentos, engordamentos e emagrecimentos dos guapos.*

Foi lá na escadaria, da janela do quarto, que Ziza avistou o rapaz de olhos grandes e lábios grossos. Ele sorriu com a boca cheia de dentes alvos e acenou com a cabeça, o que fez sua respiração parar e o coração acelerar, a ponto de bater como se estivesse na garganta. Sorriu um sorriso tímido, de quem não conseguia esconder o ato completamente inaugural.

Ainda faltavam quase dois meses para o esperado evento social, que também seria sua estreia na noite araucariense. Estava grata por ter estado tão próxima do Papai naqueles anos recentes. O que possibilitou que se tornasse uma verdadeira aprendiz de corte e costura. Começou naquela brincadeira, ainda pequena, com retalhos e fitas, debaixo da mesa, e foi fazendo delicadas bonequinhas de pano e saquinhos de Cinco Marias, com as quais passou a presentear as amigas da vizinhança e as colegas do colégio. Aos poucos, Papai se deu conta de sua habilidade com tesouras, agulhas e linhas. E começou a ensiná-la, pedindo que fizesse alguns pequenos arremates, consertos e alinhavos. Dizia ele que *Já pequenina, ela cerzia como ninguém*. Rapidamente dominou os velhos moldes masculinos e também os novos, que vinham nas revistas femininas e que pedira à Dóia que encomendasse para ela. Aos poucos foi aprendendo a fazer vestidos para o dia a dia, para si e para a irmã mais velha, grande incentivadora. E para Minda, logicamente.

Seria a primeira vez que faria um vestido de festa. Que não era de festa, mas de baile. Ganhou até uma pequena mesa de corte, que ficava a um canto. Ansiosa, temia não fazer direito, temia que ficasse feio. Insegura, seguia o passo a passo da revista de moda. Vez ou outra, Papai pedia que saísse, sempre que chegava um cliente para as provas. Foi ali, então, que descobriu que o belo homem do sorriso largo e cor de cuia, chamava-se Benjamin. Ele havia encomendado um traje. Lembrava-se claramente da sua excitação ao imaginar que o encontraria no clube.

Ninguém conseguiu deixar de expressar a admiração quando ela se aprontou para ir ao grande evento anual e surgiu, deslumbrante, na sala, onde todos conversavam, como em uma noite qualquer. O vestido, de um tom lilás fechado, delicado, destacava o verde dos olhos. O modelo era uma homenagem à Jacqueline Kennedy, inspirado no vestido de casamento, usado dez anos antes. Nas fotos do magazine, aparecia em branco, para noivas, e recebeu a assinatura de Dener, famoso costureiro carioca. As curtas mangas contornavam os braços longos apenas abaixo dos ombros, elegantemente à mostra, como se emoldurassem o colo, unindo-se ao centro num leve formato em V que tanto alongava a silhueta quanto dava um ar levemente sensual. O corpo justo marcava a incomum cintura fina de Ziza e se abria para uma saia ampla, com bordados e nesgas, que se assemelhavam a babados discretos e davam leveza ao já fluido tecido de seda. Optou por usá-lo sem armação. A maquiagem discreta e as sofisticadas luvas, complementavam com requinte o conjunto de rara beleza. Papai não escondia seu orgulho. Duplo.

O Baile foi uma estreia para as debutantes e para ela. Dóia, ao seu lado, representando a Mamãe. Foram com uma família amiga, com a qual dividiram a mesa. Enquanto os bailantes chegavam aos poucos, *drinks* e aperitivos foram servidos, pelos atarefados garçons. Homens e mulheres fumavam dentro do ambiente, o que hoje já não cabe mais. Elas, com longas piteiras, usavam o artigo para demonstrar estilo e elegância. Todos e todas se entreolhavam com curiosidade e, frequentemente, com expressões críticas. Ziza não passou despercebida, apesar de sua mesa estar ao fundo, sendo as de pista reservadas às debutantes.

As moças somente dançariam a primeira valsa após o longo ritual, em que cada debutante entrava no salão, segura pela mão do pai ou por um substituto, que as exibiam à maneira de joias caras em um leilão. A seguir, eles as entregariam aos pares, para a segunda música. Apresentação peculiar, mas não exclusiva, da elite araucariense. E de outros, que não mediam esforços para estar ali.

Em uma sociedade minúscula, cheia de moralismos e hipocrisias, o baile era um lugar onde flertar era permitido. Pares surgiam dali para a vida toda. Não que fossem felizes para sempre, mas ainda vigorava o *até que a morte os separe* ou a escolha de um alto preço a pagar. As infelicidades alheias, sempre conversadas a bocas pequenas, transformavam a vida privada em conquista de poucos.

Os olhos de esmeralda percorriam o salão, curiosos. Buscavam encontrar alguém. Muitos foram os rapazes que convidaram a moça, de lilás e cintura fina, para as danças. Ela não teve tempo de esquentar a cadeira. Sua estreia foi inesquecível. Mas, de Benjamin, não viu nem a sombra. E na hora determinada por Mamãe, embarcou com Dóia no carro de praça que as levaria para casa. Na saída, ainda procurava por ele.

Foi ao acaso que, dias depois, o encontrou pela rua, após a missa de domingo. Anos mais tarde, quando se esbarraram bem longe dali, saberia que o acaso foi provocado por ele, que a acompanhava de longe, desde o primeiro dia em que a viu. Buscava oportunidades de encontrá-la longe da alfaiataria do pai. Foram conversando até as proximidades da casa, assuntos corriqueiros, falsamente despretensiosos. E assim se sucedeu, muitas vezes, em afluências que pareciam ocasionais. A atração crescia em ambos, indisfarçadamente. Benjamin fazia jus ao nome. Mostrava-se uma pessoa fácil de ser amada.

Também após as rezas dominicais, quando voltavam lado a lado na direção de casa, foi que, ao pararem em uma rua discreta, olhos nos olhos, ele se aproximou, ela sinalizou claramente em concordância, ele a segurou no queixo, ergueu seu rosto em direção ao dele e, lentamente, a beijou. O tempo parou naquele momento e o mundo girava, enquanto seu corpo incandescia como jamais imaginou ser possível. *Então, as pessoas se sentiam atraídas assim? Eis a magia da paixão!* – pensou ela.

Falavam de todas as coisas, cada vez mais, a cada encontro. Quanto ao baile, contou-lhe sobre a expectativa de encontrá-lo. Ele a olhou, um tanto incrédulo. O terno teria sido feito para apadrinhar um irmão em casamento. *E, quanto ao clube, não lhe ocorreu que não me é permitida a entrada? Meu clube é o clube dos negros,* disse-lhe, *O 12 de Outubro.* Ela sequer havia cogitado sobre isso. Ficou pensativa. Por décadas. A segregação racial foi um tema que a ocupou para sempre.

Marcavam encontros na saída da igreja, quando ia à venda, à fruteira, e então, caminhavam conversando pelas ruas. Os beijos trocados, sempre na despedida, a cada dia eram mais de corpo inteiro. E, do rádio, passou a cantarolar músicas alegres que ouvia e que passavam a fazer sentido. Combinaram de tomar chimarrão na praça, no sábado seguinte. Mamãe a observava há dias, de canto de um olho só. O sorriso e o cantarolar sabatinos, naquela manhã, intrigaram a matriarca.

Na praça, a conversa ia e vinha com o mate amargo. Não lhes faltavam assuntos. Sentados elegantemente em um dos bancos, à sombra de uma pequena paineira, que lembrava a gigantesca árvore de tantas quimeras da fazenda, trocavam curiosidades sobre suas vidas. Contavam-se, atentos um ao outro. Por vezes, riam largamente. Falavam sobre músicas, cantores e cantoras. Dizia ele adorar as melodias e a voz de Silvana Mangano, cantora e atriz italiana. Ela já ouvira no rádio. Benjamin confidenciou, quase como um convite sussurrado, que se tivesse um dia uma filha, daria esse nome a ela. Ziza corou.

Foi quando Mamãe surgiu como um fantasma, vinda do nada, com a cara fechada, como quando desconfiava dos silêncios e virava no diabo. Surgiu transformada nele. *Dona Ziza, não me diga palavra, baixe os olhos e me siga, em silêncio, que em casa a gente conversa o que tem que ser dito. E será.* Não dirigiu olhar a Benjamin. Apenas, há pouca distância, virou o rosto de lado, olhos ao longe, mas palavras a ele: *E tu, volte para o lugar de onde nunca deveria ter saído, para junto dos teus iguais,* disse reafirmando o racismo que recebeu dos pais, que receberam dos seus e assim por diante.

Andaram pelas ruas, Mamãe na frente, puxando o pelotão formado apenas por ela. Lembrava como se estivesse ainda acontecendo, cada vez que revisitava aquele reconto. Enquanto caminhava, sentia o coração bater no pescoço, dessa vez de outro jeito, como se fosse saltar pela boca afora, tal qual vômito de grande mal-estar. Aquele que não se prevê nem se segura. Explode de dentro. Temia ver seu coração a qualquer momento esparramado pela calçada. Não aconteceu, porque coração não salta para fora. Ele se quebra. Em mil pedaços. E fica ali dentro, doendo sem fim. Foi a primeira, mas não a última vez, pois, que a bem da verdade, a vida não é boazinha com ninguém. Naqueles tempos não poderia prever que aquele grande mal, aquela dor, de longe seria a maior.

Em casa, Mamãe não poupou gritos e xingamentos. Papai foi convocado a compactuar, mas se mantinha em silêncio. Dóia chorava em um canto, lágrimas silenciosas. Berrava, a senhora, que *Moça estragada não serve pra casar, você não foi criada pra isso, pra ser vagabunda, uma vadia, pra se meter com vagabundo, vagabundo e negro, neto do negro Rubro, gentinha, ralé! Você não se dá o respeito, uma vergonha pra a família, você vai pagar caro pela vergonha que está me fazendo passar, não será outra a desonrar a família.* Mesmo naquele dia, ao rememorar, ainda não se deteve ao sentido do que Mamãe dizia.

Durante toda a semana não teve mais permissão para sair de casa. Concluiu o ano no final de novembro e só ia à escola escoltada. Como na época de Chico, voltou a ser vigiada. Mingos era agora seu guarda-costas. Vez ou outra, ele piscava mais demoradamente, ou se distraía voluntariamente com algum passante, para que ela pudesse acenar para Benjamin, com quem fora proibida de falar. Mingos era um carrasco bom, que não conseguia esconder o coração enorme que carregava em seu peito. Mas nunca a deixou falar diretamente com Benjamin. E isso foi cumprido por anos. Até o reencontro, quando a proibição foi finalmente desrespeitada.

O ano era 1953 e no último dia de novembro, uma segunda-feira, Mamãe, que não mais lhe dirigia a palavra e ainda carregava o diabo em si, entrou em seu quarto para dar a notícia, bem cedo, antes mesmo que tivesse saído da cama. *Arrume todas as tuas coisas. Todas. A Minda vai trazer as malas. Tu vai morar com tua irmã e teu cunhado na cidade grande, vai ajudar ela com a casa e com as crianças. Eles estão autorizados a te manter ocupada e decente. Cria vergonha na cara e nunca mais dê motivos para nos envergonhar. Hoje Mingos vai te acompanhar até o ônibus. E não quero nem palavras, nem choro.* Falava a seco, abrindo as portas do roupeiro.

Virou as costas, batendo a porta do quarto e saiu, deixando-a ali, em choque. Sem ter escolha. Lembrava-se de estar atordoada com a notícia. O dia transcorreu como Mamãe dissera. Minda chorava baixinho, arrumando todos os pertences nas malas. Ambas sentiam dor em algum lugar indefinido, ambas estavam em luto. Ao sair com Mingos, em direção ao carro de praça, viu Papai com os olhos inundados, Minda com um lenço a secar o nariz e o rosto, Dóia congelada em prantos. Todos a abraçaram, sem palavras. De Minda, jamais havia se separado. Mamãe nem na porta veio.

Saiu de ônibus pela mesma rua por onde entrou de carroça, há seis anos. Da criança que chegou, pouco sobrou. Restavam vestígios. O medo era igual. Temor frente ao desconhecido. Impotência. Novamente, não foi escolha sua. Ao sair, olhava cada uma das casas, lojas e estabelecimentos, antes tão assustadores, agora familiares. Seu estômago parecia borbulhar num misto de medo, frustrações, infelicidade e expectativas. No entanto, havia algo diferente na bagagem. A mágoa. Ali, perdia seu primeiro amor. Experimentava uma nova dor. E o mundo que ela conhecia, o seu mundo, outra vez mudou de forma drástica.

3

Os Anos de Exílio

A cidade de Passo Alto, para onde foi, era o grande centro do estado, destino de todos das redondezas. Para lá, viajavam alguns privilegiados, quando precisavam de bons médicos, exames, internação hospitalar ou mesmo para um simples final de semana com bom restaurante e cinema. Lugar desconhecido para Ziza, que jamais havia saído de Araucárias do Sul.

Girava a taça do vinho que degustava com prazer, ainda a mesma com a qual iniciou seus devaneios. Comparava novamente a cidade grande, para onde foi exilada como criminosa, aos dezesseis anos, com a metrópole paulista, em que aterrissou horas atrás, mais de sessenta anos depois daquela ocorrência. Riu sozinha de tais absurdos. Dessa vez, quase gargalhou, balançando a cabeça de um lado para outro. Um tanto por equiparar o incomparável, mas, também, ao sopesar a si mesma com a adolescente ingênua e despreparada, condenada por um delito julgado e sentenciado por Mamãe. E por toda a ilusão que a fez sofrer e que o destino, bem mais tarde, encarregou-se de desfazer. Não sem mais sofrimento, pois, agora sabia, *Tudo na vida tem "pós e contas"*, como costumava se referir às consequências de cada escolha.

À época, humilhada, impotente e culpada, acreditava, em parte, nas palavras da Mamãe. O que era tão condenável em uma moça apaixonada? O redondo planeta azul ainda daria três voltas ao redor do sol antes que ela amadurecesse o suficiente para compreender melhor e tomar decisões sustentadas por valores e ideias próprias. E, só então, escolher suas sanções particulares.

Durante aproximadamente oito horas, sacolejou em um ônibus barulhento, passando por estradas de terra vermelha, empoeiradas e esburacadas. De tempos em tempos, entrava em vilarejos, despejava gente e arrecadava outros tantos. Gente com malas, sacolas, crianças, galinhas e outros bichos mais. Uns vivos; outros, mortos. Como as pessoas ali. Algumas, nem vida no olhar carregavam, só miseráveis pertences. Medo e angústia, sua principal bagagem. Ainda não sentia raiva. Isso não havia sido autorizado.

Hoje, a distância entre Passo Alto e Araucárias do Sul é percorrida no máximo em duas horas, por estrada de asfalto. *Até as estradas evoluem,* pensou Ziza. Novamente sorriu. O sorriso que demorou a voltar ao seu rosto naqueles anos de exílio.

Chegou à rodoviária, lugar sujo, de idas e vindas, de partidas e reencontros, de abraços e muitas lágrimas. Atordoada, desceu do ônibus naquele pequeno caos, sentindo uma certa vertigem, sem saber para onde olhar ou aonde ir, pois ninguém lhe deu sequer um endereço. De repente, uma mão firme tocou em seu braço e, ao se virar, reconheceu o cunhado, que a recebeu sorrindo, com um cumprimento rápido. Livrou-a do peso da mala que o motorista tirou do porão do veículo e lhe entregou às pressas, já puxando de lá outras mais. Sem muitas palavras, ela o seguiu até o grande e confortável carro que nunca havia visto antes. Falaram de amenidades durante o percurso até a casa, na qual a irmã a esperava com a sobrinha ao colo, pouco mais do que um bebê, e uma barriga que chegava antes dela aonde quer que fosse.

Tetê tinha grande semelhança com Mamãe. O olhar endurecido estampava o julgamento que se estendeu até ali. Abraçaram-se sem muito afeto e logo foi levada a um quartinho pequeno, próximo à cozinha, em que havia um banheiro minúsculo ao lado da lavanderia. Outra evolução da senzala, agora oferecida a ela.

Maria Inajara veio, aos poucos, para perto da tia Ziza. E, no mesmo ritmo, surgiu um laço de amor que amenizava a solidão. Com Maria Clélia, que nasceu dois meses depois de sua chegada, costumava dizer que sofreu amor à primeira vista. Tetê quase não se ocupava das filhas. À semelhança de Mamãe, também delegava o cuidado. Contava com o argumento de trabalhar fora, em uma agência dos Correios. Lembrava-se, com muito carinho, das sobrinhas com quem cozinhou fios de afeto, unindo-as para sempre. Com as Marias, como foram chamadas a vida toda, desenvolveu o dom, natural a ela, mas não infalível, de maternar.

Tetê dava ordens e administrava tudo com firmeza. Cozinhava todos os dias, quando vinha em casa, nas duas horas que tinha para almoçar. Nos finais de semana, gostava de ir a festas e jantares com o marido que, via de regra, viajava nos dias úteis. Ambos se mostravam exigentes com ela. Não lhe davam permissão para sair de casa sem a presença de um ou de outro. Ziza encontrou felicidade ao lado das meninas, o que equilibrava a balança da vida. Seu exílio incluía cuidá-las, limpar a casa e lavar e passar as roupas de todos. Só não cozinhava, o que foi aprendendo aos poucos com a irmã, tornando-se tão boa aluna, que a superou brilhantemente ao longo do tempo.

Limpar a casa foi algo que também precisou ser ensinada. Uma coisa era ajudar Minda nas tarefas diárias; outra, ser a responsável e encarregada de tudo. O que parecia um fardo, aos poucos se tornou uma ocupação que a distraía, como se limpasse a alma. Jamais mencionou com a irmã o nome de Benjamin. Era assunto proibido. E Tetê, como representante da matriarca, deixava isso bem claro. Varria, espanava, esfregava, ao som do rádio, enquanto um olho permanecia nas sobrinhas. Sempre que tocavam músicas de amor, brigava contra as emoções. Em uníssono, as vozes chorosas de cantores famosos se misturavam à sua. Entoava, contendo soluços, os trechos de muitas canções que embalavam sua nostalgia. *Ai sodade, ai sodade... Ai sodade matadeira... Meu benzinho e minha beira... Ia me encontrar com ela... Um "bandão" de tempo e "nóis" a se "oiá" ... Encontraram eu e ela... Num gostaram do namoro... To morrendo de sodade,* cantarolava, acompanhando Caymmi, dançando com a vassoura.

A única coisa que fazia para si era estudar à noite, em uma escola que ficava a três quarteirões de casa. E, antes de pegar no sono, adquiriu o hábito de ler, devorando todos os livros disponíveis pela casa.

Aproveitava a sesta das meninas para fazer as lições e se preparar para as sabatinas, ou quando os quatro saíam a fazer visitas, para o que nunca era convidada.

Desde os primeiros meses morando com a irmã, Ziza percebia o olhar penetrante do cunhado, e isso a deixava atrapalhada. Não sabia definir o que sentia, mas havia algo estranho que vazava pelas janelas daquela alma. Aos poucos, passaram a acontecer situações ao acaso, onde ele tocava seu corpo como sem querer. Uma vez era para pegar um prato na pia enquanto ela lavava a louça, outra vez um encontrão no corredor dos quartos, ou mesmo quando embalava uma das meninas e ele se aproximava por trás, como a fazer carinho na filha, com seu corpo colado ao dela. Algo sutil que a fazia duvidar de sua percepção e acreditar que estava imaginando coisas. Lembrava-se do mal-estar que a tomava por dentro e de ter passado a evitá-lo. Dava meia volta quando o via, saía da cozinha quando entrava, esgueirava-se sempre que possível. Ainda assim, ele a surpreendia.

Em agosto, enquanto varria o pátio, ouviu no rádio a notícia da morte do Presidente. Segurou firme a vassoura, sem acreditar. Recordações lhe vieram à memória. *Getuio,* dizia Minda, é a esperança dos pobre desse país, Zizinha. Ele é o pai dos pobre, minha minina! E tu sabe quem são os pobre de verdade desse país, fia? Nóis, os nego. Deixaram nóis livre pra sê miseráve! Mandaram nóis imbora com a troxa nas costa e os imprego e as terra sobrou pros branco que vieram de passagêro nos navio. Pra nóis, que viemo nos porão acorrentado, ainda só a escravidão dos libertado. Mas ele, Getuio, criô lei que ajuda nóis! Getuio vai mudá o Brasil, fia! Enquanto lembrava da esperança de Minda, esperança agora morta, chorava de tristeza pela amiga, viva e livre, mas ainda apartada de qualquer direito. E ele, o maldito cunhado, então, se aproximou e a abraçou, dizendo que podia consolá-la, que não precisava ficar triste. Por um momento, sentiu-se amparada. Mas não demorou a perceber suas mãos em seu corpo e, tomada por um mal-estar inexplicável, correu para seu quartinho e trancou-se para chorar seu pranto e seu espanto a sós.

Em 1955, Ziza vivia ensimesmada, cumprindo tarefas, tentando esquecer o assassinato precoce de seu romance proibido com Benjamin. Ainda completamente alheia ao mundo lá fora, onde a guerra fria produzia mais um genocídio histórico nas terras vietnamitas. Um confronto armado que durou mais de dezenove anos, produziu estragos incontáveis, centenas ou milhares de filhos de estupros do poder branco, mutilou pessoas, famílias e uma nação inteira. A foto de uma menina nua correndo, de braços abertos, em forma de tocha humana e clara expressão de dor, transpôs todas as fronteiras, mas ainda assim o horror seguiu por mais três anos. E durante todo aquele tempo, e sempre, as piores camadas da guerra – a produção de miséria da população e o enriquecimento dos oligarcas – permaneceram omitidas, como acontece em todas as guerras. Ela só tomou conhecimento disso muito mais tarde também.

No terceiro ano morando lá, o cunhado se tornou mais invasivo. Chegou um dia em casa, no meio da tarde, enquanto as Marias dormiam. Ziza estendia roupas no quintal e ele a surpreendeu pelas costas, deslizando novamente as mãos em seu corpo, sussurrando *Nem é mais a magrela que chegou! Encorpou, minha cunhadinha!* Seu grito foi tão alto que mal deu tempo de correr e Iaiá surgiu na porta dos fundos, assustada, pedindo colo. A pequena a salvou. Ameaçou contar para a irmã e ele encarou-a dizendo *Em quem você acha que ela vai acreditar? E eu sei que você também quer brincar!*

Apavorada, foi ficando cada dia mais quieta. Resguardou-se. Com medo, nada contou. *Seria possível que Tetê não acreditaria?* A irmã parecia nada perceber. Um tempo depois, viu-o espiando-a pela janela do banheiro enquanto tomava banho. Gritou e ele riu, o riso perverso de quem tem prazer com o pavor que causa nos outros. Era quase assim quando batia nas meninas por coisas muito pequenas. Ou quando humilhava Tetê, mulher forte, porém não diante dele, que se rebaixava e fazia de conta que tudo parecia normal.

A irmã e o marido formavam um casal nos moldes tradicionais, sem maiores demonstrações de carinho entre si. Com o passar do tempo, percebeu que algo entre eles não estava bem. Brigas constantes e silêncios hostis passaram a fazer parte da rotina com mais frequência.

Em uma terça-feira qualquer, o cunhado voltou de uma viagem no meio da manhã, chegando sem avisar. Largou as malas ali mesmo na sala e foi à cozinha, onde Ziza preparava alguns adiantamentos do almoço para esperar Tetê. Agarrou seu corpo, invadindo com as mãos as suas partes mais íntimas, jamais tocadas nem por ela mesma, exceto para fazer a higiene. Aquele fatídico dia foi marcado a ferro e fogo em sua alma. Virou-se com firmeza, dando-lhe uma bofetada na cara e, em voz alta o suficiente, disse-lhe que daquele dia não passaria. Contaria à irmã sobre quem era seu marido. Ele, entre deboche e fúria, com hálito alcoólico, já alterado pelo aperitivo diário da manhã, desdenhou da ousadia. E, pela primeira vez em três anos, colocou em palavras o enredo nunca mencionado, causa de seu exílio. *Tu realmente acha que tua irmã vai acreditar numa vagabunda como tu? Uma vadia que se esfregava com negros pelas praças? Tu não vale mais nada! Experimente dizer alguma coisa! E veja onde vão te jogar da próxima vez! Não basta estar no quarto de empregada? Tu nunca deixará de ser uma vagabunda! Mulher vadia serve pra ser mulher da vida! E cobrar barato, porque mulher usada não vale nada!*

Em choque e em prantos, correu ao seu cubículo, chaveando a porta atrás de si. As palavras ecoavam em sua mente como uma sentença. Sentia-se suja. Como se o fato de ter se apaixonado por Benjamin fosse motivo para condená-la a uma vida sem valor. Homens daquele naipe não poderiam avocar o direito de tocar em seu corpo, como se fosse uma mulher de vida fácil. O que, na verdade, entendia como uma difícil vida. Vida que nunca imaginou para si. Ficou ali, a chorar e a pensar em círculos. Ele contava com seu silêncio, a tão frequente cumplicidade da vítima. No entanto, uma certeza tinha: contaria para Tetê tudo que vinha sofrendo.

Não tardou para que a irmã chegasse e encontrasse o marido, surpreendentemente, brincando com as filhas. Ouviu-a perguntar por ela e a resposta foi evasiva. Disse que não sabia, que deveria estar lidando com a roupa. Tetê trocou-se, colocou o avental e foi para a cozinha. Do quartinho, escutava alguns sussurros entre eles, mas não compreendia o que falavam. Ouvia a irmã retrucar e ele responder, o que parecia outra pequena briga.

A paralisia foi se dissipando. De olhos inchados, saiu do quarto lentamente, ainda organizando dentro de si o que diria. O casal, ao ouvir o ranger da porta, fez silêncio. Entrou na cozinha onde a irmã passava óleo e colocava na boca do fogão, para aquecer, a pequena frigideira invertida de fritar massas de panquecas. Tetê sequer a olhou, mas Ziza percebia que, por trás da altivez inabalável, a irmã estava triste. Ambas, por motivos diferentes, tinham lágrimas nos olhos. Olhos que mudariam o foco naquele instante. Enquanto Ziza dizia *Tetê,* tentando uma conversa, ao olhar para o fogão, surpreendeu-se com Maria Clélia, na ponta dos pés, tentando agarrar o cabo da frigideira, que ao seu toque, tombou em seu rosto, causando a dor que toda queimadura grave provoca. Foi tudo muito rápido. A pequena gritava desesperadamente, tocando a bochecha com a mãozinha e tirando-a, em movimentos alternados, com o corpinho todo tenso, esticada sobre a ponta dos pés. Ziza encharcou um pano de prato limpo, com água fria da torneira, colocou na queimadura e, em um ato reflexo, agarrou a pequena no colo, enquanto, dessa vez, quem ficou paralisada, aos gritos, foi Tetê. Ao lado do inútil marido, que exclamava *Não foi nada, Lelinha! Não grita, guria! Já vai passar!*

Ao evocar os acontecimentos trágicos, os berros de Lelinha ainda ecoavam em sua cabeça. Com a menina segura em seu colo, correu oito quadras sem respirar, até o pequeno Pronto Socorro da cidade. Imediatamente, aplicaram remédios para dor e para que dormisse. Começaram os procedimentos, que duraram dias. Foi o que a salvou de continuar sentindo dor e de uma cicatriz ainda maior, que, graças à sua agilidade, não passou de uma mancha pouco mais escura que a cor natural da pele. Sem nenhum documento, precisou telefonar. O infeliz surgiu para preencher os formulários e sequer disse obrigado. Seu nojo por aquele homem estava consolidado. Ziza ficou ali por dias, ao lado de Lelinha que, ao acordar, só pedia por ela. As crianças sempre sabem em quem podem confiar. Quando ia em casa, trocar a roupa e tomar um banho, tirava sempre alguns minutos para Maria Inajara. Iaiá sempre foi uma criança encantadora e, mesmo tão pequena, entendia a gravidade do momento, evitando dar qualquer trabalho aos adultos.

Quando Lelinha teve alta e voltaram para casa, Ziza permaneceu envolvida com as crianças, porém muito pensativa sobre todo o ocorrido. Tetê também estava reservada, sem nenhuma demonstração de agradecimento, o que a fazia temer ser também acusada pelo acidente. Três dias mais tarde, a irmã a chamou para conversar, insinuando que sua presença já não era bem-vinda, que o marido tinha muitas queixas sobre seu trabalho e quanto à maneira como cuidava das meninas, que a sentia desafiadora, provocadora, que via que competia com ela pelo amor das meninas e que não a queria mais em casa. Ficou perplexa. E ouviu que o fato de Lelinha querer somente ela ao seu lado no hospital, foi a prova de que estava roubando seu lugar, perguntando, inclusive, o que mais iria querer depois de tomar suas filhas.

Ziza não podia acreditar no que estava ouvindo. Levantou-se sobressaltada e gritou para a irmã, questionando-a *Tu é cega, minha irmã? Tu não vê um palmo diante do teu nariz, Tetê? Tu não vê que teu marido é um bagaceiro? Tu não percebe qual é a verdade? Teu casamento é uma merda! Teu marido é um monstro! Implica com todo mundo, com tuas roupas, bate nas meninas, desconfia de tudo e de todos, não mantém amizades, inventa ciúmes de ti... Não sei como ainda permite que tu trabalhe. Talvez agora seja esse o próximo passo dele: te enclausurar nos trabalhos de casa. Há dois anos que preciso me desviar dele o tempo todo quando tu não tá! No dia em que Lelinha se queimou, ele me agarrou, aqui mesmo, na cozinha, enfiando as mãos em mim! E depois, vocês estavam brigando, que eu ouvi. Tu te descuidou, por que ele te atormenta e tu nem pra me dizer obrigada serve? Naquele dia, disse a ele que te contaria, mas tu nem sequer olhou pra minha cara! Tu vive aí no teu mundinho! Tu acha que porque eu me apaixonei, aos dezesseis anos, preciso ser condenada a ser vagabunda, como ele insiste em me dizer, cada vez que se aproxima de mim e tenta tocar o meu corpo? Na ocasião, disse que te contaria e acho que ele passou a falar mal de mim para esconder o monstro que ele é! Ele te jogou contra mim, minha irmã!*

Tetê se levantou aos gritos, espalmando a mão na face de Ziza. Humilhação vem em jorros. *Fora da minha casa, vagabunda! Tu não merece morar aqui! Tu não tem o direito de falar mal do meu marido na minha cara! De certo que te ofereceu a ele, querendo tudo o que é meu! Fora da minha casa!* A vida real a invadia e derretia os restos da infância ingênua a cada fervura.

Por duas vezes apenas, em três anos, havia voltado a Araucárias desde sua saída. Visitas rápidas. O cunhado não gostava de estar lá e dizia que tinha que ir na sexta, passar o sábado, brigar no almoço de domingo e ir embora. E assim era. Todas as festas de Natal, Ano Novo, Páscoa ou aniversários haviam passado em casa ou com alguma família de amigos dele, cada vez uma diferente. Nas duas vezes em que voltou, Ziza não teve permissão para sair ou sequer ver as amigas. Com Minda, conseguia ficar a sós e fazer perguntas. De Benjamin, ninguém falava, nem ela. Sentada na poltrona do ônibus barulhento, voltando para casa em um dia chuvoso, que transformava o barro em lama, e desafiava ainda mais o motorista, fazia uma retrospectiva da sua ainda curta vida. O veículo atolou algumas vezes, atrasando a viagem. Sentia-se, naquele momento, inevitavelmente, também patinando em um lamaçal íntimo e movediço, no qual se revirava tal qual roda de carroça, para criar saídas.

Sentada no sofá de Nina, na barulhenta terra da garoa, ouvia a chuva fina e lembrava claramente de seus pensamentos à época. A primeira vez que sofreu abuso, aos cinco anos, foi a Mamãe quem a protegeu. Mamãe não foi o diabo, como por tanto tempo pensou. Foi mãe. E talvez tenha sido dela que trouxe a força, que angariou em si, para se defender sozinha naquele episódio perigoso. Ao sair, disse à irmã, aos prantos, desvencilhando-se dos braços das pequenas Marias, que choravam também, *Protege elas, por favor, Tetê.* Sabia que, ao chegar em casa, teria de ter muita energia para se defender dos novos ataques que sofreria, sem sombra de dúvida.

Ao buscar um copo d'água na cozinha, o olhar de Ziza se embaçou ao memorar o desfecho de sua trajetória com aquela irmã. Seu vínculo com Maitê se manteve frio e distante por anos, até que a irmã, já doente, pediu para vê-la, necessitando de cuidados, dos quais Ziza não se negou a dar, levando-a para junto de si. Por dois meses conviveram, quando ambas já haviam tido seus próprios desamores. Compartilharam tramas privadas, de casamentos fracassados, das pescarias, não de peixes, mas de bebedeiras e putarias masculinas, dos maridos abusivos, das dores, das perdas. Tetê, presa à máquina de hemodiálise, sobrevivia cheia de limitações. Só então ela pediu perdão à irmã caçula, quando aquela máquina sugava sua vida, a cada sessão, para mantê-la semiviva, em um paradoxo que causava toda espécie de dor. E, enfim, agradeceu por todo o cuidado que teve com suas filhas, durante os três anos em que viveu exilada, e pelo amor que a manteve unida a elas, apesar de todo e qualquer atrito. *A criança reconhece o amor verdadeiro mais facilmente do que um adulto,* disse à Tetê, enquanto servia um saboroso doce caseiro para amenizar os amargores de suas vidas. Foi uma curta, mas intensa e necessária, despedida agridoce.

Fios de Ovos e Merengue

Retornar não foi fácil. Mamãe não facilitaria. Ao mesmo tempo que nada falava, dizia muito com seus silêncios e meias palavras. Desses abusos ainda precisaria aprender a se defender. E não tardou. A vida oportuniza e ensina a quem deseja amadurecer. Criou saídas para sair de seu atoleiro.

Ziza esperou um dia inteiro para ouvir algo. Nada. Mamãe permanecia nem um pouco dada a conversas. O silêncio seguiu por dias. Agia como se não a visse. Mas não a mandou embora, o que já era suficiente. E ela estava resolvida a fazer seu rumo, independente da matriarca. Sabia que não conseguiria continuar assim, sem colocar a vida em pratos limpos. *Não se cozinha relacionamentos sem palavras*, diria anos mais tarde à filha Adriana. A conversa é fogo e, sem ele, fica tudo cru ou malpassado. Malparado. Quando é demais, no entanto, queima. Achar a temperatura certa é sempre um desafio.

Ao final da primeira semana, com os papéis da transferência em mãos, já havia se matriculado para terminar os estudos. Formar-se-ia em breve no Curso Técnico de Contador, que, acreditava, seria útil para conseguir um primeiro emprego de verdade. Então, foi ao salão de beleza para dar o grande passo. Cortar o longo cabelo desafiava a si mesma também. Temia não se reconhecer depois, porém, não mais o via como parte de si. Examinou algumas revistas e optou por um corte curto, acima dos ombros, com uma franja ao lado, igual Elizabeth Taylor. O novo corte deu volume aos seus suaves cachos escuros, que não se assemelhavam ao de nenhum familiar, e que nunca soube que tinha. Tirou de si um peso que ia além do literal. Foi a primeira coisa dolosa que fez na vida contra Mamãe que, ao vê-la chegar, mesmo com a visão curta e um só olho ainda útil, percebeu a ausência da longa madeixa. Ziza, não deixando barato, ergueu a longa trança que trazia na mão, amarrada com um laço vermelho, e balançou como um troféu. A senhora da casa, sem esconder o espanto e a raiva, virou as costas e se retirou para o quarto, sem deixar de sussurrar que *Quem nasceu para errar não sabe fazer certo.*

Diferente de Minda e de Dóia que, ao vê-la de cabelos curtos, derramaram elogios, sem economia de palavras. Papai dirigiu olhares de aprovação, mas sabia que esse era um ataque muito forte à senhora das chaves. Foi um ato de coragem. Tomou mais doses da mesma e, decidida a conversar, foi ao encontro da poderosa imperatriz do lar.

Bateu à porta do quarto e entrou sem esperar permissão. Mamãe, que não contava com tal atitude, deitada em sua cama de ferro, recostada em travesseiros de pena de ganso, mostrou surpresa e despreparo frente ao fato de não ter o controle da situação. Ninguém jamais a enfrentava. Nem Papai. Incidia sobre todos o mesmo jugo que Vovô mantinha sobre ela. Tentou reclamar do cabelo cortado e de como havia com isso quebrado a promessa que ela fizera à Nossa Senhora dos Aflitos, quando Ziza ainda era bebê, num ato desesperado de retomar as rédeas da vida, que por algum motivo, parecia ter perdido. A moça sentou na poltrona a um canto e usou a voz para dizer algo inesperado, que desarmou a senhora. *Mamãe, eu pensei muito nos últimos anos. Vivi coisas que tu não imagina e que me fizeram entender um pouco melhor os fatos. Então, primeiro eu preciso te dizer muito obrigada. Eu te agradeço por tentar me proteger. Por muito tempo, tive medo de ti. Hoje, não mais. Tudo que tu faz é o que tu entende que deve fazer. Ninguém nasce sabendo, muito menos alguém como tu, criada lá no meio do mato, que, aos treze anos, precisou se tornar mulher e, aos quatorze, teve que aprender a ser mãe. Quando eu tinha cinco anos, tu me protegeu, Mamãe. Aos dezesseis, tu pensou estar me protegendo. Mas não foi assim.*

Contou, em sequência, sua versão sobre como sofreu, o quanto não entendia nada por ser apenas uma criança e de como o não saber cria palco para fantasias assustadoras. Até hoje tinha pesadelos com Chico sendo açoitado. Detalhou à mãe, entre lágrimas, sobre os três anos que viveu com a irmã. Com ênfase, descreveu o motivo que a trouxe de volta. A mãe chorou, contida, de cabeça erguida e, só então, voltou a encarar a filha, para, em seguida, baixar a cabeça pela primeira vez. Mas, tal qual Tetê, jamais pedia desculpas. Era orgulhosa demais. Um orgulho que encobria suas infinitas inseguranças, sempre escondidas atrás de defesas agressivas e verdades inquestionáveis. *E, sobre os cabelos, Mamãe, eu sinto muito. Se queres manter tua promessa, penhore algo teu. O corpo dos outros não pode ser usado, tomado como propriedade, nem mesmo pela mãe para negociar com Deus. E fique tranquila! Eu já descobri que minha força não vem dos meus cabelos. Uma parte vem do que aprendi: contigo, com Dóia e com Minda. E com o Papai. Mamãe, eu já posso me defender. Fique tranquila.* – saindo do quarto – *Ah! Segunda-feira começo a trabalhar.* A trança, deixou sobre a cadeira.

Mamãe a ouviu quase em silêncio. *Aquele certamente foi o meu debut,* pensava aos quase oitenta anos. Como se tivesse entrado no quarto da mãe ainda criança e saído dele transformada em mulher. Inacreditavelmente, perdera o medo de Mamãe. Mas jamais extraviou o respeito. Imaginava que ela tinha suas próprias dores. E Ziza ainda não fazia ideia de quantas dores sofreria por não conseguir se proteger sozinha, como imaginava à época.

A vida parecia mais leve, aos poucos. Estudar, trabalhar e ajudar nas lidas da casa, além dos momentos de refúgio com Papai, ouvindo suas curtas aventuras, que faziam o tempo esmaecer o passado. Conseguiu trabalho no escritório de um posto de combustível, como contadora. Tinha orgulho disso. Soube que Benjamin foi embora da cidade para a capital, sem deixar rastros. Tudo parecia agora muito distante da realidade, quase como se tivesse sido um sonho, que acabou virando pesadelo e evaporando no fogo dos anos.

A cada dia, aproximava-se mais e mais do fogão. A cozinha, para ela, era o palco para alquimias. Ali, cozinhava lembranças do passado junto com legumes e temperos perfumados; desfazia-se de raivas apimentando e salgando carnes que, assadas, desmanchavam-se na boca. Transformava lágrimas e tristezas em saborosos caldos quentes, que aqueciam até os corações mais gelados do inverno gaudério. Amainava saudades, adoçando ingredientes que se transformavam em bolos e doces de lamber os lábios.

Apesar de tantas técnicas para engomar tecidos, usando, por exemplo, amido de milho, Mamãe gostava de mandar engomar toalhas de mesa e guardanapos com claras de ovos. Um processo artesanal, quase artístico, que, ao calor do ferro de brasas, enrijecia os panos de forma incomum. E fazia sobrar sempre muitas gemas alaranjadas, ingrediente abundante, que precisava ser utilizado com rapidez para não estragar. Salgados e doces eram produzidos em quantidade nos dias de engomar as roupas de mesa.

Ziza já havia comido, vez ou outra, entre tantos tipos, um doce de fios de gema. Não gostava muito. Sentia gosto demasiado de ovos. Alguns tinham aparência esbranquiçada, outros ainda eram secos demais, ou boiavam em calda sonsa, por vezes até meio azeda e espumosa. Certa vez, viu a mãe de uma amiga a fazer e sentiu o cheiro enjoativo do ovo. Decididamente, preferia outros doces. No entanto, como gostava muito das lidas da cozinha, prestou atenção no ritual de derramar as gemas na calda quente. Verdadeira bruxaria.

Como já fazia parte de sua rotina, não raro recebia encomendas para algum chá ou jantar de fim de semana. Ocupava-se, aos sábados, desde cedo, a preparar delícias cujos aromas se alastravam pela casa. Minda era sua fiel ajudante. Ambas tinham cumplicidade e sintonia, construídas desde que Ziza nasceu. Já era adolescente quando se deu conta de que tinham apenas onze anos de diferença entre si. Se, quando era criança, Minda parecia muito mais velha, sua cuidadora oficial, a mais cheirosa de sabão, agora, com vinte anos, as diferenças se evaporaram sem deixar vestígio.

Pois, foi que um dia, ao ver aquele monte de sobras de gemas de ovos, desejou fazer o tal doce, de fios cozidos na calda. Começou a juntar os ingredientes, com a ajuda da parceira de vida. Panela grande, tigelas, açúcar, água para ferver, coador, peneira, colheres, grãos de baunilha, outra panela grande com água gelada. Precisaria de gelo. Um dos rapazes buscaria na gelateria. E aquele funil de bicos, para derramar em fios as gemas sem pele. Mamãe não tinha em casa aquela ferramenta de culinária. Minda, numa corrida, foi ao armazém do irmão da dona Tonha, onde tinha de tudo, e comprou, conforme Ziza pediu, sem dinheiro, usando a caderneta da casa Heimrich. O funil tinha cinco pontas, feito de um aço novo que não enferrujava! O cabo grande, todo em madrepérola, em tons de marfim, âmbar e raros fios azulados, parecia uma joia rara. Uma peça única, sem similar, como se Minda a tivesse criado de forma mágica, que se tornou uma verdadeira e cobiçada relíquia. Tanto quanto a receita secreta. De ouro.

De aventais e lenços nas cabeças, começaram a feitura. Ziza já defendia que *tudo que se vai fazer nas fôrmas e panelas, precisa provar. Tudo se experimenta, até massa crua.* Fazia isso ainda hoje. *Ovos se quebram um a um, em tigela separada. Só o adicione aos outros se tiver certeza de que* não está estragado, pois, se misturar o estragado, perdem-se todos.

Conforme ia fazendo, também falava. Explicava. Minda aprendia e obedecia. Adorava estar com ela. Adoravam estar juntas. E a vida foi generosa, permitindo que essa parceria durasse décadas e perpassasse gerações, mas ainda não sabiam disso naquela época.

Intuiu que, antes de tudo, deveria caramelizar o fundo da panela, com muito açúcar grosso, como se fosse uma fôrma de pudim. E, só então, foi adicionando água morna, quase quente, aos poucos. O caramelo ia se desmanchando, derretendo e, quando a calda estava fervendo, com a soma de todos os outros ingredientes, exalou um perfume inigualável, que disseram ter aromatizado a rua toda. Começou a encher o funil com as gemas, peneiradas, já bem aeradas, de um amarelo alaranjado que era quase como uma bacia de sol. Resplandecente. Ao cair no denso líquido borbulhante, o ingrediente mudava lentamente para tons amarelecidos, alaranjados, chegando ao dourado em fogo baixo, cozinhando vagarosamente, espalhando-se pela panela, que mais parecia um caldeirão cheio de ouro em fios. Assim como se espalhavam, também se uniam, aleatoriamente. Alguns desciam ao fundo da panela e sumiam debaixo de outros, de repente emergiam por conta própria – ou não seriam os mesmos? –, grudavam-se e formavam um pequeno emaranhado que não desgrudava mais, outros ficavam curtos, desgarravam-se dos demais, indo para um lado da panela, em um cozimento solitário. Quando chegavam ao ponto, retirava-os cuidadosamente. E começava tudo outra vez. Alguns pareciam cozinhar mais rápido e outros pareciam permanecer meio crus, muitos se aliançavam em pares e cozinhavam assim, longos e juntos. Nessa dança dourada, Ziza via famílias, amizades, encontros, desencontros, amores e desamores. Não tão profundamente naquela primeira vez, mas em todas as incontáveis vezes que repetiu o ritual que adoçou tantas vidas. Mas nunca serviu para amenizar as perdas.

Um dos segredos consistia em retirar os fios no ponto certo do cozimento e outro, jogá-los em água bem gelada. *O choque térmico cessa o calor e desperta o sabor do doce*, dizia ela ainda hoje. Recordou a sensação de provar, pela primeira vez, os seus Fios de Ovos, deliciosos, mesmo preservando o gosto de ovo e ainda sem a calda. Provou o fluido quente que permanecia no fogo. Faltava algo. Saiu pela cozinha a olhar os armários. Foi na despensa e abriu as tuias da Mamãe. Examinava, uma por uma, as farinhas. Abriu os vidros de mantimentos, cheirava tudo, todos os temperos e iguarias. Saiu para o pátio, desceu ao lado dos copos de leite, passou o galpão e o parreiral de uvas e sondou toda a horta e o pomar. Pensativa, contemplava cada árvore, da bergamoteira às bananeiras, os cravos da índia e a imensa árvore de canela, a jabuticabeira, a laranjeira, o pé de maracujá ao longo de toda a cerca, o limoeiro, o pé de laranja-lima. Rastreou cada canto. Nada. Na volta, olhou cada planta de novo e, só então, o sabor imaginado lhe veio à cabeça. Estava descoberto o ingrediente secreto. Voltou correndo com alguns pedacinhos de algo na mão, lavou e colocou dentro do caldeirão. Minda, não entendendo nada, cuidando da feitura, esperava. Não viu o que foi para a panela, mas logo o olor mudou. Enquanto escorriam cuidadosamente os fios gelados em uma enorme bacia de louça, a calda terminava a fervura. Somente depois que tudo estivesse bem frio, os fios seriam colocados nas compoteiras de vidro e regados suficientemente com o líquido precioso que faria de seu doce único e cobiçado. E, seu segredo, mais desejado do que vestido novo em tempos de baile!

Distraída, aerava o vinho na taça, enquanto colocava a vida em revista. Há muito não era comum ficar tanto tempo assim, em devaneios. Sempre tinha afazeres ou companhia. A lembrança vívida de seus Fios de Ovos, transformou sua boca em saudade. Depois de um longo período, fizera ontem sua doce alquimia, com a ajuda de Lisi, a pedido de Adriana. Não havia nenhuma como a sua. Por anos, manteve uma produção constante. Vendia para clientes fiéis, e isso lhe rendia um bom dinheiro, que dividia com Minda, com quem fez uma sociedade informal. Mantiveram a parceria enquanto foi possível, pelo prazo que a vida lhes permitiu. Todas as coisas têm prazo de validade.

A amizade entre elas foi tal qual dois fios que se cozinharam grudados. Nada as separava. Diferente de patroa e empregada, foram amigas, irmãs, parceiras, cúmplices. Fios de Ovos e Merengue, como brincavam. Pois, tanta produção do doce, não acompanhava as gomas das roupas de mesa da Mamãe. Por fim, subverteram a ordem e sobravam agora muitas claras. Assim, Minda teve a ideia de fazer pequenos merenguinhos, aromatizados com gotas de limão ou laranja, decorados com mini pérolas de açúcar comestíveis ou cascas raladas, que vendiam em pacotinhos de papel manteiga, amarrados com fitas coloridas. Um sucesso. À medida que o panelão fervia sobre o fogão à lenha, o forno assava os doces de neve. As encomendas, limitadas. O *hobby* virou o trabalho das sextas à noite e dos sábados inteiros. Às vezes, domingos de manhã. A quantidade aumentava. Pedidos menores não eram aceitos quando assumiam alguma festa grande, como casamentos e quinze anos. Aos poucos surgiram encomendas até de cidades adjacentes. As sobras eram cobiçadas pela vizinhança que não chorava no preço. A cozinha passava a ser, cada vez mais, território dela. Não o único, mas o predileto.

Mantinha o hábito de ler antes de dormir, e talvez fosse esse o único momento de quietude. Era uma pessoa ativa ainda hoje. Vivia de movimentar-se, de trabalhar a mente e mexer o corpo. A vida sempre foi, para ela, cheia de vida. Não sabia ser diferente.

E nesse vaivém de afazeres, trabalhando de dia, experimentando pela terceira vez o machismo do mundo, depois do Vovô e do cunhado, através de um chefe arrogante e autoritário, estudando à noite, sobrava pouco tempo para qualquer outra coisa. Fazer doces e roupas, nos finais de semana, não pesava na balança. Ao contrário, trazia para a vida o prazer da arte. Exalava criatividade. As amigas a convidavam para passeios, chimarrão na praça, aniversários, chás da tarde. Ela selecionava com carinho os convites e aceitava um ou outro por ordem de importância, mas também para que não desistissem de sua amizade.

Aos setenta e nove anos, lembrava de si com certo orgulho. Muito ouviu sobre sua elegância e seriedade. Aprendeu a ser séria como uma defesa contra tudo que ouviu de Mamãe, de Tetê e do cunhado. Uma questão de honra. Naquele caso, de resgatar a sua, que diziam ter perdido ao se apaixonar aos dezesseis anos. Juízo demasiadamente injusto.

Em uma tarde de domingo na praça, entre conversas animadas, brincadeiras e chimarrão com as amigas, a vida voltou a lhe provocar. Seus verdes olhos de erva mate imantaram-se por um par de olhos expressivos, emoldurados por espessas sobrancelhas escuras. Uma, duas, três vezes miraram-se. Brancos sorrisos cúmplices deram início a um indisfarçado flerte. A paixão tomou conta dela, mente e corpo.

Repassando aquela tarde, pensou que a maioria dos jovens de agora já não sabia mais o poder de um flerte. O lado romântico das relações ficou no passado. Prazo de validade expirado. Na verdade, não existem fórmulas ideais ou permanentes, nem tampouco certezas de que, de um jeito ou de outro, haja mais garantias de que um relacionamento dará certo ou não. Em qualquer época, parecia a ela ser importante o tempo de conhecer a pessoa com quem queremos nos envolver, ao menos um pouco. Tarefa que, mesmo impossível, é indispensável. Nunca conhecemos verdadeiramente alguém.

Representante comercial, Adriano veio à Araucárias a trabalho. Vendia rádios. Moreno claro, ou como diziam, homem pardo. Tinha boa aparência e sorriso fácil, assim como a conversa. Sempre trazia assuntos variados. Falava sobre tudo, lia bastante, adorava música. Ela não tardou a descobrir que dançava como poucos. Diferente dos homens gaúchos, que não se entregavam às danças, ele não se intimidava.

Quando soube, Mamãe não aprovou. Não tinha mais poder sobre a filha. Apenas jamais mostrou seu tão raro sorriso ao *Rapaz de perigosa lábia,* como o denominou. Assim que o forasteiro aparecia na calçada, recolhia-se, contrariada, aos seus aposentos.

O namoro não demorou a firmar. Ele se fazia presente, com seu *Jeep* verde militar e portas de couro, sempre pronto a levá-la ao trabalho, para casa, fazer alguma entrega e, também, para programas a dois, sempre em lugares públicos, de acordo com a moral e os bons costumes. Juntos, iam ao pequeno cinema da cidade, nas sessões de domingo, e jantavam em algum boteco ou no único restaurante da cidade. Um sedutor.

De repente, o mundo tinha cores jamais vistas. Dormir parecia, mais do que nunca, uma perda de tempo. Cumpria todas as tarefas com raro entusiasmo. Encerrar o trabalho se tornou a deixa para encontrá-lo logo ali, a esperar por ela, sorriso largo e cigarro aceso. *Já experimentou?* perguntou. Começou a fumar com ele e só o fazia quando estavam juntos, pois Papai, fumante de seus palheiros, dizia que aquilo *Não é para mulheres*. Também foi quem a estimulou a ficar mais curiosa sobre a vida e a aprender a dirigir. Revezavam o guidão, apesar da impaciência de Adriano, que sempre tinha uma observação a fazer. No fim, o melhor mesmo era ele próprio dirigir. Sem discussões.

Dentro do *Jeep,* a temperatura costumava subir entre os dois. Sua estreia ativa na vida sexual foi se dando aos poucos, ao final da noite, em alguma rua paralela, muitas delas as mesmas onde havia trocado beijos ingênuos com Benjamin. Diferente daquele, Adriano tinha um fogo que cozinhava seu corpo em chama alta. As mãos esmiuçavam sua pele tal qual leitura em braile. E, em resposta, sem raciocinar, correspondia como uma aprendiz que repete o mestre, entre gemidos e intensidades. Das mãos nas mãos até as mãos nas partes, foi um caminho natural e rápido. E dali para o colo e os encaixes, um passe de mágica. Só não podia tirar a roupa – principalmente as calcinhas – foi a regra que impôs a si mesma.

O dia seguinte sempre a colocava em um ringue particular, onde lutavam, dentro de si, o desejo e a vergonha. Mas todos sabem que, nesses casos, o primeiro nocauteia a adversária com facilidade. Assim acontecia com ela. À noite, a luxúria sempre dava o golpe final no queixo, de baixo para cima, deslocando as córneas e cegando a vergonha, que caía agonizando até desfalecer. E corpos escaldantes se enlaçavam e se buscavam, como fios que se acoplam no cozimento da calda e assim permanecem, até serem devorados pelo pecado da gula. O *Jeep* sacudia e se tornava palco pequeno para tais enredos.

Mamãe, mulher de poucas palavras, não perdia oportunidades de verbalizar indiretas através de frases prontas, como quando disse à Minda, para que Ziza ouvisse, que *Uma moça direita deve cuidar com o que faz pra lá do portão, pois o amor é cego, mas os vizinhos, não.* E que *Moça honrada deve evitar falatórios, para não ter que pagar o preço com a vida, porque a honra é igual a visão: uma vez que se perde, não se recompõe.* Da cegueira ela entendia.

E Ziza entendeu o recado. Fazia quatro meses que se encontravam todos os dias. Isso, certamente, já havia se tornado motivo de conversas. Pensava no quanto se arriscava ao ficar dentro do carro, em ruas escuras, às vistas de janelas habitadas. Não se assegurava se ainda tinha alguma honra desde os dezesseis anos, mas não estava disposta a ser confundida com alguém de má fama, em uma cidade tão pequena. Precisava corrigir o rumo.

Estavam apaixonados, não tinha dúvida. Ele não mais foi embora. Alugou um quarto em uma pensão, viajava pelas redondezas e voltava ao entardecer. No máximo, ficava dois ou três dias fora e chegava com presente e saudade. Por fim, conseguiu um emprego na rádio da cidade e por ali se estabeleceu, conquistando as pessoas e fazendo amizades. Ziza se lembrava de quando a vergonha, alimentada pelos ditos de Mamãe, começou a colocar freios no seu desejo. E ele sentiu. Foi quando, rapidamente, propôs que se casassem. Assustada e eufórica, aceitou, sem pestanejar. Entretanto, precisavam falar com o Papai. O pedido deveria ser feito oficialmente a ele. Adriano não vacilou.

Papai o recebeu com simpatia e, ao vê-lo, cumprimentou-o calorosamente, como sempre fazia. Mamãe, que não enxergava mesmo, esforçava-se por demonstrar nem fazer questão disso. Apesar de tudo, organizou o jantar, com boa carne assada, batatas na manteiga, arroz branco e farto prato de salada. A sobremesa, não havia dúvidas, precisava incluir o doce dourado que provocava salivação aos que o conheciam, só de ouvir menção a ele. *Marido se fisga pela boca igual peixe,* diziam as mais velhas.

Tudo transcorreu como o esperado. Papai disse sim, assim como ela, enquanto a matriarca tentava saber sobre a família do agora noivo, de onde era, o que faziam, do que sobreviviam, que planos tinha para a vida, entre outras tantas sérias perguntas que Adriano respondia com leveza e alguns toques de humor. Com exceção da senhora, o clima festivo contagiava cada ser vivo na casa, incluindo Dóia, que se emocionava em intervalos, com olhares ternos dirigidos à irmã caçula, em completa aprovação. Seria a madrinha de honra, junto com Minda, contrariando assim, mais uma vez, a Mamãe. *O lugar dos empregados é na cozinha*, dizia.

Ziza, mais tarde, confrontou-a questionando sobre Minda. *Ela é empregada? Então por que não recebe um pagamento mensal? Por que recebe, por tudo o que faz, apenas cama e comida? E banho gelado! Se não fosse o dinheiro dos merengues, a pobre nunca teria um tostão sequer para ir ao cinema! Aqui não é um emprego, é a casa dela.* Ouvindo aquilo, Mamãe a fuzilou com o único olho totalmente aberto e rugiu que *Ela que desse graças a Deus por não lhe fazer devolver o dinheiro dos ovos, do açúcar, da lenha. Quem me deve é ela.* Aquela discussão colocou em pauta uma lógica absurda e não terminou naquele dia.

O casamento aconteceria em dois meses. Havia pouco tempo para organizar o que necessitava para a festa e completar o enxoval. Foram dias corridos. Entre todos os afazeres, decidiu que faria seu próprio vestido. Papai se prontificou a ajudar. E prepararia também as sobremesas. Minda arregaçou as mangas do puído vestido, em demonstração de colaboração irrestrita. O bolo, tinha certeza, seria cor de ouro, revestido de seus fios de ovos, assim como imaginava o futuro, dourado e coberto de fios de felicidades.

Suspirava agora, com certa pena de si mesma, por tamanho despreparo para a vida, por toda a inocência que ainda preservava aos 21 anos. Conhecer de fato alguém em seis meses é uma falácia em qualquer época ou cultura. Escolher alguém com quem compartilhar a vida, continha um peso incompatível com tão tenra idade e tão pouca experiência, mas ainda assim estava muito mais preparada do que uma menina de treze anos, criada no meio do mato, como aconteceu com Mamãe. Sentia-se madura e apta, frente ao seu maior exemplo de comparação.

Tudo transcorria bem, convites enviados, planejamentos e preparativos sincronizados. A simplicidade da vida facilitava as coisas naqueles tempos. As opções eram poucas, o que facilitava as escolhas também. Decidiram por realizar a pequena festa debaixo da parreira de uvas. Mesas seriam colocadas ali, cobertas por toalhas engomadas com claras de ovos, com a louça de receber visitas da Mamãe e algumas emprestadas de familiares que ofereceram. Um sanfoneiro tocaria músicas gaúchas e outras também. Alegres. Os documentos foram encaminhados para o enlace civil. O novo padre, Dinello, marcou a reunião para os acertos sobre a cerimônia religiosa. O mesmo padre a quem um dia dirigiria, em golfadas, a sua raiva contida.

Apesar dos acontecimentos do passado quase recente, queria que as Marias fossem suas aias. A irmã foi convidada, assim como todos os outros. Muito arroz, saladas de batata com maionese acompanhariam a carne assada em fogo de chão, nos espetos de madeira que vinham sempre de todos os lados. Não faltavam assadores, que nunca se importavam de perder a cerimônia para adiantar as carnes. Pensava que, ainda hoje, todos os gaúchos sabiam que assar o churrasco era sempre uma boa desculpa para degustar as cachaças de alambiques, que não faltavam nas redondezas. Quando a festa começava, os assadores já estavam rindo e cantando à toa, em uma festança particular.

Na semana que antecedeu ao casório, os nubentes foram à pequena casa que alugaram para iniciar a vida juntos, a fim de receber móveis e fazer arrumações, e a natureza se impôs. Como ímãs, foi inevitável que aproveitassem o tempo a sós para aquecer os corpos e a relação. Tinham certeza do desejo que nutriam um pelo outro. As carícias há muito já haviam passado do limite do discreto. Ziza sempre puxava o freio, enquanto ele seguia com o pé no acelerador. Naquele dia Adriano não estava disposto a desistir. Insistia como se ela não estivesse sinalizando para que parasse. Agarrou-a com força. Ela sentiu dor. No corpo e na alma. Verbalizou que precisavam esperar. E ele dizia *Esperar o quê? Já estamos praticamente casados!*

Parecia estar revivendo algo estranhamente familiar. Lembrou das investidas do marido de Tetê, mas duvidava de si. Pensava estar errada, não podia compará-los, afinal Adriano era seu noivo. E, na insistência, ele foi se aproveitando de seu claro estado de vacilação e ultrapassando o sinal vermelho. Ela paralisou. E ele, em um quase ataque de fúria, visivelmente frustrado, dirigiu-lhe palavras que jamais esperava ouvir. Dizia que duvidava de sua virgindade, perguntava se estava escondendo esse fato, que já havia escutado muitas piadinhas sobre seu passado, que sabia do envolvimento com os negros e, se podia se envolver com eles, não custava satisfazer o desejo de seu noivo, que estava, inclusive, salvando sua honra.

Lembrar-se de um instante tão decisivo de sua vida, fez com que as lágrimas brotassem dos olhos da octogenária Ziza. Seu coração ainda acelerava ao recordar do pânico que nela se instalou. Muitas vezes, arrependeu-se de sua escolha, exceto pelos frutos daquela relação. Parecia que o mundo abria um buraco no chão e ela caía em queda livre. Olhava para Adriano, em choque e soluços, perguntando *Do que tu tá falando?* Tentava dizer que nada daquilo correspondia à verdade. Falava com voz abafada sobre sua passagem inocente com Benjamin, repetindo que o infeliz jamais a tocou. Parecia não ser sequer ouvida pelo noivo que, em meio à discussão, largou a cartada final: precisava de uma prova de seu amor e de sua virgindade.

Sentia o toque em seu corpo como em um transe. Ele argumentava suas necessidades. Jogou-a na cama. Com uma das mãos insistentes, imobilizava-a pelo braço, enquanto com a outra, ele a despia. Olhos ameaçadores e sedentos pairavam sobre ela, coagindo-a. Tocava sua intimidade com dedos abusadores, sem nenhuma empatia, enquanto tirava seu membro pela braguilha aberta. Só parou ao investir num ímpeto e penetrá-la. Com um grito, ela resistiu e se encolheu. Naquele momento, seu sangue e as secreções dele já estampavam a colcha nova, comprada com o suor da jovem, antes eufórica. Agora abusada. Manchas que ficariam ali como uma sombra desbotada, de um dia de desilusão, mantido em tristes cores vivas na memória, mas guardado no silêncio apavorado de todas as vítimas. Silêncio que protege os agressores. Satisfeito, rolou para o lado com um sorriso perverso, acendeu o cigarro e afirmou que agora ele tinha certeza de que ela era pura. Nela, lágrimas e vergonha transbordavam de dentro, sem resistência. O medo ingênuo e paradoxal de perdê-lo. Temor de que, no sábado, ele nem sequer aparecesse na igreja. Passou a semana com dores, no que restou de seu amor-próprio.

Assim, começou o capítulo mais longo de seu viver. O mais difícil de recordar. Um interminável tempo de intensos acontecimentos, amores, dores, ganhos e perdas irreparáveis. Um tempo para sofrer. Um tempo para crescer. A vida adulta, geralmente, vem aos poucos.

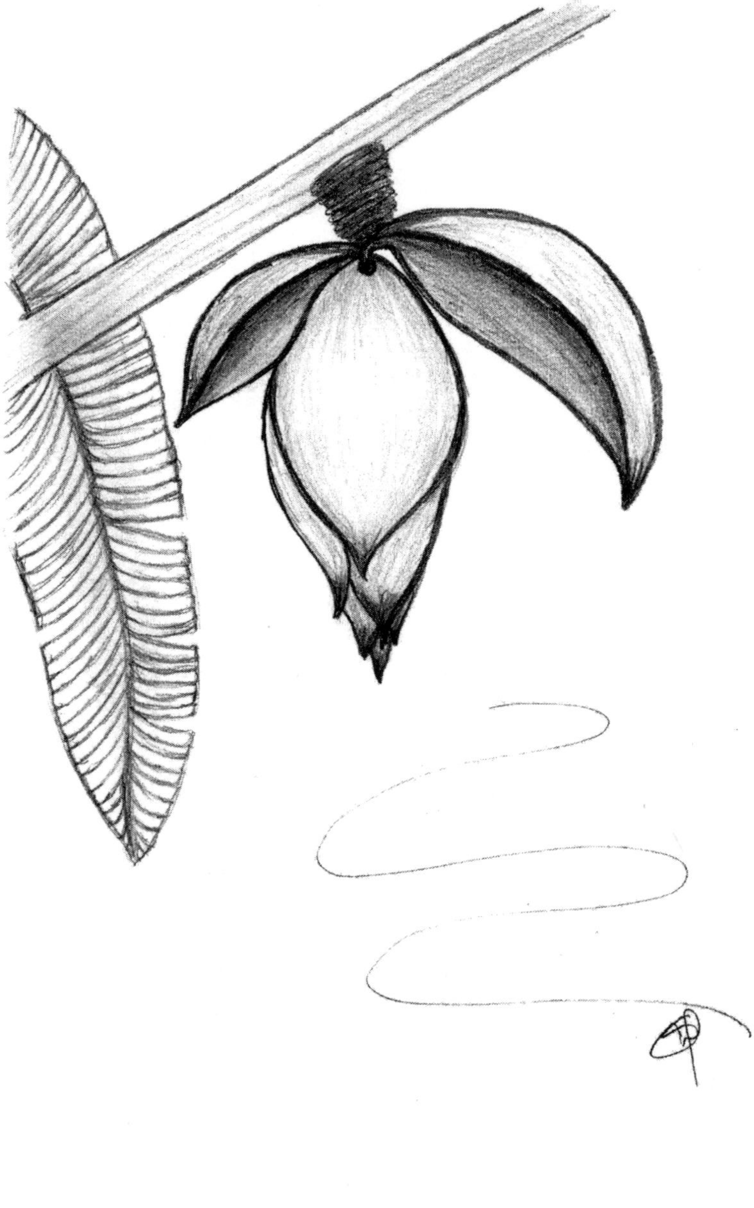

5

O Coração Fora do Peito

Aos oitenta anos, já se sabe que o tempo não volta e que os arrependimentos não apagam os fatos. Aprender com os erros e com a vida é sempre a melhor opção. Muitos anos antes, isso já havia se tornado claro para Ziza. *Não é possível recuperar o leite derramado,* disse Mamãe a vida toda. E ela escutava. No entanto, necessitou derramar muito leite ao longo dos anos, para entender o real sentido daquilo. Se a sua preocupação, naquele janeiro de 1959, que lhe tirou o sono por muitas noites, era que ele, Adriano, não aparecesse no casamento depois do acontecido a sós, essa logo se resolveu. Muitas outras viriam a seguir, sem trégua.

A cerimônia foi como planejada. Ela, linda, com seu vestido *Chanel* na frente e longo atrás, tendência na época. Entrou de braço dado com um Papai altivo e orgulhoso. Ele, à espera no altar, de terno de risca de giz e gravata escura, olhava-a com paixão. Guardava muitas fotos daquela expressão apaixonada, contraditória, que ele lhe dirigiu por anos. Missa curta. Ambos disseram o sim com largos sorrisos. Os familiares e amigos estavam emocionados e encantados com a beleza do casal. Mamãe foi à igreja de cara cerrada e, se um olho já não abria, o outro então ela própria fechava, como um ato de desgosto. E, chegando na festa, apenas compareceu na hora das fotografias. Recolheu-se cedo aos aposentos, sem maiores explicações.

A comemoração entrou a madrugada, com danças e conversas alegres. Adriano levou-a à exaustão com tantos arrasta-pés. Um dos irmãos dele compareceu, com uma esposa séria e duas meninas tímidas, que logo interagiram com seus sobrinhos e sobrinhas, como se fossem parentes. Foi a parte da família dele que conheceu por um longo tempo. Alguns de seus irmãos também vieram, com esposas e filharadas. Mingos, com sua família, ajudava a organizar e a fazer tudo dar certo, exercendo o papel de irmão, mesmo não sendo de sangue. Tetê matava a saudade de cada um que encontrava, enquanto as Marias brincavam e o marido ficava a um canto, com olhar de má pessoa. O churrasco foi servido cedo e os doces foram o ponto alto da noite, confirmando o talento da noiva. Minda e Dóia se divertiam entre si e com a vizinhança.

Começar a vida de casada incluiu a primeira noite na casinha alugada, na mesma cama coberta com a colcha nova já simbolicamente manchada, que ela se esmerou em lavar. Depois de passado o primeiro entrave, procurou viver como se nunca tivesse sentido e vivido o tal dia. Para ele, parecia que nada havia acontecido.

Ela mantinha a rotina de trabalho no posto. Saía cedo, antes mesmo do marido acordar. Fazia seus doces com Minda, mas sempre reservava tempo para Adriano. Não demorou a engravidar. A notícia alegrou a família toda. Até a Mamãe voltou a sorrir aos poucos e se envolveu com o enxoval com um carinho de vó. Dóia, porém, estava sempre um passo à frente. Tinha sua renda própria, fruto do trabalho na prefeitura, arranjado por um familiar influente. Não economizava em encomendas de peças de tricô para o nenê. Cada semana, trazia entre sorrisos, mais roupinhas, sapatinhos e mantinhas. Mais vó do que a vó.

Enquanto a barriga crescia, a vida seguia o curso. Ziza deixou o emprego para trabalhar na telefônica, quando cansou do patrão estúpido e entendeu que ser telefonista seria mais seguro. Estava certa. No ano de 1962, passou no concurso da nova CRT e adquiriu estabilidade. No entanto, isso aconteceu somente dois anos depois.

Grávida, estava mais sensível, mas não era esse o motivo de tantos atritos que foram surgindo já no primeiro ano juntos. Adriano levava uma vida tal qual como quando era solteiro. Saía e voltava sem dar explicações, fez amigos com quem acampava para caçar e pescar, o que o mantinha fora da cidade durante alguns finais de semana. Não raro, chegava tarde e dizia que estava jogando na casa de alguém. E quando ela reclamava, ele falava mais alto, batia nas paredes e dizia que casamento não podia ser prisão e que não devia satisfação a mulher nenhuma, que não era homem de se deixar mandar. Ziza se encolhia. Para preencher o tempo, fazia doces e roupas para clientes que foram surgindo.

Mantinham o hábito do cinema, de jantar no restaurante, conversavam sobre o mundo e, quando estavam juntos, a vida voltava a existir entre eles, o que compensava os desencontros e as grosserias. Fizeram amizades com outros casais, com quem, esporadicamente, jantavam e jogavam cartas. Realmente se divertiam. Não raro, corrigiam os desacertos com sexo, bastava ela querer.

Naquele sábado pela manhã, ela saiu cedo da cama e ele permaneceu dormindo. Quase ao meio-dia, chamou-o para que a levasse para fazer uma entrega. Levantou-se. Parecia mal-humorado. Dirigiu sem muita conversa. Ziza estava já pesada, terminando o sétimo mês de gravidez. Passaram o dia assim, distantes. Ao final da tarde, precisou fazer outra entrega e lá se foram novamente. No caminho de volta, como quem pisa em ovos, pois já se acostumara aos impropérios do marido, procurou uma maneira de tentar saber o que estava acontecendo. Adriano, olhos em fúria, soltava acusações descabidas sobre ela estar se metendo, sobre não entender nada e, entre gritos e xingamentos, revelou que havia sido demitido da rádio. Ela, chorando, tentava entender o motivo, se até ali tudo se mostrava bem. Ele defendia-se, agredindo com perguntas. *Tu não confia em mim? Tu não acredita em mim?* Mas sequer ela sabia sobre o que confiar ou desconfiar. Apenas queria inteirar-se. Somente muito mais tarde, soube de seus atrasos, do quanto faltava ao trabalho para dormir as manhãs inteiras e de suas irresponsabilidades. Naquele momento, sem saber de nada, quando perguntou o que ele faria agora, o pé pisou fundo no acelerador, o *Jeep* dobrou bruscamente à esquerda, para subir a rua do clube, em alta velocidade. Com a força da manobra raivosa, ela foi jogada contra a pequena portinha de couro, que devia estar com algum defeito, que se abriu de súbito e o corpo rotundo foi arremessado para fora do automóvel, rolando sobre os paralelepípedos, em uma cena assustadora, assistida por alguns pedestres. Desfalecida, foi levada ao pequeno Hospital Municipal, onde acordou para viver uma cena de horror.

Ele perdeu o emprego e a cabeça; ela, o bebê. Morreu com a queda, que desencadeou um parto sofrido, de um já sabido natimorto. Saiu entre dores, lágrimas e gritos, extraído a fórceps. O menino, miúdo e roxo, foi entregue a ela para uma despedida sombria. Abraçou-o aos prantos. Farejou os cabelinhos escuros e fartos, sentiu aquele cheiro inédito, apalpou a pele macia, contou os dedinhos, segurou nas pequenas mãozinhas flácidas, nos pezinhos magros, passou os dedos em seu rostinho delicado, contornando cada traço, como a desenhar dentro de si a imagem que, ainda, aos quase oitenta anos, era clara como se estivesse ali, sempre presente na sua frente, esperando ser invocada, fantasiando outro destino. Impossível.

Adrianinho foi enterrado sem velório. Mal conseguiu segurá-lo e ele escorreu por entre seus dedos como água, dando mais sentido ao nome, oriundo do mar de Ádria, das águas... Nada arrancaria dela a dor. As dores. A frustração, a raiva contida, a decepção. Dóia e Minda choravam por ela, como se o bebê fosse delas também. Um luto cinzento tal qual dia de tormenta. Ele, acuado, mostrava um sofrimento imaturo, que causava quase pena a quem o observasse, como se não fosse ele o causador da tragédia. Impulsivo, só via depois o efeito de sua brutalidade. Se Mamãe já não gostava dele antes, ali ele a perdeu para sempre. Por mais de um ano, não aceitou que o genro pisasse em sua casa. A verdade que ocorreu no interior do veículo permaneceu apenas entre os dois, em mais um silêncio que o protegeu, afinal, dizem que *em briga de marido e mulher ninguém deve meter a colher*. A velha senhora, porém, intuía o caráter de Adriano. Jamais Ziza verbalizou qualquer acusação contra o marido, em mais uma danosa cumplicidade. Em parte, porque sentia inexplicável vergonha.

O período que se seguiu foi mais quieto. Ele comunicou que voltaria a viajar como representante comercial, que já havia conseguido alguns produtos e prometeu que tudo ficaria bem. Nunca pediu perdão. Não era feito dessa humildade em sua composição. Tal qual Mamãe. A vida tinha dessas substituições, como papéis que são transferidos de um para outro, mas estão sempre em cena, numa repetição exaustiva. Até ser interrompida.

O tempo foi amenizando os fatos e os rancores. Resignação tem sido matéria-prima das mulheres. Guardou o enxoval do bebê no quarto ao lado do seu e fechou a porta à chave. A distância fazia surgir a saudade e, naturalmente, a reaproximação foi acontecendo entre o casal. Ele viajava, por vezes, a semana inteira, outras, vinha na quarta. Minda quase sempre ia dormir com Ziza e mantinham a parceria nas panelas e nas costuras. Conversavam sobre quase tudo e foi nesse tempo que soube que a *amigairmã* estava de namorado. Conheceu Valdomiro nas aulas noturnas de alfabetização para adultos que frequentava às escondidas. Foi assim que entendeu as mudanças até no jeito de falar de Minda. Estava estudando. Dizia que Miro, uns quinze anos mais velho que ela, era um homem bom e trabalhador. Ver a amiga feliz a deixava feliz também.

Ela usava o tempo sozinha para visitar a família. A casa que alugaram era perto de tudo, como tudo em uma cidade pequena é. O cinza foi dando lugar às cores novamente. Voltaram a ver os casais amigos, a sair, a jogar. O passado foi guardado em algum lugar recôndito da consciência.

Em dezembro do mesmo ano, contrariando qualquer conselho médico, anunciou a segunda gravidez, ainda no início, mas já motivo de novas lágrimas e emoções. Quando contou à Minda, ouviu que a ajudaria em tudo, mesmo porque suas aulas noturnas seriam canceladas. A amiga dizia que, como tinha *a barriga seca,* cuidaria dos filhos dos outros. Abraços e bons desejos não faltaram nos dias e meses que se seguiram. Na virada do ano, reabriu o quartinho, deixando o sol entrar com força. Uma nova era, que deixaria o passado como uma remota fase sombria que terminou.

Henry nasceu no final do inverno de 1960, de cesariana, rosado e roliço. Quando o colocaram em seu colo, teve a sensação clara de estar em um filme que já havia assistido. O cheiro, os dedinhos, os traços, tudo naquele bebê era igual ao que veio morto aos seus braços, meses antes. Sentiu um medo de perder de novo, um medo de amar demais, de se apegar demais. Entregou-o ao avô. Papai segurou o neto, que recebeu seu nome, com orgulho e olhos marejados. Minda tomou conta de tudo que pôde, enquanto Ziza se recuperava de uma cirurgia, hoje talvez considerada desnecessária, sugerida pelo médico para evitar novos problemas, que a cortou do umbigo até o púbis, deixando para sempre uma cicatriz vertical que partia sua barriga ao meio, entrecortada por largos pontos horizontais. Um rasgo em sua vaidade, até o dia em que a ressignificou como um dos mapas da sua biografia.

O menino era o xodó da família. Não podia chorar que logo alguém o mimava. Era um verdadeiro reizinho, fazendo jus ao nome, como Papai nunca fez. Henry realmente passou a governar e mandar em casa. Adriano o exibia aos amigos, como um troféu. Era o guri do pai, o tesouro da família. E, talvez, o grande problema teve início naquele tempo, onde ninguém permitia que o tirassem do trono. Amamentar foi natural, um oásis em meio ao caos, e representava os melhores momentos, quando ele se acalmava e dormia mansamente. Instantes em que o bebê era seu e se sentia plena. Porém, ele foi se tornando uma criança cheia de vontades e sempre satisfeito nos seus caprichos. Por quase todos. Chegou em meio a um tempo de luto e brilhou como um sol que, todos acreditaram, surgiu para insuflar vida onde a morte deixou marcas profundas e um lugar vago à espera de um novo dono. Quanto mais forte o sol, mais definidas as sombras. Um contraste.

Logo que Henry começou a andar, na ponta dos pés, não caminhava: ele corria. E só parava quando se batia em algo, rindo e babando, como se não se afetasse. Mexia em tudo, atirava coisas, mordia e batia quando não estava satisfeito. A impulsividade de Adriano se mostrou desfavorável à paternidade, levando-o a bater de volta na criança, sem dó. A beleza do menino era proporcional à sua personalidade, que germinava conturbada. Falou cedo e sabia usar de palavras e gritos para conseguir o que queria. Ziza trabalhava o dia todo e o deixava com os avós e com Minda. À noite, cansada, o satisfazia para que dormisse cedo. Precisava complementar a renda, pois o marido quase nada trazia para casa, sempre com argumentos rasos de comissões minguadas, nos quais ela acreditava. Mas nunca lhe faltavam armas de caça, pesca e equipamentos os mais variados, que alegava ter ganhado de presente de algum amigo rico. Além de bons e caros vinhos.

Lembrava-se do frio que percorreu seu corpo quando, em 1962, num dia quente do segundo verão de vida do filho, que estava com um ano e meio mais ou menos, sentiu-se nauseada e desconfiou da terceira gravidez. Confirmada em poucos dias. Por orientação do médico, de acordo com os rasos conhecimentos da época, desmamou Henry de forma brusca, colocando mercúrio nas mamas e dizendo que estava machucada. Violências múltiplas. O guri ficou mais agressivo, não raro vinha em sua direção, pedindo *O mamá.* Negado, agredia com chutes e socos, saía furioso, jogava-se ao chão e batia a cabeça. Somente Minda conseguia acalmá-lo, com a paciência que sempre teve em sua trabalhosa vida.

A amiga, no entanto, andava cansada, dormindo pelos cantos, mal terminava o trabalho e a encontravam esticada no seu colchão de palhas, tirando uma soneca. Ziza se preocupou, em um dia daqueles, ao vê-la tão abatida e foi atrás para conversarem. Minda riu e disse *Tu não sabe, alemoa, que umas mulé tem enjôo e outras têm sono?* Ficou em pé, com os olhos arregalados, marejados a mirar a parceira de todas as horas. *Mas, Minda, tu sempre me fez acreditar que tu tinha barriga seca?* A resposta foi clara *Pois era no que eu acreditava também!* Abraçadas, perguntou se Miro sabia. Miro sabia sim. O problema era contar para a Mamãe. *A dona Tonha não vai mais me querer aqui, com mais uma boca pra alimentá.*

Casada com Miro, mudou-se para uma casinha que ele fez de tábuas velhas e com o material que poderia comprar. De dia, ela se dividia entre a casa da Mamãe e a casa de Ziza, que insistiu para que lhe fosse pago um valor mensal, mas com a combinação de que Tonha pagasse a metade. Finalmente, receberia dinheiro pelo seu incansável trabalho. Carteira de trabalho mesmo, Minda só teve em 1972, quando a profissão de empregada doméstica foi parcialmente regulamentada – apesar de ser o Brasil o país que mais mantém mulheres nesse trabalho – e Ziza a providenciou. Há poucos anos, ela mesma havia feito o concurso da CRT, fora aprovada e sentia-se mais segura desde então. Ambas iam ajeitando a vida. Miro se virava, cortava grama, pintava, fazia parede, capinava, cuidava de animais, trabalhava de sol a sol, e não deixava faltar nada na casinha, que foi ganhando ares de lar, folhagens e cores. Naquela simplicidade, era incomparavelmente mais marido que Adriano. Tomavam mate juntos de manhã cedo e, no final do dia, voltavam a se encontrar. Minda nunca havia sido tão feliz. Às vezes, ainda ia dormir com Ziza, quando Adriano estava fora, para dar uma ajuda com o pequeno. As barrigas cresciam parelhas, algo jamais imaginado por elas.

Outra cesárea trouxe a pequena ao mundo. A filha nasceu numa sexta-feira, como ela própria também. Adriano chegou poucas horas depois para conhecer a menina. Na noite seguinte, foi cúmplice de Ziza para tirá-la às escondidas do hospital, pela porta lateral, e levá-la de *Jeep* até a frente do clube. Queria espiar a chegada das debutantes e admirar alguns dos vestidos, que havia costurado e bordado, apesar do avançado da gravidez. Estavam muito bem feitos, realmente lindos e renderam uma boa quantia, parte da qual guardou junto a outros valores, escondidos do marido, em um lugar seguro.

Minda não demorou a entrar em trabalho de parto. Ziza foi visitá-la no mesmo hospital onde estivera no mês anterior. O mesmo, porém diferente, como se houvesse dois: o que ela conhecia e aquele, para os pobres. Como se ali também houvesse um resto de senzala, debaixo do mesmo teto. Inundou-se de um incômodo represado, que só faria crescer dentro dela. As meninas nasceram com dias de diferença. Uma preta, outra branca. *Café com Leite*, riam. Adriana era um anjo de olhos azuis, que ficaram verdes bem mais tarde. Só choramingava para mamar e ganhou o nome do pai, a pedido dele. No entanto, verdadeiramente, morava no coração do Vovô, a quem conquistou com sua doçura. Ingrid, que parecia uma escultura de ébano, desenhada com esmero, recebeu o nome de uma grande atriz sueca, clara como o dia, que fez diversos filmes, incluindo o preferido de Minda, Casablanca. Dois *fios de óvulos*, jogados na vida quase ao mesmo tempo, que se cozinharam em par. Como gêmeas, Naná e Didi cresceram juntas desde o berço, que, no início, muitas vezes era o mesmo.

Henry ficou duplamente enciumado. E se tornou indispensável alguém estar sempre atento a ele. Não esgotava sua lista de invenções e artimanhas que, não raro, ameaçavam a segurança das meninas. Foi em um piscar de olhos, quando as duas mulheres preparavam os ingredientes para mais uma encomenda, que ouviram o choro abafado de uma das bebês. Ele, de cinto do pai em punho, o mesmo que tantas vezes já o atingira pelas mãos do progenitor, batia nas pequenas, que se contorciam com o impacto. Xingado, dizia *Elas tem que apanhá porque fazem cocô na calça*. Repetia o mal que lhe fora infligido. As violências nem sempre demoram a apresentar consequências.

No ano seguinte, Adriano surgiu com a novidade de poder representar uma nova marca, que prometia ser a guinada em sua vida, como tantas outras. Entretanto, precisariam se mudar para a capital, pois assumiria a venda de parte da região metropolitana. A empresa *Rhodia*, que estava ampliando seus negócios no Brasil e para a qual trabalharia, *Será o futuro,* dizia ele. O ano de 1963 foi marcado pela mudança.

Ziza entrou em choque. Não estava esperando tal transição. Porém, acreditando no marido, deu-lhe o crédito que pediu a ela naquele sábado trágico, do qual não falavam. Comunicou à família. Preparou tudo. Encaminhou um pedido de licença do trabalho, pois ele dizia que ela não precisaria mais trabalhar fora, além de que não teria com quem contar no cuidado com as crianças.

Saíram cedo, duas horas depois do caminhão, que partiu na madrugada, levando tudo o que possuíam. Muitos quilômetros de estrada, crianças chorando, paradas para comer sanduíches e a galinha enfarofada que Mamãe havia feito para que levassem na viagem. Entre fumaça de cigarro, café, conservado na garrafa térmica, e chimarrão, transpuseram a enfadonha distância de quase um dia. A chegada à capital apresentou um show de luzes sem fim, numa longa linha do horizonte iluminada, como nunca havia visto antes. Henry ficou deslumbrado, ao lado da irmã que dormia e nada entendia ainda.

Morar em apartamento foi uma experiência nova. Na Rua, de nome significativo, da República, 131, o imóvel amplo, no térreo, continha três quartos, dois banheiros, sala, cozinha e até um pequeno quintal. A região era boa, tinha tudo que precisavam ali mesmo, na Cidade Baixa. E havia um parque enorme onde passou a levar as crianças para tomar sol, Henry para correr de bicicleta e brincar na pracinha de brinquedos. Assim ele extravasava uma boa parte de sua interminável energia. Não toda.

Adriano tinha conhecidos por onde passava, aos quais tratava, em geral, como amigos íntimos. Logo que chegaram na capital, em um evento para as famílias, organizado pela empresa, Ziza conheceu Leonora, amizade para toda a vida. Lelê foi uma amiga para muito além daquele tempo.

Dois anos em Porto Alegre, ocupada com as crianças e o lar, fizeram com que Ziza refletisse sobre muitas coisas acerca da vida adulta. Uma delas é que não se é verdadeiramente maduro sem ter alguma autonomia financeira. Em poucos meses, através de Lelê, foi divulgando de boca em boca, suas habilidades culinárias e de corte e costura. Acordava antes do sol nascer para adiantar o serviço, principalmente antes de Naná e Henry despertarem. Aproveitava o tempinho da sesta também e, assim, foi criando maneiras de conciliar a maternidade com algum ganho financeiro. Adriano não se importava, na verdade, sequer pensava nisso. Parecia que, quando estava em casa, nos finais de semana ou nas quartas-feiras, quando aparecia, ocupava-se sempre consigo mesmo e com os próprios planos. Sua rotina, ou a falta dela, continuava igual. Tinha amigos de bar, de caçadas e pescarias e sempre algo a fazer na rua. Em casa, a paciência durava pouco e, por menos ainda do que pouco, explodia em raivas e gritos. A relação com Henry crescia turbulenta, como o guri, que fugia pela janela, antes mesmo de completar quatro anos, jogava pedra nas vidraças, fazia pirraça, principalmente quando o progenitor chegava. Apanhava rotineiramente do pai, a quem olhava com ódio e carência. Adriano não o via. Só via a si próprio.

Mesmo que, por duas vezes, ele tivesse recebido prêmio de melhor vendedor do estado, as medalhas não vinham acompanhadas de ganhos financeiros. Deixava sempre apenas o mínimo necessário para as contas e a comida. Não raras vezes, o dinheiro que salvava de seus trabalhos com os doces e as costuras era o único que Ziza tinha para comprar algum extra ou outras necessidades quaisquer. Para cozinhar segura, providenciou um pequeno portão na entrada da cozinha, impedindo o acesso das crianças, evitando reviver a cena de horror que sofreu com Lelinha. Ali, também, costurava, a um canto, em uma máquina portátil que colocava sobre uma mesinha. Agulhas e botões são tão perigosos para pequenos quanto panelas quentes.

Somente morando na capital, foi que Ziza passou a se inteirar sobre algumas questões sociais e políticas, que afetaram sua vida diretamente, assim como de todos os brasileiros, mas que, vivendo em Araucárias, parecia estar à margem de uma maior compreensão. Já havia um par de anos que o país se contorcia entre movimentos civis e militares, entre o parlamentarismo e o presidencialismo, entre interesses de latifundiários e de camponeses, patronos e trabalhadores.

Em seu buraco de minhoca, no vaivém do tempo, Ziza, lembrando-se dos movimentos de quatro anos atrás, em 2013, e mais recentemente, no ano anterior, quando foi deposta a única *presidenta* do país, refletia com pesar sobre o fato de estarmos andando em círculos como sociedade. E como puderam, naquele tempo, tomar Jango – que renunciou por pura pressão – como uma ameaça, se ele tinha como mentor Getúlio? Pois, se Minda pensava nele como pai dos pobres, todos sabiam que era também mãe dos ricos. O problema sempre foi que, mesmo quem joga para o lado dos poderosos, sofre ameaça se, porventura, der mais do que eles aceitam que seja dado aos menos favorecidos. Para existir patrão, precisa existir quem não questione as regras, quem se submeta. A lei é sempre o lucro, mas para quem já o tem. Não são permitidas reivindicações ou a subversão da ordem.

Nos meses que se sucederam, em cada jantar ou almoço com os tantos novos amigos, Ziza foi aos poucos ouvindo e tentando entender sobre os acontecimentos. Muitos assuntos eram falados em volume baixo. Temiam que algo mais grave acontecesse no país, frente a tantos conflitos de interesses.

Não foi necessário esperar muito. Em abril de 1964 o exército tomou o poder e o país se calou. E foi calado paulatinamente. Mesmo os militares que haviam defendido a bandeira, mas que foram contra o golpe, acabaram punidos pela ditadura, sem dó. A recessão foi aparecendo lenta, esvaziando as prateleiras dos mercados e as ruas. Com duas crianças pequenas, até o leite tinha que ser praticamente contrabandeado. Ajudavam-se os que podiam. Movimentos de resistência, dos quais Adriano e amigos e amigas faziam parte, organizavam-se na calada das noites e, vez ou outra, um deles desaparecia sem deixar rastro. Nem corpo. Mulheres e crianças não foram poupadas de maus-tratos e torturas. E o que parecia inacreditável para alguns apoiadores do horror, seria contado pela História.

Um ano depois, já em tempos sombrios, Ziza pediu para que fossem passar o feriado de Páscoa, de 1965, com Papai e Mamãe. Assim as crianças veriam os avós, pois não haviam retornado desde a partida para a capital. Adriano concordou. A viagem cansativa era motivada pela expectativa da chegada. A saudade afeta quem tem afetos. Na recepção, o coração de Mamãe, enfim, parecia ter amolecido e adocicado, principalmente com Naná e Henry, a quem abraçou chorando, algo absolutamente inesperado para todos, que ficaram tocados pela cena. Exceto Adriano, que até achou graça do inusitado da situação.

Passaram três dias em família, revendo amigos e amigas e atualizando notícias ao redor do fogão ou da mesa de refeições. Segunda cedo, com tudo arrumado no porta-malas, travesseiros e cobertas no banco de trás, fazendo ninho para os pequenos, galinha enfarofada, doces em compotas e outros presentes de Mamãe, café e chimarrão, saíram para Porto Alegre. A proximidade da metrópole os contemplou novamente com a cena iluminada da primeira vez e, agora, Naná, arregalando os olhinhos, encantou-se com a cidade, para onde voltaria mais tarde, para estudar e construir sua própria família.

A surpresa da chegada não poderia ter sido imaginada ou prenunciada por ninguém. Em frente ao prédio e no corredor, os poucos vizinhos que encontraram, olhavam-os com um sutil estranhamento, ressignificado em poucos minutos. Ao abrirem a porta do apartamento, depararam-se com um espaço vazio, com alguns objetos insignificantes deixados ao acaso. Ou não. Ambos se entreolharam, examinaram a chave, a porta, como que tentando confirmar se haviam entrado no lugar certo, se não erraram de andar ou de número. Foi inexplicável. O telefone ainda estava ali, deixado no chão, como uma corda onde se agarrar para aplacar a vertigem. Pensaram em ligar para algum amigo, mas não sabiam realmente o que fazer. Adriano foi até a porta de um vizinho e tocou a campainha. A mulher abriu, surpresa, como se também não estivesse entendendo. Chamou o marido, dizendo: Olha *quem está aqui!* Chamaram-no para entrar.

Voltou para junto de Ziza, que tentava acomodar as crianças, com olhar assustado. Os vizinhos, intrigados, relataram que, no amanhecer de sexta-feira, um caminhão estacionou em frente ao apartamento e alguns homens fizeram a mudança. Os conhecidos do prédio não entendiam o porquê de Adriano e Ziza não terem se despedido. Junto ao veículo, dois homens armados permaneceram em frente ao prédio, como se fossem seguranças ou policiais. Ela ouvia o marido em estado de choque, num misto de espanto e desconfiança, enquanto as crianças queriam os brinquedos, os livros, os pequenos discos coloridos de vinil. Não sobrou nada.

Ziza ligou para Lelê e pediu pernoite. *Explico depois, amiga.* Leonora a esperava em frente à casa, com sua forma corpulenta, fumando seu *Cônsul* mentolado e andando de um lado para o outro. Assim que estacionaram, jogou o cigarro fora e abraçou a amiga, segurou Naná e pegou Henry pela mão, enquanto o casal tirava a bagagem do porta-malas e explicava o inesperado acontecimento. Lelê, virando-se para Adriano, disse em tom baixo, porém firme, *Inesperado, mas facilmente imaginável! Foi um aviso! Vocês sabem do que se trata! Vamos, vamos! Entrem!*

Uma pequena turma de amigos apareceu, sem fazer alarde. Os carros foram deixados à distância, para não chamar atenção. A ronda noturna não dava folga e as patrulhas não hesitavam em invadir, caso desconfiassem de algum grupo ou ato contra o governo. E isso era só o começo do que viveriam por mais de vinte anos.

Na furtiva convenção, decidiram que não se reuniriam mais, por tempo indeterminado. Aguardariam algum sinal vindo das lideranças. Ziza entendia de modo fracionado. Adriano, brizolista como todos ali, foi aconselhado a voltar para o interior. O amigo e colega de trabalho providenciaria sua transferência para a região de Araucárias, pequena e mais segura.

Passaram a noite na casa de Lelê. Na manhã seguinte, Ziza fez uma chamada interurbana para Tonha e avisou que estariam de volta à cidade. Explicaria depois. Durante a viagem, desconfiada, buscou saber detalhes sobre o ocorrido. Adriano, dissimulado, disse que quanto menos ela soubesse de seu envolvimento político, melhor. Deixou claro que havia muitas forças de resistência contra o horror ao qual o país foi submetido no ano anterior. No campo da política, parecia estar do lado humano da luta, um dos seus poucos acertos na vida. No entanto, Ziza nunca digeriu aquela versão como verdade. E, como tantas coisas da vida do marido, nunca obteve outra.

O alvoroço na chegada foi inevitável. Papai, que sempre foi de poucas palavras, estava inconsolável e comparava o momento ao que os parentes viveram na Segunda Guerra, da qual fugiram com fome e medo, abandonando o que tinham, inclusive o idioma, substituindo-o, à força, por um português atravessado pela confusão de erres, por medo de serem confundidos com nazistas. Ziza e Adriano chegaram, como se diz, com uma mão na frente e outra atrás. Sem um tostão, exceto o que ela guardava escondido em um saquinho preso à saia, hábito que manteve por anos, até confiar em bancos, pois, no marido, nunca mais. Sem mobília alguma, a saída foi morar com Mamãe. Não houve uma única pessoa na casa que não tivesse gostado disso. Adriano precisou baixar a crista, porque galo esperto não canta em galinheiro alheio. Não durou mais do que o tempo necessário. Ela retomou o trabalho na CRT e os clientes de costuras e de doces. Por um ano foi assim, até que ela reorganizou as finanças e alugou uma casa pequena, na mesma rua, para poder contar com a preciosa ajuda dos pais com as crianças. Fios de ovos e Merengue estavam de volta. E a dupla Café com Leite também.

A vida foi acontecendo, voltando ao que antes era normal. Estavam inseridos na rotina novamente. Adotaram uma cadelinha, a pedido dos pequenos. *Laika*, como a chamaram por sugestão do pai, que quer dizer vira-latas em russo, foi uma homenagem ao primeiro ser vivo a tolerar, na década anterior àquela, a gravidade zero na órbita da terra, depois de ter passado por um treinamento cruel, que a impediu de ter uma vida canina de verdade. Diferente da maltratada cadelinha russa, que não sobreviveu, a gauchinha peluda cresceu com eles, recebeu muito amor, preencheu suas infâncias por nove anos e deixou, para sempre, a marca daquele afeto em Naná. Adriano viajando, as crianças crescendo junto com os avós e familiares. No entanto, nada amenizou o temperamento de Henry, que dirigia sua hostilidade a qualquer um, inclusive a si mesmo. Não raro necessitava de gesso ou de pontos, como se, quebrar-se ou cortar-se, fizesse parte das irrequietas brincadeiras. Um corpo marcado, assemelhado às marcas que viu nos seios da mãe ao ser desmamado. Vivia na rua e nada o segurava. Para evitar maiores conflitos, todos foram compactuando com suas rebeldias e a vida cobraria de todos um alto preço a pagar. *Tudo tem "pós e contas"*, voltava a lembrar Ziza.

Papai parecia mais magro já naquela fatídica Páscoa. A perda de peso logo foi ficando visível e preocupante. A tosse cada dia mais forte, o cansaço e o desânimo aos poucos mudando sua rotina. Já não descia com a mesma disposição para a alfaiataria. Da mesma forma, subia as escadas ou a rampa de copos de leite, com uma exaustão de guerra. Ziza tomou a frente e o levou ao médico. Os exames não deixaram dúvidas. Ouviu a palavra câncer como uma sentença de morte e decidiram não contar a ele a verdade, tratando como se fosse uma pneumonia, uma gripe forte, um resfriado. A cada medicamento novo, ele se animava, dizendo que agora o médico tinha acertado e iria ficar bom. O entusiasmo lhe voltava aos olhos e sorria, tentando manter a esperança. Viveu assim por quase dois anos. Entretanto, o corpo definhava e o ânimo cedia lugar à exaustão novamente.

Finalizaram os doces em mais um sábado de lidas. Enquanto arrumavam a cozinha de Mamãe, mandaram as meninas ao banho. Tonha cuidava do velho Henry com surpreendente carinho, em atos de verdadeiro amor. Minda, como em um ritual, colocou Didi na cadeirinha alta de bebê, que não mais acomodava seu tamanho, e foi penteando e passando o óleo nos reluzentes cabelos crespos, que ia puxando com força e trançando como uma costura, rente à cabeça, amarrando com lacinhos de fita mimosa, cada semana de uma cor. A pequena se contorcia e só aceitava aquela tortura porque vinha acompanhada de um colorido pirulito. Naná pedia à Ziza que fizesse tranças nela também. Os cabelos finos e escassos da menina, mal davam para duas ou três ralas tramas. Diziam-se gêmeas. E assim andavam dia e noite, entretendo-se com suas bonecas, por debaixo de mesas, na tenda de bananeiras ou na mesma sacada em que Ziza fez tantas e tantas sopas de miolo de pão com chá.

Foi nesse cenário que Tonha adentrou na cozinha, com o olho arregalado, pedindo ajuda. Papai gemia, semiconsciente, na grande cama de ferro, com um pequeno fio de sangue no canto direito da boca, que surgiu depois de um acesso de tosse. Chamaram Nísio para que viesse com o carro. No hospital, a notícia mais temida se confirmou. A luta que durou mais de dois anos chegava ao fim. Ziza não estava preparada. E nunca estaria. Chorava inconsolavelmente mais do que todos, mais do que Mamãe. Foi a primeira grande perda de um amor recíproco, vivido por anos.

Sentada ao lado do caixão, toda de preto, sob os cuidados de Dóia, Tonha se mantinha em silêncio recebendo os pêsames. Naquela época, a pouca diferença de idade entre elas fazia com que parecessem irmãs. A mãe, com cinquenta e sete anos, e a filha, com quarenta e três, já davam ares de senhoras idosas. Uma época em que envelhecer acontecia mais cedo.

Toda a família foi avisada e havia tanta gente na vigília que parecia o velório de um político. Coisa que Papai jamais foi, em nenhum sentido que isso pudesse ter. Homem simples, de poucas palavras, mas de muitos amigos e clientes, era dado ao trabalho e às tarefas inerentes à vida. Falava o necessário, não se indispunha com ninguém. Dizia que nada valia qualquer briga. Às vezes uma frase calada é uma ação vencida. Tudo passa, filha, o bom e o ruim. Tudo passa. Olhava para ele, magro, naquele caixão cheio de flores brancas, como se fosse a qualquer momento abrir os olhos azuis e, com um sorriso nos lábios finos, perguntar pelas crianças. Lembranças brotavam ininterruptamente de sua memória, como se tentasse salvar o Papai e mantê-lo vivo dentro de si. Nisso, obteve êxito.

Desde que voltaram de Porto Alegre, as crianças tornaram-se, para ele, parte do entretenimento. Sentado em frente à casa, fumando seu cigarro de fumo de rolo, provável causa de sua doença, no banquinho tripé de madeira crua, seu preferido, onde as longas pernas pareciam maiores ainda, colocava o tornozelo direito sobre o joelho esquerdo e protegia Naná ali, naquele cercadinho de pernas, brincando e contando fábulas inventadas, sobre animaizinhos imaginários, que encantavam a pequena. Ficava assim com o avô por longo tempo, ouvindo seu relógio de bolso *Ômega*, que chamava de radinho. Pedia para que ele o abrisse para ver a máquina, toda de ouro, movendo as engrenagens no ritmo sincronizado que só os relógios conseguem. Em uma de suas últimas conversas, onde já não mais acreditava que sofria de resfriado, com a voz cansada e o fôlego escasso, designou à *Ziza O radinho da Naná, é dela. E a corrente de ouro, guarde para Henry, viu filha.* Assim o fez. Para ela, *A alfaiataria do porão, que já é tua, né, filha? E tudo que tem nela também.* Impossível conter as lágrimas ao evocar toda a tristeza que sentiu no que registrou como despedida. O luto é uma luta que se trava dentro de si, entre a raiva da ladra morte e a necessidade de se resignar frente ao único fato inevitável da condição de se estar vivo. Vivos, somos todos condenados.

É justamente nos momentos de adversidades que as fragilidades já existentes se apresentam com mais força. E, frente à perda do avô e ao luto que tomou conta do universo familiar, Henry se mostrava mais hostil do que sempre havia sido. E Adriano ficava cada vez mais tempo em viagem. A exemplo do pai, o menino corria rua afora, apesar da pouca idade. Por vezes, ao cair da noite, na volta do trabalho, Ziza precisava percorrer os arredores para encontrar o filho. Em outras, algum vizinho o trazia pelo braço, queixando-se de alguma travessura.

Ocupada com o sustento e a educação das crianças, Ziza quase não tinha tempo para si e, novamente, não prestava atenção aos fatos do mundo. No entanto, mantinha a dignidade, o trabalho e a elegância. Não abria mão do *Creme Nívea* da latinha azul para hidratar a pele à noite, do esmalte *Rebu* nos finais de semana e do batom vermelho, que adotou por toda a vida, como uma espécie de armadura de guerra, um disfarce, uma camuflagem. Enquanto lá fora, além do Brasil, os povos se contorciam em guerras, mortes, regimes autoritários, revoltas juvenis que tentavam varrer a História, ela lutava suas batalhas particulares, procurando vencê-las a cada dia. Somente muito mais tarde, já na faculdade, conheceu os motivos pelos quais 1968, ano do assassinato de Martín Luther King, ficou conhecido como "*o ano que não terminou*". *As pautas das lutas daquela época ainda são as mesmas dos tempos de hoje. Para sorte do mundo, quando um ser tão valioso de ideias é preso, ou morto, seus ideais sobrevivem e ganham mais e mais voz.* Pensou, ao relembrar, do alto de suas oito décadas de vida.

Em 2017, olhava novamente para sua taça de vinho chileno, onde o reflexo do líquido combinava com a marca do batom na borda, e secou as lágrimas que insistiam em rolar pelos vincos de sua face, cinquenta e um anos depois daquela perda tão cara ao seu coração. Papai foi seu primeiro grande amor. Ao balançar a taça para aerar o sumo de uvas, seguia indo e vindo no tempo, como se estivesse em um delicado transe auto-hipnótico. Voltava a confirmar, para si mesma, que aquele foi o capítulo mais longo e difícil de sua vida.

Papai não viveu para conhecer a casa que conseguiu comprar com o crédito do BNH, um sistema de habitação que os militares criaram para substituir o antigo financiamento de moradias, mas que não se sustentou por mais que pouco tempo, como muitas coisas que criavam para suplantar outras, numa rebeldia autoritária. Foi importante ter aproveitado a oportunidade, que se somou ao recebimento de um valor de herança, oriundo de um significante pedaço de terra, que o Vovô havia passado para o nome do genro, como parte do dote de Mamãe.

Em um tempo no qual mulheres não desfrutavam dos mesmos direitos que os homens, de forma mais acentuada do que nos dias de hoje, com amparo em leis machistas, quando não podiam ter conta em banco e usavam o mesmo CPF do cônjuge, precisou dele para todos os trâmites, inclusive ficando o imóvel no nome do marido, como principal proprietário. Adriano queria usar o dinheiro todo para comprar uma chácara. Falava em comprar mais espingardas, assim como equipamentos para caçar e pescar, fazer um açude com peixes, como se o dinheiro fosse dele. Ziza, casada com comunhão de bens, já mais segura de si, firmou o pé, deu entrada na casa, financiou o restante, recusou-se a assinar qualquer documento que o autorizasse a esbanjar e guardou parte do valor longe dos olhos do marido, que ficou um longo período sem lhe dirigir a palavra, à maneira de uma criança que não ganhou o brinquedo que queria. Por fim, ela cedeu, como tantas vezes, e ofereceu a ele uma pequena parcela para que realizasse o sonho de adquirir um terreno na zona rural. O que mais tarde virou poeira e dívidas.

A vida foi acontecendo sem freios, em poucos piscares de olhos. Os filhos sendo criados e cada um vivendo seu destino. Minda ficou em evidência quando voltou a estudar no novo sistema de ensino para adultos, o Mobral, que também durou pouco, mas serviu a ela. Em meio a uma semana e outra, festas, jantares, jogatinas, o carnear de um porco, as caçadas e as pescarias, brigas e pazes.

Entre amigos e amigas, alguns transitavam mais, num ir e vir, de portas abertas. Adriano, quando voltava para casa, estava sempre ocupado com seus compromissos pessoais. Tratava estranhos como compadres, com uma proximidade desmedida, sem cautela. Os da ordem, aquele grupo fechado que só aceitava homens e se chamavam a todos de irmãos, tinham dele toda a confiança do mundo. Estudavam textos que os faziam se sentir como se fossem especiais, donos de conhecimentos aos quais os simples mortais e, principalmente as mulheres, jamais teriam acesso. Uma supremacia masculina que ainda teima em existir. Lá no meio do nada, tinha um valor de distinção.

No dia em que arrumava a sala, logo após chegar do trabalho, ouviu o barulho de lambreta em frente à casa e, ao chegar à porta, viu uma cena que demorou a compreender. Ao se afastar do tio que a trouxe na carona, tio por parte da tal ordem, Naná, rígida, dirigiu-se para a porta, com olhos arregalados e corpo tenso. A boca apertada parecia estar sendo limpa com a manga do uniforme da escola e, ao ver a mãe, as lágrimas marejaram o olhar assustado. Caminhou em direção à filha e, agachando-se, perguntou: *O que houve, Naná? O que aconteceu? Por que tu tá chorando, filha? Por que o compadre te trouxe?*

A menina, em estado de pavor, disse Mãe! – abraçada à Ziza, chorou até conseguir falar – *Mãe, eu tava vindo da escola e o tio parou do meu lado e me perguntou se eu não queria vir de lambreta, pra eu ver como era bom... Ele insistiu, andou ao meu lado, e eu aceitei... E ele deu uma volta e me trouxe... Mas quando eu desci, agradeci e dei tchau e ele me puxou pelo braço dizendo pra eu dar um beijo no tio e... Ele me puxou pra perto e me passou a mão, NO MEU TITI, e me deu um beijo... Na boca, mãe! Mãe! Foi horrível, mãe! Por que ele fez isso? Mãe! Eu vou pegar tuberculose?*

Ziza gritou *ELE NÃO É TEU TIO!* E apertou a filha contra o peito, acalmando-a. Sua preocupação passava longe do risco de que a menina contraísse tuberculose. A fúria, já familiar, tomou-a por inteiro. A cena que presenciou provocou tamanha raiva que, tal qual Mamãe no dia da rede, estava prestes a virar no diabo. Depois de passado o momento inicial, encaminhou a filha para um banho quente e a chamou para conversar. Queria saber se isso já tinha acontecido antes ou algo semelhante, talvez. Naná, com seus quase dez anos, mostrou saber do que se tratava a conversa e garantiu à mãe que jamais algo assim ocorreu. Mas que o tio tinha um jeito estranho de cumprimentar, sempre com abraços apertados, beijos babados e mãos malcriadas que passavam pelas costas, braços e pescoço. Ziza nunca percebeu. Naná garantiu e a mãe acreditou. Heloísa não perdeu a oportunidade para dizer à filha que *Ninguém, ninguém pode tocar teu corpo sem a tua permissão. Teu corpo é teu e, quando tu crescer, tu vais querer que alguém te toque, alguém que tu vais gostar, uma pessoa boa, de confiança. De outro modo, não permita, peça ajuda, grite, empurre e te defenda.* E assim que reencontrou Minda, alertou para que falassem o mesmo com Didi.

Esperou o marido chegar, que por sorte ou não, estava nas redondezas, e contou sobre o fato. Ele tentou questionar, que talvez não fosse o que ela havia entendido, que não podia acreditar em uma criança. O diabo se fez presente, no caso, aquele diabo bom, impetuoso que surge para proteger inocentes. A parte anjo de Lúcifer que existe em todos nós. Gritou com ele em defesa da filha. Gritou para que lembrasse que de violência e abuso ela entendia e que jamais, jamais iria se calar de novo. Gritava que *A cada silêncio, os homens se sentem autorizados a seguir violando as crianças e as mulheres.* E que deveria ter gritado quando ele lhe pediu uma prova de amor. *Que prova de amor, Adriano? Aquilo foi só violência! E se você não é homem para defender tua filha, eu vou até lá sozinha! Agora! AGORA.*

Aparentando nenhuma convicção, demonstrando quase constrangimento, acompanhou Ziza até a casa do chamado irmão da ordem. Desceram e foram recebidos pelo casal, que tomava chimarrão em frente à casa. Furiosa, ela propôs que entrassem, pois precisavam conversar *Lá dentro.* Expôs, sem rodeios, o ocorrido com sua filha, praticamente debaixo de seus olhos. Diante da acusação inesperada, o homem tentava se defender, a mulher chorava sem nada dizer e ele pedia perdão, que não fez por mal, que fazia isso porque lhe parecia natural, que viveu isso com sua irmã de criação, desde pequeno, que o colocava em sua cama e por isso agia assim. Ziza não acreditava no que ouvia. E foi entendendo que aquele não foi um ato isolado. Olhava-o com um misto de raiva e nojo, aos gritos, dizia *VOCÊ É UM DOENTE! VOCÊ É UMA PESSOA PODRE POR DENTRO! VOCÊ É UM PEDAÇO DE INFERNO E VAI ARDER NAS PRÓPRIAS CHAMAS!* Saiu, seguida pelo marido silencioso, que parecia até ter pena do amigo. Saiu, mas antes, a exemplo de Mamãe, olhou o tarado nos olhos e o proibiu de voltar a se aproximar de sua família. *Você nunca mais apareça na minha casa! Nunca mais se aproxime de minhas crianças!* Para a comadre, fixou-a dizendo *De ti, tenho pena... Cuida de tuas meninas,* da mesma forma que havia dito à irmã, anos antes.

Décadas mais tarde, visitada por uma das filhas do infeliz casal, soube que avisou tarde demais. A moça, agradecida, dizia ter ouvido atrás de uma porta aquela conversa, e que, só então, teve coragem de reagir ao pai, que as molestava desde pequenas, com a conivência da mãe, que fazia de conta que nada via, pois temia uma separação. Como se o desquite fosse pior do que ser cúmplice dos abusos. Como se fosse sofrer mais separada do que as crianças sofriam ao serem sistematicamente violentadas em suas infâncias. A mais nova foi tão afetada que jamais desenvolveu condições de construir uma vida de paz. Um psiquismo devastado, como tantos, pelo meteoro do abuso sexual infantil. Nunca conseguiu construir uma família ou se firmar em trabalhos. Vivia de ruminações, ensimesmada, presa a um passado, que parecia nunca passar para ela, sempre reatualizado em seus exaustivos relatos queixosos. Mantinha-se em uma posição defensiva, revitimizando-se incessantemente, violentando as pessoas à sua volta, com palavras críticas, e desqualificando tudo e todos sem piedade. Vivia identificada com os agressores, introjetados, a quem não conseguia abandonar, mesmo que já estivessem mortos há muito tempo e tivessem tido seu inferno em vida, presos por anos em corpos adoecidos, como uma personificação das maldades, *à la Dorian Gray.* Ziza lembrava, com tristeza, daquela história. Em contrapartida, sabia que protegeu a filha com garras de onça.

Em São Paulo, não mais se atinha aos ruídos que vinham do corredor, tamanho barulho aquelas lembranças faziam em sua velha cabeça. Salvou a filha daquele monstro, como Mamãe a salvou de Chico, apesar das significativas diferenças entre eles. Pensava, ainda enjoada, *Até quando as mães terão de salvar suas meninas, seus meninos e a si mesmas, nesse mundo ainda dominado por uma versão distorcida da masculinidade? Até quando tantas mulheres serão cúmplices desse tipo de mente doentia, que se acredita superior a outros seres humanos e se apropria de pessoas como se fossem objetos de uso e prazer?* Lembrou-se do nono mandamento bíblico, de quando o leu e, enfim, entendeu que, ao determinar "*Não cobiçarás a casa de teu próximo, não desejarás sua mulher, nem seu servo, nem sua serva, nem seu boi, nem seu jumento, nem coisa alguma que pertença a teu próximo",* atribui todo o poder ao homem e afirma que a mulher é, para os crentes, propriedade dele, tanto quanto outros escravizados também, junto ao boi e ao jumento. Escrito há quase quatro mil anos, por homens daquela época, em um território que ainda hoje resiste a evoluir, privilegia o desejo masculino, pressupõe que mulheres não o têm, ou não devem tê-lo, como se fossem naturalmente seres assexuados. Um livro falacioso, que guia tantas cabeças, que o veneram através de mediadores – sendo que a imensa maioria absoluta daqueles, jamais o leu –, reforça a violência e o domínio de um ser humano sobre outro e sobre outros seres da natureza. *Um dia terá que ter fim essa vigência,* pensou, como teve para ela. Prazo de validade. E, soltando um longo suspiro, carregado de um cansaço profundo por tudo aquilo, seguiu o curso dos pensamentos.

Adriano deixava claro que não sabia como lidar com aquela situação, não em relação à filha, com quem jamais falou sobre o assunto, mas com o amigo, sobre como o trataria nos próximos encontros da ordem. Ela o olhava, incrédula, e argumentava que *Isso não deveria ser problema para ti, isso é problema dele, pois creio que depois desse abuso, tu deveria sequer dirigir teu olhar a ele. Deveria tratá-lo como morto, ignorá-lo mesmo. Na verdade, deveríamos denunciá-lo,* ao que ele reagiu em protesto. Ziza deixou claro que, só não o faria, porque sua filha é que sairia perdendo com uma denúncia, em uma sociedade tão machista, onde a delegacia era território apenas de homens e que, certamente, ficaria ela, a menina, mal falada e, quem sabe até, culpabilizada aos dez anos, pela tara de um doente.

Ao longo dos anos seguintes, Henry, que teimava em viver quase de forma autônoma, apesar da luta de Ziza e Minda para trazê-lo à razão, não dava folga às preocupações. Ocupava seus dias pelas ruas, numa crescente. A avó, parecendo não ser a mesma Mamãe de outros tempos, passava a mão em sua cabeça, minimizando as travessuras sem fim. Atos irresponsáveis que evoluíam em gravidade, conforme ele crescia em altura. Assim como o pai, que vez ou outra o levava junto para as caçadas e pescarias, reduzindo seu convívio a tais momentos, mostrava-se avesso a rotinas e descomprometido com os estudos. Não raro, vinham bilhetes da escola, chamando os pais para reuniões, que giravam em torno de atitudes desrespeitosas com os professores, brigas e agressões, físicas e verbais, contra os colegas, e uma absoluta falta de empenho. Ziza comparecia, ouvindo e buscando ajuda, coisa que não encontrava em Adriano. *O pai viaja muito,* explicava, reproduzindo mais uma vez a cumplicidade com aquele homem, em uma espécie de proteção mantenedora, que só protegia a ele.

Certa manhã de domingo, Teteu, o rei Momo da cidade, vizinho de fundos da casa de Mamãe, bateu palmas no portão da casa de Ziza. Recebeu-o, surpresa, com um mate de erva verde, a melhor, vinda lá da Palmeira, no caminho para a região das missões. *O mate tá ótimo, comadre,* disse o pesado homem, não que fossem compadres, simplesmente porque assim se tratavam. *Vim pra te dar uma notícia um pouco difícil...* Ela, intrigada, perguntou *Aconteceu algo com Mamãe?* Disse ele, pigarreando, *Com a velha senhora, não. Mas ela vai lhe contar que, durante a noite, gritou da janela ao ouvir uma barulheira no quintal.* Contou que Dóia também acordou e escutou ambas, de sua casa, a praguejar para os ladrões de galinha. *O fato, comadre, é que quem tava pegando as galinhas, saiu assustado pelo meu terreno e, como eu acordei com os gritos, fui ao pátio pra ver e... E me deparei com o Henry, fugindo com dois amigos, levando duas galinhas da casa da vó... A comadre me desculpe, eu precisava contar, porque pepino se desentorta de cedo, né, comadre?*

Agradecida e completamente atordoada, despediu-se do amigo. O pepino já vinha torto por tempo demais. Acordou Adriano, que nunca perdera o hábito de dormir até tarde. Depois da longa noite, Henry descansava como um anjo em seu quarto, tal qual o pai. Em mais uma tentativa frustrada de pensar junto ao marido sobre o que fazer para ajudar o filho a *virar gente,* como falava Papai, só conseguia encontrar nele irracionalidade e fúria. Como em tantas outras vezes, Adriano ficou incontrolável. Invadiu o espaço do jovem rapaz e o arrancou da cama com o cinto de couro na mão, já em açoites que se transformaram rapidamente em hematomas. E ódio. *Nulidade! Arcaide! Tu não presta! Veio ao mundo só pra dar desgosto! Interdito! Vagabundo! Preguiçoso!* gritava ao filho, entre uma cintada e outra. Apesar de suas tentativas de segurá-lo, faltava forças a ela, que chorava, impotente, frente a mais uma cena de violência. Assim como o *minino Chico*, espancado até silenciar, as minorias em reconhecimento, reincidentemente são depositárias de todos os ódios do mundo. Naquela cena, mais uma vez, a força estava no homem. Naná, que acordou com os berros, flagrava, com olhos de pavor, um dos tantos cenários abusivos que ilustraram sua infância. Sem dúvida, o medo que se formou dentro da pequena, ao assistir aos espancamentos e às humilhações a que o irmão foi submetido incontáveis vezes, fizeram-na tímida, insegura, empenhada, eterna e incansavelmente, por fazer tudo certo, sem se dar o direito de errar sem culpa.

Conversar com Henry nunca foi tarefa fácil. Ziza não entendia qual o motivo para roubar da avó, que o amava incondicionalmente e, sem hesitar, daria a ele quantas galinhas quisesse. Sem argumentos, disse, atrapalhado, que queriam, ele e os amigos, fazer uma galinhada e, como já estava tarde, decidiu não acordar a vó Tonha. Pávida, parecia à Ziza que havia nele um prazer dissimulado em toda e qualquer transgressão às regras.

Adriano parecia se afastar a cada dificuldade imposta pela vida real. Fugia também das normas, da paternidade e das responsabilidades de um chefe de família, lugar convencionado a ele. Paradoxalmente, quando vinha para casa, cobrava os benefícios e as regalias aos quais achava ter direito por sentar à cabeceira da mesa. Sedutor, repetia que não havia melhor comida no mundo do que a dela, induzindo a mulher ao fogão. Ficava cada vez mais tempo em viagens, a trabalho ou em função de caçadas e pescarias. Ziza foi se afirmando cúmplice ao resolver todos os problemas que surgiam e ao assumir todas as contas da casa, em uma fantasia nociva de, assim, trazê-lo para mais perto, de volta ao lar que construiu praticamente sozinha. Resignava-se, na saúde e na doença, na alegria e na tristeza, na fartura e na pobreza, acreditando que teria que seguir até que a morte os separasse.

Passados alguns meses, Naná pediu à Ziza para debutar, deixando a mãe atônita. Questionou a veracidade de tal desejo. Conversou com a filha sobre o que pensava de um Baile de Debutantes e da hipocrisia de apresentá-la à sociedade araucariense, em meio à qual nasceu e cresceu. Adriana a convenceu, sem muito esforço, com o argumento de que um *debut* já não era mais assim. Explicou que, entre as amigas, o baile continha um sentido de diversão e que era quase como uma maneira descontraída de registrar o fim da infância e de fazer uma grande despedida, já que, dentro de dois anos, terminariam os estudos e sairiam da escola. *Mãe, é uma festa pra se divertir! Sem pompas ou qualquer sentido ultrapassado. Tá, tem aquele desfile, de mão com o pai, mas até isso é divertido! Depois tem as fotos de lembrança, o álbum com todas juntas! E quero que tu faça meu vestido! Aceita, mãe!*

Como poderia dizer não? Encarou a tarefa como uma distração para as tantas lutas que a vida lhe convocava a guerrear. Vinham-lhe à mente as lembranças de seu primeiro baile, da expectativa de encontrar Benjamin, do modelo que fez, sob a supervisão de Papai, em tom de lilás, uma delicada imitação do vestido de Jacqueline Kennedy, um sucesso que ainda ecoava em alguns salões de conversa. A cintura, incomparavelmente fina, também permanecia sendo assunto eventual entre as mulheres daquela geração. O que ainda não havia mudado muito. A natureza seguia generosa para com ela e, apesar de muitas coisas terem mudado do início dos anos cinquenta para o final dos anos setenta, seu corpo se mantinha atraente. Recordar a fez dizer sim à filha.

Acompanhada de Naná, abriu um baú guardado na alfaiataria de Papai, onde trouxeram à luz o vestido com cheiro de mofo, apesar de todos os cuidados, sachês de cânfora e naftalinas. A filha, admirada com o já conhecido talento da mãe, pediu que fizesse algo parecido, em branco pérola. Assim o fez.

Em uma das, agora, raras vindas de Adriano em casa, a filha, entusiasmada, comunicou-o sobre o baile. Sempre um tanto alheio aos fatos, comprometeu-se de estar presente. Ziza lembrava-se do receio que ficou de que ele não comparecesse no dia marcado, da mesma forma que temeu que não aparecesse na igreja no dia do casamento. Deu-se conta da insegurança que vivia ao lado daquele homem e de como não podia contar com ele nunca, como se fosse uma permanente incógnita. Marido, porém não mais que um estranho. Os dias foram curtos para tantos afazeres, que ocupavam suas mãos e aliviavam a mente das dolorosas reflexões.

Dois meses antes do *debut,* Ziza ouviu o choro da filha na sala, em frente à televisão. Largou o que estava fazendo e foi, às pressas, ao seu encontro. Naná chorava convulsivamente. *O que houve, meu amor?* perguntou, tentando aninhar a sua já não pequena menina. *Mãe, como vou debutar agora? O Elvis morreu, mãe!* Novamente olhou para Adriana, admirada, omitiu o suspiro e encontrou paciência dentro de si. *Filha, o que uma coisa tem a ver com a outra? Mãe, eu tô de luto! Não sei se me recupero até lá...* Abraçou a adolescente, com carinho. *Calma, tu vai te recuperar sim. E tu ainda pode vê-lo na sessão da tarde.* Heloísa não teve muito tempo para tais paixões juvenis platônicas. Mais de vinte anos depois, aprenderia, por amor, em sua melhor morada, sobre a importância daquele ícone da música, e outros tantos, para a causa da segregação racial. Elvis aprendeu com os pretos.

Na véspera do baile, Ziza estava com tudo pronto: seu próprio vestido, os trajes de Adriano e Henry, e o vestido de Naná. Dóia e Mamãe também fizeram vestidos novos. Tonha surpreendeu a todos quando demonstrou interesse em ir ao baile. Por mais esforço que tivesse feito, Ziza não conseguiu autorização para Minda e Miro entrarem no clube. Existiam convites especiais, mas não para pessoas *da raça.* O avanço foi ter conseguido convite para Didi, considerada "criança", para quem também fez um vestido deslumbrante. Leite e Café não poderiam deixar de estar juntas. Naquela sexta-feira de outubro, tudo andava bem e ficou melhor com a chegada de Adriano, ao entardecer, colocando um largo sorriso na face da filha, que o cingiu em um abraço espontâneo e amoroso, agradecida. Talvez ela também nutrisse um medo secreto de que o pai não comparecesse ao baile de sábado.

Adriana estava linda. Convidou um dos primos para ser o par e parecia mesmo ter o objetivo de aproveitar a festa em companhia das amigas e dos amigos do colégio, da cidade e das redondezas, que vinham para o evento. Adriano começou tomando aperitivos pela manhã, cervejinha no almoço, drinque à tardinha e, quando se aprontou para o baile, estava "pronto", no pior sentido da palavra. A elegância se restringia ao traje. Apesar de todo o café que Ziza o forçou a tomar, ele demonstrava um sorriso alcoolizado, falso, a postura levemente cambaleante, que não pôde ser disfarçada ao desfilar com a filha, segura por uma das mãos, enquanto com a outra, mostrava-a para as pessoas às mesas, como um circense mostra seus cães adestrados. Naná, visivelmente incomodada, sorria timidamente tentando dar sinais discretos para que o constrangedor espetáculo cessasse. Ao final, quando reencontrou a mãe, segredou que sentiu vergonha, porém estava decidida a não estragar sua noite. E assim o fez. Com sua turma, ao lado de Didi, dançou de pés descalços, ao som de *Aquarius,* de 1969 – que fez sucesso no filme *Hair* dois anos depois – sem dever explicações a ninguém, até o sol entrar pelas janelas do clube. Ziza, aliviada, sorria diante da profanação da tradição sem sentido. *Subverter a ordem sempre deveria ser o papel da juventude, para que o mundo pudesse ir adiante,* pensou.

Findava a manhã de domingo e todos ainda dormiam. Henry bebeu demais, como o pai, e acabou ficando imprestável até mesmo para aprontar algo. Ziza, amiga do sol, dormiu pouco. Sonhou com a esposa do irmão da ordem, o da lambreta, que deu a infeliz carona à Naná, anos antes. No sonho, ela dizia que tinha medo de separar, que mulher separada vira vagabunda aos olhos dos outros, que perde a honra. Acordou sobressaltada. Pensou *Sou eu no sonho!*

Deitada, observava o marido, que roncava alto, exalando um ácido cheiro de álcool com excesso de nicotina, restos de tudo que fora bebido e fumado no dia e na noite anteriores. Olhando-o, reparou no brilho da aliança na mão morena e comparou com a sua. Fazia 18 anos que as escolheram juntos, movidos pela paixão da juventude que já parecia tão longe. O reluzir do metal chamou a atenção e, de perto, percebeu que eram alianças diferentes. A dele não tinha forma de pneu. Parecia achatada, com alguns detalhes trabalhados no ouro. Vagarosamente, tirou a aliança do dedo e, dentro, lia-se gravado *"Marinês 10/05/77".* Aquela conhecida sensação, de um coração que bate na garganta, como se fosse saltar para fora, dominou-a. Tomada de um mal-estar súbito, teve tempo de virar para o lado e vomitar fora da cama. Ele acordou, de susto.

Não teve briga, nem discussão, sequer qualquer cobrança ou explicação. Do lado de dentro, em um canto escondido, o desejo humilhante de ajoelhar-se e de pedir que ficasse com ela precisou ser nocauteado por seu amor-próprio, de forma consciente e dura. Não podia amolecer. Não merecia desrespeitar a si mesma mais nenhum minuto. Pediu que arrumasse todas as suas coisas, *TODAS!*, como Mamãe lhe disse um dia, que colocasse em malas e sacolas e sumisse dali, que fosse morar com sua noiva. *Ou é esposa, Adriano?* Apenas conseguiu dizer *Como tu pôde fazer isso conosco? Bígamo, Adriano? Até onde vai teu mau-caratismo?* Não queria resposta, apenas urrar a denúncia, mas ele, arrogante, vociferava defensivo, que já ia *Tarde demais,* que ainda estava com ela *por pena,* que *agora ia ser feliz com uma mulher de verdade, de pernas torneadas e não uma canela-fina!* Olhou-o, incrédula, com lágrimas de ódio, e avisou que comunicaria a algum amigo da ordem quando os papéis do desquite estivessem prontos, para que ele viesse assinar. Comunicou a Henry e Naná a verdade, sem floreios, e prometeu que tudo ficaria bem. A tal *mulher de verdade* o abandonou pouco mais de um ano depois, como Ziza ficou sabendo, décadas mais tarde, através da filha. Nem toda mulher se submete. Nem todas aceitam ser cúmplices.

Novembro foi um mês de luto. Dóia, Naná, Minda e Didi formaram a melhor rede de apoio que poderia ter tido. Mamãe, dando vazão a algo guardado há quase vinte anos, não se furtou de dizer *Eu sabia desde o começo. Eu avisei. Homem com aquela lábia não podia prestar.* Poupou a filha de mais críticas, percebendo o tamanho da dor. Ziza escutava as vozes de seus anseios, dentro da própria cabeça, que diziam frases curtas, lembrando-a do lugar que a sociedade reservava a mulheres desquitadas. *Desonrada, vergonhosa, que não se dá o respeito, uma ameaça às "famílias de bem". À margem.* Daquela vez, autoexilou-se em casa, buscando cozinhar melhor aqueles fios amargurados de vida, que só cabia a ela terminar de cozer dentro de si.

As notícias correm na velocidade da luz em cidades como Araucárias do Sul, principalmente as que dizem respeito à vida pessoal de alguém. Os assuntos escandalosos sempre ganham destaque nas rodas de chimarrão, tal qual capa de revista. As fofoqueiras de plantão, ocupadas das intimidades alheias, ferviam os caldeirões, de porta em porta. Algumas, sentindo-se amigas próximas, apresentavam-se em visita, buscando mais ingredientes para o cozido da vez, com a desculpa de oferecer apoio à desnorteada Ziza. Uma das comadres, por costume de chamar assim, sentou-se com a carteira no colo, na ponta da poltrona, falsificando dor e solidariedade, para encobrir o gozo sádico. Perguntava e respondia quase ao mesmo tempo, sem dar muito espaço à anfitriã, que só pensava em como despachar a visita.

Em meio à tagarelice, Heloísa aguçou os sentidos ao escutar a pergunta *Comadre, será que a separação é a melhor saída?* Escutava como um cão de caça: alerta. *Destruir uma família assim, por uma bobagem de homem? Homens são assim mesmo! Quem sabe não é o momento de tu também aprender com isso... Quem sabe isso não foi um sinal pra tu pensar em te dedicar mais ao lar, à família, a ele? Tu já pensou o quanto também ele se sentia sozinho, tu trabalhando tanto, sempre ocupada, quase egoísta? Não me leva a mal, comadre...* Não é por mal, tu sabe... Já pensou na tua parcela de culpa por ele ter precisado procurar mulher na rua?

Foi a deixa. Com o pescoço vermelho e o sangue subindo pelas laterais do rosto a inflamar as bochechas, Heloísa levantou-se de sobressalto. *Culpa? Culpada eu? Pois vou te dizer que se eu estivesse em casa como tu, cuidando do lar, das crias e dos criados, não faria qualquer diferença no mau-caratismo do Adriano! Tu só defende essa teoria machista, que nos submete a todas há séculos, porque é confortável pra ti! Isso deve ser algo que tu ouve do teu excelentíssimo esposo, né? Se tenho culpa é a mesma que a tua: tolerar as violências dos machos em nome da tradição familiar! Ao invés de vir dar destino à minha vida, vai cuidar da tua! Sabe o porquê* de *tu tá me dizendo isso? Porque tu precisa acreditar nessa falácia pra poder suportar essa tua vida que a cidade toda também conhece! Tu sabe e faz de conta que não sabe que, mesmo sendo "do lar", sustentada pelo marido, esposa exclusiva e dedicada, isso não impede o Júlio Augusto, teu rico marido, de frequentar a casa da luz vermelha, ter um caso com a Miqueta e ser parceiro das putarias do Adriano, camufladas de caçadas e pescarias! A gente escolhe fechar os olhos a isso tudo! Somos cúmplices! Agora chega! Fora daqui, comadre! Que comadre, o quê? Fora! Volte para o teu cativeiro!* Dedo em riste, apontando para a porta. Vômito quase ejaculando da garganta inflamada. Golfou no chão, quase nas costas da ex-amiga, sem tentar segurar.

Ensimesmou-se a pensar na mancomunação que a manteve naquela relação, tolerando pequenas violências diárias. Desrespeito; estupro matrimonial como serviço devido e prestado ao esposo; reafirmações incessantes de poder e ameaças veladas, em forma de socos nas portas e paredes, que a vulnerabilizavam; irresponsabilidades e descompromissos; imaturidades sem fim. Trabalhou durante anos, como pôde, para dar conta das contas e dos filhos, sem nenhum reconhecimento por parte dele. Chorava, calava, dormia. Minda, por vezes, vinha, sentava-se ao seu lado em silêncio, segurava sua mão enquanto tomavam mate, na parceria que nutriam incondicionalmente. Foi um tempo difícil, de reavaliar-se apesar das dores. Prometeu para si mesma que nunca mais se sujeitaria assim a um homem. Manteve a promessa enquanto conseguiu. Até recair no erro.

Henry, diante daquela inundação da vida, mostrou mais ainda os buracos que carregava nele, feito pneu furado em tanque d'água. Sua relação com o pai nunca chegou perto de uma relação ideal, mas talvez ainda fosse uma boia na qual depositava alguma expectativa, por mais inusitado que pudesse parecer. Por nunca ter conseguido lidar com seus sentimentos e tampouco colocá-los em palavras, incrementou um caminho já naturalizado. Demonstrava, em atos, seus demônios internos. Saía todas as noites, mostrava-se mais distante de todos do que nunca, inclusive de Minda que, vez ou outra, conseguia acalmá-lo com carinho, palavras e conselhos. Indiferente à mãe, demonstrava o quanto a culpava. Assim ela sentia.

Dezembro chegou, arrastando o luto consigo. Apesar de o verão estar próximo, o fim de semana já começou chuvoso, escondendo o sol, sem dar trégua. Ziza dormia mal, preocupada com o filho sempre na rua e, também, por seguir se passando a limpo, tentando entender as armadilhas da vida. O dia cinzento começava a amanhecer e o domingo silencioso, como sempre é nas cidades pequenas, trazia a ela apenas a oportunidade de um descanso para o corpo. Ouviu batidas de palmas na frente da casa e levantou de sobressalto, com o pressentimento materno que nem sempre acerta, mas raramente erra. Abriu a porta e viu os pedro-paulos. Desde que os militares deram o golpe e implantaram a ditadura no país, eles andavam em dupla, de farda e sem rosto.

Sem esconder a ansiedade e o medo, disse *Pois não, em que posso ajudá-los?* Coração aos pulos. A cama de Henry, vazia. Um deles disse *A senhora é a dona Heloísa? Sim,* respondeu. *A senhora poderia nos acompanhar?* Perguntou *Mas de que se trata? Houve um acidente, de moto, alguns jovens na estrada fazendo racha... A senhora sabe... A juventude não tem limites...* De sua garganta apertada, soltou em gritos abafados É o *Henry? É o meu filho? Ele está bem?* Os soldados pediam que ficasse calma, que não sabiam como ele estava e que a ordem era de que a buscassem. *Ele tá preso? Não senhora. Nós vamos ao hospital.*

Em pânico, acordou Naná, telefonou para Nísio e para Mingos, pediu aos irmãos que avisassem Minda, colocou uma roupa e foi com eles, abraçada à filha, que chorava. De medo. No trajeto, silêncio. Chegando ao hospital, o médico do plantão, velho conhecido, aparentado até, recebeu-a com um olhar de pena. *Heloísa, tu precisa ser forte, comadre. Os jovens desafiam a vida e vão se sentindo poderosos, nem sempre vencem... Uma hora não conseguem...* Ela lembrava de ter perguntado muitas vezes *Como ele tá?* E o médico parecia não ouvir. Por fim, disse *Foi numa curva, duas motos, fazendo racha, ele tentou ultrapassar, lá na estrada pra Sarandi... Vinha um carro na pista contrária... Bateu de frente, foi arremessado... Um caminhão tentou desviar do corpo, sem conseguir... Tu não precisa reconhecer o corpo...* Tá muito avariado... *A carteira tava no bolso da calça, por isso o identificamos... Os outros ficaram apavorados... O dono da moto fugiu... Estamos procurando... A gente sabe quem é... Aquele amigo dele, má influência, metido com essa droga da moda...* Já não escutava mais. Ensurdeceu. Caiu. Também despedaçada. Em prantos. No piso frio, quase tão gelado quanto ela.

A família foi chegando e recebendo a notícia. Ziza foi medicada para que se acalmasse. Ouviu o doutor dizer a Mingos *Pobre mulher...* Naná chorava, agarrada à mãe, quando Dóia chegou, acompanhada de Didi e Minda. Miro, de canto, em prontidão. Agarravam-se como a se segurar umas nas outras, como só as mulheres sabem fazer. Dóia disse que ainda não havia contado nada para Mamãe, talvez porque não tivesse entendido nada mesmo, até aquele momento.

Saíram do hospital e foram todas para a casa de Tonha. Unidas, abraçadas, choraram incontidamente. Ziza não conseguia amenizar a dor. Como se estivesse em um transe, foi saindo devagar da velha casa, para se refugiar na sua hospedeira tenda de bananeiras, onde relembrou da primeira gestação, daquela perda terrível, do bebê inerte em seus braços, do dia em que soube da segunda gravidez, do dia do nascimento, da alegria ao pegar Henry no colo, de tantas noites de aconchego, do prazer que tinha em amamentá-lo, dos primeiros passos, de tantas dificuldades que vieram depois com seu caminhar errante... Olhava os corações roxos das bananeiras, enormes, pendentes, e sentia como se o seu estivesse assim também, inchado, pendurado fora do corpo... Minda veio e sentou-se do lado de fora da planta. Ziza perguntava-se *Onde eu errei com nosso menino, Minda? Por que ele? Minda, eu nem sabia que ele dirigia motocicleta!* A voz saía por entre as frestas dos caules. Sentia como se o seu bebê tivesse sido arrancado dela novamente, sem que pudesse ao menos conhecê-lo. A amiga tentou tirá-la dali, em vão. Levou água e comida. Nada foi aceito. Aos olhos de Minda, a parceira de uma vida toda havia encolhido, como se tivesse voltado a ser a criança que carregava no colo, nos tempos da fazenda. Parecia que não estava nesse mundo, por horas demais. Zelou por ela, de longe, de pouco em pouco, tentando trazê-la de volta. *Te perdoa, Ziza. Vai passar. O Patrão sempre dizia, tudo passa. Vai passar.* Por enquanto, dor viva, sem passagem, malparada ali, a ferir sem fim. Dentro dela só deserto, noturno, árido, mas sem estrelas. Frio demais. Agradeceu ao destino por Papai não estar ali para viver aquele horror. Perdeu a conta de quantas horas ficou refugiada no âmago das bananeiras, chorando sobre as próprias chagas. Desespero e desesperança pendem sempre do mesmo galho. O sentimento vivo de que arrastava o último dia de sua vida. A morte mata aos poucos, por pedaços. Pedaço dela se foi, no mesmo dia, enterrado junto ao filho. Outros tantos já haviam perecido também.

Conseguiram convencê-la a tomar um banho para velar Henry. O corpo ficou pronto para o guardamento no final da tarde. Alguém avisou Adriano, que chegou quase junto com o caixão na capela. Um homem destruído. Apesar de toda ou qualquer coisa, ele era o pai. Em meio a coroas e flores, de preto, sem batom, o esmalte arrancado aos pedaços, sentada ao lado do ataúde fechado, olhando o vidro que mostrava parte do rosto deformado do filho, outra parte enfaixada como o de uma múmia, Ziza chorava agora a carga silenciosa que transparecia a infinita tristeza de dentro dela. E lá, não muito ao fundo, um misto de lembranças, culpa, impotência e arrependimento. E raiva. Da vida, de si mesma, de Adriano, do mundo, de tudo e de todos, a quem, naquele momento, nem via. Isso, junto, em redemoinho, imobilizava-a de tal forma que só mexia os olhos, para transbordar lágrimas, ombros caídos para a frente, a dobrar e desdobrar com mãos cansadas um surrado lenço de pano, em uma postura de absoluta debilidade. Todos os músculos, inativos. Passaram a noite a velar os restos do jovem, esquartejado. Alguns rapazes assustados, prováveis amigos dele, estavam a um canto. Próxima a eles, havia uma mocinha que chorava como se fosse uma viúva. Aos poucos, durante todas as horas, foram chegando familiares que há muito não apareciam nem para visitar. A irmã e o cunhado, as Marias, irmãos e sobrinhos, primos e primas, tios e tias, Samira e os filhos mais jovens do Vovô, já falecido. Vez ou outra, Ziza se levantava e acariciava o vidro, demoradamente, como se tocasse nele. Redesenhava-o. Voltava, exausta, para a cadeira, parecendo ter realizado um esforço hercúleo. Pensava, com remorso, que *Tanto foi chamado de nulidade, interdito, vagabundo, que meu pobre filho ficou preso nos rótulos que lhe foram colados a cada violência. Veio como uma renovação da vida e, como um arcaide, não cumpriu...* O ex-marido adúltero sentou ao lado dela, sem tocá-la. Sentia a presença dele, o cheiro alcalino, mas não conseguia levantar os olhos para ninguém. Enxergava suas mãos, a aliança nova, o jeito nervoso de mexer e estalar os dedos. Reconhecia-o. Só os dois sabiam a dor que estavam sentindo. Naquela situação, eram novamente cúmplices no estado dilacerante que só pai e mãe, separados ou não, experimentam dentro de si. A dor de perder um filho é a que não tem nome. É só a maior dor. Parte dela morreu, sem sombra de dúvidas. Para sempre.

6

Presente do Além-Túmulo

Necessitava ressuscitar e não conseguia. Nada nela pulsava vida naqueles tempos assustadoramente sombrios. E, se a senhora das trevas ceifa a vida por partes, de tempos em tempos, é Eros, o deus do amor, que nos transforma em uma espécie de estrela-do-mar, restaurando os estirpamentos sob outras formas, como nadadeiras que conduzem de volta ao mundo dos vivos. Não sem muito, muito trabalho interno.

Ziza, em São Paulo, estava tão fortemente imersa em suas lembranças, que esquecera do vinho, das bisnetas, do tempo presente. Sequer piscava, capturada por um filme intenso, de suspense, que a mantinha presa ao passado e que ela conhecia o desfecho.

Demorou a se recompor do baque, que se somou ao término do casamento. Foram meses autoexilada da vida, reclusa na sua intimidade, convivendo apenas com as pessoas que realmente amava e lhe retribuíam amor. Meses de descuido consigo, de desleixo, de muito cigarro, café preto, pouco sono, sem sonhos. Apenas pesadelos. Deprimida, pôde contar, não conscientemente na época, com o afeto de quem nunca a abandonou. Naná não poderia ter sido melhor filha naquele período.

E assim foi, quase sempre. Precisava voltar à vida por ela própria, por Naná, por Minda, por Didi, por Dóia, por Tonha. Sua panela essencial de fios femininos.

Mesmo em estado de clara depressão, sempre encontrava, ao término do expediente de trabalho e nos finais de semana, um jeito de dar uma passada na casa da velha mãe. Arrastando-se, pegou rumo para lá, em uma sexta-feira chuvosa, que fazia entrar água até pelos canos das galochas. A pedido de Tonha, que havia tempo evitava sair de casa, devido à deficiência visual, padre Dinello levava a ela, semanalmente, a palavra de Deus e o corpo de Cristo. E lá estava a se deliciar, confortavelmente sentado no sofá, comendo um pouco de cada uma das gostosuras com as quais as senhoras da casa o esperavam, em todas as visitas.

Depois da conversa, o religioso abençoava a matriarca e oferecia a ela a hóstia sagrada. Dóia, por algum motivo, ficava de fora daquele ritual. Contentava-se em fazer suas orações, sempre em silêncio, sem jamais ser questionada sobre tal atitude. Ziza, que acompanhou toda a reza, verbalizou o desejo de comungar também. O padre, que se mantinha indiferente a ela, exceto no momento em que a cumprimentou, na chegada, mirou-a duramente, e a seguir, fixando os olhos em um ponto imaginário adiante da realidade, foi dizendo sem meias palavras *Tu não podes comungar. Tu quebraste o sagrado sacramento do matrimônio e não tens mais direito ao corpo de Cristo.* As faces de Ziza se inflamaram e queimavam como se tivesse caído uma frigideira quente em seu rosto. A fúria, que estava represada por todas as rejeições que vinha sentindo, inclusive por parte de amigas, que antes a procuravam e a convidavam às suas casas, e agora também a evitavam, como se fosse um perigo aos seus casamentos imperfeitos, ameaçou transbordar. E cumpriu. Como se subisse nas costas de um touro bravo a ser domado, enfrentou com ódio o padre e, com a voz firme, mas turvada pela emoção, disse também sem meias palavras, *O teu deus, padre, faz diferenças entre as pessoas? Então, eu que fui traída vergonhosamente por um bígamo e largada com dois filhos para terminar de criar – um deles que deus, também não satisfeito, levou de mim, sem piedade – não posso comungar? Eu que trabalho e honro com todos os compromissos – até as dívidas do vagabundo! – e que nada devo a ninguém, não tenho direito ao corpo de Cristo? Não tenho direito a me aproximar de Deus? Nem de porco teu deus merece ser chamado! Porcos são melhores do que isso! Mas prefiro pensar, padre... padre, não! Dinello! Prefiro pensar, Dinello, que é tu que não representa bem teu deus! Porque se ele existe, não haverá de ser assim! E se ele existe, ele sabe o que tu faz para cima e para baixo com a tua secretária e com o filho dela – teu afilhado – que é a tua cara! E, certamente, sabe também, como muitos, porque o marido da coitada se suicidou! E, sem dúvida, ele sabe o porquê de tu feder a cigarro e a bebida, apesar de ser padre e pregar moralismos! Hipócrita! O que tu sente quando bota a cabeça no teu travesseiro e todas as tuas máscaras caem? Tu comunga, Dinello? Tu dorme? Fique com tua hóstia, tua barriga cheia, tuas falsidades, teus dízimos e teus fiéis com suas polpudas doações! Eles podem comungar na tua igreja? Passe bem, sanguessuga de ricos e vulneráveis!* Saiu sem se despedir, mais devastada do que chegou, em prantos. Ultrajada, era a palavra. Onde poderia encontrar algum consolo, só havia falso decoro e preconceitos. Mamãe jamais falou sobre o ocorrido, em mais um dos seus silêncios convenientes. Mas aquele padre nunca mais pisou lá.

Inicialmente, Ziza dormia e acordava, porque assim tinha que ser. Vivia no automático, sem nada desejar, apenas a cumprir tarefas. Não havia como fugir do trabalho ou de seguir criando sua filha. Não podia delegar Adriana, como talvez tivesse feito com Henry. Por medo de perdê-lo, marcada pela dor do parto natimorto, compreendia agora que nunca conseguira se aproximar verdadeiramente daquele filho. Foi um vínculo mal cozido, um fio de vida que foi parar no outro lado da panela, até ir ao fundo e desaparecer para sempre. De resto, era o resto. No entanto, como quase sempre é, aos poucos, foi se ocupando da vida novamente, sem perceber. Onde a vida pulsa, ela se infiltra pelas frestas, feito hera.

Em pleno luto, a burocracia do desquite a convocava a tirar forças, de onde não mais havia, para resolver urgências. Exigiu que a casa fosse transferida para ela, pois, enfim, as mulheres já podiam ter imóveis em seu próprio nome. Um pequeno recente furo no machismo sempre vigente. Deixou a pequena chácara, comprada com o dinheiro de sua família, para Adriano, juntamente com o *Maverick* cor de caqui, que só ele dirigia. No banco, abriu uma conta individual, o que já era permitido às mulheres desde 1972, e há quatro anos haviam conquistado também o direito simples de portar cartão de crédito, até então exclusividade dos machos. Por comodidade, apesar disso, ela ainda mantinha seu dinheiro em uma conta conjunta, da qual ele era o titular. Jamais pensou, quando mais jovem, que, ao casar, duas pessoas se tornavam uma só perante a lei dos homens, tendo o mesmo número no Cadastro de Pessoa Física do país. Para fazer um novo CPF, agora próprio, separado do dele, foi necessário pagar o rastro de dívidas que o irresponsável foi deixando para trás, abusando da confiança de amigos e compadres, sem que ela soubesse. Desquitada, tornou-se, finalmente, um ser individual, desatrelada de um outro supostamente superior ou responsável por ela. Naquela época, suas economias, que já não eram insignificantes, guardadas em um buraco escondido na parede, lá no fundo da alfaiataria, mais uma vez foram o seu bote salva-vidas.

Com muito esforço, recobrava as energias. Sentia como se estivesse se libertando pela primeira vez na vida. O próximo passo que deu foi alugar um pequeno apartamento na rua principal. Naná se despediu com tristeza dos amigos de infância, como se fosse morar em outro mundo e não a apenas alguns quarteirões dali. Sobre o local onde estava enterrada Laika, deitou algumas pequenas flores. Inesperadamente, Ziza lembrou do cemitério da tropa de ossos de Zizo. Colocou a casa à venda, como um ato final para deixar o passado no passado e se permitir um novo começo. Decidiu se matricular na autoescola. *Quem pilota um fogão com esmero, facilmente pilotará um automóvel,* passou a dizer, convicta. Depois compraria um carro simples, para ir e vir, e baldear a filha para todos os lados, em segurança. E assim fez. Não demorou para tornar-se a motorista oficial da turma de adolescentes, sempre disponível, aproveitando os momentos para se aproximar de Adriana, escutando e interagindo com sutileza, dando conselhos e fazendo pensar, sem que as mocinhas percebessem. Para selar o fim daquela era, parou de fumar depois do dia em que Naná reclamou que estava cheirando a cinzeiro igual ao ex-marido. Renunciar ao tal vício, que adquiriu com ele, dentro do velho *Jeep*, foi como tirar do corpo, e da alma, restos incômodos e desnecessários que ainda carregava consigo.

Mais de um ano e meio de reconstruções de si e da vida, meses que se arrastaram, ao mesmo tempo em que passaram voando. E, de repente, lá estava Adriana, às voltas com o vestibular. Queria cursar a faculdade na capital. Na tarde em que a procurou para falar sobre isso, veio acompanhada de Didi, que mexia em suas tranças cheias de laços, sempre de cores diferentes. Por anos, Leite estudava com Café. Café ajudava Leite. Não se desgrudavam. Confidentes, falavam entre si, em códigos que só elas entendiam. Ziza desde cedo conseguiu bolsa de estudos para a afilhada, a quem tratava tal qual a uma filha. Minda não era diferente com Naná, que amava a madrinha incondicionalmente. O assunto que Adriana trazia, dando voltas com as palavras, era sobre o desejo, que ambas compartilhavam, de que Ingrid fosse estudar também. E colocou de tal forma, quase como a dizer que, se Didi não fosse prestar vestibular, recusar-se-ia a fazê-lo sozinha.

Ziza ouvia a filha com atenção, num misto de preocupação e orgulho, pois entendia que, entre ambas, havia muito mais do que uma amizade. O nome correto era vínculo de irmãs. Era um laço fraterno indissolúvel, que vinha desde o berço, que dividiam quando bebês, e herdado do que ela própria nutriu, ano a ano, com Minda. Disse *Naná, essa decisão implica muita responsabilidade, além de um custo mensal, que terá que ser assumido por anos, que Minda não tem como bancar, filha.* Didi, com olhos tímidos, esperou a amigairmã falar. *Mas, mãe, por isso viemos conversar contigo. Primeiro: queremos passar na federal, mãe. Segundo: que a Minda e o Miro já sabem e eles conseguem se organizar para enviar um valor por mês. E, terceiro: que a Minda contou que eles fizeram uma boa economia nesses anos todos.*

Frente aos fatos e desejos, marcaram uma reunião familiar para o dia seguinte. Dóia, ao saber sobre o que estava acontecendo, manifestou a vontade de participar. Ziza se surpreendeu quando Minda falou *Heloísa, tu não imaginou que todos esses anos, convivendo contigo, eu teria aprendido a usar meu dinheiro e a fazer economia como tu? Filha, se eu aprendi a ler e escrever, eu pensei que tinha que aprender a lidar com os réis! E aprendi! Nossos doces viraram papel e moedas! Tudo guardado, como tu faz.*

Didi e Naná se abraçaram quando todos decidiram que cada uma daria um pouco, todos os meses, e as duas iriam para a faculdade, caso fossem aprovadas. Emocionadas, agradeceram com muitos abraços, beijos e promessas de que não iriam se arrepender. Por meses, estudavam todos os dias, com algumas apostilas usadas de vestibulares passados, que ganharam de famílias amigas, solidárias ao projeto das meninas.

Já fazia calor de verão quando Ziza tirou uns dias de licença no trabalho e foi de ônibus para a capital, acompanhá-las nas provas. Porto Alegre estava maior e não parecia mais tão acolhedora como na primeira noite em que chegou de carro e se encantou com suas luzes noturnas.

Leonora foi buscá-las na rodoviária e as hospedou durante aqueles dias, quando puderam conversar horas e horas, entre chimarrão e café, falando dos filhos, das lutas, das perdas, de Henry. Os filhos de Lelê, adolescentes, encaminhavam-se bem. Foi só então que voltaram a falar dos duros tempos da ditadura militar, que ainda não havia acabado, e de todos os amigos que sumiram para nunca mais voltar. Outros, voltaram trazendo marcas de torturas e fraturas, no corpo e na alma, que carregariam por toda a vida, heranças que marcariam as gerações seguintes e jamais deveriam ser esquecidas, para não se repetir, se um dia aquele horror acabasse.

Três semanas depois, o resultado do vestibular saiu na Zero Hora de domingo, o jornal do estado. Café e Leite estavam admitidas nas faculdades de Farmácia e Psicologia, respectivamente. Gritavam de alegria, contagiando a família toda, pois cursar a faculdade não era ainda algo comum por aqueles lados, principalmente para as moças. Estavam sendo pioneiras de um caminho sem volta. Didi, moça negra, inaugurou um fato histórico na cidade. E dali para a frente, o desafio seria sempre criar o caminho seguinte. *Para trás, nem caranguejo anda,* dizia a vó Tonha, do alto de sua sabedoria de cativeiro.

O verão se fez de preparos e planos. E passou como uma flecha. Ziza já vinha se aconselhando com algumas pessoas sobre o melhor a fazer. Telefonou para Leonora, com quem estreitou definitivamente os laços, para se informar sobre moradia na capital e outras coisas mais. Estava tendo sua estreia nesse lugar de mãe de universitária e só podia contar consigo mesma. Adriano raramente procurava a filha e já fazia mais de um ano que não aparecia. Às vezes, telefonava. Para o sustento da menina, nenhum níquel. Minda e Miro ajudavam como podiam, pois, jamais tendo saído de Araucárias, seu olhar para o mundo não chegava sequer na linha do horizonte. Em meio a tanto entusiasmo das meninas, não raro, a sombra do luto pesava sobre suas pálpebras, quando lembrava de Henry e de tudo que ele nunca viveria. De tudo que ela nunca o veria viver. Então, necessitava secar as lágrimas, juntar forças novamente e retornar à realidade, adiando a cura de uma ferida que, de tempos em tempos, voltava a latejar. Para esse tipo de ferimento, não há restauração sem dor. A dor sinaliza o que precisa ser consertado.

No fim de fevereiro, ela e Minda foram rumo a Porto Alegre, no Chevette azul, 1978, que comprou quase novo, de segunda mão. No banco de trás, Naná e Didi, junto com travesseiros e cobertores, preenchiam todos os espaços do carro, entusiasmadas. A galinha enfarofada da Vó Tonha ia embrulhada em uma toalha xadrez, que, depois, serviria para estenderem, em algum lugar do caminho, num almoço estilo picnic. Ao se despedir, Tonha, já com o coração mais amansado pela vida e pela idade, abraçou as meninas, sem distinção, e prometeu que todos os meses mandaria um dinheirinho, avisando que não queria que nada lhes faltasse e que estaria esperando nas férias de julho, com as rosquinhas de milho e erva-doce, que ambas gostavam desde crianças. Ziza e Minda, diante da cena, por tantos anos impensável, entreolharam-se emocionadas.

Dona Antônia, do lado de fora do carro, observando a filha com seu olho menos ruim, disse *Ziza, tu dirige como um homem, filha!* Riram todas e Ziza respondeu *Como uma mulher, Mamãe! Como uma Mulher com M grande!* Com muita coragem e um mapa comprado na papelaria, que as meninas tomaram para si, feito capitães do navio, seguiram para a capital. Minda, extasiada, parecia não piscar, para não perder, em sua primeira viagem da vida, nenhum detalhe da estrada. Lelê prometeu encontrá-las em frente ao Aeroporto Salgado Filho, no horário estimado para a chegada.

Foram contando histórias pelo caminho, encontrando motivos para rir e descarregar a agitação que as dominava, evocando fatos, chorando perdas. Das memórias da fazenda, Minda tinha mais registros do que Ziza. Narravam sobre a Casa Grande, o enorme Galpão, as plantações, as vacas, as redes e Chico... Da sala do pilão, de como Ziza era curiosa, da Grande Paineira e do cemitério de bois de ossos do lendário e arrogante tio Zizo. Comentavam acerca da mudança para a cidade, em uma caravana de carroças, com Mamãe carregando sua sombrinha, à frente de tudo, enquanto iam sentadas na penúltima diligência, de mãos dadas e corações aos pulos, até a chegada na cidade; sobre o medo que Ziza tinha da sacada e de como se apropriou dela para brincar; da alfaiataria do Vovô e de sua simpatia para com as pessoas. Bisbilhoteiras, as jovens perguntavam mais e mais. Achavam difícil acreditar que Tonha era tão brava e dura, sendo agora uma avó tão amorosa e que as enchia de guloseimas e mimos. Foi Naná que perguntou, entre risos, *Dinda Minda, e tu? De onde tu veio? Tu nunca fala da tua família, dos teus pais... Tu tens irmãos, Dinda? E como é mesmo todo teu nome? Eu nunca sei dizer todo ele, parece uma frase enorme!*

Minda olhou para Ziza, que sabia parte do contexto, e, virando-se, falou, rindo também, *Meu nome é Almerinda Matilde Loci Batista Bueno Clemente da Silva Leal.* Gargalharam. *Nome de rainha, né, Mãe?* provocou Didi. *Acho que a vovó imaginou que ela havia parido uma rainha africana no Brasil!* Riam ainda mais. E Naná queria saber outras coisas. *Como era tua mãe, Dinda Minda?* Minda suspirou, continuando *Lembro pouco dela, filha. Era neta de negros ditos escravos, mas na verdade foram humanos sequestrados e aprisionados, assim como meu pai e como todos os negros e negras desse Brasil. Ela morreu quando eu era muito criança ainda. Era uma preta bonita, acho que era alta, bem magra, muito magra. E tinha o olhar de tristeza. Foi com ela que aprendi que deixaram nós livres para nos fazer miseráveis, como ela dizia, do jeito preto que ela sabia de falar. A gente vivia no meio do mato, numa casinha de pedra, madeira e barro, como era pra fazer, de chão de terra batida, que ela varria todos os dias como se fosse de tábuas. Se pudesse, encerava! Cada chuvarada levava parte das paredes, do telhado... Tudo sempre tinha que ser refeito... Plantava coisas por volta da casa pra gente ter o que comer. Batata, mandioca, milho, beterraba, abóbora, cenoura, verdura e morangos. Acordava cedo, capinava, tirava o inço, cuidava como podia. Daí vinha a chuva e apodrecia tudo. Vinha o sol e torrava tudo. Vinha o frio e secava tudo com as geadas. E ela chorava. Criava umas galinhas que botavam ovos e, de vez em quando, ela matava uma pra gente comer. Mas, noutras vezes, tinha que matar e enterrar muitas, quando atacava a boba. Uma doença que enchia os bichinhos de verrugas e não serviam mais pra botar ovos ou comer. Atacava até os pintinhos. E, em nós, atacava piolho, sarna, pulga e carrapato. Era muito filho e pouca comida...*

Emocionada, prosseguiu. *O pai quase não vinha em casa, só ia pra botar barriga nela. Tomava cachaça e tocava violão pelo mundo, sem se preocupar com os filhos, nem com a pobre coitada. Lembro que a tristeza foi piorando e um dia vi ela deitada no chão da casinha. Não entendia se estava dormindo ou não, se tinha caído, porque da morte acho que eu nem sabia. Antes disso acontecer, ela dizia que não valia a pena viver, que tinha pena de nós, os filhos, que teria sido melhor se nenhum tivesse nascido. Dizia que tava comendo terra todos os dias, pra acabar com tudo aquilo, que era tristeza demais, que viver era luta perdida. Comia terra suja, de colher! Quando um de nós via ela comendo terra do chão, explicava que comia terra porque sabia dos costumes da gente dela, que deram fim na vida assim. Ela ouviu da mãe que ouviu da vó que ouviu da bisavó... De geração em geração, passavam aquela triste tradição. Uma herança trágica como forma de se libertar. Falava pra nós que terra era uma coisa que a gente dela tinha, do lado de lá das águas, mas que toda a gente preta foi desterrada à força, homem, mulher, criança, todos jogados nos navios negreiros pra serem escravos de todo jeito, já dentro da embarcação, fazendo o serviço pesado ou servindo às taras dos brancos, até o lado de cá do mar, onde os que sobreviviam, continuavam reféns dos brancos. Que tinha gente deles que eram rainhas, reis, princesas e príncipes africanos, que os brancos arrancaram as suas coroas e fizeram virar escravos pra eles. Pros brancos isso não importava. Eles tinham as armas e precisavam de escravos pra tudo, só isso importava. A finada mãe falava que aqui ninguém de nós tinha direito à terra. E que comer terra era um jeito de acabar com o corpo, porque se essa terra já tinha mesmo matado todos nós e todo o nosso passado, que nossa alma já não tinha vida, só faltava matar o corpo. Ela falava "nós não é nada, só enxada". O dia em que ela ficou no chão, foi um susto, um pavor. Morreu mesmo foi de banzo... O pai apareceu três dias depois. Todos nós chorava de medo e desespero por ver que a mãe não acordava. Tava ali caída, com bicho querendo o corpo que já tinha começado a feder, igual carniça que urubu come. Até a fome a gente esqueceu, vendo a mãe morta. Os grandes cuidando dos pequenos. Nem sei ao certo que idade eu tinha. O pai dizia que eu tinha sete anos. Dona Tonha disse que eu parecia mais nova. Foi então que, depois de enterrar a mãe ali mesmo, enrolada num lençol velho, ele saiu de carroça, com todos os filhos, distribuindo cada um pra uma família diferente. Nunca mais voltei lá. Nunca mais soube dos meus irmãos. O pai foi me visitar umas vezes, no começo, depois sumiu também. Foi assim que ele me deu pra dona Tonha criar. Com todos os defeitos dela, ela é a mãe que eu conheço. E foi ela e o finado marido que me levaram pra registrar, ainda pequena. O nome que me dei, foi como eu lembrava que era. Mas não sei se era bem assim.*

Adriana, pensativa, entre olhares trocados com Ingrid, parecia dizer sem palavras, a importância daquela narrativa, a força de uma lenda ainda viva na pessoa da Minda, mais uma sobrevivente da violência humana que parece nunca findar. Virou-se para Didi e disse *Essa é a tua história, tu tem que guardar pra contar e nunca deixar que essa verdade se apague! Isso é muito triste, Dinda...*

A curiosidade de Naná, de certa forma, abriu as portas para falarem de assuntos jamais abordados até então. Inclusive Didi se permitiu perguntar mais sobre a vida da própria mãe. Minda contou sobre a infância no galpão, de como lá encontrou muitas mães-irmãs de vida, que a cuidavam, davam-lhe banho, ensinaram sobre o asseio com o corpo, e muitos pais-irmãos substitutos que a protegiam e a educavam também. Viviam como uma grande família. Havia amor e respeito entre todos, talvez porque compartilhavam das mesmas marcas da História. Foi com aquela família que aprendeu alguns restos de rituais da Mãe África, que eles praticavam e preservavam em segredo, como quem guarda um tesouro, assim como as músicas e as danças, mas que foram se perdendo aos poucos, soterrados pela cultura e religião dos brancos. Um dia ouviu o Patrão explicar que ele não falava em alemão, o idioma da terra de onde veio, porque podia ser confundido com os nazistas. Nem sabia na época o que era aquilo, mas pensou *Ele vive escondendo sua origem e raízes! Como nós!* Surpreenderam-se com a constatação de Minda, apesar de todas as diferenças entre as trajetórias.

A cena de Chico, foi trazida como um tempo de horror. *O menino Chico era um menino mesmo, mais novo do que eu, e acredito que eu tinha uns dezesseis anos naquele dia em que o agrediram. Chegou lá pouco mais que uma criança, mirradinho, foi largado na porteira pra trabalhar, aproximou-se da casa com olhar baixo, de medo, muito assustado... E nunca mais apareceu alguém pra saber dele... Não precisava de chibata, mas de cuidado, de ensinamento, de escola... Ele não tinha ninguém... Ninguém por ele...* Não há nada no mundo que justifique um ser humano flagelar outro... *Nada... Violência não é justiça... A vida dos pobres pretos – mulatos ou mestiços, humanos animalizados – era assim. Não tinham como criar os filhos de tanta miséria e, quando percebiam, as mulheres já estavam de barriga, muitas abusadas pelos patrões, como corria o boato de que essa foi a história de Chico: filho de preta abusada por branco... Diziam que era homem conhecido... Outro bastardo...* Havia um remanso tenso no ar. *O jeito que encontravam era esse, de dar as crianças para os ricos criarem, às vezes para os próprios genitores, pra fazer o trabalho pesado. E, desde a abolição, não faltava branco a pedir as crias dos miseráveis, sempre com promessas de que iriam tratar como se fossem filhos. Isso interessava aos brancos, porque tinham assim braços fortes – e cabeças dominadas – pra fazer todos os serviços em troca de um teto mal feito, banho frio e um prato raso de lavagem, uma meia-tigela pra comer, feito bicho... Ainda hoje é assim, não mudou muito... Porque branco rico é igual criança: não sabe limpar as sujeiras que faz. São sempre dependentes de outros que façam tudo por eles. Chico foi mais um abandonado e escravizado, violentado pelo mundo e pela chibata...* Ziza dirigia em silêncio, mãos ao volante, olhos na estrada e ouvidos naquela versão de sua própria história, entre lágrimas, relativamente surpreendida. Dava-se conta de que sequer entendia a gravidade de tudo que envolviam os fatos, na época em que ocorreram. A gente é mais gravemente atingido quando compreende. *Mãe, e vocês nunca mais souberam dele?* questionou Adriana. Ambas responderam que não. Didi, a mais quieta, ponderou *Apesar de tudo, a dona Tonha chegou na hora certa. Com um olho só ela via longe, hein? Da maneira dela, meio torta, protegeu a Dinda Ziza, né?* Minda completou *Sabe-se lá o que leva na cabeça uma criança dada em casamento aos treze anos... Viveu um abuso autorizado...* Não protegeram a pobrezinha... *Assim como ninguém nunca protegeu o menino Chico... dos brancos, do abandono, da exclusão do mundo, dele mesmo, de sua própria imaturidade, das chibatadas do Vovô, de tantas violências...*

O silêncio durou o tempo necessário para que digerissem as fatias das tristes vidas. Minda o quebrou, dando continuidade por outra via. *Dona Tonha quase sempre foi forte, poucas vezes a vi fragilizada. Quando Zizo era pouco mais que um bebê, escutei uns retalhos de conversa entre ela e o Patrão sobre "Outro nenê". De repente ela parecia cansada, carregava seu corpo pesado como se estivesse arrastando os pés e tornou-se pensativa. Parecendo uma senhora de idade, não tinha ainda trinta anos e já somava nove gestações, acho que alguns filhos já perdidos pra morte, marcas que pesavam no corpo e na alma. Nessa época que Dóia foi morar com a avó Glória, em uma fazenda não muito longe dali, um pouco mais no fim do mundo. Meses depois, numa tarde morna de setembro, dona Tonha avisou que ficaria uns dias na casa dos pais, perto de sua mãe. Foi de carroça com o Patrão, levou consigo um parco enxoval de nenê e o pequeno Zizo, deixando Tonho, a criança grande, em casa, e muitas ordens a serem cumpridas. Dias depois, voltou com a menininha no braço, o olhar cansado, nem mais magra, nem mais gorda. Zizo estava agitado e ela disse que precisava descansar. Entregou as crianças pra nós, as negas, e recolheu-se. Quando vi Ziza, tão rosadinha, cabecinha ainda comprida do parto, aqueles olhos de bolitinhas azulados a espiar o mundo, fiquei encantada com ela! E, pela primeira vez na vida, depois de perder minha mãe, senti que teria uma companheira, uma família, uma irmã de verdade! E não me enganei, né Ziza?* disse, passando a mão no ombro direito da motorista.

Os risos tomaram o lugar da emoção que inundava os olhos das quatro. Contou de como a cuidava, da manhã até à noite. *Foi se tornando natural, desde os primeiros dias, quando dona Tonha pedia que lhe desse a mamadeira, pois "Meus peitos tão secos", dizia ela. Ou quando a entregava para que a segurasse até arrotar, que ajudasse a mudar as fraldas, que auxiliasse no banho ou que a fizesse dormir. O que era ajuda passou a ser responsabilidade. Delegou Ziza bem cedo, como se estivesse exausta da maternidade. Mas, se dona Tonha mostrava-se fraca, cansada para dar amor e cuidados, isso nunca lhe faltou, viu dona Ziza? Foi bem cuidada e mimada por mim, pelo Patrão, por toda gente e pela dona Dóia também, que desde a primeira visita, poucos dias depois, tinha um encanto e uma doçura com a irmã caçula que era lindo de ver! Acho que isso é assim até hoje, não é, Ziza? Acho que tu é a filha que ela nunca pôde ter nos braços.* A afirmação soou triste ao pensar na vida estéril da irmã, porém logo outro assunto tomou o lugar.

A viagem transcorreu tranquila, recheada de outras tantas conversas e explanações. Quando perceberam, lá estava Lelê, com seu corpanzil cheio de curvas, encostada em um Opala Diplomata vermelho, novinho, fumando seu cônsul mentolado e abanando os braços, assim que enxergou o Chevette azul, empoeirado da terra escura de Araucárias. Ziza estacionou atrás do carro lustroso e, entre abraços e risos, Lelê foi dizendo *Então as meninas conseguiram! São as novas universitárias da cidade! Parabéns, mocinhas! E tu, Ziza? Mas que orgulho da minha amiga! Motorista! Tô gostando de ver! Que exemplo de Mulher, hein, gurias?* Ziza, enlaçada na amiga, respondeu *Tenho que estar à altura da minha arquiteta preferida, com quem tanto aprendo desde outros tempos!* Leonora, gargalhando seu riso fácil, já foi se adiantando. *E essa é a famosa, maravilhosa, Minda Merengue? Vem cá, me dá um abraço, mulher! Já comprei ovos e quero aqueles fios dourados e merengues decorados, ouviram? Venham comigo, Didi e Naná!* propôs com a intimidade que lhe era peculiar. *Ziza, vou devagar e tu segue meu carro!* O abraço de Lelê não era qualquer abraço, mas um convite ao aconchego de uma amizade que se confirmava para todas as horas. Para toda a vida.

Durante quatro dias, hospedadas pela amiga, acomodaram as filhas em uma casa de uma senhora viúva, que alugava quartos a moças que vinham para a capital, com o objetivo de estudar. Compraram alguns itens que faltavam para que ficassem bem no cômodo que dividiriam pelos próximos anos. E aproveitaram para passear pelas praças e ruas de Porto Alegre. Ziza lutava dentro de si com as lembranças de um tempo curto, mas não pouco importante de sua vida, quando ainda tinha os filhos pequenos e o casamento com Adriano se fazia mais real a cada dia. Fez questão de passar na Rua da República, 131, e revisitar o cenário de um passado difícil. Minda andava deslumbrada, olhando para todas as coisas com a curiosidade que se assemelhava à das crianças. Não lhes faltou assunto à tarde, na cozinha, entre um chimarrão e outro, enquanto faziam as encomendas da anfitriã. Fios de Ovos e Merengue mais uma vez juntas, em ação.

Despediram-se sem choros. As meninas, tomadas de entusiasmo, ouviam os conselhos e prometiam fazer tudo certo, que as mães não se preocupassem com elas, que qualquer coisa que houvesse, avisariam. E, também, procurariam tia Lelê. As duas mulheres voltaram para Araucárias com o carro vazio e carregadas de orgulho de suas gurias. E de novos contos. Minda descobriu um mundo tão grande que não cansava de mencionar tudo que viu, do quanto ficou impressionada com isso ou aquilo, algumas coisas que Ziza sequer tinha percebido. Conversaram a viagem toda, parecendo que não lhes faltaria assunto, caso o trajeto durasse ainda algumas horas mais. Quando estacionaram em frente à pequena casa de madeira, cheia de verdes, Miro estava sentado em sua cadeirinha de palha, tomando um mate, na noite quente do verão. Minda pegou rapidamente sua mala e já foi contando as novidades, mal se despedindo de Ziza.

Voltar para casa foi reconfortante. Porém, pela primeira vez em toda sua vida, aos quarenta e dois anos, estava só. Tudo parecia vazio. No pequeno apartamento do prédio de dois andares, o aposento arrumadinho de Adriana, só de olhar, provocava saudades. Mudara os móveis do seu quarto após a separação, mas mantinha uma cama de casal, onde ocupava somente a metade, por hábito. Cozinhava para si todos os dias e fazia as refeições na cozinha mesmo. Nas noites mais quentes, sentava na pequena sacada e distraía-se vendo o movimento da rua principal. O cigarro, por vezes, fazia falta nos momentos de solidão. Ocupava-se com o trabalho e visitas à Mamãe e Dóia, que as retribuía com frequência. Costurava e fazia os doces, para os quais nunca faltavam encomendas, sempre em parceria com Minda. Algumas poucas amigas ainda a visitavam, normalmente quando precisavam dos seus serviços, porém, convidá-la às suas casas deixou de acontecer. Mulheres mais jovens não tinham problemas em chamá-la para uma mesa de carteado ou um jantar feito a muitas mãos, sendo as dela as mais hábeis, consequentemente, sua presença parecia conveniente. Jamais se incomodou com isso, porque gostava de cozinhar e, assim, tinha companhia. E lia muito. Os livros eram sábios e pacientes companheiros.

No primeiro semestre, viajou a Porto Alegre, por quatro dias, para ver as meninas. Os anos oitenta marcavam diferenças importantes na cultura e em sua vida. E foi daquela vez que, a convite de Lelê, começou a fazer parte de um pequeno grupo de amigas, que há anos foram se auto-selecionando, quase naturalmente. No início, juntavam-se de forma aleatória, em duplas ou trios, sendo que, algumas, sequer se conheciam. Foi Leonora que percebeu que todas tinham o mesmo prazer e a mesma necessidade daqueles encontros só de mulheres, onde falavam de si, algumas trocavam ideias sobre política, apoiavam-se e ofereciam conselhos umas às outras.

Lelê foi convidando uma a uma. Propôs um jantar por mês para que tirassem *"Algumas horas de férias da vida!"*, profissional ou doméstica, dos maridos, dos filhos, enfim, uma quebra nas rotinas. Marcavam encontros em bons restaurantes, e houve até uma proposta de discutirem um livro por mês. Não aconteceu. Desejavam compartilhar trajetórias pessoais e assuntos comuns. Tinham interesses diversos, caminhadas de vidas distintas e a força que as unia era a condição de serem todas mulheres em um orbe demasiadamente machista. Reunir-se sem os homens, sair de casa uma noite por mês, era praticamente um ato transgressor na década dos anos setenta, quando o grupo começou. Ziza se sentia como que colocada em uma máquina de oxigênio puro, onde aprendia e conhecia sobre um universo amplo, infinito, se comparado ao seu mundo em Araucárias. Conforme o tempo foi passando, os encontros se tornaram indispensáveis a ela, que sentia em si os benefícios daqueles verdadeiros eventos. As viagens, antes esparsas, rapidamente ganharam *status* de compromissos mensais. Ou quase.

Naná e Didi voltavam para Araucárias nas férias de inverno e de verão, movimentando novamente a família. Traziam muitas resenhas. A cada vinda, mostravam-se mais maduras. Contavam experiências românticas, paixões não correspondidas, namoros rápidos ou nem tanto. Experimentavam-se na vida e se tornavam mulheres aos poucos. Faziam parte da geração que já estava livre para viver sua sexualidade sem medo, protegidas por contraceptivos seguros, que as colocavam em igualdade com os homens, no quesito *"direito à vida plena"*, ainda reivindicado e nunca conquistado de fato, por não serem iguais entre si aos olhos de muitos. Por longo tempo, referiram não ter visto nenhuma outra pessoa negra na universidade. Didi ocupava um lugar de exceção e precisava manter-se sempre na defensiva, para não correr mais riscos do que aqueles aos quais já vivia exposta pela marca da cor da pele.

Ziza ficava inquieta quando esse tema lhe vinha à mente. *Pouca coisa mudou!* Exceção em um país que insiste em definir de antemão o papel dos negros na sociedade, onde o discurso da meritocracia é um disfarce medíocre e hipócrita para os brancos, herdeiros dos colonizadores, encobrirem suas violências raciais e de classes – dizendo aqui, de forma redundante, o que é praticamente indissociável. *Meritocracia, no nosso país, é uma fruta híbrida para poucos e nasce em árvore genealógica,* disse Minda, muitos anos mais tarde, no inesquecível discurso de aniversário de setenta anos.

No terceiro ano da faculdade, Naná avisou que levaria um namorado para apresentar à família. Martín mostrou-se um pacífico guerreiro, como dizia o seu nome. Forte e calmo. Descendente de gregos, pelo lado paterno, chegou falando pouco, com o olhar azul mais confiável que se poderia imaginar, herdado da mãe italiana. Ziza o acolheu com um carinho maternal, principalmente depois que ele a seduziu, desavergonhadamente, elogiando sua comida como *A melhor do mundo, Sogra. Que a Mama nunca me escute!* Aos poucos ele foi mostrando seus préstimos. Era o tipo de homem curioso, de mãos grandes, dedos grossos, trabalhador, que conserta tudo e não tem receio de tentar. E, devagar, também foi soltando a sua veia cômica. Martín tinha o tempo certo da piada e se tornava verdadeiramente impossível não achar graça de suas tiradas bem humoradas, que arrancavam risos até de situações dramáticas. Naná estava indisfarçadamente apaixonada. Foi aprovado e aceito com unanimidade pela família. Tratava a todos com respeito e gentileza incomuns. Tonha não cansava de compará-lo ao marido, desde que lhe contaram sobre seus bondosos olhos azuis.

Como Café só se completava com Leite e viviam tal qual gêmeas, não demorou para que Didi também, meses depois, trouxesse Adisa. *Adisa é nome de homem, filha?* indagou Minda com os olhos curiosos.

Riram todas juntas. E Adisa, com português carregado de sotaque senegalês, entendendo a pergunta, explicou que *Esse nome tem origem na língua Akan, muito falada em minha terra de Gana. Meus pais me chamaram assim porque diziam que a nova geração deve ensinar aos mais velhos. Adisa significa "o que nos ensinará". Na minha terra se acredita que os antigos e os jovens têm muito a aprender e ensinar sempre uns com os outros.* Ele falava gesticulando, apontando para as pessoas, inclusive para si mesmo. *Penso que a vida é como uma grande e infinita escada, em que todos precisam saber os degraus que os fizeram chegar até aqui, a História mesmo, sabe seu Miro?* Miro, atento, com os olhos bem abertos, procurando ver mais longe do que sua limitada vida oportunizou, assentiu timidamente com a cabeça e sugou o mate. E Minda verbalizou, em meio a um riso solto, *Teus pais tavam certos! Já tá ensinando! Venha cá, dá um abraço! Seja bem-vindo!*

Adisa tinha a pele mais preta que já haviam visto. Alto e magro, fazia Didi parecer menor do que a altura que realmente tinha, e menos preta também, diante de tal contraste. E, assim como Café e Leite, fez uma dupla calorosa com Martín. *Pessoas boas se juntam com pessoas boas,* defendia Minda. Novos fios se juntavam a elas e a vida se renovava, cozinhando novas porções em fogo brando, em visitas mais frequentes e a cada mês que Ziza conseguia ir à capital.

Foi num sábado à tarde que resolveu separar fronhas, lençóis e todo tipo de pano que necessitasse de algum conserto. Sentou-se frente à máquina de costura, que mantinha em um canto do quarto, mas que, na ocasião, arrastou até a porta da sacada, para ver os passantes, entre um remendo e outro. Olhos nas roupas, às vezes na rua. Orelhas nas notícias e músicas da rádio local. A perna já estaria cansada se ainda estivesse usando a máquina de ferro antiga, movida a pedal. Trocar por uma elétrica foi um dos melhores presentes que se deu na vida.

A pilha de roupas consertadas já estava alta, tudo cuidadosamente dobrado, quando vislumbrou a silhueta de uma moça no portão do pequeno prédio, ofuscada pela luz do sol poente, que agora invadia o cômodo todo. Escutou o bater de palmas e foi até lá, descendo metade dos degraus da escada, convidando-a a se aproximar. Portões ficavam sempre abertos e serviam mais como decoração do que proteção. A estranha a seguiu, tímida. Segurava um envelope nas trêmulas mãos calejadas. *Pois não!* disse Ziza, com a porta aberta para que entrassem. *Dona*

Heloísa? perguntou quase sussurrando. *Sim, posso te ajudar?* Quase dava para ouvir o coração da pobrezinha.

Entraram. *A senhora não me conhece. Acho que só nos vimos uma única vez, num dia muito difícil pra senhora. E pra mim também.* Ziza a observava, estreitando as pálpebras que quase encobriram as íris azeitonadas, tentando lembrar de onde a conhecia. *E foi quando esse dia, filha?* Os olhos da jovem marejaram e suas pupilas escuras se transformaram em pequenos espelhos. Os traços fortes, traziam as heranças do povo libanês, que a fazia lembrar um pouco Samira, a segunda esposa do Vovô. *Foi no velório do Henry... Acho que a senhora não se recorda de mim...* Ziza teve um relance de memória e a encontrou próxima aos jovens, parecendo uma triste viuvinha em prantos silenciosos. *Sim, por acaso me recordo. Vocês eram amigos? Da mesma turma?* A moça suspirou. *Estávamos namorando havia alguns meses. Henry foi uma pessoa muito especial pra mim, dona Heloísa. Sei que ele tinha fama de ser muito rebelde, mas comigo sempre foi carinhoso, sabia me escutar e também desabafava a mim suas dores.*

Ziza, um tanto aturdida, convidou a moça a sentar, ofereceu um suco e foi até a cozinha para engolir as lágrimas. Voltou à sala e tentou se acomodar em uma poltrona de canto. *E em que eu posso te ajudar?* A jovem a olhou, firme, e disse *Não quero que a senhora me entenda mal, não quero nada, nada da senhora ou de sua família. Mas tem algo que preciso lhe contar e, então, preciso lhe pedir uma única coisa.* Ziza atenta. A moça baixou novamente o olhar, talvez temendo algum tipo de juízo condenatório, e foi contando que *Quando Henry morreu, eu... bem... eu... estava grávida... nem eu sabia...* Ziza levantou-se, num impulso, e olhou pela janela, buscando ar. Sentiu falta do cigarro. Suas pernas fraquejaram. Voltou a sentar. *O que você está me dizendo...? Como mesmo tu te chama?* Os olhos escuros a miraram novamente. *Jamila, dona Ziza. Desculpe se não me apresentei antes. A senhora imagina o quanto está sendo difícil para eu estar aqui...* A mãe de Henry foi direta. *Você teve esse filho, Jamila?* A resposta saiu clara. *Sim, dona. Eu tinha dezesseis anos, morava com meu pai, já não tenho mãe desde os nove. Ele, quando soube, me mandou morar com uma tia, irmã da minha mãe, e jamais me procurou. Eu nunca tive outro namorado, dona Ziza. O Lennon vai fazer cinco anos e vem perguntando pelo pai... Eu nunca disse a ninguém quem era o pai dele. Eu não tenho nem foto do Henry...* Abriu o envelope e entregou a Ziza alguns retratos do menino. As lágrimas, antes contidas, vieram em cachoeira. O guri era, sem tirar nem pôr, uma versão quase em nada diferente da criança que um dia seu filho foi.

Tomada de um misto de emoções, sentindo cada célula do corpo a pulsar, olhava para a fotografia daquele fio de vida que sequer sabia da existência e que vinha sendo cozido em outra panela. Agora transportado para seu caldeirão de fios, em uma surpreendente artimanha do destino. Cidades pequenas falam demais e, contraditoriamente, sabem guardar segredos como se fossem túmulos lacrados. Sua mente se transformou em um turbilhão de recordações. Quase que de imediato, uma certeza tomou conta dela. Sabia que precisava trazer aquele menino para perto de si. Sabia que faria o possível para reparar, como avó, o que não deu conta de ser como mãe. Henry a surpreendeu com um presente tantos anos depois de ter partido. De ter partido seu coração de forma irreparável, arrancando-o do peito. A vida sempre dá outra chance. Como estrelas-do-mar, pedaços se refaziam sem preparação prévia. De repente algo estava lá. Um presente do além.

Em silêncio, Jamila a observava, compreensiva, respeitosa. Assim que percebeu que Ziza voltava ao presente, disse *Dona, a única coisa que gostaria de pedir é uma ou duas fotos do Henry para acalmar os anseios do Lennon.* Erguendo os olhos, indagou *O nome dele é em homenagem à adoração que meu filho tinha pelos Beatles?* Esboçaram o primeiro sorriso de cumplicidade. *Essa é uma das poucas coisas que eu sabia da vida dele.* A moça confirmou, dizendo que foi com ele que aprendeu a gostar de música de verdade, que seu namoro foi embalado por uma fita cassete que ele gravou, com a qual a presenteou, e que escutavam em um pequeno toca-fitas. Contou que ele cantava em inglês para ela, uma música que falava que estariam juntos quando ele tivesse sessenta e quatro anos. Aquela foi a preferida de ambos. E que ainda hoje chora quando a toca para Lennon e conta sobre seu pai. Ziza apenas se perguntava mentalmente *Como eu nunca soube que Henry cantava? Em outra língua?* Falou à jovem *Jamila, parece que tu tem muito a me contar sobre o meu falecido filho. E, mais do que uma foto, que com certeza te darei, agora sou eu que preciso te pedir algo. Tu aceitaria te aproximar de mim e de minha família? Eu queria muito me tornar avó do Lennon, se tu assim aceitar. Não sei se tenho o direito de pedir isso...*

Jamila, enfim, soltou as lágrimas que vinha segurando, certamente há muitos anos. Toda a tensão em seu corpo se dissolveu e a postura se afrouxou em resposta. Resposta que estava dada. Não só o menino precisava de uma família. Entregou-lhe duas fotos de Henry e pediu que deixasse com ela as do menino, que as devolveria em breve. Abraçaram-se e acertaram que no dia seguinte, domingo mesmo, viriam ela e Lennon almoçar com a, agora, Vóziza.

Assim que a moça saiu, telefonou para Dóia e avisou que iria para o jantar. De chevette, passou para buscar Minda, dizendo que seria muito importante que fosse com ela. Na casa de Tonha, deu a notícia a todas. A, agora Bisa, pegou as fotografias e, aproximando de forma a quase encostar, uma a uma, no olho menos ruim, buscava talvez imprimir as imagens dentro de si, passando o desfalcado olhar em cada canto dos retratos, em lentos movimentos de sobe e desce e de um lado para o outro. Impossível conter a inundação de emoções que acometeu cada uma. Telefonar para Adriana foi o próximo passo. Do outro lado da linha, após algumas perguntas e declarado espanto, o silêncio foi banhado por outros tantos salgados fios de lágrimas. *No outro final de semana iremos para Araucárias, mãe,* disse sem titubear.

O domingo amanheceu ensolarado e, antes mesmo de a lua sumir no céu, Ziza saltou da cama. Mal havia dormido. Antes de se deitar, buscou alguns porta-retratos, que havia guardado com fotos de seu casamento, e as substituiu pelas de Lennon, que colocou sobre o aparador, ao lado das do Henry e de toda a família. Algumas, colou na geladeira com fita adesiva mesmo. Faria cópias durante a semana para devolver as originais à Jamila. Queria que ele sentisse aquele lar como um território dele também. Buscou, nos maleiros dos roupeiros, alguns poucos brinquedos que salvou, como lembranças da infância dos filhos. Um xilofone, alguns carrinhos pequenos, um fusca preto de polícia, o *Topo Gigio*, bonecas da Naná e o sapinho de plástico, puxado por uma cordinha, que batia as patinhas verdes emborrachadas ao andar, e que Henry chamava de *Sap-Sap.* Foi o seu preferido nos primeiros anos de vida. Colocou tudo a um canto e foi preparar o primeiro delicioso almoço que faria para o neto. E um mousse de chocolate. *Não há criança que não goste!* pensou. O coração batendo forte no peito, num compasso ritmado, convocando a mais um capítulo inesperado de sua vida. Seria a estreia como avó, algo inimaginável há menos de 24 horas.

A moça chegou perto das onze e trinta. Esperava-a com o chimarrão quente e o sorriso aberto. Da sacada, viu Lennon. Aproximou-se do portão com a timidez e a curiosidade que habitam todas as crianças inteligentes. Olhava com cautela pelo vão, com uma mãozinha segura em Jamila e, na outra, uma enorme margarida branca. Foi ao encontro dos recém-chegados, cumprimentou a mãe de seu neto e se agachou ao lado dele. *Bom dia, Lennon!* Ele, mais que ligeiro, perguntou *Você é minha Vóziza?* Segurando o choro, garganta apertada por um entumecimento daqueles causados por grandes emoções, respondeu *Sim, sou sua Vóziza! Sou mãe do teu pai Henry!* Ele a olhou de cima a baixo, tal qual Dona Tonha, examinando, e disse *Então essa flor é pra ti, vó!* Recebeu a flor e abraçou o menino com toda a ternura que brotou nela, surpreendentemente, de um dia para o outro, não segurando as lágrimas em cascata. *Tu tá chorando, Vóziza?* afastando-se um pouco a olhar para ela. *De felicidade, meu querido! Tô muito feliz de te ver!* respondeu, passando a mão pelos densos cabelos do gurizinho.

O pequeno bisbilhotava tudo, interpelava sobre todas as coisas, sobre todas as fotos. Jamila tomava chimarrão a um canto, apenas participando quando chamada, assistindo ao encontro com respeito e visivelmente apaziguada. Ao ver sua foto, de quando ainda era só um bebê, colada na geladeira, perguntou *Tu lembra, Vóziza, quando eu era bem pequenininho e ainda não sabia falar?* olhando a avó no fundo dos olhos. Com a sabedoria que flui somente para algumas raras pessoas, respondeu espontaneamente *Não, meu amor, porque naquele tempo a gente ainda não tinha se encontrado! Mas onde tu tava?* disse ele. *Aqui, esperando tua mãe descobrir a hora certa de a gente se conhecer! E agora, que a gente já se conhece, nós vamos tirar muitas fotos juntos e vamos fazer muitas coisas juntos, para lembrar depois e nunca mais esquecer. E tu sabe que tem muita gente que quer te conhecer?* Ele franziu o nariz e disse *Não! Quem quer me conhecer?* Olhou para a mãe, interrogativo. Jamila sorriu e deu de ombros, como se dissesse não ter a resposta. *Quem, Vóziza?* De foto em foto, ela foi apresentando a família ao pequeno broto de gente que, agora, se faria um pouco dela também. Deu a ele o Sap-Sap, contando como seu pai gostava de tal brinquedo e o carregava a todos os lugares por onde ia. Imediatamente, como a buscar um modelo, ele segurou o brinquedo e não o largou mais, pelos próximos dois anos, no mínimo. O domingo transcorreu com a espontaneidade que domina a infância. Foi leve como um pôr-do-sol. Um divisor de águas.

Na sexta-feira, a caravana dos quatro chegou da capital. As conversas invadiram um pouco a madrugada. Naná, especialmente, queria saber de tudo. As fotos rodavam de mãos em mãos, junto a retratos antigos do falecido Henry, em franca comparação.

Lennon chegou no sábado de manhã para ficar o final de semana. Passaram o dia todo juntos. Naná compartilhando da emoção de tê-lo na família de maneira jamais imaginada. Um fio deixado na vida, sem aviso, por Henry. Foi a primeira noite com a vovó. O domingo foi na casa da Bisa Tonha. A tia avó Dóia parecia em transe e andava atrás do menino, brincando e olhando-o com indisfarçável – já! – amor. O território foi minuciosamente explorado pelo infante, da porta verde da entrada até muito para lá da tenda de bananeiras.

Quando Jamila foi buscá-lo, Ziza e Naná se ofereceram para levá-los, mesmo porque os presentes não seriam fáceis de carregar a pé. *Vocês vão mimar demais esse guri, dona Ziza!* Com olhar sério, num impacto, pensativa, a nova avó disse com segurança *Não te preocupes, Jamila, esse risco não corremos. Precisamos aprender com os erros do passado. Hoje foi um dia especial! Presentear é um jeito de cada um dar as boas-vindas. Vocês são muito, muito bem-vindos entre nós. E tu, filha, conte conosco para sempre.* E, antes de se despedirem, entregou à mãe do menino um saquinho de pano, contendo uma corrente de ouro. *O bisavô dele deixou para o neto. Agora é de Lennon.* Estava selado o laço de família. Fios que vieram para a panela para nunca mais se separar, cozendo-se juntos, em uma calda de afetos que jamais se desfez.

A vida ganhou novas cores. Lennon iluminava por onde passava. Não poupava abraços, carinhos e questionamentos. Tinha pensamento curioso e raciocínio lógico, quase científico, que usava para pensar o mundo. Não economizava perguntas e teorias sobre tudo. Descobriu cedo a importância da comunicação entre as pessoas e falava sem parar. Um tagarela. Criava situações engraçadas que arrancavam risos de quem estivesse por perto, o que, aos olhos de Jamila, surpreendentemente era igual a Henry. Dizia que amava o Biso da foto porque tinha o mesmo nome de seu pai e que devia ter sido *Um homem muito bom.*

Jamila foi se achegando, ora por convite, ora por desejo, como se fosse vagarosamente fazendo parte da família, de forma tão natural que, aos poucos, passou a participar das rotinas. Absorvia tradições e hábitos, como se necessitasse não só de amparo, mas também de modelos para aprender a viver. Trabalhava desde cedo no comércio e, com simplicidade, criava Lennon dentro de valores e princípios raros. Para espanto de todos, um espanto bom, apresentava, a cada encontro, um Henry que não conheciam. Com frequência dizia *Bem como o Henry contava!* Como se, para a família, ele não tivesse conseguido mostrar o melhor lado.

Ziza lembrou-se de certa vez em que foi buscar Naná na casa de uma amiguinha e, ao perguntar se havia se comportado, a pequena respondeu *Mãe, na casa dos outros a gente tem educação.* Pensou sobre como o filho não havia conseguido sair da infância aos olhos dos seus. Com a namorada, ele "tinha educação", sabia um pouco de inglês, cantava, mostrava um humor inteligente e falava da família de um jeito que nunca demonstrou a ninguém. Sabia até pilotar motocicleta... Isso ela soube da maneira mais difícil.

Aquele ano passou voando. Jamila apresentou o namorado, Saul. Pessoa boa como ela, que também foi fazendo parte do cozimento dos fios na panela familiar. Lennon inicialmente demonstrava um pouco de ciúmes, mas cedeu sem se aperceber. Adriano foi comunicado, por Naná, sobre a existência do neto e, sem aviso, como de costume, entre uma pescaria e outra, apareceu para conhecê-lo. Mostrou-se afetuoso, trouxe um presente, mas assim como surgiu, sumiu de novo sem conseguir fazer vínculo. Naná e Didi encontraram em Jamila uma nova irmã. Pois foi que, certo dia, ela e Saul, comunicaram que tinham planos de casar e de se mudar para a capital, tentar uma vida melhor. E assim fizeram.

No final de 1983, Naná e Martín anunciaram que iriam se casar em janeiro. Martín já era concursado e faltava pouco para ambos terminarem as faculdades. Ela Psicologia; ele, Geologia. A cerimônia, no auge do verão, foi apenas para os mais íntimos, sem muitos gastos. A família de Martín, os Nomikos, sabiam fazer festa como ninguém. Conforme o nome, eram pessoas corretas, que viviam dentro da lei, mas nem por isso menos gregas na hora de comer, beber e dançar, com exageros, quebrando muitos pratos ao final da ceia. Dançavam juntos, incluindo as crianças. E, de tanto em tanto, havia momentos para discursos inusitados e carregados de afetos, que interrompiam a animação para provocar emoções e construir memórias. *Chegaram para, literalmente, "agregar"!*

Em meados daquele ano, Didi foi com Adisa a Araucárias. Minda telefonou chorando, contando que a filha estava grávida. Ziza imediatamente chamou a atenção da amigairmã, *a sua querida preta mais cheirosa de sabão*, dizendo *Minda, por favor! Isso é motivo pra ficar assim? Tu não pode condenar tua filha na hora em que ela mais precisa de ti! Já passou o tempo dos moralismos e das vergonhas! Eu não esperava isso de ti! Tu te acalma!* Ao que Minda respondeu, entre choros e risos, *E lá sou eu mulher de moralismos, Ziza? Tô chorando de alegria, filha! Eu vou ser avó! Eu tô que nem caibo dentro de mim de tanta felicidade! Nossos netos vão ainda brincar juntos!* referindo-se certamente a Lennon, sem que pudessem imaginar outras reservas do futuro.

A vida seguia derramando fios de vida a cada tanto, ocupando os dias, as mentes e os corações. Didi e Adisa casaram numa cerimônia diferente, na capital. O Chevette estava carregado de malas, de enxovais de casamento e de bebê. Dóia ia na frente com Ziza, orgulhosa da motorista. Atrás, Minda mostrava a Miro todas as coisas que ele nunca havia visto na vida, enraizado em Araucárias, onde também nasceu e se criou. Dona Tonha enviou dinheiro em um envelope, pois não se sentia em condições de sair do conforto de sua casa de beira de calçada, da qual sabia cada tijolo e não corria maiores riscos, devido à cegueira avançada. Ficou cuidada por empregadas e pela vizinhança. Dionísio e Mingos se faziam presentes e assíduos.

O casamento foi celebrado em um terreiro, com rituais africanos do candomblé e bênçãos de Oxalá, Yemanjá, Ogum, Oxum, Oxumaré e outros nomes completamente estranhos à Ziza. Adisa e Ingrid estavam inexplicavelmente lindos, enfeitados com flores cândidas e roupas alvas de algodão, elegantes e confortáveis, que contrastavam com as vestes coloridas dos convidados, especialmente os descendentes de África. Pela primeira vez na vida, Didi usava seus cabelos soltos, os crespos afros fazendo um volume que emoldurava o rosto, num halo que lhe atribuía requinte e beleza, decorado com delicadas mini-margaridas de miolo amarelo-ouro.

Desde que entrou no terreiro, Ziza sentiu aguçados todos os seus sentidos, como provavelmente cada pessoa que estava lá. Impossível não ser. Um encontro cheio da alegria de Erê, aquela capacidade de brincar que fica na borda da consciência, como aprendeu na mesma noite. Os olhos se encheram de tantas imagens, cores, flores, fitas e muitos, muitos elementos da natureza. O perfume dos incensos remetia a plantas diversas, num convite à conexão com o mundo silvestre, abandonado e assolado pelo urbanismo. Os atabaques, ritmados, batiam ininterruptamente e entravam em sintonia com os fluxos do sangue e com o pulsar dos corações. Os cânticos eram entoados por todos, numa celebração que, diferente dos rituais católicos aos quais estava acostumada, era feita por todos e envolvia e tocava cada um de forma intensa. Peles arrepiadas e almas elevadas pelos tantos estímulos. O paladar foi o último sentido a ser provocado, com delícias típicas e iguarias de uma cultura que sofreu um apagamento proposital, subjugada à dos colonizadores brancos, mas que se mantinha viva e fortalecida por gerações que a protegeram, à custa de vidas e chibatadas.

Estavam todos ali, inclusive Lennon, que se apropriou de um pequeno curimbó, ofertado por Adisa, no qual tentava acompanhar o ritmo da percussão, com suas pequenas mãozinhas a bater e o corpo todo a balançar. Miro, sempre tão quieto, parecia ter se encontrado consigo mesmo, como nunca antes. Com olhos marejados, quase sem palavras, entregou-se aos ritos como se deles fizesse parte. Minda olhava e não o reconhecia, até se soltar também. Leonora, ao lado do sério marido, dançava com seu corpanzil adorável, e se divertia como se fizesse parte daquilo desde o berço. Tinha fácil acesso a erê dentro de si.

Adisa, já casado, aproximou-se e, observando as reações de cada um, disse a ela *Saravá, dona Heloísa! O que a senhora está achando da festa? Encantada, poderia ser a palavra, meu filho. Ou extasiada, talvez!* Ele sorriu. Ela perguntou *Adisa, o que é Saravá? Muitas vezes ouvi que alguém "fez um saravá", como se fosse uma macumba, um feitiço.* Ele sorriu e devolveu de pronto. *Já esteve em um terreiro antes?* Dessa vez o sorriso foi dela. *Nem sei se na minha cidade existe algum. Nunca nem mesmo imaginei como eram. Quando ouvia algo sobre isso, parecia sempre associado a coisas ruins. Confesso que tudo aqui me reportou ao galpão da minha infância, onde dormiam os trabalhadores da casa e da fazenda... de quando, nas noites quentes, eu fugia escondida da dona Tonha — não a que você conheceu, mas a dona Tonha minha enérgica Mamãe —, e então eu perseguia o som dos tambores, para me entregar aos colos, em danças que embalaram minha meninice. Hoje está sendo uma viagem ao meu tempo de infância, para ressignificar algo tão grande, como eu jamais havia compreendido. Lá eles salvaguardavam os restos de suas histórias e tradições, caladas e amordaçadas pelo cativeiro de escravização.*

Prestando atenção a ela, Adisa esboçou seu sorriso alvo, boca alargada, de clara satisfação. *Dona Heloísa, a senhora é uma mulher rara. Isso sim é uma compreensão! Meu povo, o povo preto – e somos muitos! –, segue lutando para manter nossas origens vivas dentro de nós, a cada geração que nasce. O império dos brancos nos subjugou à bala e chibata. Os terreiros, espalhados pelo mundo, são nossos espaços de existência, de reencontrar nossa cultura, de nos fortalecer nessas terras, onde libertaram os escravizados e nos deram de herança o racismo. Precisamos parar de buscar o reconhecimento dos brancos. Lutamos por nos reconhecermos a nós mesmos, a nossa própria humanidade e o nosso passado surrupiado de todos os livros. Eu vim da nossa terra com meus pais há poucas décadas, de lá de onde contamos nossa História sem medo, onde fazemos questão de manter, como monumentos, os navios negreiros, ou restos deles, para lembrarmos das violências às quais fomos submetidos, de tudo que nos foi e, incansavelmente, continua sendo roubado. Nossa luta é a mesma em todos os lugares para onde fomos traficados.* Ela o escutou, aprendendo, assimilando. *E o que, enfim, é saravá, guri?* Ele, jogando a cabeça para trás, divertido, esclareceu *A senhora veja o trabalho que as religiões cristãs tiveram para destruir nossas crenças e nossa cultura! Saravá, dona Ziza, é apenas um cumprimento, uma saudação. É como dizer bem-vindo. Welcome! Apenas isso! Saravá pra senhora! Sempre!* Mais que uma cerimônia de casamento, foi uma experiência indescritível de vida.

A volta para Araucárias a colocou frente a um impasse. Deu-se conta que sua vida ali girava em torno do trabalho, da Mamãe, de Dóia, de Minda e Miro. Muitas partes do seu coração residiam na capital. As coisas estavam mudando e até a ditadura parecia se encaminhar para o fim. Falavam em eleições e o povo já não suportava as sanções, o autoritarismo, as tarjas pretas de censura nos jornais e nas artes, as mentiras, o cerceamento do pensamento livre e as medidas de controle impostas pelo machismo autoritário exercido pelo militarismo. Estavam mortas ou desaparecidas mais de quatrocentas pessoas, tutoras dos direitos humanos e defensoras do chamado trabalhismo – um amplo projeto que escudava o desenvolvimentismo da economia e a promoção de bem-estar social para a população – que incomodou a oligarquia e levou ao golpe civil-empresarial-militar de 1964, como sempre foi na História da humanidade. Há dois anos os governadores de estados já haviam sido eleitos por voto direto. A campanha das *Diretas Já* se espalhava pelo país e agora seria uma questão de tempo para a população retomar o direito de escolher seu presidente e reconstruir a democracia.

O trauma, vivido por ela em Porto Alegre, poderia se tornar, enfim, algo superado. Passou a nutrir, sem muita consciência, o desejo de ir para perto da filha Naná, da afilhada Didi e do neto Lennon. Imaginar deixar as mulheres, já idosas, de sua vida, fazia-a abandonar o pensamento, como quem espanta uma mosca da mente. Até que ele se impusesse novamente, num ritmo crescente e imperativo. Feito uma lagarta no casulo, preparava-se para irromper.

A primeira vez que conseguiu falar sobre isso, foi com Minda, entre uma fornada de merengues e outra, enquanto derramava os fios de ovos na calda quente. Silenciaram. Seria a terceira vez que se separariam. E não parecia fácil essa escolha.

No final do ano, todos vieram para a festa de Natal, tradicionalmente realizada na casa de Tonha. A porta verde, naquela noite quente, mantinha-se aberta para a rua, permitindo que vizinhos pudessem chegar e sair a qualquer momento, como era ainda possível nas pequenas cidades do interior. Didi, de barriga redonda, e Adisa, ao seu lado, cheio de atenção, mimando-a com suas mãos calejadas do trabalho na construção civil. Jamila e Saul compartilhando os cuidados com o pequeno Lennon. Naná e Martín esperaram a ceia terminar e, durante a troca de presentes, distribuíram o convite de suas formaturas que, mesmo em dias diferentes, seriam comemoradas em uma única festa. Didi, que também estava concluindo o curso de farmácia, foi surpreendida com seu nome incluído no convite. Três formandos numa noite só seria motivo suficiente para os Nomikos organizarem um evento inesquecivelmente alegre e emocionante. Janeiro teria caravana para a capital novamente.

Após todos os presentes entregues, Martín levantou-se, bateu três vezes com um talher na taça de espumante e disse que tinha mais uma coisa a anunciar. Fez um discurso emocionado sobre o valor de estarem todos ali. Descreveu sua parceria com Naná e fez menção às pessoas da sala, oferecendo a cada uma delas importâncias carregadas de afeto. Tonha ouvia com atenção e não conseguia disfarçar as lágrimas, puxando um lenço xadrez meio amarrotado de dentro do bolso do vestido, onde geralmente também guardava a argola de ferro, contendo as chaves da despensa, da casa e do galpão.

A vida cozinha aos poucos e, não raro, amacia mesmo as carnes mais duras, pensou Ziza, assistindo de canto. E, ao final do discurso, o genro olhou para Adisa e disse *E tu, meu amigo-irmão, não pense que eu iria ficar para trás! Depois de Fios de Ovos e Merengue, de Café e Leite, quero comunicar a vocês que está para nascer uma nova dupla na família! Didi, teu bebê não crescerá sozinho!* Puxou Adriana para junto de si e, colocando a mão sobre a magra barriga, foi dizendo que *A semente já está plantada!* Lennon, que não demorava a entender, soltou a voz. *E eu, tio? Eu tenho uma dupla?* Martín o segurou no colo, rindo. *Talvez venham aí um ou dois pequenos parceirinhos! Por enquanto tu és o mascote dos homens aqui! Tu és o nosso garoto mais velho preferido!* O menino, satisfeito, enlaçou o tio, com seu abraço de urso, bem apertado.

A notícia de mais um neto ou uma neta, saber que sua filha esperava um bebê, mexeu com os planos de Ziza. E foi determinante na decisão de se mudar para a capital, sobre o que só falou nos dias seguintes. Ressentia-se de não ter embalado Lennon e tinha certeza de que desejava muito embalar o bebê de Adriana. Naná não cabia em si de felicidade diante da possibilidade de ter a mãe mais perto em um momento tão especial de sua vida. Com Minda, fez acertos necessários sobre os cuidados com Mamãe e Dóia. Em contrapartida, estaria perto das meninas para auxiliar com os bebês. Solicitou transferência do trabalho para a agência de Porto Alegre e não demorou a receber resposta.

Passadas as festas de formatura, no calor de janeiro, de volta à Araucárias, iniciou os preparativos da mudança, que, primeiramente incluíam amainar os sentimentos de Dóia e Tonha, aos poucos, em fogo baixo. A promessa de vir uma vez por mês foi o que amenizou os ânimos. E que traria os bebês, sempre que possível, também. Entregou o apartamento que alugava, vendeu ou doou muitas das coisas que tinha e, por uns dias, morou de novo na casa de porta verde e sacada de madeira. Um caminhão levaria a pequena mudança no tempo devido. De volta ao seu quarto de adolescência, olhava da janela a escadaria que levava à alfaiataria e onde viu pela primeira vez Benjamin. Foi tomada por recordações, afetos e receios. Um novo turbilhão dentro de si. Andava pelos cômodos, como a se despedir e relembrar.

O ano de 1985 vinha cheio de vida. No dia quinze de janeiro, numa terça-feira, Tancredo Neves foi eleito, ainda não por voto direto do povo, o primeiro presidente não militar desde 1964, com 480 votos, de um total de 686. O país comemorava a retomada da liberdade depois de vinte e um anos de silenciamentos. Ao mesmo tempo em que o vizinho Uruguai também se libertava da tirania autoritária militar, que fora apoiada pelo poderio dos Estados Unidos da América, como tantos outros conflitos ao redor do mundo, que alimentam sua sede de poder e seu mercado bélico. O fim da ditadura do país fronteiro, restaurou a vida de prisioneiros políticos que antes lutavam por igualdade de direitos, entre eles Pepe Mujica, preso em solitária por doze anos, uma das melhores pessoas que o mundo moderno já conheceu. Vinte e cinco anos depois, viria a se tornar o presidente mais respeitado do pequeno país, para além das fronteiras. E, na vida pessoal de Ziza, novamente fios e fios de afetos e laços a cozinhar.

Numa tarde quente, foi sentar-se na tenda de bananeiras, onde tantas vezes brincou e também passou horas do pior dia de sua vida, o dia em que parte de si morreu, e, naquele momento, servia como um lugar de reflexões e memorações. E de autoperdão. Os corações da bananeira, roxos, que no fatídico dia pareciam tão assustadores, agora a faziam pensar nos ciclos da vida. Assim como na natureza, tudo se reinventa com o tempo. A vida pulsa e, ao pulsar, renova-se quando e onde menos se espera.

Em fevereiro, receberam um telefonema que anunciava que Didi estava em trabalho de parto. O pequeno Chevette mais uma vez rumou à capital, levando Minda e Miro. Adisa esteve junto, ao lado de Didi, sem descanso, a cuidá-la. Ivone Beatriz chegou numa noite quente, cheia de saúde e enchendo o coração de Minda e de Miro de amor de avós. Na orelhinha direita, uma pequena fenda separava o lobo mais do que o comum. Didi a tocava com seus longos dedos e dizia É sua marca pessoal. Assim jamais a perderei! É única! Arrancou sorrisos comovidos da pequena plateia.

Por que Ivone Beatriz, Didi? perguntou Minda, que havia desenvolvido uma curiosidade sobre nomes, depois do que ouviu de Adisa. *Ivone em homenagem à Dona Ivone Lara, mãe. Mãe, tu precisa ler sobre essa mulher, preta, formada em duas faculdades – enfermagem e assistência social – uma das primeiras negras com faculdade no Brasil, fez trabalhos incríveis pelo ser humano, foi atriz e se tornou uma das maiores cantoras e compositoras da música negra e do carnaval. E Beatriz porque essa criança já veio trazendo felicidade, né? E é isso que o nome significa.* Minda nunca havia pensado, há alguns anos, que um nome pudesse carregar tanta importância. *Ivone Beatriz, tu és o pequeno novo amor da vovó Minda! Bem-vinda, minha neta.* A avó-emprestada, de canto, apreciava mais um surpreendente episódio de vida. Heloísa apreciava tudo em silêncio e paz.

Março trouxe os ventos de outono e, com eles, ela despediu-se de cada pessoa querida de sua terra natal. Araucárias do Sul parecia um mapa pequeno, totalmente conhecido e desvendado. No final do mês, saiu novamente pela estreita rua feita para carroças, por onde entrou aos dez anos, assustada. A mesma por onde partiu, sozinha, balançando dores em um ônibus cheio, aos dezesseis, e retornou carregando outras aos dezenove. E por onde passou novamente com Adriano e as crianças para viver um período sombrio, na mesma cidade que agora parecia ensolarada novamente. Dessa vez ia só, ao som das músicas das fitas cassetes. O Chevette azul carregado de objetos pessoais. E esperança.

7

Algo Mais da Vida

Após tantas idas e vindas, já conhecia alguns caminhos da maior metrópole do estado do Rio Grande do Sul. Porto Alegre iluminada, parecia novamente convidativa. Tinha cores de vida nova. A chegada, passando pelo aeroporto, onde Lelê a esperou em seu opala, na primeira vez que foi dirigindo, adiante o monumento ao Laçador, uma homenagem às tradições gaúchas, a avenida Farrapos, tudo agora já se tornara familiar a ela. Encontrou Naná de barriguinha crescida e as lágrimas brotaram discretamente, sem cair. Foi recebida com abraços, afagos, um jantar delicioso e uma bela taça de vinho, importado do Chile, amadeirado, que se tornava seu predileto, oferecido pelo genro preferido.

A primeira semana foi de muito trabalho para reorganizar a nova vida. Tirou uns dias de licença prêmio no trabalho, direito que lhe era dado por lei e foi à luta. No dia quatorze de abril, o noticiário anunciou que o presidente eleito foi internado às pressas para tratar, inicialmente, de um quadro grave de apendicite aguda e o vice seria empossado no dia seguinte. A notícia abalou seu sonho democrático, pois vinha acompanhada de muitas teorias da conspiração contra a almejada democracia.

Não podia esmorecer ou se deixar abalar. Precisava terminar de se instalar na cidade, abrir conta em banco, fazer todas as coisas que necessitava, a fim de recriar um espaço seu. Principalmente, tinha urgência em organizar o apartamento que estava comprando e para o qual já encaminhara há tempo a papelada. Não queria mais pagar aluguel. Vinha guardando seu dinheiro, inclusive o da venda da casa do BNH, para um dia ter um imóvel próprio *Para envelhecer em paz*, dizia. Nunca havia imaginado que seria na capital. Caso fosse necessário, financiaria uma parte e pagaria em alguns anos. E assim fez.

Em um mês, desde a saída de Araucárias, já estava no imóvel próprio, espaçoso, bem localizado, ensolarado, arejado, próximo a um grande parque, com dois quartos e uma boa sacada. E perto de Naná. No feriado de Tiradentes, em 21 de abril, chamou a filha e Martín, Didi, Adisa e a pequena Ivone Beatriz, Jamila, Saul e Lennon, para a inauguração do novo lar. Ao chegarem, foram surpreendidos pela presença de Minda e Miro, que vieram no primeiro ônibus da manhã, a convite de Ziza. Às onze e meia, quando aportaram na casa de Vóziza, Fios de Ovos e Merengue já haviam providenciado o almoço e os doces, liberando a todos para o mate e para as conversas. E Miro já havia fixado alguns pregos e parafusos, que escaparam dos dedos hábeis de Martín. Minda só soltava a neta para entregar ao avô ou para colocar no peito da mãe. Lennon, já com seis anos, vinha a todo instante olhar e beijar a pequena cabecinha com laço de fita.

Ziza não conseguia evitar de pensar em Henry, em como seria tê-lo ali, junto, maduro, adulto, em como seria vê-lo ser chamado de pai. Uma cena que só existia em sua imaginação. Assim como, quando por vezes, questionava-se como seria se não tivesse se separado de Adriano, se a família ainda estivesse unida como um dia foi, numa espécie de culpa e arrependimento por ter desarticulado a célula familiar, negando para si mesma os infortúnios inerentes à época. Mas o "*se...*" não existe. E se fosse possível, provavelmente aquele contexto teria um peso negativo, o peso da sua cumplicidade e da infelicidade dos tempos idos, muito diferente da realidade que se desenrolava aos olhos de todos ali. O que via, era um cenário que jamais poderia imaginar ou criar se tivesse algum poder sobre os rumos da vida. Saber esperar o tempo de todas as coisas e aceitar os caminhos que o destino impõe, é parte do amadurecimento.

E se permitir desfrutar também. Estava feliz. Inacreditavelmente feliz. E reconhecia isso em cada semblante. Tal felicidade não demorou a ser confirmada por um pequeno discurso de Martín, o greco-italiano, que não perdia a oportunidade de brindar e comemorar a vida. *Tim-tim,* bateu ele na taça.

À noite, sozinha em seu apartamento novo, degustando o vinho, viu interrompida a programação da televisão. O porta-voz da presidência entrou em rede nacional para dizer ao povo brasileiro *Lamento informar que o Excelentíssimo Senhor Presidente da República, Tancredo de Almeida Neves, faleceu esta noite no Instituto do Coração, às 10 horas e 23 minutos...* Não ouviu mais nada. Chorava como se tivesse morrido a esperança. Naná telefonou, pranteando também. Somente vinte anos depois, quando a democracia se afirmava de novo e as verdades escondidas vieram aos poucos à luz, foi divulgado que a causa da morte, diferente do noticiado, não foi diverticulite, mas um tumor benigno, porém infectado, que o impediu de dar início à nova era. Encobrir as vericidades, mentir, sempre foi um vício dos regimes autoritários. Aquela foi, das mentiras, uma das menores.

Maio trouxe más notícias. Minda ligou nervosa, numa manhã de quinta, dizendo que dona Tonha caiu ao sair da cama. Encontrava-se hospitalizada. Resvalou em um dos tantos tapetes de crochê que ambas insistiam em manter espalhados pela casa. Ziza pediu dispensa do serviço para ajudar com os cuidados. Naná se ofereceu para ir junto, mesmo com a barriga já começando a pesar.

Chegando em Araucárias, largaram as malas na casa da porta verde e foram para o hospital, acompanhadas de Glória, que parecia meio atrapalhada, mais passiva e insegura do que sempre fora. Minda fazia plantão no hospital desde a internação. Mamãe as recebeu com alegria, sorrindo com sua boca já escassa de dentes. Havia quebrado o fêmur, o osso grande da coxa, e, a sua condição de sobrepeso e hipoatividade física, não resultou em um quadro simples. Como as horas seguintes comprovaram. A permanência na cama, a imobilidade natural oriunda da condição em que se encontrava, foi debilitando-a rapidamente. Na sexta, à tardinha, mostrou dificuldades para respirar e o sorriso já não vinha fácil. Tentavam distraí-la com conversas, mas ofegava e estava inquieta, demonstrando sofrimento. A embolia pulmonar não deu mais chance à vida. Sábado à noite, rodeada pelos poucos filhos e filhas que sobreviveram às agruras, suspirou pela última vez, com esforço, ligada ao tubo de oxigênio.

No velório, durante o domingo, os netos se juntaram na sala contígua. Um evento inédito. Ao longo de toda a infância, sempre havia um ou dois irmãos inimizados, entre os que ainda permaneciam por volta, o que os impediu de conviver como primos. Agora, crescidos, aproveitavam o momento para contar passagens que viveram na casa de beira de calçada, das artimanhas no galpão, dos bichos, das árvores, dos incêndios frequentes na fábrica da rua de cima, do falecido tio Tonho e suas invencionices, de tudo que podiam recordar, compartilhando entre si suas memórias. Henry foi incluído nas lembranças, como um dos mais arteiros, legando episódios hilários, incluindo o roubo das galinhas. Uma aventura puxava a outra, tirando por vezes risos e gargalhadas de uma geração inteira. Ziza, inquieta, aparecia na porta, vinda da sala ao lado, onde estava sendo velado o corpo, para pedir silêncio. Cobrava das Marias o exemplo. Em vão.

Dóia voltou para Porto Alegre junto com Ziza, evitando a solidão e a falta que a mãe faria a ela. Deprimiu-se como não se poderia imaginar previamente. Minda e Miro cuidariam da casa. Dionísio e Mingos providenciariam o que fosse necessário da parte burocrática. Tonha deixou um testamento, no qual, para surpresa de todos, incluía Minda. Oficializando que ela de fato era da família. Das terras que Vovô deixou, e que renderam a ela um valor anual de aluguel, do qual viveu por quase duas décadas, caberia uma parte a cada um. O filho de Zizo, seu único herdeiro, adiantou-se a propor a compra, valendo-se da preferência por ser o arrendatário das terras da avó. Discutiram, discordaram, negociaram e, sem muitas opções, todos venderam seu quinhão a ele. Sempre oportunista como o pai, tirou vantagem das necessidades dos tios, tias e primos, para comprar pelo menor preço, terras que ele sabia férteis e das quais já usufruía. Acostumou-se a desfrutar de tudo, de todos, do mundo sem dó ou empatia, numa vida farreada e mal acompanhada.

Em dois meses, Dóia decaiu assustadoramente. Parecia estar sempre alheia ao mundo e muito diferente de quem sempre fora. Confundia as pessoas, misturava fatos, dizia coisas sem nexo, sussurrava que existiam segredos, que não podia contá-los, que ninguém sabia de nada.

Perguntou à Naná quem era sua avó e a xingou, chamando-a de burra. Balbuciava que Ziza sempre fora uma boa filha, que ela deveria ter sido melhor mãe e outras coisas mais. *Quem, Dóia?* Virava o rosto, ausentando-se da realidade, sem nada responder. Ziza e Naná levaram-na a consultas médicas e fizeram muitos exames para entender o que se passava. Um câncer de pulmão espalhou-se em metástases pelo cérebro, de forma irreversível. Glória fumava escondida, desde muito cedo. Morreu sem entender de quê. Nos dois últimos dias no hospital, não reconhecia mais ninguém e já nem mesmo se comunicava. O olhar perdido, parecendo para além da vida. Fios se cozinham e também se desmancham no caldo do tempo, sem deixar vestígios, exceto fotos e algumas histórias, enquanto houver alguém para lembrá-las. Glória parecia ter passado a vida quase em branco.

Mas como Ziza já havia entendido, naquela altura de seus quarenta e sete anos, os lutos duram o tempo necessário. E nada é permanente. Perder a Mamãe e Dóia não causaram nela tanta dor quanto outras perdas, incluindo a morte de Papai e a pior de todas, a do fruto de seu ventre. Aqueles lutos a pegaram mais madura e resignada. Enquanto uns morrem, outras vidas nascem e, depois de um triste e frio mês de agosto, setembro trazia ventos amenos, flores e um céu mais azul. Minda e Miro vinham com mais frequência e estavam se desfazendo de sua casinha para, com a herança de Tonha, comprar um cantinho próprio na capital. Pela primeira vez, exceto o tempo em que viveu fora de Araucárias, Ziza comemoraria seu aniversário sem a Mamãe e sem Dóia, porém com todos seus mais caros amores vivos. Naná estava no último mês de gestação e o nascimento estava previsto a partir de vinte e seis de setembro.

O dia dezessete amanheceu ensolarado, e Minda viria cedo para ajudar com os doces e o jantar. Era uma terça-feira, dia de trabalho, no entanto, Ziza pediu dispensa da CRT. Despertou muito cedo, animada com a comemoração de seus 48 anos. Estava viva e cheia de vidas ao seu redor. Pois, não eram nem sete horas quando Martín telefonou para dar-lhe os parabéns. Levou até um susto por ser tão cedo. Ele, brincalhão, disse *Parabéns, dona Ziza! Tudo de bom pra senhora! E espero que esteja preparada para receber seu presente!* Ela, rindo, respondeu *Presente sempre é bom! Pode trazer!* Ele ria. *A senhora vai ter que buscar, quero dizer, talvez tenha que esperar um pouco, mas terá que ir buscar! Onde eu devo buscar meu presente, Martín?* perguntou, entrando no jogo. *Na maternidade, dona Heloísa!* Perplexa, mas duvidando do que ele dizia, questionou *Como assim, meu filho? Tu tá brincando comigo, Martín? Não, dona Ziza. A Naná tá em trabalho de parto desde antes da meia-noite. Já fomos ao hospital na madrugada e mandaram voltar para casa. Mas é pra hoje! Que presente, hein, sogrinha?* disse ele, audivelmente emocionado. Com os olhos encharcados, ela respondeu com voz embargada *A vida não para de surpreender a gente, né, meu querido? Estou indo.* A festa de aniversário, obviamente, foi cancelada.

Nina Rosa era uma pequena boneca que foi dada à luz às onze e quinze da manhã. Miúda, com traços delicados, chorou ao nascer como deve ser, mas acalmou-se assim que foi colocada sobre Adriana. *Gente, parecia que ela tava me procurando e, quando segurou meu mamilo, olhou bem pra minha cara, como se dissesse "Ah! Então é tu minha mãe! Então tá tudo bem!" E dormiu!* A descrição tirava risos de quem a ouvia e foi repetida infinitas vezes ao longo dos anos. Os cabelos escuros realçavam os pequenos olhos azuis expressivos que, com o passar do tempo, tornaram-se verdes, como os de Ziza e os de Dóia. Uma marca de identidade familiar.

Adriana recebeu alta no segundo dia, quando seus peitos já produziam leite e já dera de mamar até para o menino do quarto ao lado, cuja mãe fizera cesariana e o leite negava-se "a descer". Nina Rosa mamava e dormia. Até a primeira noite em casa. Ziza lembrava, achando graça do despreparo dos jovens frente às coisas mais naturais da vida. Despreparados como um dia ela também foi.

Naná tinha o aspecto cansado de toda puérpera; Martín, a disposição dos bons homens. Recolheram-se ao seu quarto, com a pequena já acomodada no berço. Ziza deu boa noite e foi para o cômodo ao lado. *Precisando é só me chamar, filha.* Não chamaram. Nina começou o choro logo em seguida e dava para ouvir o movimento. Tornou a oferecer o peito, a menina mamou e voltou a chorar. Regurgitou, eles trocaram a roupa. Chorou. Mamou de novo e evacuou. Mudaram toda a vestimenta novamente. Embalavam-na. Naná foi ficando agitada, parecia choramingar. Martín tentava acalmar a jovem esposa e a bebê. O baile estava em alta, quando ouviu a filha dizer, chorando, que estava exausta. Levantou-se, mesmo sem ter sido chamada, e foi até lá. Bateu, pediu licença e pegou a pequena. *Vocês precisam se acalmar, filhos! O principal, que é o leite, tu já tens, Adriana. Precisa descansar. A Nina também deve estar exausta. Vocês vão se conhecer aos poucos, mas algumas coisas já devem ir ensinando a ela. Procurem não falar durante à noite, não acendam luz nenhuma, isso excita, agita e confunde. Uma lâmpada, bem fraquinha no chão, já é suficiente. Eu brinco que, à noite, devemos ser todos mudos com os bebês! Só troquem a fralda se ela fizer cocô ou vazar muito. E, filha, ela passou os últimos meses bem apertadinha dentro de ti, então, é assim que ela vai se acalmar: bem enroladinha e, durante o dia, deve ficar pertinho de ti. Mas agora vai ser pertinho da Vózizа.* Enrolou bem a minúscula em um cueiro e a levou consigo. *E vocês, descansem!* disse, como uma ordem, dirigindo-lhes um olhar de canto, herdado de Tonha. O silêncio reinou no apartamento.

Já passava das oito quando Naná escutou a mãe batendo na porta para devolver Nina Rosa, que resmungava, mexendo o rostinho e tentando sugar o cueiro. *Mãe, graças a Deus ela dormiu e a gente conseguiu descansar!* desabafou Naná, preguiçosamente relaxada. Ziza, que aprendeu com Martín o lado bom do humor, respondeu *Já tinham me chamado de muitas coisas, filha, mas de Deus é a primeira vez!* Martín terminou de despertar aos risos. Virou lenda.

Nina Rosa foi uma criança boazinha como a mãe havia sido. Naná e Martín escolheram um nome composto e bem pensado. Nina, homenagem de Adriana à cantora Nina Simone, em reconhecimento à Minda e a todos os pretos e pretas de sua vida. Nina significava deusa da fertilidade e graciosa como fogo, e Rosa, entre tantos sentidos, também continha o fogo, juntamente com o símbolo do amor e da união. A neta se transformou, de uma criança graciosa, em uma mulher de personalidade forte como o fogo. Inquestionavelmente fértil de vida e criatividade. O amor e a capacidade de unir a família viraram destino. Quando pequena, tinha o olhar aceso e uma meiguice que encantava as pessoas. A pele morena contrastava com os olhos, cada dia mais verdes. E o cabelo clareou. Miudinha, quando começou a falar, aos nove meses, muito antes de caminhar, chamava a atenção. Assim que começou, nunca mais parou de conversar. A linguagem foi seu maior recurso, muito cedo e para a vida toda. Ziza, já octogenária, olhava a foto da neta, formada em Letras-Inglês e sentia um orgulho que não cabia no peito. Professora. *A melhor!* pensou. Sorriu em segredo.

Da mesma forma que voltava em relances ao presente, na poluída São Paulo, retornava num passadiço mágico à Porto Alegre dos anos oitenta. Assim como a neta, também naquela época, estava nascendo para uma nova vida. E não foi nada difícil se adaptar naquele mundo tão mais cheio de possibilidades e de horizontes. Seguia trabalhando, reunia-se com as gerações de filhas, filhos, netas e neto ao menos uma vez por semana. Ajudava como podia e, não raro ficava encarregada do neto, de Titiz – como Lennon renomeou Ivone Beatriz – ou de Nina, por algumas horas, à noite ou nos finais de semana, para dar uma folga aos pais. Minda e Miro já estavam assentados na capital também, apartados do centro, morando onde o dinheiro permite aos pobres comprar, dentro do nosso sistema de *apartheid* colonial, numa pequena casinha, que logo já era um lar, cheio de verdes e cores, como os dois sabiam fazer. O quintal com árvores frutíferas, uma casinha de madeira "de bonecas" e uma caixa de areia, feitas por Miro, transformou-se no paraíso dos pequenos, que adoravam ficar com os "avós".

Um capítulo à parte na sua rotina familiar e de trabalho, acontecia uma vez ao mês, agora oficialmente, quando se reunia com o grupo que foi se agregando através de Lelê. Os jantares transferiram-se para as casas, e, a cada mês, uma anfitriã diferente era responsável por cozinhar delícias para o grupo. Dois fatos foram determinantes para abandonarem os restaurantes. Queriam mais privacidade: para falar alto, beber junto e não ter horário para terminar o encontro; e o dia em que, *a mais madura,* encontrou um *band-aid* na comida e quase vomitaram. Decidiram, por unanimidade, que mereciam algo melhor. Como somavam oito, seguiam uma sequência que fazia com que o Natal fosse cada vez na casa de uma, alternando-se naturalmente. E que, naquele ano que chegou, dezembro ficou a seu encargo. Assim que soube, passou a mentalizar como organizaria a sua noite com o grupo. A decoração do apartamento, passando pelos aperitivos, ceia, bebidas, as suas sobremesas e as lembrancinhas, tudo foi devidamente planejado. E foi comprando aos poucos para não esquecer de nada. Minda ajudaria, como sempre, apesar de nunca ter feito parte daquela panela.

Tirava folga do serviço na ocasião em que a janta, que sempre ocorria na terceira quinta do mês, acontecia na sua casa. A primeira quinzena de dezembro chegava ao fim e dia dezoito se aproximava a galope. Um dia antes, ao sair do trabalho, foi ao supermercado, próximo de onde morava, buscar ingredientes frescos para os preparos. Entre eles, muitos ovos. Serviria seus fios dourados de sobremesa e cada uma levaria um pacotinho de merengues decorados, embrulhados com enfeites de Natal, como um dos *regalos*.

Ao sair, empurrando o carrinho cheio de compras em direção ao Chevette, escutou alguém chamando *Ziza? Ziza, lembra de mim?* Parou e, virando-se, contemplou com atenção o homem grisalho, que a olhava com atitude hesitante. Demorou poucos segundos para reconhecê-lo. Lembrou-se do dia em que o viu na escadaria que levava à alfaiataria do Papai. Como numa câmera de *zoom,* voltou à manhã em que, por acaso, o encontrou pela rua, após a missa de domingo, como um *déjà vu.* O coração acelerou de imediato, assim que o reconheceu. *Benjamin? Benjamin! Que surpresa! O acaso de novo fazendo com que nos encontrássemos em uma calçada qualquer! Como vai?* Ele sorriu. *Estou bem. Temi que tu não me reconhecesse.*

Parados ali, trocaram algumas notícias mais superficiais sobre si. Ele a ajudou a colocar as compras no carro e ela o convidou para um café. Convite aceito, abriu a porta do carro para que Ziza entrasse, numa atitude de um cavalheirismo em extinção, que mais tarde ela ressignificaria. Ela morava há três quarteirões dali e, em seu apartamento, a conversa seguiu fluindo aos poucos. Sentindo-se à vontade, como quem recebe um velho amigo, foi guardando os produtos, enquanto preparava o café. E do café, fez um mate e, depois, passou a preparar um jantarzinho simples e ele foi ficando, observando, ouvindo e respondendo, parcimonioso. Como na praça, há décadas, contavam-se novamente. Separados, estavam *livres para um possível reencontro,* pensou. Aproximava-se da meia-noite quando ele se preparou para sair, pedindo desculpas pelo avançado da hora. A despedida foi discreta, com um abraço, três beijos no rosto, à moda gaúcha, e a promessa de outro café. Antes de pegar o elevador, voltou-se e disse *Nunca foi por acaso, Ziza. Nem daquela vez, na saída da missa, nem hoje. Eu soube por um amigo araucariense que tu tava morando aqui. E, como daquela vez, achei um jeito de te encontrar.* Riram juntos. E uma nova reinvenção da vida estava sendo escrita a partir daquela tarde.

Ficou tão agitada como jamais imaginava sentir novamente. Aos quarenta e oito anos, trinta e dois anos depois, estava tal qual uma adolescente, sentindo uma energia que pensava que nunca mais tomaria seu corpo e sua alma. No dia seguinte, maldormida, mas muito disposta, recebeu Minda com um sorriso absurdo e contou a novidade. A amigairmã a abraçava e dizia *Viu, filha? Mais tem Deus pra dar do que o diabo pra tirar. Benjamin não significa o escolhido, Ziza? Tu me disse uma vez. Dona Tonha deve de tá se revirando no caixão! Tu com o preto de novo!* Riam-se. Passaram o dia cozinhando, assando, decorando e preparando a mesa. E falando do passado, rememorando os acontecimentos e criando versões para o futuro, como se o devir estivesse por realizar uma promessa que o passado não pode cumprir. Minda se despediu ao entardecer, deixando Ziza ainda inquieta, com sobras de exclamações e interrogações dentro de si.

As amigas foram chegando aos poucos. Em um intervalo de menos de meia hora, estavam todas ali. Foi quando uma disse *Bah, Gurias! Eu não via a hora de chegar nossa janta!* E outra respondeu *Bah, Gurias! Eu também!* E mais duas em uníssono confirmaram juntas *Bah, Gurias! Que saudade! É maravilhoso a gente se encontrar! Maravilhoso!* gritava a gritona. E todas foram falando ao mesmo tempo até Ziza dizer *Bah, Gurias! Eu tenho uma novidade pra contar! Uma coisa absolutamente inesperada que me aconteceu ontem. Vocês lembram do meu romance com Benjamin? O motivo pelo qual Mamãe me exilou de casa? Reapareceu ontem na porta do supermercado! Jantamos juntos.* Em um coro de sete vozes, quase gritaram juntas *Bah, Guria! Conta tudo!* Mulheres maduras, ainda cheias de vitalidade, entusiasmaram-se com aquele novo capítulo da vida da amiga, porque gostar de viver não tem idade. Tem a ver com pulsão. De vida.

Apesar da novidade ter tomado boa parte da conversa, a noite foi povoada por notícias de cada uma, de trocas, conselhos e muitas, muitas risadas. A cada espumante aberto, um novo brinde. *Gurias, tim-tim ao Benjamin!* Ao final da noite, Lelê disse que vinha pensando que deveriam se organizar para fazer *Algumas viagens, três vezes ao ano, para perto, um final de semana em Gramado, ou na praia, ou em algum hotel com águas termais.* Ao que a mais odiosa de envelhecer, gritou Águas termais não! Por favor! Coisa de velho! Gargalharam. Queria saber o que achavam. Todas aprovaram a ideia. Uma ou duas precisariam falar com os maridos, ver se não se incomodariam. Ziza pensou *Dessa eu estou livre!* Guardou para si. E como saideira, Leonora propôs que decidissem um nome para seu grupo. Ziza disse *Bah, Guria! Boa ideia!* Curiosas, questionaram quando uma afirmou que o grupo já tinha nome. *Como assim?* A resposta, aos risos, foi *O nome do nosso grupo é Bah, Gurias! Tudo que vamos falar começa assim!* Foi batido ali o martelo e fundado o grupo "As Gurias!"

Absolutamente não tinha noção do quanto viver sozinha os últimos oito anos havia lhe deixado carente. Femininamente estéril. Sexualmente inexistente, exceto em suas solitárias intimidades, em descargas físicas, sem maiores fantasias. Bastou um encontro com Benjamin para que seu corpo e sua mente se acendessem e, finalmente, voltasse a se reabrir para a vida como mulher. Não-mãe, não-amiga, não-avó, não-sogra. Mulher. Sonhou com ele nas noites seguintes ao encontro, misturando os tempos, recriando cenas e inventando versões para o que poderia acontecer. Acordava úmida e entregava-se aos devaneios sem controle.

Já na sexta ele telefonou. Saíram para jantar e, entre um assunto e outro, reconheciam-se. Na despedida, em frente ao prédio onde a deixou, o beijo na boca, de corpo inteiro, como nos velhos tempos, levantou os pelos de sua nuca. Marcaram outro encontro para o dia seguinte e, como quem não aprende ou esquece, rapidamente ela se entregou àquela relação, antes interrompida de forma violenta, para reescrevê-la sem medo. Assim, foram se aproximando, dia após dia.

Na véspera do Natal, apresentou-o à família. Ele aceitou o convite para a ceia sem qualquer hesitação, parecendo não cogitar outra opção, mesmo tendo dois filhos e netos. Benjamin mostrou-se uma pessoa mais reservada, ficando sempre um pouco afastado do centro das conversas. O pequeno grupo familiar buscava incluí-lo nos assuntos, com leveza e naturalidade. Em momentos diferentes, cada um se aproximou dele e puxou papo. Correspondia com respostas simpáticas, sem ampliar muito qualquer tema. Diversas vezes em que Ziza foi até ele, pegou-a pela mão, trazendo-a para perto e demonstrando querer mantê-la ali, ao seu lado. Logo, sendo a anfitriã, ela saía para buscar algo, participar de algum debate, dar sua opinião, atender uma das crianças, ou mesmo brincar com elas. Lennon buscou interagir com o novo vovô algumas vezes e recebeu sorrisos e monossílabos, até desistir.

Nos encontros seguintes, cada um dava sua impressão e, a aposta de todos, era que ele estava ainda deslocado. *O coitado tá assustado! Precisa de tempo para se sentir parte do clã!* debochou, otimista, Martín. Naná olhou o marido de canto de olho, movimentando as sobrancelhas de modo a formar uma pequena prega entre elas, denunciando sua dúvida. O olhar expressivo e discreto da filha foi percebido apenas por Ziza. Imediatamente minimizado, praticamente esquecido. Menos de dois anos depois teve que desesquecer para entender.

Passaram a se ver todos os dias e, não raro, ela o ouvia dizer *Como é bom quando estamos juntos! Como tu cozinha bem! Como é melhor quando estamos só nós dois.* Recebia cada uma das falas como alimento para seu ego, por tantos anos, solitário. Carecia de alguém em sua vida e não se lembrou disso por tempo demais. Necessitava dele.

O dia em que foi visitá-lo, ficou surpreendida. A casa, em um bairro vizinho ao dela, não poderia ser chamada de lar. Retratava assepsia. Da mesma forma que estava impecavelmente limpa e arrumada, como se não houvesse nada fora do lugar, também era vazia. Estéril de vida. Sem fotos, sem almofadas, raros tapetes e parcas cortinas. Apesar de toda a mobília, parecia tudo insuficiente. E nenhuma planta. Era fria, nos dois sentidos. *Casa de homem, né Ziza?* falou ao perceber que ela examinava cada canto com suas bolitas verdes. Ela sorriu, tímida. É, acho que jamais entrei em uma casa habitada por um homem apenas, constatou.

Haviam combinado, ele parecendo um tanto relutante, que ela faria um jantarzinho para eles lá, no território dele. Benjamin comprou alguns ingredientes, ela levou outros e, enquanto se apropriava daquela cozinha desnuda, cortava temperos, cebola, alho, tomate, salgava a carne, foi conduzindo a conversa para saber mais sobre aquele homem, com quem finalmente estava se envolvendo. Assim como ela, ele já se tornara muito distante do jovem que um dia mal conheceu. Entre um encontro e outro, ambos tiveram outras vidas, outros amores, filhos e profissão. Queria saber. E ele contou. *Logo que vim para Porto Alegre, trabalhei com o que aparecia. Alugava um quartinho em uma pensão. Depois, fiz um curso técnico de eletricista para trabalhar na companhia de energia. Fui crescendo na empresa e cheguei a chefe de setor de uma das equipes de instalações e manutenção. Passava o dia na rua, chuva ou sol, tinha que ir. Mas eu gostava. O salário foi ficando bom, décimo terceiro, férias, estabilidade. Logo depois conheci minha mulher. Bancária, ganhava bem, tinha sua independência. Casamos, porque ela engravidou. E, em seguida, engravidou de novo. Dois guris. Ficamos juntos até os filhos crescerem, mais por eles, porque o nosso casamento rapidamente se tornou uma guerra. Fria, pois nem brigar a gente brigava mais. Ela não economizava queixas, nunca parecia satisfeita. Soltava lamúrias sempre que podia, em voz baixa, para que eu não deixasse de escutar. Nunca faltou comida, as contas sempre foram pagas, mas nada tava bom. Ela alegava que queria viver outra vida. Um dia cheguei e ela disse que ia embora, que ficaria com a casa que construiu na praia e eu, com essa que compramos juntos. Levou os filhos. E nunca mais nos falamos. Eles chegaram a me procurar algumas vezes, mas, na guerra, ambos se aliaram à ela. Defendem a mãe até debaixo d'água, então ficou difícil. De vez em quando nos encontramos, eu vejo meus netos e levo uns presentes.* Diante disso, como um zumbido de abelha, um pensamento passou na cabeça de Ziza, de que tal qual a casa, no campo dos assuntos pessoais, ele também parecia insuficiente, asséptico. Bateu asas e sumiu da memória.

Resumiu sua vida em três minutos. Um pouco sem saber o que dizer ou perguntar, mesmo com tantas interrogações, Ziza o olhava como quem espera encontrar o que falar. *O que tu acha que ela queria dizer com "viver outra vida"?* Como que pego de surpresa, ele seguiu em silêncio. Depois, respondeu *Acho que eu também nunca soube direito. Talvez ela quisesse algo mais da vida. Na verdade, acho que nunca a entendi. Eu sempre fui um homem que viveu do trabalho para casa e de casa para o trabalho. Nunca fui de festa, pescaria, de ir para bares ou outras coisas, sabe? Putaria?* perguntou ela. É, isso. Sempre fui fiel a ela e ela não valorizou, não bastava a nossa rotina. Fui fiel e levei assim até entender que, além dos filhos, já não havia nada entre nós. Homem tem necessidades, tu sabe como é. Ela o encarou, parou de mexer a panela e retrucou *E mulher não tem necessidades sexuais, Benjamin? Tu acha isso?* Ele, atrapalhado, tentou fazer um remendo na conversa. É diferente, eu acho, Ziza. Ela, com cautela, mas sem se censurar, deu panos para aumentar o remendo. *Sim, é muito diferente. E a diferença está no destino que damos às nossas necessidades sexuais, a partir de como fomos criadas. Enquanto as meninas são insistentemente reprimidas e ensinadas a sentar de pernas fechadas e a serem bonitas – senão, são putas! – os meninos, desde pequenos, são estimulados a acreditar que seus micro-órgãos são o que eles têm de mais importante, e são aplaudidos quando os exibem na sala de estar para as visitas. A diferença é que aprendemos que não podemos viver nossa sexualidade fora do casamento, que tudo gira em torno do desejo e da satisfação dos homens, enquanto vocês são ensinados que, se não são "atendidos" em casa, têm o DIREITO de buscar na rua, enganando, pagando e subjugando. Tu sabes o que aconteceu depois daquela tarde em que a Mamãe nos flagrou na praça, Benjamin?* Ele sabia uma parte. O que ela viveu em três anos de exílio, ficou sabendo naquela noite. Ele escutou. Pouco perguntou.

No dia seguinte, Ziza estava pensativa. Benjamin parecia tão diferente de Adriano, mas ao mesmo tempo tão semelhante, principalmente na incapacidade de ser companheiro e pai. Falava nos filhos como se fossem dois estranhos, com quem não criou laços, de quem facilmente se afastou e a quem acreditava não fazer falta alguma. Como se a paternidade se reduzisse à fecundação e aos subsídios financeiros. No caso dele, diferente do ex-marido, parecia ter tido responsabilidade, até certo ponto, com o custo da vida familiar, o que também denunciava uma postura machista sobre a ideia de família e do lugar do homem.

O cisma outra vez durou pouco e se dissolveu quando, no dia seguinte, ele telefonou e voltaram a se ver. Os encontros tornaram-se frequentes. Ele a acompanhava após o trabalho e, já na sexta, encontravam-se na casa de um ou de outro. Permaneciam juntos sempre que Ziza não tinha compromissos com a família. Ele raramente se juntava a ela naquelas ocasiões. Enquanto assistia futebol na tv ou outro programa qualquer, Heloísa se apropriava e transformava em lar a morada de Benjamin. Descobriu, em um canto do quintal, muitos vasos empilhados e, aos poucos, fez jardim, horta e cultivou folhagens, inspirada em Miro e Minda. Recuperou um prazer que remetia à fazenda e à casa de porta verde da Mamãe, sempre cheias de natureza.

Passaram a fazer parte da vida um do outro de forma curiosamente rápida. Sem perceber, ela foi se acostumando a ir para a casa dele nos finais de semana. Dormia mais lá do que em seu apartamento. O jeito quieto dele era compensado por cada elogio à sua comida, pelos atos de cavalheirismo, como abrir e fechar a porta do carro para que entrasse, puxar a cadeira em um restaurante, ajudá-la a tirar ou colocar um casaco. Ziza foi se acomodando sem refletir sobre aquela camuflagem cavalheiresca que inferioriza e incapacita as mulheres.

O ano novo já ia quase para o último trimestre quando foi ao seu apartamento buscar algumas roupas e aguar as plantas. O telefone tocou. Minda chorava do outro lado da linha. *Ziza, vem pro Pronto Socorro. O Miro foi atravessar a rua pra pegar o jornal na banca, sabe? Uma moto veio em alta velocidade... Atropelou ele... Ele bateu a cabeça no cordão... É grave...* Não consegui avisar a Didi ainda... *Preciso de ti, filha...* Ziza, atônita, conseguiu falar *Fica calma! Eu tô indo aí. Fica calma!* Avisou Naná para que se ocupasse de Didi. Comunicou ao Benjamin e foi. Encontrou Minda arrasada, sentada em um gélido corredor, com os cotovelos nos joelhos e a cabeça entre as mãos. Abraçaram-se com força. Minda chorava mais do que antes, ao sentir que tinha um ombro onde se amparar. *Ziza, como vou contar pra Didi? Ele não aguentou... Teve traumatismo craniano... Bateu com a cabeça no cordão da calçada... O motoqueiro fugiu... Ninguém sabe quem é... Ninguém anotou a placa... E ele tá morto! Meu Miro tá morto! Meu companheiro, Ziza... O que vai ser de mim sem meu Miro aqui nesse mundão?* Ziza, partilhando lágrimas, tentava acalmar a amiga, sem nenhuma condição para tal. Choraram abraçadas, pelo tempo que precisaram, diante de mais uma tragédia.

Didi, amparada por Adisa e consolada por Naná, chorava a morte do pai como só uma filha que ama e se sentiu amada consegue chorar. Foi um velório longo, de uma noite e quase um dia inteiro. Miro foi um homem bom, que fez o melhor com o pouco que obteve da vida. Sabia amar. Faria falta. Conquistou uma família grande, da qual apenas Didi e Titiz tinham seu sangue, mas de todos e todas teve afeto e respeito. O momento do enterro foi de muita comoção, como as grandes despedidas são, principalmente as definitivas, aquelas sem volta.

Minda, apesar de tantos episódios de lutas vencidas, deprimiu-se. Naquele momento, demonstrou toda a dor e a fragilidade que jamais se permitiu sentir. Reviveu e ressentiu todos seus lutos nunca antes chorados. Didi e o marido se empenharam em ajudá-la a superar a perda, levando-a para perto. Adisa, paciente e sábio, dizia *Ela precisa de tempo. Precisa tapar os buracos. Na minha terra tem um ditado que diz assim: "se não tapar os buracos, terá de reconstruir as paredes". Dona Minda tá tapando os buracos pra curar a dor.* Titiz, com seus encantos de criança, foi trazendo a avó de volta à vida e fazendo o sorriso retornar aos seus lábios. Pois, se Minda conheceu cedo as dores da vida, desde antes de ver a mãe morta no chão de terra da maloca, no meio do mato, cedo também aprendeu a se segurar no amor, como uma capacidade rara para seguir vivendo. O amor sempre foi um velho aliado.

Enquanto Ziza voltava para a rotina de trabalho e, cada vez mais, para a casa de Benjamin, Minda foi mudando a sua, ficando cada vez mais com a filha. Voltar para a casa sem Miro, mostrou-se pesado. E vazio. Por vezes, dormia no apartamento de Ziza, que estava praticamente fechado, para dar uma folga à filha e ao genro, inclusive trazendo as crianças para dormirem com ela, o que fazia a alegria de Nina, Titiz e Lennon que, já sendo quase um "mocinho", ajudava com as pequenas. Foi em família, por consenso, que decidiram vender a casinha da vila. Minda viria morar no apartamento e cuidaria dele para Ziza. Parte do dinheiro da venda ela guardaria na poupança e a outra, por direito de Didi, seria usada para que a filha comprasse uma casa mais perto e também saísse do aluguel. Do imóvel tão bem cuidado de Miro e Minda, Didi levou para a nova casa a caixa de areia e a casinha de bonecas que ele fez com esmero para a neta. E Minda, salvou algumas folhagens, fotos e uns poucos objetos. Lembranças de uma parceria feliz que construiu com o companheiro, quando não esperava mais nada da vida, nem tampouco do útero, acreditado como seco, e foi surpreendida pelo amor.

Apesar de um ano de convivência, Benjamin continuava como na primeira noite de Natal. Parecia sempre alheio aos encontros de família, muitas vezes recusando-se a comparecer. Outras, quando Ziza reunia todos onde agora era sua casa, ele participava pouco. Almoçava ou jantava e se recolhia para o sofá em companhia da televisão. Por lá ficava, ora assistindo, ora dormindo, como se a vida fosse aquilo. Não fazia questão de se entrosar. Ela o chamava, procurava ver se queria algo, demonstrava preocupação. Ele mantinha-se na rotina, sem qualquer iniciativa para fazer diferente.

Em março, quando enfim As Gurias se organizaram para a primeira viagem à praia, ele manifestou seu incômodo. *Não entendo o sentido disso! Vocês vão viajar e deixar as famílias para fazer o quê? O que vocês querem com isso? Qual é o motivo de oito mulheres saírem de viagem sozinhas, sem maridos, sem filhos, nem netos?* Ziza lembrou da noite em que Lelê propôs que começassem a sair alguns dias em viagem, e de quando ouviu as amigas dizerem que teriam que "falar com os maridos", problema que ela, à época, pensou não ter. Agora tinha. Por mais que explicasse, ele parecia não entender. Despediu-se, levando as malas e a imagem dele, emburrado, com os lábios tensionados e o olhar desviado, parecendo Mamãe em seus tempos de dinastia, mas não era igual. A reação dele não era protetiva, mas claramente possessiva.

Foi convicta, sem vacilar. Desligou-se dos problemas para aproveitar sua escolha. Divertiram-se como só a maturidade permite. Viajaram em dois carros e, durante o percurso, trocaram de lugar algumas vezes para que todas conversassem entre si. Alugaram uma casa com três quartos e se acomodaram sem maiores problemas, sendo que duas dormiram na sala. Fizeram duplas por afinidades e passaram a se chamar de *maridas*, porque dormir junto implica um grau de intimidade. Riam, contavam casos, choravam, trocavam experiências, compartilhavam conselhos e, pouco a pouco, críticas também. Por vezes, uma ou outra ficava um pouco ofendida, mas logo tudo se resolvia, pois o objetivo era sempre desfrutar e primar pela ajuda mútua. Aproveitaram o mar e visitaram todas as lojinhas por lá. Tomaram muita espumante, talvez demais. Ou não. Foram na quinta à noite e retornaram antes do domingo terminar.

Na chegada, Benjamin recebeu-a sem beijo, sem abraço, sem sorriso. Ela pensou que precisava dar tempo a ele para que se acostumasse. Foi somente no sábado seguinte que voltou a falar com ela de um jeito mais próximo do normal. No entanto, quando Ziza o convidou para passar o dia seguinte na casa de Didi e Adisa, em um encontro com toda a família, ele recusou-se a ir, reclamando que parecia não querer ficar em casa. Ziza o olhou, incrédula. *Se tu não sente falta dos teus, eu morro de saudade dos meus. Meus amores. E vou lá contigo ou "sem tigo"*. E foi. Rendeu mais uma semana de cara fechada.

Pensativa e querendo se acertar com aquele que pensava ser "o homem da sua vida", o tal escolhido que o destino lhe trouxe de volta, procurou entender que talvez ele estivesse com ciúmes, inseguro ainda do seu lugar. E propôs que fizessem uma viagem a dois, uma espécie de lua de mel. *Nunca tivemos uma lua de mel, Benja! Estamos 32 anos atrasados! Vamos!* Abraçou-o, sendo o mais amorosa que uma mulher poderia ser. Ele não demonstrou nenhum entusiasmo, não sabia retribuir ou oferecer carinho espontâneo. *Mas o que tu tá inventando, Ziza? A gente não conhece nem a região em que a gente mora! Pra que isso? Pra onde a gente iria? E quanto isso custaria?* Essas pareciam ser outras características dele: a acomodação, ou falta de entusiasmo, e a preocupação com os gastos. Ela respondeu *Verdade, Benja! Podemos começar por aqui! O que você gostaria de conhecer aqui por perto? O morro, aquele de onde saltam de asa delta? Alguma das cidades da Serra Gaúcha? Um hotel fazenda no interior?* Ele a olhou, atônito, sem saber o que dizer e saiu resmungando *Tu escolhe e a gente vai.* Mas nunca foram. A escolha dele era sempre ficar em casa.

Sem desistir da ideia, mas não querendo insistir com ele, Ziza organizou uma viagem a Salvador, na Bahia, nordeste do Brasil. Comprou passagem, reservou hotel, pensando que poderia agradar. Planejou tudo para o mês de junho, quando ele estaria se aposentando. Guardou o envelope para surpreendê-lo no tempo certo. No dia vinte e nove de maio, ele recebeu a comunicação oficial de seu jubilamento do trabalho. Chegou em casa, com o largo sorriso branco no rosto, uma televisão grande para o quarto, que imediatamente instalou. Já fazia planos para colocar a companhia na justiça e falava sobre o valor que esperava receber de indenização por insalubridade, periculosidade, horas extras e outros tantos argumentos com os quais processaria a empresa, para a qual trabalhou por quase trinta anos. *Mas o que tu pretende com isso, Benjamin?* perguntou ela. *Receber meus direitos, ora.* Ziza o fitou, pensativa. *Tu não vai receber teus direitos agora, te aposentando?* Ele, frio, respondeu *Mas tenho direito a muito mais. Juntei muitos documentos pensando nisso. Alguns colegas fizeram e já ganharam dinheiro alto. Vou entrar na justiça pra ter o meu.* Ela, ainda tentando entender, questionou *Tu guardou papéis pensando nisso? E o que tu pensa em fazer com o tal dinheiro?* Contrariado, disse *O que vou fazer não sei e não importa. O que importa é que tenho direito. E vou ter meu dinheiro.* Em pensamento, criticou-o. *Gaúcho bruto, grosso, oportunista e mal-intencionado.*

Um pouco cansada daquela conversa, Ziza comentou *Bem, isso é problema teu. Hoje vamos comemorar tua aposentadoria! Isso merece um brinde!* Mesmo não sendo um entusiasta das comemorações, ele aceitou a taça de vinho. Ela foi propondo outros assuntos e, quando o clima parecia propício e leve, Ziza puxou o envelope e anunciou que tinha um presente. Benjamin abriu com desconfiança. Leu com atenção e, ao contrário do que imaginara, fechou a cara e, inesperadamente, perguntou *Pra que isso, Ziza? Um gasto desses pra quê? Tu é insistente, hein, mulher?* Apesar do balde de água fria, ou melhor, de gelo, ela buscou manter o bom humor e, enlaçando-o pelo pescoço, sussurrou sedutora É a nossa lua de mel, amor! Vamos! Muda essa cara! Ele pareceu ceder, talvez para não perder a noite. Foram para o quarto, fazer amor com a televisão, ao som do futebol da sexta-feira. Ou seria outra reprise?

Ziza lembrava-se com clareza daquela viagem. Benjamin saiu de casa raivoso, como se fosse cumprir uma pesada tarefa. A expressão não parecia nada diferente de quando o convidava para qualquer outra coisa que o tirasse de sua rotina, em frente ao seu aparelho preferido. Exceto quando saía para seus jogos de bocha, todas as quartas à noite e aos sábados à tarde, qualquer outro programa o desacomodava de forma indisfarçada. Sempre que podia, recusava os convites e voltava ao sofá para divinizar a televisão. Isso nunca ocorreu com um bom livro. No entanto, jamais deixava de elogiar a comida que ela fazia – a não ser que realmente o desagradasse, quando então fechava o cenho –, ou de agradecer com simpatia, de puxar a cadeira para que ela sentasse, de abrir a porta do carro ou outros comportamentos similares. Cavalheirismos automatizados que ela foi compreendendo aos poucos como mantenedores da supremacia dele. Ficava nítido que toda e qualquer coisa que não fosse de seu agrado, ele tomava como um ataque pessoal, como se tivesse sido ofendido, desde um convite a quebrar a monotonia até uma comida que deu errado ao seu paladar. Em contrapartida, nunca se ofereceu para fazer um arroz. Queria apenas ser bem servido.

Durante todo o passeio, Ziza tentava despertar nele algum interesse. Buscava ver qualquer tipo de entusiasmo. Ao longo da semana, procurou valorizar cada paisagem, todos os lugares, as praias, os locais históricos que continham o passado de um país continental. A riqueza da arte, do artesanato a música, tudo convidava à admiração e à fruição. Benjamin parecia não se encantar com nada, nem mesmo com as danças e capoeiras de rua, para as quais torcia o nariz, acusando as pessoas de *Negrada desocupada,* para total espanto de Ziza. Um homem que não sabia relaxar e, simplesmente, sorrir. A única coisa que despertava o seu interesse eram os preços. Tudo lhe parecia caro. *Um absurdo! Os olhos da cara! Quanto? Que horror! Que barbaridade! Por um pedaço de madeira? Por um pedaço de pano? A gente tá sendo assaltado, Ziza! Tu não vê?* Por um momento, quando a paciência perdeu forças dentro dela, que não queria estragar a viagem, virou-se para ele e largou, de supetão, *Benjamin, e para que tu queres guardar tanto teu dinheiro? Por acaso caixão tem gaveta, amor?* O tom era indisfarçadamente sarcástico. Ele recolheu as queixas, mas sua presença não ficou menos pesada. E talvez, naquele dia, ela se deu conta da motivação para as insistentes dores nas costas, que teimavam em atormentá-la nos últimos tempos. Carregar peso, dói.

No último dia de viagem, tentando ainda resgatar a leveza perdida, planejou conhecer o mercado público da capital baiana. *Para conhecer a cultura de um povo, dizem, o melhor lugar é ir ao mercado público da cidade! Lá se conhece a arte, a culinária, os hábitos, costumes, tradições...* Ele já não reclamava. Silencioso, acompanhou-a. Mal terminaram de ver o primeiro dos três andares, e Benjamin já começou a bufar, visivelmente encolerizado. Rosnou que a esperaria lá fora, reclamando que já estava demorando demais e questionando se ela precisava realmente ver tudo. Sentindo um misto de raiva e decepção, disse-lhe que compraria os *souvenirs* que queria levar para cada um da família e o encontraria depois. Andou pelos corredores de lojinhas sem fim, esbarrando na multidão movediça, com lágrimas nos olhos e, aturdida, mal lembrando de todos a quem desejava presentear.

De volta à rotina, os ecos da viagem a perseguiram por muitos dias. Passado mais de um mês, ainda se pegava a pensar. No começo de agosto, serviu o almoço já rotineiro de sábado, com as mãos acariciando a lombar que seguia doendo. Introduziu, de algum modo, o assunto "família" e o convidou para que fossem ao churrasco de domingo, com Naná e Martín. Ele, de imediato, disse que preferia que ficassem em casa. Ziza, incrédula, olhou-o, silenciosa. E quando ele agradeceu e elogiou sua comida, ela sentiu um fogo por dentro e se fechou, segurando-se, temendo sofrer uma combustão humana. O homem não entendeu coisa alguma. Ela terminou de arrumar a cozinha, foi ao quarto, preparou uma pequena valise de roupas e outros objetos e comunicou que iria para seu apartamento. Precisava refletir. Não disse, mas se aquele relacionamento estava por um fio, aquela negativa talvez fosse o fio que faltava rebentar. Benjamin ficou pasmo. Ela, tensa.

Minda se surpreendeu ao vê-la. Estava às voltas com uma encomenda. Há alguns anos havia criado um produto próprio que, junto dos merengues, tornou-se sua especialidade. Empadas de frango, com um triângulo de queijo em cima, para diferenciá-las das de camarão. Em Porto Alegre, foi esse o produto que fez sua fama. As empadas da dona Almerinda passaram a ser cobiçadas e lhe rendiam um valor significativo por mês. Minda se sentia rica, em todos os sentidos, e, morando sozinha no apartamento de Ziza, só aceitou a proposta se pagasse todas as contas. Ao ver a amiga, pressentiu. *Fala, filha. O que houve?* Heloísa, visivelmente triste, disse que falaria depois. Foi ao seu quarto, trocou de roupa e voltou para ajudar a parceira de uma vida toda. *Penso melhor ocupando as mãos, tu sabe, né?* Ficaram em silêncio, trabalhando.

Ziza mantinha as mãos na massa, literalmente, para conseguir refletir. Fazia pouco mais de um ano e meio que encontrara Benjamin e, talvez por carência, misturou sua independência com a vida dele. Como pôde se acostumar e ceder a algumas cumplicidades que foram se fazendo em silêncio entre eles? Nos primeiros tempos, entusiasmada, chegava em casa motivada, queria contar, compartilhar, ouvir a opinião dele. Foi percebendo que Benjamin a escutava pesaroso, pálpebras tremendo, como se lutasse para não dormir ao ouvi-la, sem interesse, querendo que ela terminasse logo a falação para que pudesse retornar ao sofá. Assim se formam os casais: de conivência em conivência, criam um conluio, ficam mancomunados numa relação em que ambos são coautores.

Dava-se conta dos sinais que surgiram desde o começo. Aquele machismo, disfarçado de cavalheirismo, que a encantou. Jamais alguém havia aberto a porta de um carro ou puxado a cadeira para ela antes. Nunca outra pessoa parecia tão grata pela comida que fazia todos os dias. Era assim que ele jogava areia em seus olhos, demonstrando uma gentileza sedutora que não equilibrava a balança da supremacia masculina. *Tudo que tu faz, tu faz bem, Ziza!* E ela, magnetizada, caiu, subserviente. Foi assumindo as tarefas da vida a dois e era como se encontrasse um valor próprio naquilo que fazia por ele e por ambos. Tornou-se refém, com consentimento. Transformou a casa dele em um lar. Limpava, lavava, arrumava, cozinhava, plantava e regava... Enquanto ele assistia televisão, cochilava no sofá e jogava bocha com os amigos, de quem falava com orgulho. Dos carrões, de cada cargo, dos capitães, generais, doutores, médicos e advogados, amizades que fez no clube e de onde vinha sempre com argumentos novos, em defesa da ditadura, regime que mantinha o poder nas mãos dos homens, e que se encontrava em franca decadência. A vida para ele era assim e bastava. Ziza pensou que *Queria algo mais da vida.* De imediato, lembrou que essa foi a frase que ele usou para contar o motivo pelo qual a esposa o deixou. Algo mais, viver outra vida, ou simplesmente viver, o que parecia a ela, muito diferente de apenas repetir e repetir. A lombar latejou diante da constatação do peso em que a vida se transformara estando junto dele.

Enquanto cortava as massas para as empadas, o desejo raivoso de fazer um corte naquela relação se avultava nela. Pensava em como se livrar de tamanho peso. Passando a limpo o último ano e meio, foi percebendo o mal-estar crescente no qual foi adentrando. Lembrou-se das vezes em que viu a grama crescida demais e, ao propor que a cortasse e tirasse os inços que brotavam das calçadas, deixando a casa com ares de abandono, notava nele um incômodo indisfarçado, acompanhado de cara feia e reclamações. Se ele tomasse a iniciativa, ela não precisaria pedir. Não o fazia porque não sentia prazer e não sentia prazer porque não sabia desfrutar nem mesmo de seu lar. Talvez o único sentimento com o qual Benjamin se conectava era a raiva. Pensou na aridez dos vasos que encontrou ao chegar naquela casa e do quanto aquilo já representava muito da dificuldade que ele tinha de fomentar a vida. Junto dele, vivia pisando em ovos, tomando cuidados para que ele não se sentisse pisado, cautelas que não evitavam o desconforto. Benjamin mantinha-se na sua indiferença e só saía dela para reafirmar a tentativa de manter a mulher como território próprio. Refletiu sobre o machismo velado, que se manifestava camuflado de gentilezas misóginas. Ou, pior ainda, disfarçado de altruísmo. Como quando reparava em seu decote e dizia *Tu não deves sair com esse tipo de roupa! Falo isso pro teu bem!* Não tinha nada de bondade, não era para o bem dela. Sempre foi posse.

Não raro, na tarde que precedia o jantar das Gurias, ele chegava com uma carne para que ela preparasse. *Um jantarzinho para nós, querida!* Como se tivesse esquecido que a data era fixa e que Ziza iria de qualquer maneira, o que já constituía ali motivo para fechar o cenho por dois ou três dias, como se ela o estivesse abandonando ou desprezando. A indiferença egoísta na qual estava submerso, invadia a vida sexual de forma grotesca: não fazia conexão. O que regulava sua sexualidade era pautado apenas pela necessidade biológica ou, quem sabe, fantasias secretas. Jamais a intimidade passava pelo romance, pela ternura, por um encontro entre ambos no sentido mais profundo da expressão. Ele não tinha interesse em saber sobre o que se passava com Ziza. E sequer o desejo passava pela vaidade dela. Havia dias em que ela criava um ambiente romântico e se arrumava para ele, que sequer percebia, pois dirigir-lhe o olhar não fazia parte da rotina. Outras noites, em que ela visivelmente estava indisposta, enlutada ou tensa, ele exibia o órgão excitado como um menino pequeno, e a procurava para satisfazer seus hormônios, *cobrando sexo*. Não a enxergava. Evocou as tantas vezes em que, ao voltar do trabalho, um mal-estar germinava em seu peito ao se aproximar de casa. E de como ficava dando voltas e voltas no quarteirão, vendo a luz da sala acesa e a televisão ligada, adiando a chegada, imaginando a cena que, inevitavelmente, encontraria: ele, largado no sofá, cochilando e esperando que ela preparasse algo para o jantar. E, ao final, elogiava sua comida e agradecia com um sorriso mecânico. Para manter aquele relacionamento, cheio de prenúncios, necessitou cegar-se e esticar o fio da tolerância para além do possível. Com Adriano, esticou-o até rebentar e dilacerar a si mesma. Não conseguiria mais. Precisava valorizar seus sentimentos e suas percepções. Não podia, ela própria, ficar perversamente indiferente a si mesma, violentando-se mais e mais a cada dia, naquela relação morna, mas inquestionavelmente abusiva.

Lentamente conseguiu contar à Minda sobre o que lhe ocorria e sobre o que estava vivendo. Uma das coisas que mais a afetava era a indisposição dele para o convívio com a família. A cada encontro, onde mantinha-se costumeiramente alheio, sem interagir, voltava sempre com alguma crítica sobre alguém ou quase todos. Irritava-se com a dedicação dela aos netos, à filha ou para qualquer outro que não fosse ele. Tentava criar situações de intriga, como se quisesse afastá-la dos familiares e das amigas. Minda ouvia atenta. *Filha, tu tem muito mais valor do que só pras panelas, pra cuidar de uma casa e pra dar sexo a um homem. Benjamin não te merece. Ziza, não tenho nada que me meter na tua vida, mas tu já sofreu com o Adriano, não precisa viver assim, tu sabe.*

No domingo em família, todos flagraram sua seriedade e que algo não estava bem com ela. Depois do almoço, colocaram as meninas para dormir e Lennon a ver um filme e, só então, Ziza conseguiu abrir algumas coisas sobre a gradual insatisfação em seu convívio com Benjamin. Naná, que preparava um café, voltou-se para a mãe e disse *Desde o primeiro Natal eu o percebi assim, mãe. Sempre querendo te segurar, não interagindo com ninguém, numa atitude antipática. O Martín achava que ele tava assustado com a nossa junção, que precisava de tempo pra se acostumar. Eu logo vi que aquele jeito era o jeito dele: fechado para a vida.* Ziza precisou *desesquecer* do olhar expressivo e duvidoso da filha, naquela ocasião, para entender o que antes negara, como uma maneira de não pensar. A filha viu o que ela própria se recusou a enxergar. Também ela ficou, tal qual Benjamin que não a via, cega a ele e à sua essência, para poder viver aquele romance idealizado na adolescência. Naquele dia, comunicou a decisão, recém-assumida para ela mesma, de terminar o laço doentio, e recebeu o apoio e a compreensão de toda a família.

À tardinha foi para a casa dele. Ao chegar de carro no portão, observou pela última vez a luz da sala acesa, a televisão ligada e antecipou a cena, completamente previsível, que vislumbrou em minutos, dele cochilando no sofá, durante um azul e ensolarado domingo de inverno gaúcho. Acordou meio sobressaltado com a chegada dela. *Que bom que tu voltou, Ziza! Tu me faz falta, querida.* Ela, resolvida, perguntou *Para fazer tua comida e acalmar tua testosterona? Precisamos conversar, Benjamin. Creio que, assim como a tua ex-mulher, eu também quero "algo mais da vida"*. Ele, em choque, levantou a voz. *Quem tu pensa que tu é para falar comigo nesse tom, mulher?* E ela não deu chance a ele para continuar. Já havia dado mais de dezoito meses de chances. Aos quarenta e nove anos, não tinha mais tempo a perder. Recair no erro não a faria persistir. Foi, de súbito, falando sobre seus sentimentos e percepções, sem mais reservas, a respeito do pacto doentio que construíram juntos. E da sua convicção de estar quebrando naquele exato momento. Sem mais temer pisar em ovos, quebrou-os um a um. *Quem eu penso que sou? Penso que sou uma mulher adulta, exatamente isso. E posso falar contigo no tom que necessito falar, somos dois adultos em pé de igualdade. Isso que tu vive e o que tu entende como vida, é a linha da morte do eletrocardiograma: reta, sem altos, nem baixos, numa repetição extenuante e mórbida. Tu espera sentado a morte chegar, com a boca escancarada e cheia de dentes, como diz a música. E eu não vou ficar aqui, cozinhando para te manter semivivo. Eu quero viver de verdade. Quem entra na minha vida pra subtrair, como tu, não é mais bem-vindo. E tem duas coisas que preciso te dizer antes de pegar o que é meu, porque aqui não durmo nem mais uma noite. Tua presença me sufoca! A primeira coisa que quero te dizer é que tu és um homem negro embranquecido, esquecido de tuas raízes. Essa tua turma da bocha é um grupo da elite branca, de homens machistas que nutrem preconceitos obsoletos, de onde tu vem a cada encontro com piadas ridículas, que retroalimentam valores absurdos. Acho que assim como tu pensou que me atribuiria valor ao elogiar minha comida, tu encontras algum prestígio para ti mesmo ao te sentir aceito por essa trupe privilegiada. Mas tu não és parte do mundo deles e nunca será, porque eles estão no comando. Quando tu és convidado para as casas deles? Nunca! Teu mundo, tu perdeu ao te afastar da tua origem, tu esqueceu quem tu és e de onde tu vens. Isso é o que diferencia o Adisa de ti: ele sabe quem ele é e o valor que tem, sendo exatamente quem ele é! A segunda coisa é que o teu argumento de "ser fiel" não valeu para tua esposa e nem tampouco para mim, porque fidelidade não basta para salvar um relacionamento. Eu poderia dizer que tu só é fiel a ti mesmo. Tu não tem empatia, tu não enxerga nem te conecta com ninguém, por isso tu só sabe dar buquê de rosas vermelhas ou perfumes em todas as datas, porque tu não te interessa e nem te ocupa de conhecer as pessoas. Se o fizesse, saberia das tantas coisas que eu gosto e de como sou fácil de presentear!* Estava sarcástica. *Mas frente ao que eu te disse há pouco, preciso corrigir isso: tu não é fiel nem a ti mesmo. Tu é oco. Ah! E eu prefiro as rosas brancas, Benjamin! Nem isso tu acertou.*

Não deu a ele nenhum ouvido. Colocou todas as suas coisas no porta-malas do pequeno Chevette, que mantinha atapetado e cuidado como se fosse novo, e saiu sem olhar para trás, levando alguns vasos de plantas, que não deixaria ali para morrer de sede. Largou para trás três vidros de perfume, dois amadeirados e um cítrico, que em nada combinavam com ela, praticamente cheios, que ele lhe dera de presente naquele pouco tempo, como se perfume fosse algo consumido aos goles. E, também, um vaso com um ralo buquê de rosas vermelhas murchas, que trouxe do supermercado, em mais uma de suas tentativas de romantismo automático, a serviço de mantê-la cativa. Chegou no apartamento carregando sacolas, malas, fotos e a alma leve, sem mais dores nas costas. Libertou-se. E liberdade é algo que causa um prazer que não se explica. Minda a olhou no fundo dos olhos e a reconheceu. *Tu tá de volta, Ziza.* Ambas sabiam que ela se referia a muito mais do que a presença física.

70

8

Uma Luz se Apaga

De tempos em tempos, nós, humanos, precisamos criar maneiras de nos reformar, de fazer reparos em nós mesmos. E Ziza estava disposta a se consertar. De novo. Já havia aprendido muito ao longo da vida. E entendia que aquele ano e meio não fora exatamente inútil. Foi um tempo necessário para desfazer um romance que sobrevivia no campo do imaginário, no mundo das promessas não cumpridas, das idealizações de amores envernizados pelo não vivido, que impedem a vida real de ser experimentada e valorizada como deve ser.

O ano de 1987 foi o de seu cinquentenário. *Como assim, meio século? Ainda ontem eu estava lá na fazenda te ajudando a colher ovos, Minda!* A amiga, agora colega de apartamento, ria e alimentava as boas lembranças. Não que as más ficassem impedidas de fluir também.

Adriana convenceu a mãe que deveria buscar um espaço de análise. *Uma terapia não faz mal a ninguém, mãe! E se tu tá querendo te "consertar", tu só vai te beneficiar.* Começou seu percurso. Na primeira sessão, a psicanalista, experimentada, ouvia mais do que falava. Perguntava. *E em que tu investe teu tempo, Heloísa? Tempo é um bem finito.* Já naquele primeiro encontro, a mais simples das questões seguiu ecoando nela. Pensativa, narrou. E as reflexões brotavam no espelho das palavras que circulavam no ar.

Decidiu estudar inglês, fez um *check-up* clínico amplo, que intimou Minda a fazer também, comprou algumas fitas da Jane Fonda e roupas de ginástica coloridas, incluindo as polainas, e se dedicou ao cuidado com o corpo e com a saúde. Minda olhava e ria. Mais tarde substituiria a ginástica rítmica pela serenidade da yoga. Em meio aos preparativos para duas festas: a sua, de cinquenta anos, e a de dois aninhos de Nina Rosa, que seria a primeira, pois, quando completou um ano, estava com catapora, Ziza foi colocando vida na vida. Ocupando-se de si.

Surgiu um negócio vantajoso para trocar seu apartamento por um de três quartos e uma espaçosa sacada, no mesmo prédio onde morava, o que foi importante, agora que dividia a residência com Minda. Não raro traziam Lennon, Titiz e Nina para dormirem com elas ou para passarem os finais de semana. Levavam a sério o provérbio africano, que Adisa sempre citava, que É necessário uma aldeia para criar uma criança. Ziza e Minda sabiam disso. Para tanto, no terceiro quarto colocou duas camas beliche para acomodar a criançada, um armário para roupas e outro para brinquedos. Como a cozinha era bem maior, fez sob medida um espaço semiprofissional, com fornos elétricos grandes e um fogão industrial. Estava se aposentando e não iria de maneira alguma ficar no sofá, esperando a morte chegar.

Decidiu começar uma faculdade, sobressaltando a todos. Faria Filosofia. Para surpresa maior, Minda se associou à amiga mais uma vez e se disse disposta a sentar nos bancos universitários também. Estudaria História. *Mãe, tu sabia que quando tu nasceu, em 1937, completou cem anos que foi dado às meninas o direito de frequentar as escolas no Brasil? Isso é muito recente, pouco mais de cento e cinquenta anos!* falou Naná. A História sempre fazia parte da pauta das conversas e, dizia Ziza, *Aprender para entender nunca faz mal a ninguém! Ta aí mais uma prova do nosso contexto social machista e da necessidade de seguirmos lutando por igualdade de direitos.* E Adisa completava reafirmando a importância de sabermos os degraus do passado para compreendermos que tudo é um processo. *Tudo que já foi está interligado com o que é e com o que virá.*

Os aniversários foram comemorados, fotografados e desfrutados por cada um dos convidados, cuidadosamente escolhidos. Os parentes de Martín, os Nomikos, que sabiam fazer festa como ninguém, participavam de todos os eventos e já formavam uma única grande família. A eles vinham se juntando, ao longo dos anos, conterrâneos de Adisa, que, se não eram consanguíneos, aos poucos foram se tornando parte também. Assim, as festas de final de ano e outras datas tornaram-se grandes encontros em algum dos quintais disponíveis.

Ziza e Minda prestaram vestibular e foram aprovadas na universidade particular, o que não se tornou um problema, pois seus cursos tinham um custo mensal baixo, por serem subsidiados. Adisa, então, no almoço de domingo no qual comemoravam as novas universitárias, anunciou o que ele e Didi mantiveram em segredo: também ele estava no time delas e cursaria Engenharia Civil na Universidade Federal. Foi um daqueles dias nos quais o destino se redesenhava, assim como o Brasil, que em 1988 ganharia uma nova e atualizada Constituição, para tentar salvaguardar a democracia nascente. Ziza olhava para cada um daqueles fios de vida que se juntaram ao seu, com o coração carregado de afeto. E paz.

Em retrospectiva, Ziza contemplava as veredas de seus amores, uns amparando e apoiando os outros. Ingrid se estabeleceu no laboratório de um grande hospital, para o qual prestou concurso. Também ajudou Jamila a procurar um curso técnico de Enfermagem, ambas trabalhando agora na mesma instituição hospitalar. Adisa faria faculdade para evoluir no ramo da construção, de onde já ganhava a vida como empreiteiro, e com isso davam boas condições de vida à Titiz. Junto a Saul, que atuava no ramo metalúrgico, Jamila mantinha uma vida estável, oferecendo a Lennon uma infância segura. Martín, concursado no banco desde muito jovem, vinha levando a Geologia em paralelo, enquanto Naná prestou concurso público, no ano seguinte ao nascimento de Nina, e trabalhava no fórum, no departamento de adoções. Mal sabia o quanto essa função determinaria rumos na vida de Nina e de outros também, que ainda não haviam chegado na família naqueles tempos. Simultaneamente, fazia sua trajetória para tornar-se psicanalista, seu grande sonho. Era aficionada por Freud! Heloísa sentia um alento no peito diante dos rumos de seus fios de vida a cozinhar em tão boas caldas. Ela e Minda, sempre unidas, funcionavam como um fuso central, um ponto de apoio, a nutrir e aconchegar seus entes queridos. Gerações que se completavam e se protegiam.

A vida seguia seu curso, cada qual ocupado com seus objetivos e afazeres. Os almoços e jantares voltaram a ter a leveza de antes, com muitas conversas e risadas. Se, porventura, o clima esquentava entre alguns, o que faz parte de toda e qualquer família, sempre alguém mediava o apaziguamento. A voz da razão e os bons afetos superavam qualquer conflito.

Na época, o mundo iniciava sua batalha contra o vírus HIV, enquanto nosso país urgia por liberdade, por direitos humanos, pelo fim de um período de domínio do exército, em uma ditadura opressora que matou centenas, exilou cérebros privilegiados, censurou as artes e torturou milhares, pois pensar é sempre uma ameaça aos regimes despóticos. Uma ditadura militar, acima de qualquer coisa, é solo do poder masculino, invariavelmente segregador e supremacista. É o retrato escrachado e absurdo do domínio retido por homens brancos da espécie humana, que se impõem sobre tudo e todos, incluindo sobre a natureza, violência já denunciada pelos indígenas, a exemplo de Ailton Krenak, na Assembleia Constituinte de 1987, que manifestou seu luto pintando a cara de preto, enquanto derramava sua fala de maneira inesquecível e emocionante. Um grupo significativo de feministas inteligentes e corajosas, a quem tentaram reduzir à vaidade, ficou conhecido como o Lobby do Batom, garantiu direitos às mulheres, na Constituição Brasileira. Direitos que muitas cativas do machismo, críticas do feminismo, usufruem sem reconhecer.

Depois do movimento das Diretas Já, Ziza acreditava que o país iria para o futuro. A nova geração estava comprometida com o progresso. Sem Benjamin, defensor do militarismo, os encontros voltaram a fluir e a abarcar discussões sobre política, enriquecidas pelas leituras de cada um. *Não falar de política é obedecer aos regimes opressores, que preferem os alienados. E mulheres que se recusam a se ocupar desse tema, escolhem entregar aos homens seu destino. Cômodo pra eles! É preciso subverter essa ordem herdada da ditadura machista*, dizia ela.

Benjamin e a ditadura voltaram à pauta em um dos encontros das Gurias, que, com exceção de Lelê, normalmente não conversavam sobre política. Preferiam amores e desamores, crianças, criadas e vida pessoal, delas ou de alguém. *Que roubada, hein, Ziza? Quem diria?* Cada uma tinha uma maneira de demonstrar suas impressões e opiniões. *Foi uma libertação, amiga!* Ziza, rindo, disse *Muito mais do que tu pensa! Eu me libertei de um capítulo mal resolvido do meu passado. Uma paixão infantil! Quando penso em quantas vezes desejei reencontrá-lo... Quantas vezes imaginei uma vida feliz com ele! Amigas, a infância deixa enigmas que, ou a gente decifra, ou se transformam em prisão perpétua! Ou melhor: numa ditadura particular, na qual ficamos capturadas, cegas e cúmplices!* Reflexões da frutífera análise de si, na qual mergulhou sem medo. *Pobre Mamãe! A coitada me proibiu de namorar Benjamin porque ele é negro! Mal sabia ela que, apesar de negro, talvez para ser aceito nessa sociedade racista, o infeliz se revestiu de uma máscara de branco e desenvolveu hábitos do pior estilo homem-branco-superior! Adisa é negro. E vive sua cultura, sua verdade! Talvez por isso mantém uma parceria com Ingrid rara de se ver entre casais gaúchos, por natureza machistas, racistas e orgulhosos de sua curta visão colonialista. Caráter não tem cor, mas muita gente não reflete sobre isso!*, disse com ênfase. *Na verdade, a quem serve essa premissa de diferenciar seres humanos por cor de pele ou características físicas, né? Vocês já pensaram quem criou essa ideia de dividir os humanos por raças?* Algumas a olhavam sem sequer compreender a lógica da questão. Foi se dando conta, ao se ouvir, que muitas daquelas mulheres – filhas e mães maravilhosas – com quem trocava tantas e tantas experiências, viviam relações de desigualdade com seus maridos brancos e supremacistas. E talvez não entendessem, ou não quisessem se inteirar do que ela estava falando, porque pensar desacomoda.

Leonora quebrou o fugaz, mas incômodo silêncio, perguntando *E agora, Ziza? Tu já tá aberta pra encontrar outro coroa?* Virou brincadeira na hora e todas se entusiasmaram com aquele assunto. *Como se estar sozinha não fosse uma boa opção!* provocou. *Como se vigorasse a máxima de estar antes mal acompanhada do que só,* pensou sem dizer. De bom humor, Ziza respondeu *Agora sou gata escaldada! Para incluir alguém em minha vida novamente, esse alguém terá que preencher alguns critérios. Quais?* queria saber Lelê. *A lista é grande,* respondeu. *Vai ter que ser um coroa enxuto, que cuide de sua saúde, que não fume, que beba com parcimônia, claro! Que aprecie um bom vinho!* E levantou a taça. *Que goste de cozinhar, de preferência junto comigo. Que goste de cinema, teatro e de viajar! Um homem que tenha vontade de viver e curiosidade para buscar a vida onde ela estiver, mesmo que seja num picnic admirando a paisagem! E que ame família e amizades tanto quanto eu! Nunca mais alguém que priorize ver a vida pela televisão, quando o sol brilha lá fora, enquanto existem tantos lugares e pessoas para conhecer! E tantos assuntos para conversar! Que venha pra somar, porque pra subtrair, a vida se encarrega sozinha! E tem que ser alguém que realmente me respeite, reconheça o valor das mulheres e que valorize a individualidade de cada um na relação. Nunca mais amor de canga, que não sou gado, e a vida não é – e nem pode ser! – carroça com roda quebrada! Ah, e que saiba dar presentes! Terá que ser um viúvo! Alguém que já teve a felicidade e a perdeu, portanto, que saiba dar valor ao que realmente tem valor: ao luxo de estar por inteiro com alguém! Ah, e que goste de dançar também! Quero alguém com quem dançar!* Balançou os braços e o corpo com leveza. Leonora, debochada, disse *Tá fácil, amiga! Fácil de permanecer sozinha! Homem que dança, só se for de CTG, coisa que não faz teu tipo!* Riram muito, todas. E Ziza arrematou com um brinde *Gurias! Quase toda a magia acaba quando a gente cresce! Então, antes só, do que mal acompanhada! Tim-tim.*

Os primeiros anos de faculdade foram motivadores para os três novos universitários. Adisa vinha sempre cheio de aprendizagens sobre um trabalho que ele realizou por anos, sem um conhecimento acadêmico. Trocava ideias com Martín, que através da Geologia, compartilhava conhecimentos da Engenharia também. Minda, com toda sua simplicidade, buscava leituras que a levavam para muito além do que poderia ter imaginado sobre a verdade dos fatos e do pensamento humano, em especial, sobre a trajetória de seu povo africano, levado como escravo para os quatro cantos do planeta, que nunca teve cantos, por – definitivamente – não ser plano.

Foi nesse período que Ziza cuidou da irmã Maitê, por dois meses intensos, com a ajuda de Minda. Refletia sobre o passado, sobre a vida, sobre os relacionamentos e sobre as várias maneiras que existem de violentar as mulheres. Ao ver a irmã mergulhada em tal sofrimento diário, sentindo dores e câimbras, pensava que talvez os rins não tivessem dado conta de filtrar tantos maus-tratos, chegando ao colapso. Via a pobre mulher envelhecida, eventualmente sendo surpreendida por hemorragias inesperadas, em consequência do tratamento, como se a fístula, por onde o sangue saía sujo e entrava limpo de seu corpo já tão perecido, denunciasse o cansaço e jorrasse o líquido vital em busca do fim. Ziza sentia desespero, enrolava o braço sangrando com uma toalha de banho e corria para o hospital, levando Tetê, em pânico, como no dia em que salvou a pele do rosto de Lelinha. A irmã, diante da vida se esvaindo, demonstrava uma falsa serenidade, com olhos arregalados, apertando a dilatada veia com a mão direita e pedindo que mantivessem a calma. Cenas que viraram rotina no período curto e penoso, no qual as Marias voltaram a fazer parte de sua vida, em visitas à mãe, quando traziam amor e alento. Até o dia em que, talvez exausta da sobrevida, tomou água, chá, sucos, líquidos demais, sem que ninguém percebesse, causando uma embolia pulmonar irreversível, que a levou para junto de Mamãe, com a mesma causa da morte na certidão de óbito.

Passado o valioso tempo com Tetê, seguiu-se um período em que Ziza aproximou-se como nunca da filha, que a apoiou em tudo que podia. Uniram-se em força, afetos e através da permanente conversa da Psicanálise com a Filosofia. *Mãe, tu sabe que tu daria uma excelente psicanalista?* disse um dia Naná, enquanto tomavam um cafezinho com chocolate, após o almoço de domingo. O dia tradicional dos encontros em família, dos prazeres que acompanhavam as orgias gustativas, garantidas por Ziza, com o auxílio de Minda. Isso perdurou para todos os que não foram embora, para a vida ou para além dela.

Inevitavelmente, Heloísa foi se interessando pela trajetória política das mulheres e pela luta por igualdade. Com a terceira onda do feminismo, que começou a fervilhar naquela década, correções ao movimento foram sendo discutidas e a peleja era agora por respeito às diferenças e por igualdade de direitos. Aos poucos, o que um dia abarcava apenas mulheres brancas, da classe média-alta, agora incluía multiplicidades sociais e étnicas, o que foi dando voz às mulheres negras. Algumas passaram a se destacar e a propalar desigualdades repetidamente negadas. O que um dia seria chamado de feminicídio, ainda estava amparado por lei, como direito, aos covardes e inseguros machos, de limpar sua dita honra. Os mesmos que se apropriam, violentam, traem, prostituem, usam, matam as subjetividades de mulheres, crianças e gays, muito antes de assassinarem os seus corpos. A universidade sempre foi um caldeirão de cérebros, em que ideias e ideais são cozidos a muitas mãos. Não poderia ter sido diferente para Ziza, portadora não só de vagina, como as mulheres são vistas pelos canalhas e desprezíveis, mas de uma mente fecunda, forjada pela vida real e cada dia mais à frente da sua geração.

Enquanto preparavam receitas, discutiam sobre várias coisas. Duas mulheres que acolhiam a vida e aprendiam com ela, sem esmorecer demais com as adversidades. Minda, já com mais de sessenta anos, colhia dores no corpo, construídas ao longo de uma vida de poucos cuidados e serviços pesados. Sem se queixar, colava seus emplastos e seguia com suas tarefas, não deixando nem um prato por lavar, secar e guardar, alternando-as com Ziza, como boas colegas de apartamento. Assim que terminavam os afazeres, dedicavam-se às leituras e aos estudos, dos quais foram privadas quando jovens e que, agora, as capturavam por horas.

Entraram no último ano da década de oitenta. No mês de março, Naná e Martín comunicaram que a família iria crescer novamente. Nina e Titiz viviam juntas para lá e para cá, voando as tranças ou batendo os cabelos. Ivone Beatriz, diferente da mãe, desde muito pequena, rebelou-se contra as tramas que aprisionavam suas madeixas, aceitando no máximo uma ou outra presilha. Apoiada pelo pai, vivia com os crespos livres, como lutaria para ser, tal qual Nina, com as longas e lisas melenas que mantinha até os dias atuais. Uma década depois, Ivone Beatriz, reafirmou *Vóziza, esperam que, para sermos aceitos, nós devemos apagar nossa cultura, nossos traços, tipo "parecer menos negra", entende? Então, deixar os cabelos naturais, sem os alisamentos que disfarçam nossa africanidade, é um ato de resistência! Tipo "sou preta sim e é assim que eu sou e vocês me devem respeito", sabe? Cabelo é poder, vó! Black Power! É um ato de coragem em um mundo tão racista.* As três duplas de gerações de mulheres – ela e Minda, Naná e Didi, Nina e Titiz – tinham, cada uma, suas cumplicidades, parcerias e não soltavam as mãos em momento algum. *Sororidade transgeracional! E étnica!,* pensou Ziza, anos mais tarde. Jamila e Saul, por morarem em um bairro mais afastado, no cinturão de pobreza, reservado à base da pirâmide social excludente, não conviviam de forma tão presente, mas nem por isso deixavam de estar juntos ao menos em um domingo por mês e em todos os eventos importantes. Lennon, com onze anos, interessava-se pelos assuntos de Martín e Adisa, ao lado do padrasto, a quem adotou como pai, com tudo que esse laço envolve.

Os meses voaram, e outubro trouxe o novo rebento. Quando o neto nasceu, Ziza, já apaixonada, perguntou É uma homenagem ao escritor, filha? Martín, sempre um gozador, atravessou-se e, fazendo uma provocação a ambas, disse *Eu deixo a Naná acreditar que sim, sogra! Mas na verdade é uma referência ao time de futebol da família de minha mãe!* Ziza o olhou, incrédula. Ele prosseguiu sem respirar. *Se Naná te deu Nina de presente no dia do teu aniversário, a outra avó merece um neto também!* Adriana virou os olhos, rindo da palhaçada do marido e dizendo *A minha escolha seria Elvis, né mãe? Mas...* Risadas nunca faltavam entre eles. Milan veio ao mundo de parto natural, como Nina, em 17 de outubro, um mês depois dos aniversários da avó e da irmã, e exatamente a uma hora e cinco minutos da madrugada. Havia dois anos que esse dia tinha sido escolhido como o Dia Internacional para a Erradicação da Pobreza no Mundo, e isso talvez já tenha definido, em parte, quem seria o guri. No Brasil, aquele foi um ano marcado pela primeira eleição direta para presidente, após quase três décadas do regime autoritário e opressor. Nomeado em homenagem ao grande Kundera, o menino nascia junto com o renascimento da democracia. E com a renovação da esperança dos brasileiros, em um futuro menos insustentável, com mais leveza para se poder ser e viver.

O pequeno novo caçula da família nasceu loiro, como o bisavô Henry, e com os olhos azuis que lembravam também o pai, Martín, e a avó paterna, de origem italiana. Lennon, apesar da diferença de idade, comemorou a chegada de seu primo como se tivesse ganhado um aliado. Nina e Titiz logo queriam incluir o pequeno em suas brincadeiras, como se ele fosse um boneco. Mais um fio de vida para o caldeirão, nem sempre doce, de Ziza.

Em dezembro, o novo presidente já estava à frente do Brasil, eleito com um bordão populista, de salvador da pátria, que se dizia caçador de marajás e contra a corrupção, chavão dos mais corrompidos para abduzir os iletrados políticos. Os brasileiros votaram sem maturidade, desacostumados a pensar, como crianças que escolhem qual o melhor adulto para protegê-las dos vilões imaginários, sem assumir que quem salva um povo é ele mesmo, quando evolui e percebe a si como parte ativa de sua cultura e responsável pelo que acontece nela. Elegeram um marajá camuflado, que jamais iria fazer algo contra os privilégios da oligarquia, da qual fazia parte desde o berço, classe que vem dominando o país, desde a colonização que dizimou os indígenas, estes sim os verdadeiros donos da *Terra Brasilis* invadida em 1500. E os mesmos descendentes dos invasores, são os que acumulam riquezas sem uso e militam contra redistribuição de renda e território. A cada dia, Ziza se sentia mais engajada no mundo e agente de mudanças na cultura.

Constantemente era convocada por Naná, Martín, Didi e Adisa a não se deixar cair em acomodação. É responsabilidade de todos nós, mãe! dizia Adriana, recontando fatos de violências e abusos que a precederam, assim como as que viveu, assistiu ou estudou. E outras tantas que ia juntando na sua ainda curta vida.

O primeiro plano do novo governo pegou a todos de surpresa e deixou a classe média em uma situação de fragilidade financeira. Não demorou para que o povo percebesse que havia caído em uma grande cilada. Afetou diretamente Minda e Ziza, que tinham suas parcas economias de uma vida de suor, guardadas nas poupanças, agora confiscadas, sem possibilidade de resgate.

Milan crescia e absorvia, nos seus dois anos de vida, os milhões de anos de evolução da humanidade, como ficar sobre duas pernas e aprender a falar. Tomava mate com a Vóziza desde muito pequeno e encantava a todos com sua linguagem própria e seus trocadilhos. Bastava ver a avó com a cuia para dizer *Dá chaarão, Vóziza?* Rindo, Ziza o chamava ao colo e o inseria na cultura gaúcha. O dia em que o flagrou tentando trapacear Nina em uma brincadeira ingênua, olhou-o com reprovação e carinho, dizendo *Milandro, Milandro!* Ao que ele respondeu, debochado como o pai, *Zizalandra, Zizalandra!* Passou a ser mais uma crônica familiar para rirem, por décadas, nos encontros de família.

Enquanto isso, o povo lutava para tentar fazer caminhar a recém-nascida democracia. O presidente eleito que venceu o perseguido e genial gaúcho anistiado, Leonel Brizola, e o candidato dos trabalhadores nas urnas, conquistou rapidamente a rejeição de grande parte do povo, incluindo os seus eleitores. Envolvido no primeiro maior escândalo de corrupção da era moderna do país, em um ato de desespero controlado, pediu, em rede nacional, que o povo fosse às ruas, vestindo as cores da bandeira do Brasil, para apoiar seu governo. Foi o primeiro, mas não o último a fazê-lo. Anos mais tarde, tal disparate se repetiria, com outro populista a sequestrar as cores e o símbolo nacional, entretanto, os brasileiros demorariam mais para despertar do transe, contabilizando danos muito maiores e irreparáveis.

A população respondeu de imediato. Em 16 de agosto de 1992, dia de um discurso do presidente, a sociedade saiu às ruas, vestindo as cores da bandeira. E por quase dois meses persistiu. Mas não em apoio.

Com os rostos pintados, numa sincronia surpreendente, que antecedeu as redes sociais, os estudantes de todo o país lideraram o Movimento Caras-Pintadas. Contra um governo que se elegeu com uma pauta de honestidade e roubou a todos, com a contribuição da primeira e única *primeira-dama-corrupta* confirmada, até aquele momento, da história do Brasil. Aquele foi o primeiro manifesto que o caçula participou na vida, na garupa do pai e com tinta na cara. A família inteira, incluindo as crianças, reivindicava o país de volta. Milan já nasceu politizado.

Ziza, vinte e cinco anos depois, com seu vinho a regar as lembranças, comparou a notícia do dia – sobre o furacão Maria, que começava a se formar em 16 de setembro de 2017, e ameaçava destruir Porto Rico (como realmente o fez dias depois) – com aquele movimento para destruir a farsa do marajá mascarado, que fez correr no sangue do povo a esperança que sobreviveu por vinte e nove anos amordaçada. Foi um furacão de gente nas ruas. Ainda assim, temia que os brasileiros não tivessem aprendido. O cenário de 2017 não parecia, a ela, animador. Tempos sombrios e retrocessos ameaçavam a promissora democracia. *Pautas progressistas sempre amedrontam aos que se beneficiam da nossa velada sociedade de castas escravocrata,* pensou, solitária, ainda à espera das bisnetas. Como dizia Minda, *Os brancos ricos são dependentes, como crianças que não sabem limpar a bunda: não limpam suas próprias privadas e, mesmo assim, não abrem mão de colecioná-las!*

Seus neurônios faziam conexões na velocidade da luz. Temia esquecer fios importantes de vida que foram cozidos juntos do seu e, por circunstâncias diversas, sumiram vida afora. Naqueles tempos de efervescência política, dois importantes laços se formaram nos bancos universitários. Conheceu duas mulheres determinadas, com quem construiu amizade e cumplicidades, que se estenderam para Adriana e, surpreendentemente, para Nina Rosa. Apesar de serem suas colegas de faculdade, Juliana e Maria Helena eram jovens, da geração de Naná. Pintaram a cara juntas, gritaram e choraram pela democracia, da mesma forma que, mais tarde, seus filhos e os netos de Ziza, teriam que lutar de novo. Primeiro foi Maria Helena que transferiu a vida para São Paulo, com o marido. Não demorou para que Juliana achasse um paulista, em uma viagem de férias, e abandonasse os pampas gaúchos também. Mantinham contato por telefone, para contar as novidades e, principalmente, para avisar a cada vez que davam à luz. Foi Nina que, anos mais tarde, resgatou os laços, que em nada perdiam para os de sangue.

Os anos seguintes foram apaziguadores. Um ex-exilado político foi eleito presidente, em 1994, ano da morte do ídolo Ayrton Senna. O professor de Ciências Sociais se elegeu em dezembro, após ter sido Ministro da Fazenda, do vice que assumiu o lugar do falso caçador de privilegiados, que teve de renunciar ao cargo sob pressão. Como ministro, havia implantado um plano econômico que estabilizou a moeda brasileira e, os cidadãos, acostumados com uma hiperinflação comparada apenas à da Alemanha do pós-guerra, viram sua moeda valorizada e indexada ao dólar. Na presidência, conduziu o país às águas neoliberais que, depois de tantas tempestades, pareciam atrativas e mansas, apesar de sabidamente segregadoras e moedoras de corpos na máquina voraz do capitalismo.

Os universitários comemoraram suas formaturas em pequenas festas, com as tradicionais reuniões de família. Foi naquele ano que Naná e Martín compraram uma casa no mesmo bairro e, imediatamente, conforme tinham prometido, adotaram Lissa, uma "vira-fox", que cresceu com as crianças ao longo de quinze anos, responsável pelo amor que Nina e Milan desenvolveram pelos animais.

Ziza viajava com as amigas, agora para lugares mais distantes, conhecendo o Brasil de perto. Foi em uma das viagens que surgiu o tema da dupla cidadania. Curiosa, Heloísa se interessou pelo assunto e metralhou as amigas de perguntas. Chegando de volta à Porto Alegre, consultou um advogado. E pensou que aquilo, pela velocidade que os rumos do mundo pareciam tomar, poderia ser algo importante para toda a família, principalmente para as novas gerações. Como sempre, levou a discussão para o almoço de domingo. E decidiram que seria realmente um passo importante a ser dado.

O velho carro há muito tempo estava dando manutenção demais, e ela precisou, por segurança, desapegar-se. De carro novo – seu primeiro e único zero quilômetro, um *Ford Escort Hatch GL* 1.6, azul como o *Chevette*, em homenagem ao Grêmio, seu time do coração, mas dessa vez metálico – ela foi com Minda à Araucárias do Sul. Naqueles anos todos, poucas vezes havia retornado, sempre de ônibus, num bate-e-volta, para alguma festinha de aniversário de um parente ou para se despedir de alguém doente. A viagem estava mais fácil e rápida, devido às estradas totalmente asfaltadas. Dionísio e Mingos ainda viviam lá, com os seus familiares que permaneceram nas lidas do campo ou do comércio. Daquela vez, precisaria de mais tempo na cidade e de dias úteis para juntar todos os documentos do Papai que necessitava, a fim de encaminhar o pedido de cidadania alemã.

Estar de volta naquela rua principal – agora asfaltada também – por onde entrou e saiu tantas vezes, desde seus dez anos, remexia o baú de muitas memórias. Regressar à casa em que morou e onde Mamãe e Dóia residiram até os últimos dias, herdada por Nísio, revirava seus afetos. Os reencontros com os parentes e amigos de tempos idos foram carregados de emoções e palavras de carinho. Lentamente, porém, algumas diferenças foram se impondo e provocando pequenos momentos de indisfarçado desconforto.

Nísio envelheceu cheio de verdades prontas, ditas como únicas, absolutamente retrógradas, limitadas pelas bordas de sua restrita visão de mundo. Um sujeito de difícil convivência, como acontece a muitas pessoas. Rancoroso com a vida, repetia queixas e críticas sobre as dessemelhanças, como se tudo que se mostrasse desigual ou avesso às suas crenças, fosse fruto de arrogância e afronta. Coisas sobre as quais ele sequer se prestava a ouvir, nem tampouco demonstrava qualquer interesse. Pregava, entre outros impropérios, verdades bíblicas, que trouxeram à consciência de Ziza a cena que viveu com o padre Dinello, na mesma sala em que, agora, o irmão as recebia. Ele se espantou com o fato de Minda e Ziza terem cursado faculdade. Parecia ter ficado tomado por um sentimento de visível inferioridade. Algumas coisas que escutava delas chegavam a ele como ataques de soberba, contra os quais emitia rasos comentários depreciativos, talvez porque sua vida escolar, a qual nunca priorizou e sequer investiu seu tempo, tivesse sido demasiadamente difícil. Não conseguia transformar a inveja em admiração. Comparava-se, disfarçadamente. Desqualificava para se autoafirmar. *Estudo não é tudo na vida,* enchia a boca com pregações saturadas de julgamentos preconceituosos. Como se entendesse que quem estuda renuncia a outros valores. Como se viver não comportasse todas as gavetas, que, inclusive, muitas delas, podem ser abertas ao mesmo tempo. Nísio tornou-se o pior tipo de ignorante, o que desdenha e desvaloriza os saberes e orgulha-se de sua condição de inculto. Lembrou-se de como aquilo a fez sofrer. Quase como se sentisse culpa por ter feito escolhas que a distinguiu dos seus. Como se tivesse, por intenção, criado contrastes, que ofendiam o seu irmão e outros familiares, com discursos semelhantes aos dele. É que tudo que não é espelho, Narciso acha feio... A música ecoava em sua mente, tentando buscar apaziguar-se.

Como contraponto, levando uma vida mais simples que a de Nísio, Domingos era puro amor. E sua família herdou dele o coração enorme, que o acompanhou por toda a vida. De todas as suas filhas, Vera Salete foi sempre a preferida de Ziza. Reencontrá-la foi um alento. Verinha construiu uma aliança linda, com muitos filhos e já alguns netos. Pessoas queridas, que as receberam de braços abertos, com um carinho raro e conversas acolhedoras. Esse foi o ponto alto da viagem, assim como o reencontro com o sobrinho Guinho e a sobrinha Marjô, que, ao longo da vida, demonstraram seu amor e sua admiração, construídos à distância, mas nem por isso, de menor importância na vida de Ziza.

Em poucos dias, as *amigairmãs* estavam de volta à estrada, no Escort azul, com o inconfundível perfume de carro novo, e muitos assuntos na bagagem. Curiosamente, o carro foi "o ponto alto" em todos os lugares por onde andou na cidade. Sentia-se como no baile de debutantes, só que agora os vestidos estavam substituídos por automóveis que, no imaginário de muita gente, representavam o valor dos proprietários. Mediam e se comparavam por aparências. Poucas pessoas se interessavam em saber sobre tudo o que ela viveu, o que aprendeu, sobre as dores, amores e relacionamentos de qualquer ordem, que diziam dela muito mais do que um simples automóvel. As coisas que realmente ela retinha de valor dentro de si, seus verdadeiros luxos guardados na memória e no coração, não eram nada do que se comprava com dinheiro. E isso valia para Minda também, mas também poucos desejaram saber.

De volta, Ziza encaminhou imediatamente o processo de cidadania, que foi concluído em pouco mais de dois anos, facilitado por ter sido feito a partir dos documentos do Papai Henry Heimrich, alemão de raiz, nascido em Leipzig. Somente muitos anos depois ela conseguiu mensurar a real importância de sua decisão e atitude, da qual toda a família se beneficiou.

Tomada de lembranças, de um impulso desafiador provocado pela viagem e da curiosidade de aprender que sempre levou consigo, propôs a si mesma a leitura do livro chamado sagrado, com o intuito de compreender melhor algo que tenta ser colocado como verdade universal. Leu por meses, atentamente, as páginas amareladas, de um papel quase tão fino quanto seda, sublinhando e comentando no canto das páginas cada absurdo, cada proposição colocada como imperativo, ideias mal escritas que reiteram a cultura machista, o incesto, a violência de toda ordem, banimentos e assassinatos, o ódio, a xenofobia, preceitos misóginos, homofóbicos, racistas, escravagistas, preconceituosos, segregadores e mentirosos – *Sim: mentirosos!* dizia ela sem hesitar – *Mentiras absurdas, como as incontáveis afirmações em uma crença de que o planeta é plano e, também, o centro do mundo, em torno do qual o sol e a lua orbitam igualmente!* Surpreendia-se. *Equiparar a mulher ao jumento como propriedade do homem é algo assustadoramente naturalizado naquele alfarrábio que ninguém de fato lê na íntegra, principalmente os guiados pelos que fazem mal uso dele,* comentava aos seus. Ao final, escreveu uma dedicatória às novas gerações, na primeira página em branco do "sacro-escrito", com caneta tinteiro, em sua melhor letra, desenhada como aprendeu na escola, praticada exaustivamente nos cadernos obrigatórios de ortografia: *Aos que vierem depois de mim, deixo aqui meu recado. Esse é um livro que merece ser lido de fato, como todo e qualquer produto de uma cultura. Retrata a verdade de um povo, de quatro mil anos atrás, cujos seus descendentes ainda hoje relutam contra a evolução civilizatória e mantêm mulheres, e minorias em geral, oprimidas, sob atos de violência. Propõe um deus masculino, criado à imagem e semelhança dos homens da época. Por isso mesmo, não deveria mais servir como lei a ninguém. O tempo anda pra frente, não tem marcha-ré. E existem incontáveis livros – e produções culturais diversas – mais inteligentes, complexos, profundos e verdadeiros do que esse. A terra não é plana, o planeta não tem seis mil anos, mas sim bilhões de anos, giramos em torno do nosso sol entre tantos outros que existem, antes de nós existiram dinossauros nunca citados aqui, assim como os microbiomas, dos quais eles sequer faziam ideia da existência, devido ao seu conhecimento claramente limitado e limitante. É um texto híbrido, escrito por homens comuns, ainda detentores de um poder tomado à força física, que criaram o monoteísmo como mais uma ferramenta do machismo. Se tivesse sido escrito por um deus, não seria tão ínfimo. Devemos amar uns aos outros e a nós mesmos, sem dúvida. Mas, se há um deus, não é esse e ele não precisa de intermediários. E as mulheres não nasceram de um pedaço de osso: somos nós as geradoras de todas as vidas. O primeiro parido nasceu de uma fêmea. Somos nós as deusas! Aprender é indispensável! Com preocupação e carinho, Heloísa Heimrich.*

Expurgou os últimos resquícios da purulência religiosa que ainda carregava sem perceber, e seguiu a vida. O ano de 1996 ficou marcado na memória do país por eventos curiosos e outros inesquecíveis. Um suposto ET foi visto em Varginha; um grupo musical cheio de humor, que acabara de cair nas graças do público, enlutou os brasileiros de sul a norte após a queda do avião em que estavam; e o braço direito do ex-presidente, que não cassou marajá nenhum, foi encontrado morto a tiros, ao lado da companheira, sob condições nunca explicadas, durante um longo e inócuo trabalho de investigação sobre a corrupção. O Brasil ainda era um território de coronéis, jagunços e cangaceiros, disfarçado de país em desenvolvimento. Para Ziza e sua família, a vida reservava também fatos inesquecíveis.

No dia 5 de julho, Almerinda Matilde Loci Batista Bueno Clemente da Silva Leal completaria setenta anos. Liderada por Ziza e Didi, a família empenhou-se em organizar uma festa surpresa como jamais Minda teve ou sonhou na vida. Reservaram um salão de festas e contrataram serviços da melhor qualidade para agradar a, agora, mais longeva da família. Convidaram Minda para, naquela noite de quarta-feira, jantarem fora em comemoração. Ziza insistiu para que a amiga usasse o vestido e os sapatos novos, que lhe dera de presente. *Mas, Ziza, pra que tanta chiqueza, filha? Só pra ir ao restaurante, comer e voltar cheirando a gordura de panela?* Ziza ria. *Se voltar cheirando a gordura a gente lava!*

Para sempre ficou gravado na fita o encantador olhar de espanto de Minda, ao chegar ao salão e encontrar tudo decorado, com tanta gente a esperar por ela. Dizia *Filha! Filhos! Meu coração não vai aguentar! Minhas pernas estão moles... Eu preciso sentar e tomar uma água...* Os olhos transbordavam. Melhor do que fotografias, os filmes retinham, na película mágica, quase toda a emoção do momento. Para sempre. Aos setenta anos, com uma trajetória de resiliência e luta, Almerinda se tornou um exemplo de vida para todos que a conheciam. Pura simplicidade, sabedoria e sentimentos. Depois de incontáveis adversidades, vivia aqueles anos mais recentes colhendo afetos, que obliteravam qualquer lembrança ruim se, porventura, alguma ainda teimasse em se apresentar à consciência. Foram décadas de aprendizado, de perdão ao passado e às durezas da vida. Minda mostrava crescente compreensão de sua luta.

A alegria que emanava dela derramava-se pelo ambiente, e a festa transcorria alegre, recheada de conversas. *Eu não sei o que dizer! Acho que não aprendi a sonhar o suficiente! Esse momento é tão lindo, tão maravilhoso, que creio jamais ter sonhado com algo assim... Que surpresa vocês me aprontaram! Assim como tantas coisas boas que a vida foi me oferecendo, gente boa que fui ganhando de presente, sem ter me dado o direito de sonhar ou de desejar...* Olhava para cada um, demoradamente. *Discurso, discurso!* pediam a ela, em coro. Sorrindo, largou-se a falar. *Discurso? Vamos lá, então! Preparem-se para ouvir, pois talvez esse seja o único discurso de uma vida toda! É a primeira vez que uma "multidão" quer me escutar!* Todos riram de sua espontaneidade.

Levantou-se. *Eu fui uma menina preta, sem berço, órfã de uma mãe que desacreditou de viver e de um pai que esqueceu que eu existia. Não posso culpá-los... Foram herdeiros de um povo roubado de sua verdade, de sua terra, de sua origem, subtraído de seu sobrenome, de seus deuses, de suas religiões, vendidos como bichos em praças públicas, com os dentes à mostra tal qual cavalos, avaliados como animais reprodutores, pesados em arrobas, impedidos de aprender, de ler, de estudar, impedidos de SER, submetidos a um deus de olhos azuis que simboliza a suposta superioridade branca, violenta, assassina, a mesma que hoje nos teme nas ruas, invertendo a verdade, pois a História já provou que quem tem as mãos manchadas de sangue é o povo branco que perpetua a mesma violência, independente da falsa alforria. Falsa porque continuam nos "tirando o couro", não mais no tronco, não mais com o relho nas nossas costas, mas nos pagando o mínimo, sempre desvalorizando todo nosso suor, impresso em cada tijolo de cada parede erguida, em cada paralelepípedo assentado, em cada mesa posta, em cada privada escovada... e exigindo de nós tudo e mais um pouco, mantendo-nos no lado de fora de suas bolhas muradas, exceto se for para servi-los, caso não encontrem um trabalhador branco para o serviço.* O silêncio pesou no ambiente.

Meus pais carregavam em si o legado de um povo que foi levado ao extremo da luta pela sobrevivência – física e psíquica. Um povo conduzido ao adoecimento da alma, ao limite da loucura. E ainda assim, segue lutando. Os que se sentem superiores nos temem, porque imaginam que, se nos unirmos em força, faremos com eles o que fizeram conosco! Por isso, continuam negando e se defendendo de sua culpa e tentando debuxar a maldade em nós, que somos vítimas das barbáries. Inclusive nos acusam de sermos nós os preconceituosos, em um jogo de espelhos muito cruel e inverídico. Depois de séculos de jugo, o que sentimos é medo, raiva e não pode ser confundido com pré-conceito! É pós-conceito! Eu sou mais um ser vulnerável, como todos da minha etnia neste país, e em outros, herdeira de séculos de atrocidades. Eu tenho motivos para temer. E acusar.

Minda surpreendia a alguns, mas a maioria conhecia sua sabedoria, distribuída em conta-gotas, durante os convívios diários. Prosseguiu a septuagenária. *E apesar de tudo isso, eu, Minda, virei mulher preta cidadã, com a ajuda de minha irmã de coração, minha filha desde o berço de onde a cuidei, amiga, comadre, parceira, sócia, minha madrinha de vida, a quem peguei no colo quando nasceu: Heloísa. Se tive sorte nessa vida, minha sorte tem o nome dela. Sem Ziza, eu não teria saído da senzala, das chibatas simbólicas dessa sociedade que ainda resiste em escravizar os meus iguais, pela força das políticas de desigualdade. Heloísa sempre enxergou as diferenças, sabia da minha condição de "nega", e isso foi natural e determinante. É necessário enxergar o preto para lutar contra o racismo e contra os racistas! Essa é uma luta de todos nós e só necessita que a gente se humanize! Falar em meritocracia, nesse país, é negar a violenta desigualdade que mantém cada um na sua casta a serviço de quem se beneficia. Eu estudei e corrigi minha fala, alisei os cabelos, para ser melhor aceita, porém nunca deixei de ser preta, e isso já me põe em um lugar. No nosso país, meritocracia é uma fruta híbrida para poucos e nasce em árvore genealógica. E a invenção do racismo é o pai da violência social!* O silêncio equiparava-se ao das melhores aulas.

Meu nome é uma frase, como diz minha afilhada Naná! Adriana enviou um sorriso emocionado, lá do seu lugar na festa. *Com meu genro – e filho – Adisa, e estudando, descobri a força de um nome próprio. E mesmo antes de eu saber o significado do meu, ele já me definiu: Almerinda é aquela que vigia; Matilde é força de combate; e Luci significa luz. Pois, então, decidi que meu nome revela que sou uma vigilante guerreira e com muita luz. Iluminada eu sou!* Arrancou risadas dos convidados. *Precisei me manter atenta, lutei muitos combates, e a luz veio do amor de cada um de vocês! Sinto que meu Miro não pôde estar aqui comigo hoje, junto de nossa filha Ingrid e de nossa neta Ivone Beatriz, para ver todo o amor que ele me ajudou a cultivar...* Parecia que ela não queria falar mais das durezas da vida, mas sim do que havia de bom.

Engoliu o choro vertente e apregoou. *Apesar de todas as dores que a vida impõe, o segredo pra viver é acordar pela manhã e cumprir com boa vontade as tarefas que precisam ser feitas. As mais simples preenchem o dia e nos dão uma sensação de que a gente pode algo! Isso é alentador! Cada um tem que lutar sua luta, mas nós, os silenciados, os oprimidos, aqueles historicamente mantidos fora de espaços importantes – por isso chamados de minorias em representação – não podemos lutar sozinhos. Nossa vida é uma guerra diária. Com o tempo que sobra, a gente brinca de realizar algum desejo! E quando percebemos – nas sobras do tempo! – fizemos da vida um delicioso panelão de gente boa, caldos saborosos de afetos e especiarias de memórias!* Foi um pouco disso que ela falou ao microfone, sem nenhuma timidez ou vergonha. Como uma boa historiadora, aprendeu na faculdade, e na vida, a traduzir vivências como quem conta um fadário emocionante, bom de ouvir, apesar das duras sombras desenhadas no ar pelas palavras. Entre danças e comilanças, todos os outros discursos feitos – e foram muitos – falaram de amor e de admiração, no entanto, nenhum teve o valor das palavras da aniversariante, pedaço vivo da História.

No penúltimo sábado do mesmo mês, as parceiras acordaram cedo e, conversando, tomaram café, chimarrão e prepararam alguns ingredientes para o almoço do domingo, quando todos se reencontrariam. Em companhia dos filhos, Naná fez uma visitinha rápida para um mate ligeiro antes do almoço. Milan e Nina eram crianças encantadoras. Ele, com seis, e ela, com dez, entretinham-se com brincadeiras que mostravam desde cedo a cumplicidade que se alargaria para toda a vida. Assim que Adriana saiu, Didi ligou, conversou com Ziza e com a mãe, fazendo combinações para o domingo. Lennon também telefonou, comunicando à avó que viriam no dia seguinte e que ele precisava falar sobre um assunto sério.

Em todas as conversas ainda ecoava a épica festa de setenta anos. A *"vigilante-guerreira-e-com-muita-luz" parecia* não se cansar de lembrar e contava, quase como se narrasse para si mesma, *flashes* da inesquecível noite. Fizeram o almoço juntas e, logo após terminarem a refeição, Ziza avisou que daria uma saída, deixando a arrumação da cozinha para a amiga. Ao se despedir, Minda lhe disse que lavaria a louça depois, pois precisava descansar um pouco. Ziza a olhou com desconfiança. *Tu tá bem?* perguntou. *Claro que sim! Por quê?* encarando-a. A amiga respondeu *Porque tu nunca tá cansada, nunca deixa nada pra depois.* Minda saiu em defesa própria *Vai, sua boba! Vai fazer o que tem que fazer. Eu só tô mesmo é sentindo meus setenta anos pesando nas pernas e nas costas. Os emplastros já nem dão conta do trabalho de aliviar as dores! Vou deitar um pouco e já arranjo tudo isso.* Como a outra não se convencia, empurrou-a para fora do apartamento. *Deixa eu em paz, olhos de gato! Vai! Vai!*

Heloísa demorou pouco mais de uma hora e meia na rua e, quando chegou, reparou a louça lavada, no escorredor, coberta com um pano de pratos. Riu e pensou *Ela não se aguentou e fez metade!* E em voz alta, ainda rindo, disse *Eu sabia que tu não ia te aguentar, formiga trabalhadeira! Fez metade, mas fez! Eu tinha certeza de que tu não ia aguentar deixar a louça suja na pia!* Foi caminhando, falando, largando a bolsa, as sacolinhas com as compras que fez na venda, tirando o casaco e, não ouvindo resposta, desconfiou. Desconfiou do silêncio. *Quando o silêncio é demais até o diabo desconfia*, disse Mamãe a vida toda. Um mau pressentimento fez correr um frio no estômago que se irradiou pelas costas. Para espantar o incômodo, Ziza se chacoalhou à maneira de um cachorro molhado.

Minda sempre avisava quando ia sair e, também, não costumava dormir tanto depois do almoço. De longe, em direção ao quarto da amiga, visualizou os pés, comodamente cruzados, com uma mantinha sobre as pernas. Percebeu que estava recostada, nem sentada e nem deitada, com um sorriso no rosto, como se estivesse sonhando um sonho bom. Ziza sorriu, cobriu ela melhor e voltou a organizar as coisas. Passou mais de meia hora e, só então, diante do silêncio persistente, pensou que algo estava errado. Voltou ao quarto. *Minda! Minda!* Tocou com delicadeza a amiga, que não havia movido um músculo. Continuava na mesma posição e com o mesmo sorriso.

O choque, ao perceber que Minda estava morta, tomou-lhe o corpo e a alma. Havia negado por meia hora o que seus olhos viram sem querer enxergar. De susto, ao testemunhar a companheira de uma vida, já fria, sem luz, apagada, caiu de joelhos no tapete, sem conseguir se firmar sobre as pernas, segurando pela última vez a mão que tantas vezes a segurou. Chorava, imóvel, sem atinar o que fazer com o vazio que a arrebatou por dentro, como um silêncio interno, mudo e violento. Nunca soube o que era viver sem Minda. Jamais chamou a amiga sem obter resposta. As lágrimas caíam sem encontrar obstáculos. A verdadeira irmã que nunca lhe faltou, não responderia mais aos seus chamados. Culpou-se imediatamente por ter saído. Perguntou-se se teria conseguido salvá-la, caso estivesse ali para prestar socorro. Quando menos podia, acreditou ter falhado de novo.

Sentada ali no chão, pranteando, tocava Minda com sua mão, acariciando-a em despedida. Amorosamente, recuperava os retalhos das existências de ambas, sempre entrelaçadas, desde que ela estava no berço. Pensava nas muitas lembranças daquele primeiro tempo de suas vidas que morriam junto com a irmã de coração, coisas que talvez não tivessem sido contadas, perdidas para sempre, porque expira uma parte da história junto com cada ser que se vai.

Demorou um tempo indeterminado para levantar e fazer os telefonemas. Em poucos minutos, a família foi chegando e encaminhando os trâmites legais. Entre choros e abraços, lágrimas e soluços... E muitas memórias. *Ela estava feliz, né Dinda?* Didi acarinhava o corpo da mãe, desenhando seu rosto com o dedo, como se quisesse guardá-lo dentro de si, tal qual Ziza quando segurou o corpo de Adrianinho no colo, por minguados minutos eternizados na memória.

A despedida de Minda fez brotar lágrimas, rememorações e exemplos carregados de afetos, durante todo o gelado domingo de inverno. Sobre as flores que cobriam o corpo magro da guerreira, Didi distribuiu fotos de muitos momentos da vida da mãe – como se tentasse revestir de vida a morte. As fotografias antigas, junto às recém-reveladas do aniversário, mostravam uma mulher preta, madura, linda e feliz, abraçando Miro, Ziza, Naná, a filha Didi, a afilhada Nina, a neta Titiz, os netos de coração, o genro e cada um da família que a vida lhe deu e que soube valorizar e conquistar. *Foi esse sorriso que levou consigo na hora que se desligou desse mundo. Um sorriso de quem morreu feliz. Minha sogra teve a morte mais serena que alguém pode ter, como uma compensação por todo o sofrimento que viveu e todas as guerras que venceu. Deixou a louça e a vida limpas! Ela não morreu, apenas apagou a luz...* ponderou Adisa, abraçado à Titiz, já saudosa da avó. Ninguém tinha dúvidas. Ela conseguiu ser feliz apesar de todos os obstáculos impostos pela vida.

Ziza novamente se encasulou em si mesma. Nunca havia sentido a solidão que experimentava sem Minda. Tal luto só não a levou tão fundo como quando submergiu com a morte arrasadora do filho Henry. Mas quase. Naquele dia, perdeu para sempre a sua Minda... Minda Merengue.

9

A Morada Filippo

A dor latejava mais do que quando perdera Mamãe ou Dóia. Só não se fazia maior do que o dilaceramento das perdas de Henry e Papai, nessa ordem. Por semanas, preferiu ficar em casa, restringindo as visitas aos familiares mais próximos e, mesmo assim, nem sempre se dispunha a recebê-los. Leonora não demorou a visitá-la. Lelê sempre se fazia presente, no bom e no ruim. Abraçou-a, aconchegando-a no farto colo amigo. Conversaram longamente, e isso a trouxe um pouco mais para a superfície das escuras águas em que afundava. Em setembro, quase dois meses depois, estava relativamente mais animada. Ainda assim, não comemorou o aniversário, não por qualquer tipo de convenção, mas por um genuíno sentimento de luto. Tinha a alma desolada.

Nina, no entanto, desejou fazer uma festinha para as amigas, com balões, bolo, doces, salgados e tudo que uma menina de onze anos gosta. Ela e Titiz dançavam jazz na escola desde os oito anos e foi no grupo que agregaram Clarissa, uma menina adorável, com um gingado raro. Cissa foi outro fio de vida que cresceu com a neta, até virarem comadres, e para sempre. As três, com mais duas colegas, imitavam um grupo de cantoras britânicas que estava na moda nos anos noventa. Os convidados foram contemplados com uma apresentação ensaiada. Ziza olhou para Adriana, com curiosidade e uma discreta reprovação, quando viu Nina mais loira do que o natural. *Mãe, ela clareou os cabelos pra ficar mais parecida com a cantora!* Ziza argumentou *Com onze anos, Adriana?* Naná só deu de ombros.

Em outubro, foi a vez de Milan comemorar o aniversário. Assim, a cada data, a cada encontro, Ziza comparecia com o coração pesado e a lembrança da falta da Minda a lhe acompanhar por onde fosse. Passaram as festas de final de ano um pouco mais animados, apesar do vazio deixado por ela ser inevitavelmente mencionado por alguém.

Janeiro entrou com o calor extremo e úmido do sul, contraste ao qual os gaúchos sobrevivem, ano após ano, queixando-se no verão e no inverno. Alguns dias na praia, com as crianças a preencherem os silêncios e a pedirem comida sem parar, para saciar a fome provocada pela água, trouxeram Ziza de volta à vida. De maiô e o batom vermelho, inseparável em tempos normais, transitava com leveza pela areia, brincava e conversava espontaneamente com os conhecidos e, não raro, com os desconhecidos, do jeito que lhe foi sendo próprio, desde que deixou de ser o bicho do mato, lá do interior das terras gaudérias. Os suspiros de saudade da amiga estavam mais espaçados. Apropriou-se da cozinha da vivenda ensolarada, para alegria de todos. Deixava bem claro que cozinhava com prazer. *A louça não é comigo,* bradou de chegada. Cada dia um casal se encarregava das arrumações. Lennon amava a comida da avó, mas já não participava tanto das prosas. Aos dezoito anos, seus interesses passaram a ser outros.

À tardinha de um dia qualquer, sentados, olhando o mar, Ziza lembrou do dia em que Minda faleceu e, virando-se para Lennon, perguntou *O que você queria me falar naquele dia? Disse que precisava conversar uma coisa séria comigo, no almoço que não aconteceu, e nunca mais me disse nada.* O neto parecia sem jeito. *Vó, eu fiz vestibular, tu sabe. No ano passado, comecei a pensar que, independentemente de para qual universidade eu fosse, onde o Saul e a mãe moram seria muito longe... E eu tava pensando, lá em julho que... eu queria pedir... pra morar com a senhora e com a vó Minda, no quarto dos beliches... Mas agora, não sei...* Ziza ouviu as palavras do neto, escondendo a emoção. A cada dia Lennon se parecia mais com o pai e estava agora praticamente com a mesma idade em que ela viu Henry pela última vez. As imagens de ambos se sobrepuseram por instantes. Passado e presente, encontrados como em uma fita de moebius, ofereciam a ela uma miragem de um futuro que não aconteceu e jamais aconteceria. Não poderia se deixar confundir pelas ciladas do coração. Necessitava buscar toda a lucidez possível dentro de si e desmisturar as vidas, os tempos e as trajetórias.

Meu querido da vó, eu ficaria muito feliz com tua companhia. Mas... tua mãe sabe de tuas intenções? Vocês estão com algum problema que eu não sei? O neto ergueu os olhos sinceros para responder *Não, Vózìza! Nenhum problema. Mesmo! A mãe sabe sim, o Saul também. Eles dizem que a casa iria ficar mais vazia, que sentiriam minha falta, mas que eles entendem que eu teria mais tempo pra estudar, menos tempo perdido nos ônibus e menos custo de passagem também. A mãe só disse que eu precisava conversar com a senhora. Estamos acertados,* disse ela. *O quarto da vó Minda será teu. Nada mais de quarto de crianças pra ti!* O abraço que recebeu deu a ela nova injeção de vida. Pensou que *Quando a gente acha que a vida nos rouba, ela nos presenteia de novo! Nada como dar tempo ao tempo...*

De volta à rotina, já com o neto instalado no apartamento, o verão não dava trégua. Naná telefonou e convidou-a para um café à tarde. Fevereiro foi o mês mais quente do ano. Em todos os sentidos. Enquanto degustavam um bolo de chocolate com café gelado, a filha foi, pelas bordas, adentrando no assunto Adriano. *Mãe, recebi um telefonema da tal Marinês, dando notícias do pai.* Ziza se mexeu desconfortavelmente na cadeira da confeitaria. *Ele tá na miséria. Ela disse que viveram juntos menos de dois anos – coisa que o pai nunca contou! – e ela não aguentou a irresponsabilidade dele, mas fica sabendo sobre ele pelas pessoas... Disse que nunca desejou seu mal... Que entende que ele é como um piá, que nunca cresceu... Enfim... Mas, bem, o fato é que ele teve um derrame, ficou com sequelas graves, não tem onde cair morto, tava morando numa ruína de um prédio velho, como um mendigo, e...* Mãe, eu aceitei que ele viesse e fosse lá para casa, tá precisando de cuidados, de remédios... Não tem mais ninguém além de mim... *Ele tá um caco, um resto do que um dia ele foi... Chegou ontem, numa ambulância que a Marinês providenciou.* Havia anos que Adriano não aparecia, nem mesmo para ver os netos. Inicialmente, Ziza manteve a postura e o diálogo. Nem ela esperava o efeito que tal fato teria dentro de si e no seu destino. Esquentou por dentro, aos poucos, sem perceber.

Conforme foram conversando, dizia *Tu não precisa carregar esse fardo, filha! É um absurdo! Cada um colhe o que plantou. O que o Martín achou disso?* Naná, percebendo o ponto de vista da mãe, respondeu, mantendo a calma. *Martín tem uma compreensão de família que me ajudou a enfrentar a notícia. Ele acha que temos que ajudar, afinal, ele é meu pai...* O que começou como uma conversa foi se transformando em discussão. Naná pagou a conta e disse que a levaria para casa. No caminho, dentro do carro, Heloísa, tomada de um ódio desmedido, defendia que a filha não tinha obrigação de ajudar um homem que, mesmo sendo pai, nunca fez seu papel. *Naná, ele sequer conhece os teus filhos!* Adriana dirigia, pensativa, escutando a fala raivosa da mãe. *Depois de tudo que ele ME fez, ele tá colhendo o que merece!* A filha a olhou com preocupação. *Mãe, o que ele fez pra ti não me diz respeito no sentido de eu ter que te vingar. Ele é meu pai e eu não viveria em paz com minha consciência se o deixasse morrer sem algum tipo de amparo. Tu precisa te acalmar. Esse ódio só vai fazer mal pra ti mesma, Mãe! Por favor, te acalme!* Estacionou em frente ao prédio. Ziza saiu sem olhá-la, à semelhança de Tonha, em uma identificação inconsciente introjetada ao longo de anos.

Não se acalmou. Passou o dia nervosa, remoendo o passado e alimentando o monstro do rancor que, depois de anos adormecido, acordou com fome. No final da tarde, Lennon telefonou para a tia, falando com tom de urgência. Tia *Naná, vem aqui, por favor. A Vóziza não tá bem. Acho que ela teve alguma coisa, tá deitada e quando ela fala a voz tá enrolada.* Naná e o marido chamaram Didi e Adisa para ficar com as crianças e com o velho Adriano. E foram imediatamente. Sem perder tempo, percebendo a falta de equilíbrio para caminhar, Martín ergueu a sogra nos braços, que foi agarrada à sua bolsa, sem resistir, assustada, em silêncio. Levaram-na, de carro, direto para o hospital.

Na antessala da emergência, aguardavam Ziza ser avaliada. Quando o médico veio na direção deles, com ar grave, Naná começou a chorar. Martín a abraçou com carinho, sempre empático, mantendo-a em pé com firmeza, como se dissesse, sem precisar dizer, *Estamos juntos e eu estou aqui!* O médico a apaziguou. *Ela está bem, lúcida, foi importante a rapidez com que a trouxeram. A pressão está um pouco alta, mas vai ficar tudo bem.* Fez algumas perguntas de praxe e comunicou que ela seria levada para a UTI, para exames mais aprofundados. A hipótese de que ela teria sofrido uma isquemia transitória seria investigada com todos os recursos possíveis da época. *Vai ficar tudo bem, fiquem tranquilos!* O doutor disse que seria bom que Adriana fosse ver a mãe, para ambas se acalmarem.

Naná se dirigiu à maca onde a mãe estava deitada. Ziza queria saber o que estava acontecendo. A filha disse *Mãe, como eu te disse, tu precisa te acalmar. A vida tem rumo próprio, mãe. Ficar nervosa só faz mal pra ti. O médico garantiu que tudo vai ficar bem.* Vendo os enfermeiros chegando com outra maca, de rodinhas, e dizendo que a levariam agora, perguntou para a filha *Para onde vão me levar?* Falava com dificuldade. Naná respondeu, com cuidado, *Para a UTI, mãe. Tu vai ficar em observação e vai fazer exames para poder tratar o que for preciso.* Ziza, séria, concordou. *Filha, tu tá com minha bolsa aí? Pega meu batom vermelho e o espelhinho, por favor?* O médico, que se aproximava, perguntou o que ela queria. Adriana, procurando o batom na bolsa, explicou. Riram todos, enquanto ela maquiava, visivelmente trêmula, os lábios bem feitos, um lado agora levemente assimétrico. *Vaidosa, hein, dona Heloísa?!* Ziza riu em resposta e se despediu de Adriana, que voltou para os braços do marido, chorando o medo de perder a mãe.

Foram dois dias e meio naquele ambiente assustadoramente silencioso de vozes, inundado de bipes e zumbidos, dividido por cortinas alvas, que davam relativa privacidade aos acamados, nos momentos de higiene e de manobras clínicas. De tempos em tempos, alguém era transferido para o quarto, outros para algum exame ou mesmo cirurgias. Alguns, para o necrotério. Em poucas horas, no remanso quase asséptico de vida, Heloísa, confrontada com a finitude, reorganizou o armário dos afetos e desafetos. Não demorou a começar a aniquilar o monstro do rancor que quase a consumiu de dentro, com uma única e sequiosa mordida. Sim, porque o rancor vai degustando a alma aos poucos, dia após dia, como cupim na madeira, mesmo quando está quieto, consumindo o que há de bom, esburacando tudo, deixando um rastro de mágoa que impede a paz e a capacidade criativa que gera vida e prazer. Silencioso, cria caminhos que desfazem a alma, e os danos se projetam no corpo. Alguém disse, certa vez, que a raiva é um castigo que nos infligimos a nós mesmos, por erros que outros cometeram. *De fato*, pensou.

Sempre atenta, à noite, Ziza já havia feito amizade com as enfermeiras, logo sabia seus nomes, falava sobre si mesma, fazia piada sobre os médicos. *Com um médico bonito como esse, não tem mulher que não se cure!* dizia, ruborizando algumas das técnicas, como se denunciasse seus desejos secretos. *Pena que é jovem demais!* Riam com ela. *Dona Heloísa, Dona Heloísa!* como se a condenassem pela malandragem. *Meu neto diria "Zizalandra, Zizalandra!"*

No dia seguinte, na primeira manhã que acordou na UTI, percebeu movimento na cama ao lado. Ficou a escutar, já que as cortinas estavam fechadas. *O senhor vai ficar bem, mas precisa se ajudar.* Aquela conversa que todos os médicos usam para culpabilizar ainda mais quem já está vulnerável e com medo das traições que sofre do próprio corpo. Quando abriram a cortina, ela pôde ver um homem grisalho, de barba bem aparada, sério, porém com uma fisionomia simpática. *Bom dia! Prazer, Filippo.* Ela sorriu, pensando na cara sem lavar e nos cabelos desalinhados. *Bom dia! Prazer, Heloísa.* Assim que viu a enfermeira Rose, chamou-a e pediu que fechasse a cortina para fazer a higiene, passar seu "sempre o mesmo" perfuminho de bolsa com leve toque de *vanilla*, pentear os cabelos e cobrir os lábios com o batom. Vermelho eterno.

Filippo contou que levou um sobressalto, providenciado por seu próprio coração. *Acelerou demais! Deu-me um susto como se fosse eu que tivesse me espantado com algo. Simplesmente, por vezes, ele sai do ritmo, como se eu estivesse em perigo, enquanto estou simplesmente sentado em meu sofá da sala, ouvindo minhas músicas ou lendo algum livro. E o que mais assusta é a batida em branco, aquele vazio apavorante... Um milésimo de segundo que parece eterno e me pergunto imediatamente se vai voltar a bater. Não foi a primeira vez, mas essa foi mais forte.* Aos poucos, foram se contando um ao outro. Filippo demonstrava interesse. Um curioso por natureza. Sabia fazer perguntas da mesma forma que não se opunha a falar e a discorrer sobre si e sua história. Viúvo há quatro anos, dizia que sentia muita falta de sua esposa, com quem viveu por quase quatro décadas. Sem se dar conta, naquele momento, falava do vazio que ficou nele ao perdê-la, da batida em branco em sua vida. *Fomos felizes, principalmente nas duas últimas décadas, quando ambos estávamos mais maduros*, disse o acamado. Ziza prestava atenção em tudo e contou o quanto entendia sobre os vazios que vão surgindo das perdas. Contou sobre seus lutos, especialmente da dor de perder o filho e, mais recentemente, Minda, de quem não passava um dia sem sentir a falta e que esteve com ela desde o berço.

Fizeram uma parceria e, naturalmente, mantinham-se atentos um ao outro. Não foi diferente quando, após o almoço, de uma das camas do outro lado do corredor, ouviu uma conversa entre dois pacientes, que, de forma discriminatória, falavam sobre um enfermeiro. *Viado, claro que é!* E o outro homem respondeu *Vou pedir que ele não ponha as mãos em mim. Que absurdo! Acho que podemos todos aqui nos unir para pedir que não seja ele a fazer nossa higiene, nem injeção, nem curativos, nem nada!* Filippo, que parecia dormir, abriu os olhos e disse, entre sorrisos, *Eu não participo de tal absurdo. Antes que prossigam com tal preconceito, vou contar a vocês que eu tenho dois filhos, uma nora e um genro, ok?* Ziza, assim como os outros pacientes, ficou pensando, sem entender. A pergunta veio dos mesmos que criaram a polêmica. *O que isso tem a ver? O senhor tem dois filhos, uma nora e um genro. OK. E daí?* O vizinho de leito dela corrigiu o inquisidor. *O senhor não entendeu? Não, nem sequer me ouviu. Eu tenho dois filhos homens maravilhosos, uma nora e um genro. Então, não conte comigo para somar força à sua ignorância e aos seus preconceitos.* O silêncio natural a uma unidade de tratamento intensivo foi elevado à máxima potência. Ela olhou com surpreendente admiração para o estranho ao seu lado. A rebelião morreu na casca, assassinada por Filippo.

Entre conversas e brincadeiras, passaram os dois dias se entretendo um com o outro. Ele pediu a um dos filhos, durante as rápidas visitas a cortinas fechadas, cartas de baralho e, também, aos enfermeiros, que aproximassem suas camas, para que pudessem jogar. As funcionárias da limpeza, colaborativas, colocaram entre eles uma mesa alta, de rodinhas, na qual serviam as refeições. Conversaram. E riram no tom mais baixo que podiam. Protegidas pelas falsas paredes de tecido, a enfermeira debochava, aos sussurros, enquanto fazia sua higiene. *Então, hein, dona Heloísa? Se o médico é novo demais, o coroa ali tá no ponto, né? Vai dar namoro!* Ziza entrava na brincadeira. *Vocês acham que eu vou querer um velho doente pra eu cuidar? Nem morta! Deus me livre disso, se é que ele existe!* Riam, entre cochichos. A enfermeira disse a ela, de forma enigmática *Ele não é doente, apenas sofre da mesma síndrome que a senhora. Síndrome? Eu tenho uma síndrome? Já saíram os resultados dos meus exames?* perguntou, ansiosa. *Não sei de todos os seus exames nem dos dele, mas, de tudo que ouvi, vocês dois precisam se curar da Síndrome do Coração Partido.* Ziza segurou o riso. A enfermeira não achou graça. *Dona Heloísa, é sério. A Síndrome de Takotsubo existe e está sendo estudada desde 1990. A senhora precisa fazer uma atividade física de qualidade, como yoga, dança do ventre ou flamenco, por exemplo... E precisa voltar a amar! E o seu Filippo também! Precisam fazer as pazes com o coração!* Ziza olhava com desconfiança. *Rose querida, do que tu tá falando?* A moça, terminando de arrumá-la, confirmou. *Isso mesmo que a senhora escutou, dona Zizalandra! Não esqueça.*

No dia de sua alta, pediu a Adriana que trouxesse uma caixa de bombons para cada funcionário e funcionária da equipe, do dia e da noite. E uma para o novo amigo. No cartão, apenas um *Muito obrigada por tudo, com carinho, Heloísa Heimrich.* Igual para todos. Saiu aliviada. Seus exames foram ótimos, apesar do pico de pressão e da suspeita, não confirmada, de que provavelmente tivesse sofrido uma isquemia transitória.

Entrando no carro, depois de um curto silêncio, pediu desculpas por tudo o que aconteceu. *Filha, por favor me perdoe. Tu tinhas toda a razão. Minha ira só causou mal pra mim e, com isso, atingi vocês. Criei uma situação absolutamente desnecessária. Nem eu mesma sabia do tamanho do monstro de rancor que mantinha adormecido dentro de mim.* Silêncio de novo. *Como ele está? Como estão as coisas com ele por lá?* Naná disse somente que não havia nada a desculpar, visivelmente emocionada. *Ninguém escolhe o que sente, mãe. Sentimentos brotam de dentro, né? Mas a gente sempre pode respirar e escolher o que fazer com isso. O importante é que tu tá bem.* Segurou a mão de Ziza e disse, com olhos de choro, *Senti tanto medo de te perder, mãe...* Apertou com firmeza a mão da filha em resposta e amor. Depois de alguns instantes de cumplicidade e retenção das lágrimas, Naná falou. *Mãe, o pai tá um caco, como eu te disse. Perdeu a fala, o controle dos esfíncteres. Ele tá usando fralda! Tu pode acreditar nisso? O pai! Não é mais a mesma pessoa. Ele parece ter noventa-anos-mal-cuidados. Pelos exames, aparecem muitos danos no cérebro, o que indica que teve muitos outros AVCs. É muito triste de ver...* Ziza só deixou escapar um *Conte comigo, filha.*

Poucas vezes viu Adriano naquele tempo. Quando ia até a casa da filha, Naná procurava deixá-lo no quarto ou em uma sala privada a assistir televisão, numa atitude de respeito à mãe. Jamais esqueceu da imagem que registrou quando o reencontrou depois de tantos anos e do que lhe ocorreu ao vê-lo. Pensou *Pobre homem... Transformou-se, enfim, no retrato de sua alma e da vida que escolheu viver. Não raro, o corpo paga o preço das escolhas...* E desejou, mais ainda, limpar-se por dentro, livrar-se das hachuras deixadas pelos maus afetos. *Como disse Naná, respirar e escolher o que fazer com os sentimentos é indispensável.*

Dias depois, na análise, falou sobre um sonho em que jogava fora um caldeirão cheio de um líquido sujo. *Que eu me permita e consiga derramar no ralo todas as mágoas e rancores cozidos na calda amarga do ódio!* Deitada no conforto do divã, estremeceu, tal qual um cãozinho após o banho, feito um cacoete, como se tentasse, no corpo, livrar-se de tantas marcas pesadas que vinha carregando e subestimando as consequências. Os pós e as contas.

Na semana seguinte, no jantar das Gurias, seus assuntos foram prioridade. Havia faltado a muitos encontros, desde que perdera Minda, e estava retomando aos poucos a vida e os convívios. Sobre Adriano, todas foram unânimes em manifestar suas opiniões a respeito do peso que ele seria na vida de Naná. Acreditavam que deveria ser só uma questão de tempo para que ele fosse colocado em um lar de idosos. Ziza dizia que o custo disso, naquele momento da vida da filha, seria inviável. Falaram sobre sua internação e do susto que deu em todas. *Então imaginem o meu susto! Pensei que iria morrer! De rancor! Gurias, rancor e mágoa matam. Eu vivi isso no corpo! E chega. Não quero mais isso. É uma espécie de auto escravidão! Lá no hospital, pensei muito: eu sobrevivi a ele. Passei a me dar conta de que me libertei de Adriano naquela época e pude viver tantas coisas desde lá. Até faculdade eu fiz! Tenho meus netos, minhas filhas e genros, que são filhos que a vida me deu. Sim, porque Jamila, Didi, Saul, Adisa e o nosso deus grego, Martín, são meus filhos também! E me enchem de amor! Até meu Henry me deu aquela criatura linda que é meu Lennon! Tá morando comigo agora. E foi ele que me salvou! Fez toda diferença ele chamar imediatamente ajuda e eu ter sido atendida logo, tenho certeza.* Suspirou, mais uma vez, a culpa por Minda. Desviou-se de si e seguiu. *E nesta semana, Jamila nos deu uma notícia maravilhosa! Ela teve o Lennon com dezesseis anos, uma menina ainda. Agora, tem trinta e quatro anos, um filho de dezoito e um marido também jovem, com quem vive há mais de dez, e está grávida de novo! Serei vovó mais uma vez! Enfim, um brinde!* Na sequência, aproveitou para contar sobre Filippo, o amigo enfermo. Leonora perguntou É o teu viúvo, aquele que tu disse que queria encontrar? Riram. *Se é o meu viúvo, eu não sei. Mas é viúvo! Não sei se é alto ou baixo, mas acho que não é um homem grande. Não tem barriga! É bem musculoso, percebe-se que é um homem forte, grisalho, barba branca, mãos grandes, dedos grossos, unhas redondas, mãos de quem não tem medo do trabalho. E já me disse que joga tênis. Ah! E tem os pelos do peito completamente brancos! Isso eu percebi!* Já um tanto tomadas pelo nível de álcool no sangue, gargalhavam. Falou da teoria da Síndrome do Coração Partido, que ouviu da enfermeira, e as gurias adoraram a ideia. Depois de tantos assuntos sérios, elas sempre achavam motivos para rir juntas. *Vai pegar um velho pra cuidar, Ziza? Deus me livre, se ele existe!*, respondeu da mesma forma que no hospital. Lelê questionou *E tu, anotou o telefone do coroa? Capaz!* disse ela, numa negativa típica do sul do Brasil. *Provavelmente nunca mais o verei de novo! Mas foi uma excelente companhia.* A conversa seguiu e uma delas disse *Ziza, eu tenho um cunhado, divorciado, que viu fotos nossas e demonstrou interesse em te conhecer. Não é viúvo, mas é boa pessoa. A ex-mulher é que é uma víbora. Ele também se libertou. Tu me permite dar teu telefone pra ele?* A pressão foi tanta que Ziza consentiu, contanto que antes visse uma foto dele também e fosse do seu agrado. Tudo para curar a síndrome.

Em um pequeno envelope, a amiga enviou, através de Leonora, uma foto do cunhado. Ziza gostou. Não demorou para que ela recebesse uma ligação telefônica, na qual o estranho se mostrou muito atencioso. Trocaram mais alguns telefonemas até marcarem um jantar. As conversas eram interessantes e ela gostava da voz do sujeito, que, na foto, era bonitão. Heloísa estava entusiasmada e contou à família, que logo virou torcida. As Gurias queriam saber de tudo.

Na noite marcada, arrumou-se no mais elegante estilo Heloísa, com uma maquiagem leve e seu esmalte Rubi, combinando com o batom, envolta em seu olor de *vanilla.* Vestida com um tubinho preto, clássico, de meia-manga e decote quadrado, emoldurado por uma fina listra branca, em composição com outra mais abaixo, que circulava apenas a metade esquerda da cintura e descia na vertical até a barra, nos joelhos, ladeada por botões brancos delicados, admirou-se no espelho. Ela sabia que tipo de roupa a valorizava. A cintura já não era mais tão fina e seu peso há muitos anos mantinha-se um pouco acima do "padrão magérrimo", imposto pela normatização escravizante do mundo da moda feminina. Pensou enquanto se arrumava Como a *gente engrossa com a menopausa! É natural. Engrossamos sim!*

Dirigindo seu Ford Escort, rumou ao tradicional restaurante Barranco, lá na esquina da Protásio, não muito longe de onde ela morava. Desceu, segurando uma carteira vermelha de mão, combinando com seu *scarpin* de salto delicado. Logo o reconheceu ao vê-lo levantar-se para recebê-la. Cumprimentaram-se e, de pronto, ela soube que seria uma conversa de amigos. Nada mais do que isso. *A presença do corpo é de extrema importância em um enlace erótico. Quando eu o vi, tudo se desfez.* Foi o que conseguiu explicar às gurias, sem mais delongas.

Os dias foram seguindo sem sobressaltos. Lennon preencheu alguns vazios, suprimindo, relativamente, os silêncios deixados por Minda. A expectativa agora era com a chegada do novo bebê da família, e Jamila gestava felicidade dupla, pela gravidez e pelo fato do filho estar na faculdade de Engenharia, como o tio. Não demorou para que Adriana convocasse uma reunião para compartilhar acerca da dificuldade de manter o pai em casa, naquelas condições, financeiramente também, mas principalmente pela pessoa estranha que ele se tornou. Nem avô ele conseguiu ser. Aproveitaram para comunicar a todos que Martín, em conversa com Adisa, decidiu sair do banco no programa de demissão voluntária e ambos abririam uma empresa na área de construção. Seria a *Mêmnon* Greco-Africano: Engenharia, Solo e Estaqueamento. O nome, sugerido por Adisa, fazia referência ao rei etíope, neto de titãs, e à junção das origens dos novos sócios. Uma aliança interétnica.

Tempo de contenção de despesas e reformulações de vida. Entraram em acordo de colocar Adriano em um lar para idosos, porém precisariam da colaboração de quem pudesse ajudar. Naquele momento Ziza foi surpreendida pela família que a cercava. Ela imediatamente se dispôs a ajudar com um valor por mês, porque não achava justo que arcassem com tal fardo sozinhos. Sendo tio Adriano seu padrinho, Didi e Adisa também ajudariam todos os meses, pelo tempo que fosse necessário. E Jamila, que nunca havia convivido com o pária, disse que, sendo ele avô de seu filho, faria parte do rateio. Martín comunicou que seu pai também ofereceu uma quantia por mês. Por fim, somados os medicamentos de uso contínuo às mensalidades do asilo, não ficaria pesado para ninguém. Naná agradeceu a cada um da família, abraçando a todos. *Isso é realmente uma família! Eu não tenho palavras... Tenho, sim, novas lágrimas...* Mais tarde, quando estava a sós com Ziza, confidenciou em desabafo. *Mãe, tu acredita que agora que o pai recuperou a fala e alguma lucidez, outro dia eu perguntei se ele se arrependia de alguma coisa que fez na vida, ou o que ele faria diferente se tivesse a chance de viver de novo... e sabe o que ele me disse, mãe? Que se ele tivesse essa chance, pensaria mais nele mesmo! Mãe, ele não é uma pessoa normal! Que egoísmo é esse?* Ziza a olhou, pesarosa. *Filha, eu demorei para ver, mas ele sempre foi assim. Um dia, eu te contarei mais sobre essa história, que também é tua.*

Já haviam se passado quase dois meses desde o dia em que teve alta do hospital. Sentia-se bem. Seguindo os conselhos da inesquecível enfermeira Rose, começou a praticar yoga, para o corpo e para a mente, e dança do ventre, para a feminilidade, de novo adormecida em algum canto esquecido de si mesma, com a cumplicidade ativa da facínora menopausa, que não poupa mulher alguma. Sua analista não compreendeu como se fosse uma concorrência, apenas disse que cada coisa tem seu lugar. Certo dia, sonhou que estava se afogando e, depois de bater pés e mãos em desespero, emergiu para a superfície de um mar azul esmeralda e respirou longamente, sob a luz de um sol reconfortante. Acordou sob o efeito de um raro bem-estar. *Será que o monstro do rancor morreu mesmo?* perguntou-se, reflexiva. Na análise, aprendeu a prestar atenção aos sonhos e, também, a buscar dentro de si seus significados, que não são equivalentes aos de ninguém. São pessoais e intransferíveis.

Aceitou uma encomenda de fios de ovos para uma festa que seria no sábado. Aos poucos, voltou à cozinha, sem Minda e, eventualmente, Lennon a ajudava e aprendia com a avó. Entretanto, o ingrediente secreto, Ziza jamais revelava. Pedia que o neto saísse da cozinha e davam muitas risadas sobre isso, enquanto ele dizia que estaria espiando pela fresta da porta. *Sai! Sai, rapazinho! Nem Minda descobriu, tendo trabalhado comigo por décadas! Não será você a desvendar!*

Naquela sexta à tardinha, enquanto ele a ajudava a quebrar dúzias de ovos, o telefone tocou. *Vóziza, é pra ti!* gritou ele lá da sala. *Quem gostaria de falar com ela?* Escutou-o. E gritando de novo É um tal de Filippo. Quase derrubou a tigela, colocou a gema na lixeira, onde tropeçou, e, sem perceber, largou as cascas nas claras, apressada. Limpou as mãos no avental, atrapalhada-sabe-se-lá-com-o-quê e foi atender, pigarreando a garganta que, de imediato, secou. *Oi! É Heloísa.* Ele, percebendo os barulhos, do outro lado da linha, falou entre risos *Como vai, Heloísa? É o Filippo, lá do hospital. Lembra de mim? Jogamos cartas... Claro, claro que lembro, Filippo. Como tu tá? Te recuperou bem?* Ele suspirou. *Ufa! Pensei que tinhas me esquecido! Ficamos apenas dois dias lado a lado, em uma situação inusitada. Imagina se eu iria esquecer,* disse ela, *afinal a primeira isquemia – e tudo que a envolve! – a gente nunca esquece!* Riram juntos, e se havia algum gelo naquele telefonema, não demorou a derreter. *Como conseguiu o número do meu telefone, Filippo? Até pensei, dias depois, que poderíamos ter trocado os contatos antes de eu sair.* Ele disse *Enquanto ainda editarem o livro da lista telefônica oficial, será possível encontrar as pessoas, basta saber o nome de quem queremos achar. No caso, no cartão com os bombons, havia teu nome: Heloísa Heimrich. Foi fácil. Pensei em ligar para saber se tu aceita jogar uma partida de canastra? Não precisa ser no hospital desta vez!* Ela gargalhou *Que assim seja, amém! Quando e onde será o jogo?* Ele respondeu *Não sei. Pensei em ver o dia e lugar possíveis para ti. Será um jogo a dois.* Ziza arregalou os olhos e, imediatamente, ocorreu-lhe *Será que ele falou isso mesmo, consciente do duplo sentido?* Pigarreou para espantar o pensamento e achar algo para falar. A convite dela, combinaram jantar juntos no sábado, em seu apartamento. *Lennon, tu não sai amanhã, por favor. Ele parece um homem muito bom, mas as aparências podem enganar... Então fica pra proteger a vó, ok?* O neto debochava, dizendo que ficaria segurando vela para os namorados, como nos tempos antigos, segundo contava a própria Ziza, e que sentaria entre eles no sofá. *Que namorado nada, guri!* Retrucou, um pouco envergonhada.

Cedo, no sábado, contou à Naná que contou à Didi que contou à Jamila e logo toda a família sabia e falava, com urgência semelhante àquela da infância, quando ela queria correr para colher ovos antes de escovar os dentes. Entre risos e expectativas, brincadeiras e provocações, Filippo se tornou o assunto. Durante as primeiras horas da manhã, preparou seu doce de ouro, uma lasanha cremosa de quatro queijos e deixou as verduras lavadas e cortadas. Preparou os fios de ovos sentindo a excitação rara que surge diante do novo e que traz ventos de mudança à vista. À vida. O doce, que sempre foi incomparável, cozido no calor daquela emoção, nunca fora tão dourado e convidativo ao desfrute.

Enquanto se organizava, suspirava a pensar em Minda. E na falta que ela fazia, não para cozinhar, mas para compartilhar os acontecimentos e os anseios do viver...

À tarde, foi ao salão de beleza para arrumar as unhas e escovar os cabelos. Separou um pulôver branco – que destacava seu batom – levemente *oversize,* casual, de mangas bufantes e punhos justos, gola rolê fluída, que combinaria com uma calça jeans confortável e um par de mocassins feminino. E foi assim que o recebeu à noite, quando ele chegou com uma rosa – branca ao acaso – em uma das mãos, e um vinho tinto de boa qualidade na outra. Vestia também uma calça jeans, um sapato confortável e uma japona corta-vento leve, sobre uma camisa clara. Tinha a testa quadrada, olhos castanhos emoldurados por cílios escuros e sobrancelha densa, nariz comprido e discretamente largo, boca pequena e bem feita, cabelos grisalhos que revestiam quase toda a cabeça, duas discretas entradas que não poderiam ser comparadas à calvície, barba e bigodes curtos, mais grisalhos que os cabelos, que imprimiam ao semblante uma harmonia simétrica. Pouco maior do que ela, apesar de não ser alto, era visivelmente atlético.

A noite outonal foi aquecida por boas conversas e algumas taças de vinho, ambas degustadas em doses parcimoniosas, entre olhares e sorrisos, por duas pessoas de vividas décadas, que aprenderam o valor da cautela diante do novo. Os fios de ovos foram o ponto alto da gastronomia, e ele pediu que tirasse a travessa da sua frente para que parasse de comer. Orgulhosa, atendeu ao pedido. Filippo mostrou-se um ser humano no verdadeiro sentido da palavra. Assim como perguntava, com genuíno interesse, sobre a vida de Ziza, sem resvalar para o campo da indiscrição, também contava e respondia com a mesma espontaneidade, mantendo o olhar sincero conectado ao dela, sem desviá-lo e sem transparecer qualquer sombra de inverdade. De sua vida, abriu uma narrativa sobre o casamento duradouro, que passou por muitas fases e os conduziu ao amadurecimento a dois. *Olinda era muito jovem quando nos conhecemos. Eu estava saindo da adolescência. Assim que ela completou dezoito anos, começamos a falar em casamento. Nossos pais nos chamaram para uma conversa séria e colocaram freios no nosso delírio imaturo. Diziam que deveríamos "primeiro estudar e aproveitar o namoro. Infância e adolescência não são tempos para as coisas da vida adulta. Se o amor resistir a isso, então vocês se casam, vão construir a vida e pagar as próprias contas", disseram como bons pais judeus. Resistiu. E foi muito bom estender o namoro. Assim que me formei em Agronomia, ficamos noivos. Ela se formou em Direito aos vinte e um anos e, depois, casamos. Olinda, apesar de seus pouco mais de um metro e meio, foi uma grande mulher e uma esposa sem igual. Quando os filhos vieram, gêmeos, muito do trabalho que o viver em família exige, ficava sob sua responsabilidade. Eu, como muitos da minha geração, acomodei-me em um cargo por concurso, em funções repetitivas, e achava que sustentar a casa já seria o suficiente: pagar as contas, enfim! Ela, além de tudo, estava tendo o desafio de construir uma profissão, numa selva de pedras, onde a ética, para muitos, é a da guerra, em que aniquilar o concorrente, de forma desleal, faz parte. Foi ela que me convocou, incansavelmente, a evoluir como ser humano, porque nós, homens, somos muito malcriados. Somos ensinados e condicionados a fazer parte de uma engrenagem machista, que sobrecarrega as mulheres e extirpa do masculino o direito aos afetos. Provemos, mas somos os dependentes, orgulhosos demais para reconhecer. Ela sofreu com meu jeito de ser nos primeiros anos. Até quando fui entendendo que, para ser feliz com aquela mulher, eu teria que me reinventar e amadurecer. Ela nunca seria uma mulher submissa e conivente com esse mundo que também está em extinção há décadas.* Ziza, que estava atenta, remexeu-se no sofá e, olhando simbólica e literalmente para si, tirou um fiapo imaginário do alvo pulôver. *Eu fui essa mulher,* respondeu a ele, que perguntou *Qual mulher?* Ela o observou, baixou o olhar novamente. *A submissa e conivente com o mundo machista em extinção.* Levantou novamente o rosto para encará-lo. Ele a observava, aparentemente pensativo. Contou um pouco mais de si, porém a curiosidade crescente sobre aquele homem a tomava de forma irrefreável. Intercalavam o espaço de fala.

De tantas coisas que a encantaram sobre a personalidade dele, desde aquela noite, a principal, talvez, foi a maneira como se mostrava aprendiz e humano. *Com poucos anos trabalhando como agrônomo, concursado no estado, passei a questionar minha vida, meu trabalho, o sentido e o valor do que fazia, para mim, para a família e para a sociedade. Assisti muitos desmatamentos de lugares inacreditavelmente lindos, vi os rios sendo poluídos, até as margens servindo ao plantio, causando erosões, enchentes e levando agrotóxicos para as águas, cada vez mais escassas e necessitando de mais e mais produtos químicos para que possam ser reutilizadas e, principalmente, ingeridas. Tudo que eu via estava a serviço do lucro. Eu mesmo fazia parte de um maquinário com o qual não concordava. Qualquer um que acredite que o objetivo de tudo aquilo seria matar a fome da população, está enganado. O objetivo sempre é o lucro. Vi pequenos agricultores, famílias inteiras, sendo pressionadas a vender para os grandes proprietários – daí a grande evasão da zona rural para a miragem urbana – com incentivos dos governos, sempre ilusórios e a favor dos fortes e gananciosos. O mesmo sistema que, no século passado, apoiou a abolição, indenizando, com valores polpudos, os ex-senhores dos "ditos" escravos, pelo "prejuízo" que supostamente sofreram com a perda dos mesmos! Enquanto os pretos libertos ganharam as ruas, o preconceito e a segregação – vigentes até os dias de hoje! – seus ex-donos receberam rechonchudos valores indenizatórios do governo. Quase um deboche! Fui ficando deprimido, sentia-me cúmplice de um esquema que bania os menores das suas terras e aumentava, dia a dia, o cinturão de pobreza das zonas urbanas. E me exonerei. Anos depois, em 1981, a música que ganhou a Califórnia da Canção Nativa, contou essa tragédia dos gaúchos Desgarrados de suas terras, em favor do latifúndio, e tirou lágrimas dos que entenderam a mensagem...* E de mim também...

Quando abri mão do concurso, continuou ele, *com pouco mais de trinta anos, Olinda me deu todo o apoio que eu precisava. Fui três vezes a Israel, com a ajuda de meus pais e da comunidade judaica. E, desde então, ainda na década de sessenta, inspirado nos kibutzim, comecei a organizar uma cooperativa, que congrega hoje centenas de famílias, de diversas etnias e crenças religiosas. Olinda foi fundamental na organização da parte legal, dando-nos assessoria e buscando ajuda com professores. Ninguém na nossa comunidade – que é sempre aberta a novos membros – passa fome, não existe nenhum analfabeto, todos são incentivados a fazer faculdade, temos saúde e moradia para os que querem fazer parte disso. Quando começamos, não havia um sistema de saúde para todos. Nosso SUS tem agora apenas nove anos, e já nasceu contrariado! Muitas figuras importantes não o apoiam, porque é um sistema que pressupõe direito à saúde para todos! E, no campo da educação, nossas universidades ainda são acessíveis apenas para uma insignificante minoria privilegiada. Por isso, nós criamos um fundo de reserva permanente em prol de todos, que funciona como deveriam reverter nossos impostos: em benefícios para toda a população, no caso, para nossa comunidade. Assim deveria ser gerenciado um país, não acha? Entre nós, existe um teto de ganhos, ajustável, sempre de acordo com a realidade de cada família. Ninguém tem a pretensão de ficar rico e nem de acumular o que não usa. Mantemos algumas tradições do judaísmo; eu, particularmente, muito poucas. O mundo evolui e nós também. Discutimos em assembleia aberta as decisões necessárias. Nosso orçamento, por exemplo, é absolutamente participativo. Esse tipo de participação popular implantado em Porto Alegre pelo idôneo Olívio Dutra, em 1989, foi pioneiro no Brasil, mas que existe em muitos lugares ao redor do mundo, nós praticamos há muitos anos em nossa cooperativa. Nossas crianças desde cedo aprendem música, idiomas, Filosofia, planejamento familiar, educação financeira e, inclusive, sexual, para que entendam o corpo humano e o respeito por si e pelo outro. Aprendem que são parte de um grupo e que é desumano viver bem enquanto alguém vive em desamparo. Uma pessoa renegada, violentada pela sociedade, pode se tornar o mal-estar de todos, é assim que surge a criminalidade incontrolável: da desigualdade e das injustiças. Portanto, a violência urbana é, na nossa compreensão, uma resposta às violências sociais. Já teve gente que saiu da comunidade por desejar mais "coisas materiais" da vida e outros tantos que foram chegando aos poucos. Faz parte.*

Ela o escutava com a atenção inerente à surpresa do ineditismo. *Isso que tu tá me contando, realmente existe?* Ele riu, bebericou o vinho e respondeu *Sim, isso existe aqui há trinta anos e está sempre sendo aperfeiçoado, mas também em muitos outros lugares do planeta! Vendemos nossos produtos em feiras hortifrutigranjeiras, fixas ou itinerantes. Sempre mantemos pontos de trocas: de roupas, calçados e os mais diversos objetos. O que não serve para um, pode estar fazendo falta para outro. Somos todos pequenos agricultores, focamos no plantio diversificado, sem agrotóxicos, apenas adubos, fertilizantes e repelentes ou predadores, sempre naturais. Alguns são criadores de animais e preservam o mesmo tipo de Filosofia que nos norteia: sem maus-tratos, bichos criados livres, com vida de verdade e jamais praticamos o abate de animais jovens. Somos autossustentáveis. Hoje temos, inclusive, muitos profissionais de outras áreas, que entraram para a cooperativa. Você sabe, Heloísa, da importância das abelhas para a cadeia alimentar ao redor do mundo? Elas são as maiores vítimas dos agrotóxicos. A morte das abelhas pode significar nossa própria extinção! E isso é grave! Estamos matando biomas inteiros!*

Naquela noite, Ziza experimentou algo que nunca tinha imaginado viver. Sentia com Filippo uma sintonia gravitacional. Não se tocaram uma vez sequer e, mesmo assim, percebia a presença física dele, como se o conhecesse na intimidade. Durante seus estudos, muitos anos depois, ao ler pela primeira vez a expressão *acasalamento de mentes*, forjada por um grande psicanalista, conseguiu traduzir o que, até então, sentia sem saber nomear. Quando o acompanhou até a porta do edifício, ao se despedirem, intencionalmente, segurou o rosto dele com as mãos, os pelos da barba entre os dedos, o perfume levemente almiscarado a envolvê-la, e o beijou apenas de lábios, com indubitável convicção. Surpreendendo a ambos, recolheu os braços e lhe deu tchau. Pensou, enquanto subia para o apartamento, lembrando do encontro que tivera com o cunhado da amiga, que *A presença do corpo é realmente de extrema importância em um enlace erótico.* Pelos dezessete anos seguintes, quase dezoito, ela o tocou da mesma forma e com o mesmo instinto apaixonado, até o último beijo.

No domingo, Ziza estava iluminada e um tanto silenciosa. Mas não guardou por muito tempo os sentimentos. Compartilhou com a família o encontro e a surpresa que teve ao conhecer um pouco mais sobre seu companheiro de UTI. E, desde aquela noite, não passou mais um dia sem que se falassem, primeiro por telefone e, gradativamente, inevitavelmente, passaram a necessitar um da companhia do outro.

Na semana seguinte, voltaram a se ver e ele a recebeu em sua casa no sábado. Havia vida lá. Uma morada que o representava. Em cada canto. Logo na chegada, foi recebida por Seu Pepeu, um vira-lata caramelo, de um olho só, resgatado das ruas já adulto, que distribuía carinho e pelos a qualquer pessoa de quem pudesse obter alguma atenção. *Apresento-lhe O Insaciável! Não cansa de puxar a mão da gente para ser acarinhado. Esse aí só tem amor pra dar!* disse ele. Fotografias nas paredes, folhagens, quadros e almofadas. Janelas abertas, por onde entrava o sol e o ar se renovava incessantemente. Cortinas esvoaçantes, combinando com a mobília leve. *Olinda é quem tinha o bom gosto. Aprendi um pouco com ela,* comentou. Dela, havia apenas duas fotos em lugares discretos. Muitos retratos dos gêmeos, em todas as idades. João Francisco e João Caetano eram idênticos, no entanto, completamente diferentes ao mesmo tempo. Chico – que tinha o mesmo apelido do menino de sua trágica cena da infância – ao lado do casal de filhos e da esposa, a quem chamavam carinhosamente de Gringa, lembrava o pai em muitos aspectos. Caê, ao lado do companheiro, sempre risonho, mostrava uma leveza que transparecia e carregava traços sutis da mãe. Ao percebê-la atenta diante das imagens nos porta-retratos, Filippo foi contando que *Quando Caê, o João Caetano, começou a brincar e a fazer escolhas, não era possível ignorar a essência, dita feminina, que emanava dele desde pequeno. A natureza, nele, mostrava-se muito diferente da do irmão. Caê sempre foi mais sensível, carinhoso, emotivo, afetivo. Não que Chico não seja, do jeito dele, mas haviam tênues diferenças. Assim como demonstrava quando se sentia incomodado, também manifestava com naturalidade seus amores, distribuindo carinhos. Meu instinto gaúcho, machista, tentou falar mais alto e, novamente, Olinda me convidou a uma conversa privada e me chamou à razão. Disse-me que não permitiria que eu maculasse minha relação com nosso filho de maneira alguma. Que, assim como nós tivemos o direito de ser quem somos e lutamos contra repressores, ele teria o direito de ser quem ele era, de amar da maneira que ele nasceu para amar, e que ela faria de tudo para garantir ao filho tal liberdade. Não aceitaria repressões dentro de nossa casa. Os nomes dos meninos foram escolhidos em homenagem aos cantores Chico e Caetano, dois gênios da música, que, no ano em que os gêmeos nasceram, em 1965, estavam lançando os primeiros discos, provocando amor imediato em Olinda. Destacaram-se nos festivais de música daquela época e, infelizmente, acabaram exilados devido à ditadura civil-militar. Aquela conversa, sobre Caê, foi um momento difícil para mim. Eu usei o argumento de que temia pelo que ele passaria na rua, de que fosse maltratado e ela rebateu, com veemência, que isso não passava de falácia, que em nome disso de "eu quero o melhor para você" ou "é para o seu bem", muitas violências e abusos são praticados dia a dia. Defendeu que nós não tínhamos o direito de começar a maltratá-lo em casa. Dizia "é ao contrário, Filippo! Se ele for maltratado, tem que ter a certeza de que em casa terá proteção e apoio para lutar e juntar forças para se defender lá fora". Devo a ela mais esse crescimento. Nossos guris são pessoas incríveis. Logo tu vais conhecê-los. Caê e Mozi falam inclusive em um dia adotarem filhos, mas nossas leis ainda são muito restritivas.*

Depois de conhecer a casa, ampla e térrea, onde mantinha os quartos dos rapazes para hospedá-los quando quisessem, percebeu que não havia luxos, mas conforto. Além da suíte, com um pequeno escritório a um canto, dos dois quartos e de um banheiro social espaçoso, havia apenas uma grande área de convivência, que continha sofás e a única televisão da casa, uma mesa de jantar enorme para doze pessoas, onde viu pela primeira vez uma menorá – aquele castiçal múltiplo que lembrou a ela uma araucária vista ao longe – e um espaço com fogão grande, forno à lenha, pia larga, um grande móvel balcão, bem ao centro, com portas e gavetas, o qual ele chamava de ilha, e a churrasqueira ampla, visivelmente usada. O desapertado cômodo se abria totalmente para o quintal, onde se enxergava, de imediato, um círculo de tijolos para fogo de chão, cadeiras e mesas de jardim, e uma piscina, com uma pequena queda d'água artificial de pedras que levava para todos os cantos o som tranquilizante de uma cachoeira. No centro da piscina, estava armada uma rede de vôlei e, na extremidade, via-se a cesta de basquete aquática. Alguns vasos com plantas ornamentais e outros com temperos. E uma bergamoteira que, naquela época do outono, estava alaranjada de tão carregada. Tudo ali, em um terreno não maior que quinze metros por trinta, remetia a aconchego.

Ele a chamou para a cozinha e disse *Eu estava fazendo um chimarrão aqui pra nós, e pensei em preparar um jantar pra noite. O que tu acha? Comprei um peixe fresquinho na feira hoje cedo e acho que ficaria delicioso na grelha.* Ela apenas concordou e, antes que se oferecesse para ajudar, ele propôs *Tu pode dar uma olhada nos temperos enquanto cevo o mate? Tem ali e tem alguns frescos na horta. Com o que tu gosta de temperar peixe, Ziza? Eu faço de muitos jeitos, mas gosto de experimentar novas maneiras, novos sabores.... Ah! que tu acha de cozinhar umas batatas e brócolis para acompanhar?* Enquanto preparavam os ingredientes, conversavam. Ela sugeria, ele aceitava. Ele propunha, ela se surpreendia. Foi com naturalidade que seus corpos se tocaram ao acaso, depois com intenção, e se aproximaram em chamas, até se unirem, após o jantar, ali mesmo na sala, com fome de prazer. E, como nunca em toda sua vida, principalmente nos últimos anos, quando pensava que a menopausa havia secado suas mucosas, sua pele toda ansiava por ele, pelos eriçados, entregou-se, para além do corpo. De alma. Heloísa reconheceu-se virgem até então. Descobriu, em meio ao êxtase, assombrada com o líquido espesso que jorrou de dentro de si, que possuía glândulas de *Skene*, e precisou estudar para entender, depois de passada a vergonha, que tirou dele um sorriso de satisfação. Jamais havia sido tocada como ele a tocara. Da mesma forma que nunca tocou um homem como o tocou, com instinto de fêmea, entretanto, com a maturidade da mulher que havia se tornado e que se percebia reconhecendo e descobrindo o próprio corpo, sem tabus. E foi com ele que entendeu que sexo é um jogo a dois e, como na vida, não dá para esperar que o outro jogue por você. A entrega, assim como o prazer, são atos de responsabilidade própria. Enquanto descansava a cabeça em seu braço e ele acariciava seus cabelos, sentindo indisfarçadamente seu perfume, disse *Você tem o melhor cheiro do mundo, Ziza! Cheiro suave, doce! Você é a minha Xêro!* E foi desde então que passou a chamá-la carinhosamente assim. Ali, nos braços dele, naquela noite, pensou-o como morada. Queria morar em seus braços. Uma morada chamada Filippo. Seu Pepeu dormia calmamente no tapete, ao lado do sofá, testemunho desavisado daquele deleite

Assim como cozinhar juntos aconteceu naturalmente, conviver a dois também. Ele telefonava para se encontrarem e ela dizia *Hoje tenho a janta das Gurias na Lelê.* E ele *Ok, Xêro! Amanhã, então? Porque depois de amanhã tenho jogo.* E assim foi. Em poucos meses, já viviam de-lá-pra-cá-e-de-cá-pra-lá. A casa dele foi se tornando e sendo nomeada como o "QG" das famílias. As expressões do militarismo faziam parte da cultura popular desde a ditadura, mesmo para os que lutaram contra ela. Quartel-general permaneceu para sempre no vocabulário cotidiano. E foi no convidativo quintal que Xêro comemorou seus sessenta anos, com todos reunidos, os seus e os dele. Um ano marcado pelo nascimento de Dolly, fruto da primeira clonagem animal, da morte de Madre Tereza de Calcutá e de Lady Diana, ambas defensoras dos direitos humanos. As causas humanitárias em favor dos excluídos perderam duas de suas grandes guerreiras. O início da saga Harry Potter levou os jovens de volta aos livros, antes de o abandonarem, quase definitivamente, quando os telefones se tornaram *smart* e o mundo todo passou a ler frases curtas, sem contexto, empobrecendo os psiquismos de forma avassaladora. Aquele foi o ano em que Steve Jobs retornou à *Apple* para contribuir com tal revolução. Talvez, em parte, involução.

Em sua vida pessoal, Heloísa teve os rumos virados do avesso. Saiu de uma depressão para uma crise de fúria que a levou ao hospital, onde conheceu o paciente da cama ao lado, que se tornou o seu melhor parceiro na fase mais proveitosa de sua existência. Filippo acreditava que o capitalismo, pensado e construído por homens sedentos de poder, estava fadado ao fracasso e urgia ser desfeito, desconstruído, antes de terminar de aniquilar com os recursos naturais do planeta. Aos poucos, acrescentou à jornada de Ziza projetos sociais que a colocaram de frente com a realidade, para além das ruas calçadas da cidade, bem longe de sua bolha de privilégios, na qual nunca faltou infraestrutura, comida e cama quente. O cinturão de pobreza e o desamparo de uma nada insignificante parcela da população, vistos de perto, impossíveis de serem renegados, provocaram nela um engajamento sem volta e um rombo irreparável nos muros altos da hipocrisia social vigente, da qual também fazia parte. *Será que devo agradecer ao Adriano por ter reaparecido naquele exato momento?* refletiu. Não deu tempo. Adriano não resistiu a mais um AVC e, em novembro, deixou de ser um peso na vida de Naná e de todos. Ziza passou da condição de separada à de viúva.

Na virada do ano, com direito a alianças na caixinha e de joelho no chão, Filippo a pediu em casamento. Ninguém tinha qualquer dúvida sobre o enlace. Ambos entraram um na vida do outro para somar. A maturidade que traziam consigo, permitia que desfrutassem com prazer dos momentos a dois, mantendo as individualidades. Nutriam-se, sem queixas, cobranças ou críticas, em outras relações, tanto as de trabalho, amizades e familiares, e voltavam um para o outro, mais ricos de ideias, notícias, conversas e vida. *Um par só se faz de dois,* falava ele. E conversavam. O casamento não pode se transformar em carroça pesada em que ambos andam, feito a dupla de bois, sempre unidos à força, pela rígida canga de madeira rústica. Ou, pior ainda, é a versão *"tornaram-se um só"*. A liberdade de ir e vir é a única garantia de que cada um está ali por desejo e escolha, e não por obrigação. Todo dia é dia de se confirmar ou de mudar de ideia, um direito reservado a qualquer um. Talvez, por essa via, um casal só se faz de, no mínimo, três, pois, para que tenham se elegido, há que se ter claro que ao menos um outro ou uma outra foi preterido, deixado de fora. Desde o leito do hospital continuaram a confirmar o afeto que surgiu em cada um. Se, como disse a enfermeira Rose, os dois sofriam de Síndrome do Coração Partido, agora estavam finalmente curados. A enfermeira seria a convidada de honra na cerimônia.

Março ainda guardava uma boa fatia do calor do verão, ventilando a noite com ares pré-outonais. A lista de convidados incluía filhas, filhos, noras, genros, netas, netos, amigas e amigos que se agregaram, tornando-se família também. Entre esses, os amigos do tênis, algumas famílias da cooperativa, as Gurias, as colegas de faculdade, Juliana e Maria Helena, as dos projetos sociais, Fernanda e Andréa, com as quais estudava, e as respectivas famílias. Reservaram quartos em dois pequenos hotéis vizinhos, na ilha de Florianópolis, paraíso que Xêro não conhecia, até ele ter apresentado a ela, no ano anterior. A cerimônia seria montada na Ponta do Sambaqui, na faixa de areia, em meio a casas antigas, em uma celebração ao ar livre. Cada convidado arcaria com a hospedagem e os noivos ofereceriam a festa.

E assim foi. Xêro chegou à beira-mar, de braço com Lennon, os cabelos presos displicentemente com três rosas brancas a decorá-los, em um vestido de algodão cru, modelo *kaftan*, bordado com delicadas pérolas foscas que combinavam com uma discreta sandália dourada, sem salto. Filippo a esperava de calças de algodão, com uma camisa combinando e também de sandálias. Seus olhos brilharam ao vê-la, como se carregasse neles o cintilar da juventude, apesar dos quase sessenta e seis anos. O rito oficial foi conduzido, sem rodeios, por um juiz de paz. As palavras de afeto, as juras de amor, admiração e respeito, ficaram a cargo dos noivos e dos familiares. Ele propôs que escrevessem algo um para o outro. Nos votos, já inspirados na cultura americana que se infiltra mundo afora, ambos começaram, sem combinação prévia, fazendo referência ao inusitado fato de que, diante do fantasma da morte, dentro de uma UTI, o encontro foi com a vida. Falaram da Síndrome do Coração Partido, e, se fosse verdade, do amor como cura, dirigindo os olhares à enfermeira emocionada.

Fizeram os convidados chorar algumas vezes. E, também, rir do "conserto" que um fez na vida do outro. Ao final, Xêro perguntou, sem planejar, *Por que não nos encontramos antes?* segurando o rosto dele entre as mãos, como já era hábito. A resposta veio de imediato, os braços dele enlaçando-a pela cintura. *Porque estávamos nos preparando um para o outro!* E ele a beijou, com bem mais do que os lábios, roubando metade de seu batom rubi, com o qual ele a viu desde o primeiro dia. Nas fotografias, depois do beijo, ambos de batom vermelho, apareciam fazendo caretas para a fotógrafa, que eternizou em cada *click* a alma alegre e afetiva da festa.

Adriana pediu a palavra durante a baderna instaurada para homenagear a mãe. *Mãe! Você sempre foi, e cada dia é mais, meu maior exemplo de vida! Lembro de um casamento em que os votos dos noivos foram feitos em silêncio e de como me pus a pensar que votos de silêncio, por si só, já dizem muito do pacto feito pelo casal. Quem silencia, se cala. Não é de silêncios que se faz uma relação, mas de afetos e palavras. E esses foram os votos mais lindos que eu já ouvi! Vocês nos fazem acreditar na vida e em um sempre possível futuro! Vocês são maravilhosos juntos!* Martín aproveitou para agradecer ao Filippo por ter surgido e, assim, tirar um pouco a sogra de sua vida. Rindo, completou dizendo *Brincadeira, sogrinha! Tu sabe que eu te amo tanto quanto amo teus fios de ovos, né? Eu espero ter a competência de amadurecer como vocês, para aprender a desfrutar da vida da melhor forma! Felicidades, minha segunda mãe!* Chico e Caê compartilharam as palavras, como se um completasse a frase para o outro, em clara aprovação à escolha do pai, com declarações de carinho à madrasta. Adisa e Didi, abraçados, falaram juntos sobre admiração e melhores desejos *E, sem dúvida, a dona Minda estaria muito, muito feliz por você! Dinda, a nossa*

Merengue estaria muito orgulhosa de sua Fios de Ovos, pode acreditar! E Lennon, representando a mãe, que recém dera à luz, não perdeu a oportunidade de lembrar do primeiro encontro do casal. *Eu fiquei de plantão, em um sábado à noite, segurando vela, para proteger minha avó da melhor pessoa que ela poderia ter encontrado para, enfim, conhecer a felicidade! Né Xêro?*

Com ele, foi a primeira vez que viajou para o exterior. Por hábito, Filippo organizava a vida de modo que pudesse viajar uma vez por ano. *Xêro, viajar nos tira da nossa bolha. Eu compro viagens ou excursões em prestações há décadas, pela CVC. Quando eu termino de pagar um carnê, já faço outro. É o melhor investimento! Ver o mundo, outras culturas, outros sons e sabores distintos, desacomoda nosso cérebro e o convida a se renovar. Quando a gente se confronta com a infinidade de gente diferente, percebemos que somos insignificantes. E isso nos liberta de preconceitos, de amarras conservadoras, do nosso próprio egocentrismo tentador, porque talvez um dos piores defeitos de um ser humano seja a vaidade, aquele sentimento de se achar especial, melhor do que os outros. O solipsismo definha o sujeito! Eu sempre disse aos meus filhos: não confiem em quem é capaz de dizer "você sabe com quem você está falando?", em quem "acumula" bens materiais e em quem viaja e traz mais fotos do que histórias na bagagem. São pessoas ensimesmadas, vítimas desse sistema aprisionante e reproduzem apenas o modelo de consumo: compram viagens, mas não são viajantes. São turistas. Mostram fotografias por não terem tido nenhuma experiência humana. E essa, Xêro, essa é a melhor viagem: a experiência humana!*

Ficaram vinte dias viajando. Visitaram ao todo três países. Ziza mantinha os sentidos alertas, absorvendo cada estímulo. O curso de inglês, que começou aos cinquenta, já estava enferrujado, mas ajudou em muitos momentos. Seria sempre grata à sua pacienciosa professora. Filippo transitava pelo mundo como se estivesse em um lugar familiar. Quando encontrava brasileiros, logo puxava conversa. Assim, tiveram jantares divertidos, e ele trouxe na bagagem alguns números de telefones que, no retorno ao Brasil, foram pontes para novas amizades e motivação para outras tantas viagens menores, porém não menos formidáveis.

O mundo de Heloísa transformou-se no mundo de Xêro. Xêro ensinou Ziza a ser feliz de outras formas. A nova vida mantinha a Fios de Ovos de mente ativa e sempre atenta a novos cozimentos de laços afetivos. Quase todos os finais de semana oportunizavam quebras de rotinas. Ora ele, ora ela propunham conhecer lugarzinhos pitorescos dos arredores que traziam, no fim, descanso e projetos. Em uma pousada no meio do mato, em que relaxaram na banheira, avistando cavalos do lado de fora da janela, ele trouxe a ideia para casa e decidiu fazer uma pequena reforma. Adicionou à suíte uma parede de vidro e uma hidromassagem de casal, na qual encerravam jornadas de trabalho, tomando vinho e vislumbrando seu bem cuidado *backyard,* ao som de MPB. Visitavam amigos ou recebiam um ou outro filho, ou todos, com frequência. Nem por isso lhes faltava tempo para se recostarem em suas poltronas, com suas leituras, eventualmente um interrompendo o outro, para anunciar alguma descoberta vinda de algum bom livro.

Durante a semana, além dos trabalhos que cada um realizava, apesar de aposentados, Xêro seguiu se incluindo nos projetos sociais em que Filippo estava engajado há anos, sem abandonar seus doces e sua cozinha. Participavam de um grupo que angariava agasalhos e comidas para famílias necessitadas, outro que se fazia representar na luta por políticas públicas efetivas, outro ainda que agilizava direitos de moradia com verbas federais, batalhando legalmente por desapropriar imóveis abandonados a serem reapropriados por moradores sem teto, além da luta pela melhoria do ensino público ao alcance de qualquer cidadão ou cidadã. Xêro nunca mais se afastaria das causas humanas, de ideais e valores sobre os quais estudou e, enfim, aprendeu a colocar em prática. Com a criação do Sistema Único de Saúde, no início daquela década, novas possibilidades surgiam no horizonte, tecendo práticas de prevenção e saúde mental, enfraquecendo as instituições psiquiátricas segregadoras e excludentes, nas quais os que mais padeciam eram depositados sem esperança ou afeto. A luta antimanicomial, que já vinha sendo travada desde 1970, unia muitas forças. Adriana, engajada, juntou-se aos pares nessa guerra contra a desumanização. E o Brasil parecia ter futuro no campo dos direitos humanos.

Voltando de mais uma das pequenas viagens com As Gurias, organizada por Lelê, Filippo deu a ideia de que elas fizessem uma viagem mais longa, internacional. *Por que não, Ziza?* surpreso com a resistência dela. *Simplesmente porque parece muito complicado, Lippo. Só mulheres, em uma viagem para fora do país...* Ele a observou, sereno, olhos nos olhos, e largou com cuidado *Você já analisou teu machismo com tua psicanalista?* Dessa vez, o olhar de surpresa foi dela. *Como assim machismo?* Ele riu. *Machismo sim! Escuta teu argumento! Qual o problema de "mulheres viajarem sozinhas sem homens"? Xêro! Estamos nos anos noventa, mais um ano e pouco e estaremos no século vinte e um! Vocês são tão competentes ou mais do que os homens! Vocês já fazem isso! E veja tudo que vocês vêm conquistando em poucas décadas, depois de milhares de anos de opressão pela força física e pelas mais diversas violências! "Quem tão bem pilota um fogão, bem pilota um automóvel", não foi mais ou menos isso que tu pensou quando comprou o primeiro carro? Pois pilotar a vida por inteiro não te parece possível? Você já faz isso. Qual o mistério de uma viagem?* Sem argumentos, fez furo naquela teoria e abriu reflexão dentro dela.

No encontro seguinte, levou a proposta para o grupo de amigas. Lelê ficou prontamente entusiasmada; outras, nem tanto. Teriam que conversar com os maridos e temiam não poder participar da aventura, agora que já tinham pegado gosto pelos passeios femininos. Não parecia ser algo bem aceito que as mulheres viajassem sozinhas, mesmo naquela época, final do século vinte. Soava quase como sinônimo de famílias abandonadas, filhos e netos desamparados e maridos relegados ao descuido. A mentalidade da sociedade, por vezes, andava a passos mais lentos do que as leis. Mas a semente, uma vez plantada, tende a germinar. E assim foi. Pequenas brigas foram travadas e alguns maridos demonstraram incômodo com o desejo das mulheres de bater asas. "*Estão muito saidinhas*", disseram os que, curiosamente, davam-se o direito a "viagens de homens", a negócios ou simples passeios para pescarias, que os tiravam de casa por dias ou semanas. Marcaram a viagem para o outono do ano seguinte, assim teriam tempo para organizar tudo, inclusive as finanças.

À véspera dos oitenta anos, o cálice a girar na sua mão, sentada agora em uma das cadeiras da mesa de jantar de Nina, ao lado da menorá, o resto do vinho ainda exalando seu perfume frutado com toque amadeirado, olhava para a cozinha a passos dali. Secou as lágrimas que vertiam. Chorar se tornou raro. *A longevidade nos apazigua de tal forma que as dores já são velhas conhecidas e o tempo o melhor aliado. No entanto, essas datas que, imaginariamente, fecham ciclos, carregam o poder de causar um apagamento na compreensão do tempo e fazem aflorar em nós todas as idades vividas. E emoções que já haviam se desvanecido ou desistido, voltam a respirar e se impõem por algumas frestas,* pensou, solitária.

Perder Filippo ainda causava muita dor. Viver ao lado dele, possibilitou-lhe alcançar o melhor de si na longa vida que experimentava. Habitaram-se tantas vezes que não havia como não sentir falta daquela luxuosa moradia que ele sabia ser. Perdera Filippo no mesmo mês em que perdera Henry, com um intervalo de trinta e sete anos. Em dezembro, faria três anos que, assim como Minda, ele apagou a luz, deixando nela uma saudade sem fim. Amenizar a falta sempre foi tarefa das recordações. Relembrar, de certa forma, é reviver e, por isso mesmo, é necessário muitas vezes esquecer. Acessar o tempo que teve com o grande e único verdadeiro amor de sua vida, encontrado aos cinquenta e nove anos, fazia-se tão intenso, como se a memória flertasse e andasse de mãos dadas com as alucinações, dando trabalho aos sentidos e ao cérebro, para manterem o discernimento. Naquele horário, porém às sextas-feiras, costumavam agraciar a paz e a calmaria com uma ceia de frutas, pães e queijos, à meia luz, entre flores frescas, a dois ou com convidados, celebrando o Shabat. *Shabat Shalom, Xêro!* Escutava a voz dele, como se ali estivesse, a brindar e a desejar a ela o sábado de paz no qual se encontrava. Ergueu a taça. *Tim-tim, meu Lippo!*

Por dezessete anos, quase todos os dias pareciam especiais. Os mais simples e monótonos eram de paz, convívio e algumas trocas de ideias despretensiosas, mas sempre com algum valor de acréscimo à vida. Dias de outono, no sul do Brasil, não raro são chuvosos, acinzentados e nada convidativos, fazendo com que as casas, os sofás, as camas, sejam ninhos dos quais se torna difícil alçar voo. Foi assim, em mais um dia preguiçoso, que escolheram ficar embrulhados um pouco mais nos cobertores. Estavam juntos há quase dois anos e já cultivavam muitos hábitos construídos a dois. Ele saiu primeiro, indo ao banho, seguido por Xêro, que dedicava sempre um tempo a mais para os cremes, uma máscara de cílios, batom e o perfume de *vanilla*. Enquanto isso, ele cortou frutas e colocou a água do mate a aquecer, para que ela o cevasse. O cheiro do café invadiu a casa, já aberta, arejada, apesar do dia sombrio. Tomaram café juntos, lendo a Zero Hora de Domingo – que naquela época parecia um enorme livro impresso – e conversando sobre os acontecimentos. O professor Presidente assumiu o segundo mandato naquele ano, reeleito por voto direto, e estava na lente da imprensa. *Central do Brasil*, longa-metragem nacional, com a gigante Fernanda

Montenegro, ganhou o *Globo de Ouro* de melhor filme estrangeiro, nos Estados Unidos. E a moeda brasileira passou de câmbio fixo para flutuante, sofrendo novamente uma desvalorização, mas a anos luz de distância da que ocorreu na ditadura militar. As moedas estrangeiras passaram a ser reguladas pela lei de oferta e procura do mercado e, simultaneamente, o Euro surgiu como moeda comum dos países da União Europeia. O mundo parecia estável, e eles conversavam sobre tudo.

Entre um mate e outro, foram fazendo o almoço. Ninguém avisou que viria visitá-los e nem tinham planos de sair. Seu Pepeu a pedir pedacinhos de qualquer coisa que lhe parecesse saborosa, andava enroscando-se feito gato por entre as pernas. A música tocava pela casa toda, um dos poucos luxos materiais que Filippo adquiriu: som ambiente em todos os cômodos. A canção Sozinho de Caetano ganhou as rádios nacionais. A casa sempre exalava cheiros e emanava ritmos. E no vai-e-vem-de-coisa-nenhuma que, como frequentemente acontecia, entre olhos nos olhos e alguma troca de carinho, foram se namorando. Heloísa nunca havia experimentado seu poder de sedução. Os outros dois homens com quem se relacionou guiavam-se, não pela "conexão entre dois", mas pelo nível de sua própria testosterona; com ele, não. Filippo tinha uma percepção aguçada. Quando a olhava, ele realmente a via. E se importava. O contrário também. Fazia-se ver em seus anseios, nas angústias ou sobre o que se passava dentro dele. Ambos transpareciam e se autorregulavam, avançavam ou recuavam, respeitavam os silêncios e as solitudes, embalados pelo estímulo que reconheciam no outro. Então, o natural desejo de se amar despertou. Deixando os pratos sobre a mesa, foram se despindo pelo corredor, voltando ao conforto da cama quente. Sem posse, entregaram-se às fantasias e às intimidades a serem decifradas um no outro. Colaram-se e trocavam carinhos que sempre caíam bem, compartilhando desejos secretos, porque "*quando a gente gosta, é claro que a gente cuida*", cantarolava a melodia. Todo o sistema erótico ativado em cada um. Nela, glândulas de Skene presentes, como em tantas vezes, durante os primeiros anos juntos.

Lembrava-se claramente da sensação de se desnudar diante dele, do olhar de fome mansa, madura. Gula de amor em espelho. Ficava à vontade, sem nenhum receio de se mostrar. Com ele, aprendeu que o prazer não é gêmeo-siamês-do-inalcançável-suposto-corpo-perfeito, nem pode ser escravo do mesmo. Pela primeira vez, aos sessenta e dois anos, sentia-se admirada. Os seios naturais, já pendentes, mas ainda densos, de quem viveu seis décadas e amamentou crianças, a cintura já em extinção, as celulites que teimavam em se multiplicar como se procriassem, desnecessárias gordurinhas a se espalhar por sob a pele manchada e já sobrando aqui e ali, as mãos rugosas e com sinais da idade, o mapa vincoso da face a denunciar que a juventude se despedira há décadas. Nada disso a inibia. E ele, com sua barriguinha já indisfarçável, camuflada sem intenção pela camisa geralmente solta, a pele também a dar mostras de sobrar lá e acolá, encobrindo a musculatura já combalida, as mãos infinitamente mais manchadas que as dela, assim como o corpo, denunciando as quase sete décadas de vida e de exposição ao sol, amava-a sem preconceitos ou pudores, convidando-a ao mesmo deleite. Ao lembrar, ainda sentia o ar almiscarado dele misturado à aura de baunilha dela mesma, que para sempre se tornou o cheiro do amor.

Deitados relaxadamente após o almoço, acordaram do cochilo regozijados e preguiçosos. Ele virou o corpo, apoiando o cotovelo no travesseiro e o rosto na mão esquerda, a olhá-la. Com a outra mão, desenhava-a. Acariciava os cabelos, ajeitando as mechas desgrenhadas. Passava-lhe os dedos delicadamente pelo corpo. Ela se surpreendeu por não tentar se tapar quando ele, com o dedo indicador, refazia o caminho da cicatriz deixada desde a primeira cesariana que trouxe Henry ao mundo: o rasgo vertical profundo, entrecortado por riscos horizontais, marcas dos pontos de açougueiro, feitos pelo médico que a atendeu. Carinhosamente, olhava para a marca irremediável e sussurrava *Que milagre da natureza esse, em que um ser gesta outro dentro de si! Essa marca é o registro que te liga a outras duas vidas — ou seriam três? — para sempre e a todas as outras que vieram delas. Ninguém pode viver isso sem se transformar desde dentro, bem fundo. Isso é algo que os homens jamais conseguirão mensurar. Ao mesmo tempo que, em algum lugar dentro de cada um de nós, deve haver esse registro impresso: de ter estado dentro de uma mulher! As mulheres são como divindades, são guardiãs da espécie humana. E nada, até prova em contrário, pode substituí-las. Se Freud falava da inveja do pênis pelas mulheres, creio que ele deveria ter dado mais foco na inveja — muito recalcada ou mal recalcada — de gerar e gestar vidas, que deve estar escondida atrás da luta louca dos machistas-supremacistas, do patriarcalismo falido, que tentam se sobrepor à essa natural soberania feminina e de subjugar à força, física e moralmente, as mulheres de quem descendem!*

Viver com Filippo era assim. Quando menos se esperava, ele trazia à luz reflexões profundas que colocavam qualquer um a pensar. Ela o abraçava, grata à vida por ele existir e por terem se encontrado maduros. Todos os dias, quando acordava, olhava para o lado e agradecia por vê-lo ali ainda, por tê-la escolhido de novo. E a cada noite que pegava o carro para ir para casa, escolhia, sem receio algum, voltar. Regressar para sua morada. Retornar para Filippo.

Em ritmo de euforia, os arranjos da viagem das Gurias foram se fazendo. Adriana, inesperadamente, ofereceu-se para ajudar com a burocracia, compra de passagem, reserva de hotel e traslado. *Mãe, isso dá muito trabalho! Deixa eu te ajudar pra não te estressar!* Faltavam alguns meses ainda e Xêro não fez qualquer resistência, pelo contrário. Filippo parecia mais entusiasmado do que ela. *Tá saidinho, hein? É porque vai ficar sozinho?* brincou ela. Enlaçando-a, respondeu *Eu fico feliz de saber que vai ser uma viagem inesquecível para ti! E para todas! Fico até com uma ponta de inveja!* Riram. *Tu sabe que a Lelê contou que a Jacyra, mãe dela, falou o mesmo? Disse que tá com inveja dessa liberdade! Que se pudesse, iria junto! Mas tu imagina, ela tá com seus oitenta anos, não aguentaria viajar e caminhar tanto tempo!*

Foram meses recheados de expectativas e, na véspera da viagem, todas de envelope com passagem em mãos, malas prontas, telefonavam-se, excitadas, confirmando sobre a bagagem, sobre isso ou aquilo. Filippo ria, assistindo a tudo. *Tu sabe se a Adriana, Didi e as crianças vão ao aeroporto? Eu não consegui falar com elas. Não sei de nada,* respondeu ele. Durante a noite quase não dormiu, agitada. Adriana telefonou cedo, desejando boa viagem e disse que não iria se despedir, pois teria atividade, naquela manhã de sábado, na escola de Milan. *Ok!* respondeu desapontada. Jamila nem deu notícias, provavelmente envolvida com a pequena Laura.

Chegando ao aeroporto, ajudada por Filippo, saiu carregando a valise de mão e a bolsa, enquanto ele levava a enorme mala quase vazia, que certamente voltaria carregada de presentes. Foi a primeira a chegar. Quase ao mesmo tempo, as outras foram aparecendo com os maridos. A viúva e a desquitada, de carona com outras. Logo todas estavam despachando as malas. Curiosamente, nenhum filho ou filha conseguiu ir ao aeroporto se despedir.

Estavam todas juntas quando ouviram um grito, em coro, que as chamava *GURIAS!* Adriana, puxando a frente de um grupo incontável, segurava a ponta de uma faixa onde se lia "SOMOS TODAS GURIAS!" Logo abaixo, em letras menores, dizia "As Gurias – Novas Gerações". Todas de camisetas estampadas com "PORTUGAL – 1999". *Xêro, tá tudo bem?* Filippo perguntou sorrindo e tentando tirá-la do transe. Não estava realmente entendendo. Entregaram a elas camisetas iguais às que usavam. Didi anunciava que *Uma excursão que se preze tem que ter sua camiseta de viagem!* Ao lado, vinha dona Jacyra, para surpresa de Lelê, com seu corpanzil, que passou de herança à filha, lépida e faceira, cheia de anéis e colares volumosos, com uma valise e uma bolsa combinando com a almofadinha de pescoço. *Adriana, eu acho que não estou entendendo, filha!* Leonora se segurava na amiga, em franca concordância. *Eu tão pouco, Ziza! Eu tão pouco!* Naná ria alto. *Gurias, nós todas iremos! Todas as filhas, noras e as netas de vocês! E algumas amigas também! E a vó Jacyra! Será a maior viagem das mulheres! Um terço do avião é nosso! Tá tudo organizado pela CVC, hotel reservado e dois ônibus nos esperam lá. Coisa do Filippo!* Seu coração, em descompasso, batia feito tambor, sob o efeito da surpresa que afetou a todas, vendo tantos laços de vidas ali presentes. Filippo as observava, olhar marejado, mentor e cúmplice daquela sandice.

Ela estreitou os olhos para reconhecer. Entre tantas, enxergou Nina, Didi, Titiz, Jamila com sua pequena Laura, pouco mais que um bebê, as sobrinhas Iaiá, Lelinha e Marjô, suas filhas e netas, Carina, Sharon, Flora, Clarissa, Aninha, Carol, Daniela, Júlia, Taila, Luiza, Martina, Clarabela, Aline, Mariana, Jú, Roby, Marina, Manu, Betina, Cora, Helena, Luísa, Ana, Clara Morena, Camila, Carla, Mamá, as amigas Carla, Tina, Léa, Zezé, Jaque, Tine, Márcia, Simone, Sabrina, Gisele, Sil, Telma, Maria Helena, Juliana, Giovana, as Fernandas, Alice, Andréa, Dani, Maria Rita, Kika, Ivana, Cris, Gabi, Clarice e as primas Tita, Marli, Célia, Iara, Nádia, Eneida, Graça, Niti... Eram tantas mulheres que as rodeavam que, talvez, algumas Ziza nem estivesse conseguindo ver dali ou nem mesmo as conhecesse ainda. Os homens, os rapazes e os meninos, todos distantes, mas presentes, fotografando, unidos, segurando uma faixa de BOA VIAGEM, MULHERES! APROVEITEM!

Impossível não se comover com tudo aquilo. O saguão do – naquela época – pequeno Aeroporto Salgado Filho, lotado. Abraços corridos, salteados, na impossibilidade de se despedirem de todos.

Depois de escalas e baldeações, atravessaram o Oceano Atlântico e os dezoito dias seguintes foram de muitas emoções. Andavam como enxames pelas ruas portuguesas. Lisboa, com seu charme e ladrilhos, recebeu-as de braços abertos por onde passavam. As praias do Algarve, azuis e lindas, espreguiçando-se à primavera de lá, convidavam ao descanso e ao desfrute. As crianças foram cuidadas por todas, num revezamento espontâneo e afetuoso. Jacyra, a octogenária da época, tirou energia de dentro de si e acompanhou os passeios com surpreendente disposição. A programação foi seguida quase à risca, sendo flexibilizada quando a maioria optava por aproveitar um pouco mais de um ou outro passeio, abrindo mão de alguma etapa.

No percurso da viagem, sentiu saudade de Minda. Pensava no quanto ela aproveitaria os dias de quase verão. Foi com Minda que aprendeu o valor da parceria entre mulheres, da amizade incondicional, do companheirismo, das palavras que abraçam e confortam. Em certa medida, era o que via entre aquelas dezenas de viajantes de tantas gerações. E todas, sem exceção, aproveitaram cada momento e aprenderam lições que levaram para o resto de suas vidas. Sororidade é uma palavra que define essas relações nada incomuns, porém tão atacadas e afetadas por intrigas culturais, em franca ameaça aos fortes e inegáveis laços femininos que servem de apoio para que possamos sobreviver a todo tipo de violências e jugos.

Chegavam ao hotel exaustas. E felizes. Da mesma forma que voltaram para o Brasil, cheias de presentes e histórias para contar, enquanto vivessem. Foi um ano histórico, que marcou o final de uma centúria transformadora para as civilizações.

A virada do milênio foi comemorada em todos os cantos do mundo ocidental. Em Porto Alegre, os Nomikos propuseram que se juntassem em algum salão maior, para que todos pudessem levar os seus. Foi uma noite de fogos de artifício multicoloridos e dos melhores luxos: afetos, abraços, danças, pratos quebrados, discursos e rituais diversos que cada um propôs a seu jeito. Riquezas que o dinheiro não compra. De todos os lados, trouxeram seus melhores laços e fios de vida para uma noite de cozedura de amizades. Naná, vendo o afetuoso vínculo que se criou entre sua mãe e Caê, perguntou *Xêro, parece que tua distribuição de afeto tá um tanto desigual, né?* Rindo, Ziza respondeu, dirigindo um olhar e uma piscadela ao enteado, *Imagina! Eu gosto de todos igualmente. Apenas sinto mais afinidades com uns Caês do que com outros!* Martín gargalhava da saída que a sogra encontrou, dirigindo à Naná um *Toma, ciumenta de plantão!* As músicas, as mais variadas, contemplaram todas as culturas que, há tempos, compunham a enorme família.

Heloísa, Zizinha, Boneca, Ziza, Fios de Ovos, Dinda, Mãe, Sogra, Tia Ziza, Vóziza, Zizalandra, Biziza e, por fim, Xêro. Certa vez confidenciou à filha que, nem nas melhores de suas raras vidas imaginadas, passou por sua cabeça tantas e tantas versões dela mesma, numa soma contínua, em que uma jamais excluía a outra e a tornavam quem ela realmente era, numa permanente evolução de si mesma. Viver e cozer fios de vida foi seu maior e mais indispensável luxo.

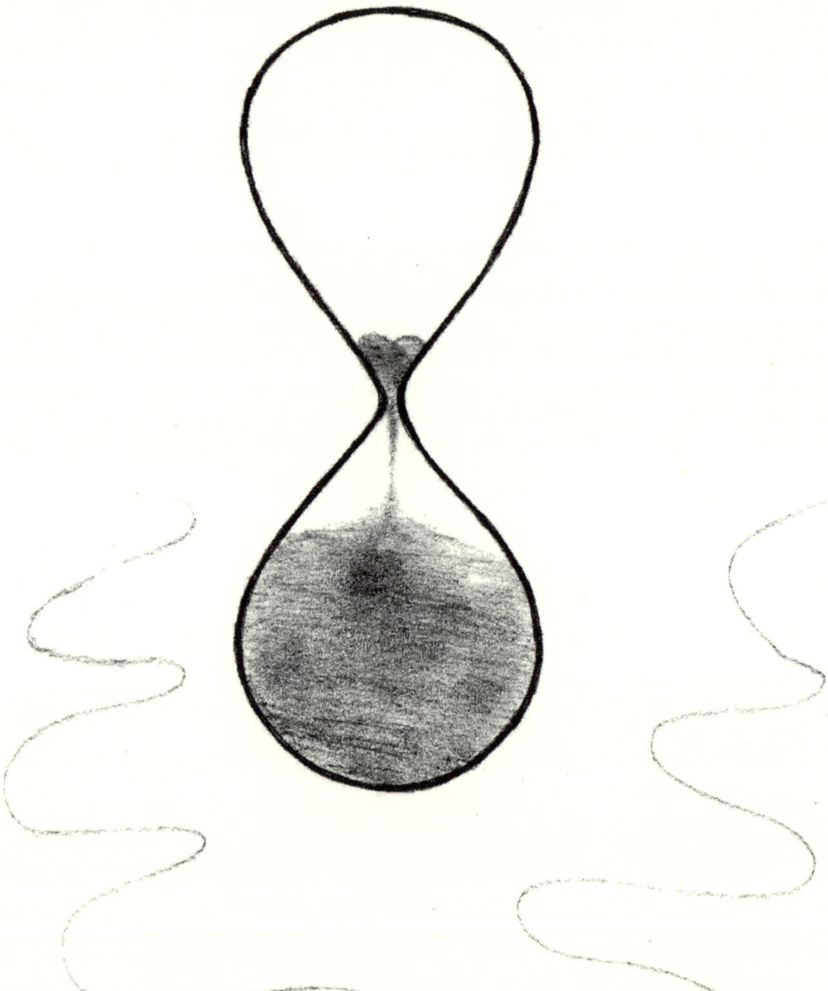

10

Tempo Suficiente

O novo milênio chegou carregado de eventos desastrosos. Enchentes, vazamento de mais de 500 litros de óleo na Baía da Guanabara, e novas revelações de corrupção na política. No entanto, em abril, os brasileiros lavaram a alma com a vitória de Guga no tênis mundial, e Filippo se encheu de orgulho, como se visse um filho no podium. A simpatia e a garra daquele atleta, deram um novo rosto ao país.

Em meio ao entusiasmo, Filippo surpreendeu Xêro com um convite inusitado. *Você quer dançar comigo?* Ela olhou para as caixinhas de som desligadas, no restinho de domingo, enquanto lavavam a louça do almoço que, mais uma vez, haviam deixado na pia para tirar um cochilo, e perguntou *Qual é a música que vamos dançar?,* fazendo o movimento que simulava uma aproximação da orelha ao rádio. Na tarde anterior, tinham feito o passeio do pôr do sol, no barco Cisne Branco, pelo rio Guaíba, que se estendeu para um jantar dançante, com música ao vivo e onde arriscaram seus poucos passos ensaiados. Tirando um papelzinho de anúncio do bolso da calça, sorrindo timidamente, ele propôs que fizessem aulas de dança de salão. *Eu sei que tu adora dançar e eu também, mas me sinto meio que "pé de pato", desengonçado. Aprender um pouco não faria mal. O que tu acha?* Ela o segurou com as duas mãos, a barba branca por aparar, saindo por entre os seus dedos delicados, e apenas disse *Vai ser um escândalo entre As Gurias! Vou debochar muito da cara da Lelê que dizia que tava "fácil de ficar sozinha" querendo um homem que dança e que não fosse do CTG!* Enlaçados, chacoalharam-se pela sala ao som da música aleatória que compuseram em dueto ali mesmo.

O início pareceu meio truncado. *Tic tic tum, tic tic tum. E um e dois e três. Um-dois-três, cinco-seis e sete. E cinco-seis, sete-oito!* Cada ritmo uma batida, cada passo uma derrota. Risos e desafios. Aprenderam a *bailar*, divertindo-se. Descobriram que, mesmo um casal que mantém as individualidades preservadas, precisa reinventar a matemática, pois, na dança a dois, um mais um precisa ser exatamente um. Foram anos maravilhosos de aulas, de encontros, de novas amizades. Tornou-se algo tão prazeroso aprender a dançar – forró, bolero, um pouco de tango, tangueira, valsa, valseado, salsa, merengue e o samba de gafieira – que Filippo sugeriu criarem um grupo, para que se encontrassem fora da escola, com o objetivo de ensaiar os passos que aprendiam nas aulas semanais. Todos mais jovens que eles, passaram a se encontrar, primeiramente no QG. Foi assim que surgiu o *Grupanças*. O neologismo se dava de uma junção de "grupo com danças", no entanto a brincadeira era de que formavam o Grupo dos Panças, dos barrigudos. Não que não fosse, em certa medida, verdadeiro o trocadilho, inclusive porque a dança foi sendo substituída por bons jantares regados de fluídas conversas, que germinaram fortes amizades. Dali surgiu o melhor parceiro de Filippo, para os jogos de tênis sabatinos. Miguel era um baixinho atazanado, de pernas inquietas, carregado de uma energia inesgotável e sempre pronto para o jogo ou para qualquer atividade. Também dali veio um dos mais sólidos fios de amizade de Xêro, Alice, um presente da primeira aula de dança que fizeram juntas, mulher guerreira, que criou a filha sozinha, encontrando o amor de sua vida somente muito mais tarde, como Ziza. Sororidades e, também, parcerias para viagens, festas domingueiras, trilhas, praias, passeios de bicicleta e outras tantas invenções que iam surgindo a cada jantar. Luana chegou um pouco mais tarde, com sua dança graciosa e corpo de violão, ensinando, com paciência, passos e enfeites que atribuíam leveza aos movimentos. Trazia consigo marcas de desamor, porém cultivava a esperança por uma vida conjugada, mais próxima da felicidade. Quatro duplas que sofreram separações, trocaram pares, mas as amizades formadas no Grupanças seguiram firmes, sobrevivendo às mudanças e ao tempo.

Aquele ano também reservou para a família o início de uma tempestade particular. O período que comemorariam os quinze anos de Nina Rosa mexeu com Naná e respingou em todos. Heloísa, mesmo envolvida com sua vida, agora realmente cheia de vida, como sequer imaginou ao desejar algo mais dela, percebia a filha silenciosa, com olheiras escuras, pálpebras baixas, mais reservada do que em qualquer tempo. Chamou-a para o café que costumavam marcar a fim de atualizar os assuntos. Café com bate-papo.

Mãe, tu não percebe que a Nina tá estranha? Ou ela é estranha, não sei... Nunca sai... Até já foi a festinhas, ficou com alguns meninos... Agora vive enfurnada no computador... Eu e Martín temos falado sobre isso e parece que tem algo errado com ela... Ziza a olhava, escutava. *Tu já levou isso pra tua análise?* Naná, com o olhar de azeitonas, respondeu *Claro, né mãe! Minha analista me perguntou se já falei com ela. Ainda não, porque não sei nem o que dizer. A gente fica chamando pra que ela saia, que saia do quarto ao menos. E nada. Fica lá trancada.* Conversaram mais de uma hora, lembrando que Nina era adolescente, que as adolescências são cada vez mais complicadas e que, fosse o que fosse, Nina Rosa era uma menina maravilhosa. E que necessitavam falar com ela sobre tais preocupações.

Os preparativos para a festa de quinze anos foram tomando o tempo de todos. Nina se animou e escolheu um vestido rosa claro longo, com delicadas alcinhas duplas em *strass* que pendiam pelas costas. Usaria pontos de luz nos cabelos semi soltos e uma sandália prateada para combinar. Elegeu o rosa em um momento de reaproximação com a cor que ela dizia ser para criança e que, por anos, recusou-se a usar. No mesmo salão que comemoraram a virada do século, festejaram o aniversário de Nina Rosa, que entrou linda, acompanhada dos pais. A pupila dos Nomikos, por ser interessadíssima pela história da família – bem diferente da descrição que Adriana fizera – alugava a todos, especialmente os mais velhos, com perguntas que eles se sentiam orgulhosos em responder. Milan, do alto de seus onze anos, dançou com a irmã, de calça social, suspensórios, gravata e blazer. Um pequeno *gentleman*. Martín, cujos olhos brilhavam ao olhar para sua primogênita, fez um discurso que arrancou lágrimas e risos de todos os presentes. Por mais que Naná se esforçasse, ele sempre achava as melhores palavras e era um dos pontos altos dos festejos.

Passado bastante tempo depois do "*debut* particular", a sombra nos olhos da filha permaneciam. Até o dia em que Martín ligou pedindo ajuda à sogra, sem dizer do que se tratava. Filippo se ofereceu para ir junto, pois ele se sentia parte da família e entendia que, se as alegrias são compartilhadas, os problemas devem ser ainda mais, pois o peso é mais difícil de carregar sozinho do que a felicidade. Ela optou por ir sozinha, uma vez que não fazia ideia do que estava se passando.

Chegando lá, percebeu o clima penumbroso e hostil, diversos pares de olhos inchados, exceto os de Milan que parecia alheio, entretido com seu *Playstation*, em seu quarto, com a porta entreaberta. Na sala, os adultos sentados a tentar entender, enquanto Nina, lacrimosa e com raiva, dizia *Não há nada para entender! Vóziza* – fazia tempo que não a chamava assim – *eu apenas sou assim e pronto! Não há o que fazer! Eu sofro com isso em segredo desde meus onze anos! Pra amenizar a dor de dentro, fico cortando minha pele dos braços – ninguém vê?! – e nada resolve! Se eu pudesse escolher, mas não posso, Vó! Mãe,* virando-se para Naná, *tu acha que tu tá sofrendo? Tu não sabe o que é sofrer, mãe! Tu aí, toda certinha, nunca deu trabalho, nunca deu problema, tu não sabe o que é prever que tu vai decepcionar a quem tu ama, que tu não vai ser aceita, que tu vai ser alvo de violências até da parte dos amigos! Mãe, tu entende? Não, tu não entende! Tu só tá olhando pro teu umbigo!*

Ziza levantou-se e falou alto o suficiente para se fazer ouvir *O que está acontecendo aqui?* Adriana, abrindo os olhos em tochas, disse *Deu problema no computador, Nina chamou o pai para ver se resolvia e Martín acabou abrindo uma janela de conversa em que Nina tava flertando com uma menina! Com uma menina! Sapatão! Tu entende, mãe? Eu sabia que tinha coisa errada!* Nina levantou aos gritos *Coisa errada? Viu? Olha isso?* chorando. *Quem disse que isso é coisa errada, mãe?* Naná, respondendo à altura, berrou *Tu me respeita! Tu não grita comigo! Eu sou tua mãe!* Nina Rosa, inflamada, revidou *Eu sempre te respeitei! Mas pra continuar sendo respeitada TU precisa merecer! E TU precisa me respeitar também!* Pela primeira vez, Ziza viu Naná erguer a mão com intenção de bater na filha. Nina segurou o braço da mãe, no mesmo momento em que Martín também o fez. *Calma Naná! Esse não é um bom caminho!*

Naná estava fora de si, culpava o marido desrespeitosamente, queixava-se, culpava-se também, responsabilizava as novelas, o modismo, as influências, o mundo. Acusava tudo e todos sem trégua. Martín demonstrava-se decepcionado e cansado. Impotente, ora pendia para um lado, ora para outro. Ziza dizia poucas palavras, deixando transbordar os excessos que a descoberta gerou em cada um. Depois, quando o cansaço foi tomando conta e silenciando os humores, começaram a se ouvir. Heloísa chamava a filha à razão *Filha, de onde surgiu esse preconceito que tu tá jogando na tua filha? Tu, uma psicanalista, que sempre lutou contra as violências, que sempre defendeu direitos humanos e o direito às diferenças?* Adriana a olhou, dirigindo a ela agora a raiva ainda efervescente. *Mãe, uma coisa é aceitar os amigos, os estranhos! Outra coisa é quando é com a gente e temos que nos ver com os nossos próprios erros! Fico me torturando! Eu sabia que tinha alguma coisa! Fico me perguntando onde foi que eu errei?* E largou-se na poltrona, vitimizada, com o rosto entre as mãos e cotovelos nos joelhos, a chorar a dor de sua ferida. Recebeu um claro olhar de desaprovação de Ziza. *Aceitar? Aceitar o quê? Que direito tu tem de aceitar ou não como o outro é? Respeitar, Naná, é o que te cabe. Mas que tipo de psicanalista tu tá te tornando? Narcisista e onipotente. Tu precisa ampliar tua frequência na análise. Isso não é contigo. E vocês precisam se acalmar.*

Eu jamais esperaria esse tipo de reação de tua parte, Adriana! falou pesarosa à filha. Nina, visivelmente em sofrimento, agora com as cicatrizes nos braços à mostra, antes negadas por todos, como se fossem tentativas ineficazes de arrancar parte de si, dizia que ia embora de casa, que iria para a casa da Clarissa. Ziza a abraçou, acalentando a neta. *Teu lugar é aqui, meu amor. Essa é tua família. Tua mãe, assim como tu e todos nós, veio para a vida sem ensaio! Estamos todos aprendendo.* A maturidade de Heloísa começou a colocar as coisas em seus devidos lugares, com a força dos anciãos sábios da aldeia, que tanta falta fazem nas famílias ocidentais. Aconchegada no colo da avó, Nina Rosa desarmou-se. E chorava mostrando a fragilidade de quem ainda tem a vida toda indecidida e se reveste de defesas para terminar de se fazer, em um casulo chamado adolescência, onde, não raro, só entram os iguais. Martín, que estivera mudo, mas havia se aliado à mulher, provavelmente por sentir-se igualmente em choque, por não querer se opor a ela e por inexperiência, agora também desarmado, aproximou-se primeiro da filha, abraçando o pouco que ficava para fora do enlace da avó, beijando-a na cabeça. A seguir sentou-se ao lado de Adriana e a tomou em seus braços. A campainha tocou e Milan adentrou com Filippo. *Xêro, eu não consegui ficar lá, sabendo que algo aqui estava acontecendo e que eu poderia ajudar.* Ao longo dos primeiros meses juntos, numa sintonia natural, cada um respeitava os momentos de silêncio do outro, dando o tempo certo para a conversa acontecer, fosse o que fosse que estivesse acometendo aquele que buscou o silêncio. Ziza apenas disse *Fizeste bem. Precisamos muito de ti e da tua serenidade.*

Virou-se para a filha e para o genro e contou a cena que viveram juntos na primeira manhã na UTI. *Quando ouvi Filippo se opor a uma situação de violência contra um enfermeiro gay, senti que nunca havia admirado tanto um homem. Nem mesmo Papai, sempre tão pacífico. Quando o vi falar de seu filho Caê, a admiração multiplicou exponencialmente.* Retornou o olhar para Filippo, parado ao seu lado, enquanto ainda segurava Nina Rosa contra o corpo e disse *Nina está tendo seu primeiro romance. Com uma garota.* Vestida com as vestes naturais de avó, que foi sendo costurada em si ao longo dos anos, deu um beijo suave nos longos cabelos loiros da neta, e sussurrou *Tempo de desabrochar, pequena!* Nina soluçava um resto de choro que continha agora a dor e o apaziguamento. Seu vínculo com o vô Filippo, agora com a mão segurando firme a sua, fez com que se aproximasse do judaísmo e descobrisse raízes da família Heimrich que ninguém poderia imaginar. Naná, curvada, mantinha o rosto nas palmas das mãos, num gesto claro de refutar a realidade. *Nina querida, tome uma água e vá dar alguma explicação à tua paquera. Ela não deve ter compreendido teu sumiço da conversa,* disse Ziza à neta. Adriana fuzilou a mãe com o olhar mais verde do que nunca, contrastando com a vermelhidão do branco dos olhos, denunciando seu sentimento de ter se sentido violentada em sua essência.

Adultos na sala e uma conversa truncada, difícil de desenrolar, mas necessária, começava a fluir. *Mãe, como eu, uma psicanalista, posso ter constituído uma filha "invertida"?* Ziza interrogou com o olhar a irracional filha, outrora tão certinha, que nunca dera trabalho antes. *Invertida? Que palavra é essa? Isso é do tempo do Freud? Naná, o que tá acontecendo? Esse ódio só vai fazer mal pra ti mesma, como tu me disseste há bem pouco tempo, e eu não acreditei.*

E realmente fez. Filha, tu sempre foi tão equilibrada... Por isso mesmo! gritou a outra, exacerbada. *Eu sempre fui tão certinha! E de que valeu? Olha no que deu? Uma invertida sim! O tipo de coisa que, nas reuniões de discussão de casos clínicos, a gente escuta "Também, com uma mãe dessas, só podia se tornar homossexual, a coitada!" Eu já ouvi isso de uma grande psicanalista, que eu admiro, bem ao meu lado, mãe. Tu sabe quanto me custou ser sempre certinha? Pensar que eu não podia me dar ao luxo de errar depois de tudo que tu passou com a vó Tonha, com a tia Maitê, com Henry... e com o pai também...* Chorava de novo. *Eu não tinha o direito de te causar mais sofrimento... Tu sabia que eu sempre quis estudar piano e nunca pedi por saber que tu pagava tudo sozinha? Tu sabia, mãe?* Ziza, incrédula, segurou-a pelos ombros... *Filha, eu nunca te pedi isso! Tu não precisava ter nutrido esse pensamento escravizante...* Abraçou-a. *E tu pensou que fazendo tudo certinho, tudo daria certo? Certo não: tu pensou que tudo sairia do jeito que tu imaginou? A vida não é assim e tu sabe, Adriana... Se ainda não sabe, já é tempo de saber...* Naná soluçava. Filippo, até então quieto, dizia que entendia o que ela estava sentindo. *Entendo em parte, claro, pois nenhuma história é igual a outra... Mas, Naná, eu acho que tu tá chorando a perda da filha que tu idealizou, tu tá tendo que abrir mão da mocinha que tu imaginou que Nina seria nos teus sonhos. É um tempo de luto... de lutar contra esse mundo ideal que nunca corresponde ao real, só que às vezes fica mais distante e nós sofremos por vaidade. Mas quem sou eu pra te dizer isso, né?* E, só então, foi contando sua experiência e de como Olinda o chamou à razão, em defesa do filho. Martín ouvia e foi perguntando, querendo saber mais, como quem faz uma aula, um curso sobre um assunto necessário para amadurecer, atento *E, em tempo, Adriana, se a Psicanálise que te sustenta compreende o ser humano como causa e consequência da relação com os pais, algo não está bem. Somos feitos de muito mais que pai e mãe. Carregamos alguma essência inata, somos forjados pelas forças do mundo que nos rodeia, somos seres inseridos em uma cultura que vai muito além do convívio parental. E quanto mais rápido tu renunciar à tua filha idealizada, quanto mais cedo tu te reaproximar da tua filha real, melhor será para todos. E vá estudar piano, ocupe a cabeça. Vá atrás de objetivos próprios! Isso é o que eu posso te oferecer hoje!*

Acalmados os ânimos, horas depois, despediram-se. Em casa, Xêro estava mais quieta, elaborando. Lembrava de todas as pessoas da família e das rodas de amizades que frequentavam sua casa desde cedo e que, mesmo nada sendo verbalizado, afinal entendia que isso deveria ser da ordem da vida privada de cada um, muitos eram pessoas claramente homossexuais e que Naná jamais demonstrou qualquer preconceito ou conflito. Contou a Filippo sobre a vez em que uma fotógrafa, que ia de casa em casa fazer retratos das famílias, chamada Ilca, passou algumas tardes em sua casa, fotografando as crianças, mateando, fumando, conversando, pois tornaram-se amigas. Dias depois, Naná, com seus olhinhos curiosos, pensativa, perguntou *Mãe, por que a tia Ilca é ela e não é ele, o tio Ilca? E por que ela é tua amiga e não é amigo do pai? Eu não sabia o que dizer e rimos juntas! Naquela época já conversamos sobre as pessoas se vestirem e serem como quisessem ser, que ninguém precisa ser igual a ninguém... Ilca era uma figura realmente bastante masculina, se pensarmos dentro dos padrões estabelecidos e convencionais. A verdade é que foi uma grande amiga! Divertida! Livre!* Filippo a abraçou. *Naná vai amadurecer, ela não fará ruir os laços de família, que construiu com tanto amor, por puro preconceito.*

No final de semana, ele abasteceu a cesta de vime de picnic e quando ela saiu do quarto para comer suas frutas, que ele sempre deixava cortadas ao lado das granolas, do mel e do café passado, anunciou que passariam o dia fora. *Você precisa relaxar, Xêro meu!* abraçando-a. Frutas, sanduíches, sucos, copos, até uma pequena garrafinha de vinho, queijos cortados, tudo pronto ao lado da mateira, com o chimarrão feito. Telefonou para a filha, como vinha fazendo diariamente, avisou que passariam o dia fora e falou com todos, principalmente com Nina. *Amor da vó, se precisar brigar com tua mãe, apenas te defende, e vem pra cá. Ou vai lá pro apartamento com teu primo. Lennon tá estudando bastante, mas vai adorar ficar contigo um pouco.* Soube depois que a neta ficou uns dias com o primo e que isso virou um certo hábito.

Respirar ar puro sempre é renovador. Foram para o alto de uma montanha, há alguns quilômetros da capital, de onde os jovens saltavam de asa delta, e por lá estenderam uma toalha, um cobertor, almofadas e ficaram por horas conversando e degustando, enquanto admiravam os corajosos e a beleza da natureza imensa diante de seus olhos, contrastando com a insignificância humana. *Sofremos tanto e somos quase nada,* pensou, recostada em Filippo que a olhava demoradamente, acariciando seus cabelos, cheirando-os. Cheirando-a. Naquela semana ele decidiu comprar uma boa máquina fotográfica, sob o argumento de que teria tirado belas fotos no domingo caso tivesse uma. Disse-lhe que a modelo para retratar ele já tinha.

O tempo passa e aquilo que não cura, inflama. Adriana não poupava ninguém de sua irremediável infelicidade. Não perdia oportunidade de expor sua cara triste, sua decepção e de alfinetar Nina Rosa com palavras, violentando-a como se isso fosse colocá-la de volta na fôrma da filha que ela idealizou. Nina passou a confidenciar com a avó seus romances, distanciada da mãe, como uma espécie de proteção. Milan lidou com naturalidade, respondendo à mãe, que contou a ele com tom de dramaticidade que a irmã era *lésbica. E daí? Ok. Eu tenho amigos e amigas que paqueram pessoas do mesmo sexo. Tudo bem!* Naná não conseguia aliados e seu derrotismo crescia e transbordava. A pequena Laura, certo dia ouvindo a conversa, disse *A Nina tem namorada?* Reflexiva, no dia seguinte continuou, como se tivesse pensado a noite toda no assunto, *Eu acho que eu vou querer um namorado quando eu crescer! E acho que o nome dele é Saul!* Jamila ria da pequena e contava à família a naturalidade da criança ao falar do assunto.

A festa de ano novo foi mais um palco para o infindável drama de Naná, que ficava de canto, vitimizando-se, excluindo-se, chamando a atenção para sua tragédia particular. Por vezes, segredou Nina à avó, em casa, trancava-se no quarto como se estivesse ofendida, ausentando-se, talvez para lembrá-los de "sua profunda dor". Caê e Mozi passaram a ser alvo também de seu sofrimento, como se espelhassem a imagem que ela se recusava a olhar. Ziza a chamou de canto, firme, *Quanto tempo mais tu vai insistir em ficar apegada ao teu narcisismo, lutando contra o que não é da tua conta? Sim, porque homofóbica tu não é. Então é narcisismo! É pura vaidade! Tua filha não é uma extensão de ti! Ela tem vida própria e não tem que se adequar aos teus caprichos para te agradar ou ser teu cartão de visitas para a sociedade! Basta de carregar hipocrisias na bolsa, Adriana! Basta de Araucárias do Sul, de ditaduras particulares, de preconceitos infundados, enferrujados que oxidam as relações! Chega de censuras e violências! Jogue fora tua supremacia militarista, porque o mundo não para e não vai se dobrar para tua arrogância infantil! Vai cuidar da tua vida, filha. Amadurece, Adriana! Tu vai perder tua filha pela tua imaturidade! Quatro sessões de análise, por semana, para ti! Eu ajudo a pagar!*

Tem coisas que precisam ser ditas. Como pedras jogadas na água, algumas vão repercutindo e se espalhando aos poucos, em vibrações circulares, em espiral, mas ao contrário, de fora para dentro, para posteriormente se externar, lentamente, de dentro para fora. Apesar de

Naná se manter rígida o resto da festa, o ano novo foi abrindo os horizontes e o penumbroso tempo foi dando lugar a bons porvindouros. Surpreendeu a todos quando perguntou, em um almoço de domingo, com uma relativa naturalidade, *E quando vamos conhecer Ana Paula, Nina Rosa?* Surpreendida, a jovem não sabia o que responder e a sinceridade, quase infantil, fez brotar um natural *Eu posso convidar a Paulinha pra vir aqui?* Mesmo sem conseguir falar claramente, mesmo sendo psicanalista, estava atravessada por suas humanidades conflituosas, e só aos poucos foi se abrindo, respondendo, falando. Ao longo dos anos seguintes, sob o efeito abrasoado do divã nas costas e de incontáveis sessões com sua analista, desculpou-se inúmeras vezes com Nina, sinceramente arrependida, envergonhada, amadurecida. Precisaria também se perdoar, profundamente. Tudo que danifica os laços de amor, urge ser removido à base de bons diluentes e lixa, com força e a tempo, antes que corroa tudo que encontra pela frente, tal qual ferrugem.

Em meio a isso, Milan saiu da infância, atento e curioso. Aprendeu com Nina a falar inglês, idioma que ela absorveu de forma autodidata e abriu para ambos um mundo sem fim. Do inglês, ele passou ao alemão e ao italiano. O jovem interessou-se por música e instrumentos. Tocava seu violão com naturalidade, aperfeiçoada pela dedicação. A voz, agradável e levemente rouca, embalava encontros em família. Mais tarde, maior de idade, muitas vezes animava-se embalado por vinho ou cerveja, gerando nova preocupação em Adriana e Martín, temendo a herança do alcoolismo, que levou à morte alguns dos filhos de Tonha. Brincava com a avó, cujos olhos sempre brilhavam junto aos netos, dizendo-se o preferido, *Né, Vóziza? Eu sou o teu deus grego, né Zizalandra?* Ziza o retrucava, provocando *Se a família tem um deus grego é teu avô Nomikos, né, piá? Tu é um misto de muitas cruzas!* Riam-se, abraçados. Vendo-o tocar, Ziza lembrou-se de Adriano, com suas gaitinhas de boca, sempre sob o efeito de álcool, reproduzindo a meia dúzia de canções que aprendeu, provavelmente na boemia. Talvez, se o ex-marido tivesse se dedicado, teria ampliado o repertório. Como o neto, ele até levava jeito. Apesar dos temores, o jovem aproximou-se mais da música e distanciou-se dos vícios.

Enquanto Lennon trocava de namorada a cada período de dois ou três anos, Milan iniciou um namoro quando ainda cursava o ensino médio e, afora um ou outro período em que "deram um tempo" ao relacionamento, nutriu um laço de amor e respeito com sua pequena, que tal qual sua Zizalandra, era filha de alemão com italiana, entre outras misturas bem brasileiras. Virgínia recebera esse nome em referência à grande escritora inglesa do século vinte e, fazendo-o valer, lutava pelo lugar da mulher na sociedade. Estudiosa, colocava-se ativa em manifestações feministas e, na vida pessoal, não se furtava ao direito de opinar, a exemplo dos pais, um casal de vanguarda, que, na celebração do casamento, desordenaram o tal sagrado matrimônio, ele vestido de noiva e ela de terno e gravata. Amava o carnaval, que compreendia como ato de resistência, o que se ampliou com a tradição dos bloquinhos, quando foi com Milan morar em São Paulo – ele para fazer estágio na área de tecnologias da informação – e de lá não mais saiu, avizinhando-se com a irmã, fortalecendo o vínculo indissolúvel que os uniu vida afora. Virgínia defendia que *O carnaval é a maior festa popular, a maior expressão cultural do nosso país, de maioria negra! Subverteu a ordem de poder! É uma festa de insubordinação, é fonte de empregos e de renda e, portanto, de resistência à supremacia branca, dona Ziza!* Conquistou Ziza desde o primeiro dia. Mas isso tudo foi mais tarde. Da maior metrópole do país, só saíram em comboio, não de carroça, mas de avião, para *além mar*, liderados por Milan, que convocou a todos para um enorme desafio.

O universo familiar reencontrava a serenidade, entretanto o mundo lá fora não sucumbia a freios. Apesar de, finalmente, o ex-ditador, general Augusto Pinochet – responsável pelo golpe no Chile e pela morte de Salvador Allende, em 11 de setembro de 1973, líder de uma das ditaduras mais sangrentas da história e pelo assassinato de milhares de pessoas – ter tido finalmente decretada sua prisão domiciliar, quase três décadas depois, por violação aos direitos humanos, a violência extrema se reapresentou. Entre tantos horrores ininterruptos, aquele foi o ano do "11 de setembro" americano, que destruiu as torres gêmeas e estremeceu estruturas políticas. Só não comoveu os insensíveis. Alguns tantos conseguiram construir diversas teorias da conspiração sobre o fato. A queda do segundo, dos dois emblemáticos edifícios de negócios americanos, foi transmitida ao planeta, inesperadamente, em tempo real, colocando em cena a vulnerabilidade de uma inquestionável potência mundial. E provocando o efeito do excesso de real, que se alastraria pelo mundo de forma irreversível, invadindo psiquismos sem aviso prévio, sem intermediações e sem nenhum tempo para metabolizações, através da evolução prodigiosa da tecnologia ao alcance da mão de todos. Deixou um número absurdo de órfãos, mas ainda menor do que do lado de lá, quando ingleses e americanos bombardearam o Iraque, em abril daquele mesmo ano, fato tratado como de menor importância, sem os holofotes midiáticos. Uma das tantas guerras, sempre por poder e território, movidas pela ganância dos líderes, incontestavelmente na sua maioria composta de homens brancos, em que crianças são mortas, feridas ou jogadas ao desamparo da orfandade. Essa mesma cultura na qual meninas, e todas as minorias agrilhoadas, ainda são criadas desde o berço para não almejarem cargos e lideranças, e de muitas formas são impedidas de acessar espaços públicos, caso o desejem.

Porém, no campo social, não existem obstáculos indestrutíveis. No Brasil de 2001 foi finalmente criada a Comissão de Anistia, um órgão do governo que traria à tona, ao longo dos próximos anos, verdades sobre as incontáveis violências encobertas dos tempos da ditadura militar que matou, torturou e abusou de pessoas contrárias ao regime, incluindo crianças, tendo como alvo seus pais. Descortinou-se, documentadamente, o horror no qual o país viveu por mais de vinte anos.

Em 2002, pela quarta vez candidato à presidência do país, um líder sindical que havia sido o deputado federal mais votado dezesseis anos antes, cofundador do partido dos trabalhadores, tendo liderado duas das mais volumosas greves de operários dos anais do Brasil, ainda em tempos de ditadura, ativo contra a corrupção e no *impeachment* do caçador de marajás, foi eleito pelo povo, através do voto direto, declarando que lutaria contra a fome do povo. Tornou-se vitorioso com o maior percentual de votos da jornada democrática brasileira, perdendo, no nível mundial, apenas para o "presidente-quase-vitalício" russo, um autocrata celerado, cujos dados publicados são sempre de duvidosa veracidade. Com a implementação de programas sociais, contra a fome e através de políticas públicas de inclusão, o país parecia andar para o futuro. Até que, anos mais tarde, também as névoas da corrupção se mostraram ali infiltradas por todas as frestas e essa informação seria usada por gente muito pior, para danificar a frágil estrutura de políticas afirmativas que buscava ainda se consolidar.

Antes disso, porém, com a garantia de cotas para minorias excluídas e bolsas de incentivo ao estudo como medidas indispensáveis de reparação histórica, as universidades passaram a ser alvo de desejo e de realizações para quem antes jamais havia sonhado com elas. Filhos das classes baixa e média tiveram acesso a bolsas para estudar fora do país, negros e negras foram incentivados a sair das novas senzalas e dos "*quartos de despejo*" para os bancos acadêmicos. Empregadas domésticas foram à Disney, parcelando as viagens em suaves prestações, com cartões de crédito próprios. E não tardou para que a oligarquia repetisse, ofendida, em mesas de jantar, país afora, sua insatisfação e o desejo de que "*os aeroportos deixassem de ser lugar de gente de chinelo e que as cotas acabassem, para que tudo voltasse a ser como era*".

Enquanto foi possível, todos os mais jovens da família, aconselhados por Filippo, fizeram uso de seus novos direitos. Adisa, Didi, Titiz, Lennon, Jamila e Saul, todos aproveitaram cotas e benefícios, cursaram especializações, aprofundaram os estudos e ampliaram conhecimentos. A oportunidade, que durou pouco – quase como um elo perdido histórico em uma sociedade eternamente colonizada –, foi um portal para muitos que, mesmo com todo o esforço, sabem que as chances de quem tem que trabalhar de dia, estudar à noite, pagar seu sustento, sem heranças gordas onde mamar, são mínimas. A tal meritocracia, em países que alimentam as desigualdades sociais, é uma verdadeira falácia. O mundo não gira ao contrário, assim como foguete não tem marcha a ré, e evoluir é o único caminho. No entanto, quem detém o poder não hesita em se impor e a oligarquia não tardou a reclamar de volta a exclusividade de seus privilégios. Em um sistema político corrompido por negociatas, não teria sido possível governar sem se encaixar, em alguma medida, naquelas engrenagens. E não foi.

Nina, Titiz, Milan e Virgínia inscreveram-se para as bolsas de estudo e desfrutaram de intercâmbios, morando em outros países, por um ano cada um, através do programa *Ciências sem Fronteiras*. Filippo e Xêro aproveitaram para visitá-los, ampliando sempre o roteiro para os arredores. Foi quando ela conheceu Veneza e seus encantos, passeando de gôndola e saboreando o legítimo espumante, de Champagne. Visitaram Budapeste – lugar do qual nunca ouvira falar – e ela a escolheu como a mais linda cidade que já visitou. Do alto do palácio de Buda, encantou-se com as pontes que unem as margens do rio Danúbio – cada uma de um estilo diferente – e com a limpeza plana de Peste. Das mais de trinta casas de banho com águas termais, foram a quatro, uma em cada dia que lá ficaram, ao cair da tarde, para relaxar das longas caminhadas. Durante um dos passeios, em frente ao prédio do Parlamento Húngaro, Filippo sentou-se ao lado dos sapatos de cobre, um monumento em memória aos judeus, no grande muro, à beira do rio, de onde eram jogados para a morte, durante a ascensão do nazismo. Em silêncio, chorou seus antepassados.

De volta ao presente, absorta em suas infindáveis lembranças, Xêro sorvia o vinho em pequenos goles, como fez desde que aprendeu a apreciar o líquido rubro. *Para recordar de tudo que vivi eu precisaria de mais oitenta anos! Por sorte a memória é seletiva... Por sorte!* Foi sorrindo calmamente à cozinha de Nina, olhou para o relógio e se surpreendeu: havia passado apenas uma hora desde que chegara e a viagem no tempo já lhe rendera anos de recordações. Pegou um queijo na geladeira, cortou algumas fatias que transformou em cubos, colocou-os em uma pequena travessa para aperitivos, com a qual ela própria havia presenteado Nina Rosa, acrescentou algumas azeitonas que encontrou por ali e retornou à sala, junto às gatas, que agora enroscavam-se em suas pernas, como que a reconhecendo finalmente. Sarabi sempre foi a mais chegada em Nina e estava agora em seu colo. Sem perceber, falava em voz alta consigo mesma. *Foram os meus melhores anos! Os mais felizes, os mais cheios de vida! Se para alguns a vida começa aos quarenta, e para outros "a juventude é a melhor época" ou como dizem "no meu tempo" ... o meu tempo foi aquele. Não que a vida tenha começado aos cinquenta e nove, pois a vida começa quando começa, no dia em que se nasce!* Acreditava que tudo que veio antes permitiu que desfrutasse daquele tempo da forma que o viveu, resolvendo todo e qualquer atrito que ela e Filippo pudessem ter, de forma madura, não colocando fermento nas divergências, o que, em verdade, nunca foi muito seu feitio. Seguia falando alto. *Para poder ir adiante, em muitos momentos decisivos, precisei decifrar muitos ecos que a vida foi deixando em mim! Precisei traduzir a culpa que senti tantas vezes por me ver feliz... ou mesmo tornar consciente o pior dos sentimentos: a culpa por ter sobrevivido a tantos que amei... Essa é limitante...* Relances de tristeza passavam em seu olhar quando pensava em Henry e todos que se foram, principalmente os que, como ele, partiram precocemente sem poder desfrutar da vida e das presenças dos seus. Admirava as fotografias que Nina mantinha nas paredes, à maneira dela e de Naná, e sentia uma gratidão enorme por sempre ter tido tantas vidas junto da sua. Assim, via-se sempre acompanhada das lembranças fixadas nas tantas paredes da memória.

Seu universo particular abarrotado de gentes fluía de vento em popa. Não que não surgissem problemas, mas eles geralmente eram equações passíveis de resoluções, em sua maioria, como sempre são. Problemas de verdade são as tragédias intransponíveis. O resto são dramas humanos. Naquela década, os projetos sociais nos quais trabalhavam ganharam força e apoio de políticas públicas efetivas. A miséria e a fome, produtos do social, pareciam em extinção. E, diante de tal cenário, o presidente brasileiro foi reeleito, confirmando o maior percentual de votos da nossa democracia, e terminou o segundo mandato com quase noventa por cento de aprovação, mantendo e expandindo seu plano de governo, sustentado em políticas sociais, elevando o Brasil à categoria de sexta potência mundial. Os americanos elegeram o primeiro presidente negro, um avanço em um país que assassinou pelo menos dois presidentes antirracistas, e quase o mundo todo parecia andar para o futuro. Filippo, ao mesmo tempo em que comemorava os avanços, não raro, comentava o quanto temia pelo destino do nosso país e do mundo, diante do risco da reação dos conservadores. *Como canta a música: a vida vem em ondas. A maré, quando muito se recolhe, com força retorna. E na política não é diferente. Quando esse lado dominador sai de cena demasiadamente, volta furioso!* Preocupava-se.

No Brasil, na sequência, pela primeira vez uma mulher foi eleita. Separada de seu companheiro, subiu a rampa do planalto acompanhada da única filha e assumiu o executivo, ficando à frente do maior país da América do Sul, dando continuidade ao trabalho do presidente anterior, do mesmo partido dos trabalhadores. O ano era 2011. Naná lembrava-se de tê-la visto no início da faculdade em palestras e de ouvi-la falar sobre sua vivência como torturada política, nos tempos da ditadura. Parecia uma nova era, porém não seria de águas mansas. Foi o ano em que o mentor do ataque às torres gêmeas foi capturado, após dez anos mantendo-se foragido. E, também, foi quando, em meio a isso, entre amigos e familiares, comemoraram os oitenta anos de Filippo com uma recepção acolhedora e cheia dos afetuosos discursos. Caê e Chico revezaram-se na contação daquela especial trajetória de vida. *Papai é nossa enciclopédia! Nosso oráculo!* disseram quase em coro. Martín o homenageou descrevendo a importância da presença dele na família e do quanto chegou para somar vida a todos, principalmente à Xêro. *Eu te garanto, cara! A sogrinha nunca foi tão feliz!*

Em um dos tantos almoços, convidados por um casal amigo dos amigos, a quem só conheciam de vista – enquanto a dona da casa, pouco mais velha que o marido, ia e vinha, entre a mesa de convidados e a cozinha, em um tirar e pôr de pratos e travessas, a servir a todos – a conversa acontecia, naturalmente, sobre os rumos do mundo. E da política. Ziza, mesmo sem nenhuma intimidade, sentia-se solidária com a mulher e a auxiliava no ir e vir serviçal. Filippo, que colaborava vez ou outra com a louça, sob o olhar indisfarçadamente incomodado do chefe da casa, em algum momento, falou da importância da presença da mulher em lugares de poder e ela comentou, despretensiosamente, *Felizmente, estamos andando para a frente! Felizmente, as mulheres estão rompendo o pacto silencioso com o poder machista e se impondo, permitindo-se mostrar a potência feminina.* O homenzarrão, na ponta da mesa, com uma postura que falava por si, de peito pra frente e queixo erguido mais do que o necessário, encarou-a com um sorriso arrogante, dizendo *Tu acha mesmo que isso tem a ver com "pacto de poder machista"? Sim, penso que sim,* respondeu convicta. *Desde as cavernas que somos arrastadas pelos cabelos e caladas pela força de violências físicas e morais. Os novos tempos mostram que, enfim, isso está por acabar. Então, podemos disputar de maneira justa, igualitária, pela força do cérebro!* E sorriu, displicente. Ele, não satisfeito, mexeu-se na cadeira que rangeu, e continuou, num ar de desafio, dirigindo-se a ela. *E tu acha que as mulheres têm capacidade para isso? Tu acredita que, excetuando-se a força física, existe mesmo condição de igualdade?* Ele colocava ênfase em algumas palavras. Ela largou as travessas sujas na mesa, respirou, tentando manter a serenidade e o humor, e respondeu *Não! Realmente não.* Colocou uma mão na cintura e outra no encosto da cadeira, onde apoiou o peso do corpo e falou com simpatia e um toque de deboche provocativo, entre sorrisos *Creio que, excetuando-se a força física, diante de todas as conquistas que temos conseguido, em menos de um século, depois de milhares de anos de opressão, o risco é de que nós é que vamos submetê-los e, então, tomaremos o poder definitivamente! Talvez surja a verdadeira desigualdade que assombra os homens!* Impassível, mas desafiador, o seguro-macho-alfa, bem mais jovem do que ela, inclinou o corpo para a frente em seu trono, e com olhos estreitados, interrogou-a. *Se tu achas isso, eu te pergunto: tu te candidataria a um cargo na política? Ou tu já te candidatou? Tu já ocupou um cargo de poder?*

Heloísa enrijeceu o corpo e o encarou à altura. *Não, nunca me candidatei. Hoje talvez o fizesse, depois de ter provado para mim mesma, por sete décadas, que sou capaz, apesar de todos os esforços da nossa cultura machista para que eu ficasse em casa pilotando fogão e servindo homens como tu, "ao teu dispor, senhor". Tu certamente foi incentivado desde cedo a acreditar em ti, a "penetrar" no mundo e em qualquer lugar sem pedir licença, simplesmente por confiar no que carrega no meio das pernas, como se isso bastasse. Enquanto a nós é oferecido o direito à obediência e à boca fechada. A desigualdade entre homens e mulheres começa no berço, o machismo é adicionado à mamadeira, inclusive por mulheres reprodutoras da mesma opressão da qual são vítimas. E, sabe o que é pior? É ter que ouvir, em pleno século vinte e um, perguntas como essas que tu me faz, que na verdade não são perguntas! O que tu escancaras é uma franca tentativa de me calar e colocar — e a todas nós mulheres — de volta ao lugar do qual, pessoas como tu, acreditam que nunca deveríamos ter saído! Repara que, quem trouxe o tema foi Filippo, mas é a mim que tu confronta, porque me vê inferior. Simplesmente por isso! Tu és um dos muitos incomodados pelo avanço do feminismo! Durante trinta anos, trabalhando no serviço público, tive que aprender a me defender de homens como tu, de assédios e violências de todos os tipos. Aprendi com maestria! Inclusive em relacionamentos nos quais fui tão cúmplice como tantas de nós. Mas não tenha dúvida, não vamos parar! São incontáveis as mulheres que romperam com o pacto e, ao invés do machismo, estão colocando poder e autoestima nas mamadeiras!* Ela quase gritava. Filippo, já em pé, ao lado, em franco apoio, segurava sua bolsa, pois ambos sabiam que chegara a hora de ir embora. O dono da casa, vermelho de raiva, parecia à beira de algum tipo de explosão. *Vamos, Xêro. Tá muito bem-dito, meu amor. Eu não teria respondido melhor.* O amigo que fez o convite se desculpava com ambos os lados. Sem dar tempo para resposta, Xêro virou-se para a pobre anfitriã, dona de uma beleza exausta, e disse *Sinto muito, querida! Cuide bem dos teus trabalhos manuais, são tua válvula de escape para poder seguir "à disposição do teu senhor"!* Saíram para nunca mais voltar.

Em casa, já mais calma, aceitou o convite dele e foram para a banheira quente, cheia de sais e espuma, os jatos massageando os corpos tensos, já mais suscetíveis aos embates, pelo desgaste do tempo e pelas tantas lutas enfrentadas. *Foi uma grande defesa, Xêro... Agora precisa baixar a pressão...* acolhendo-a ao peito, aninhando-a em si. Ela de cabelos molhados e a expressão de quem venceu uma batalha pela sobrevivência da espécie.

No mesmo ano, Caê e Mozi comemoraram o direito de terem reconhecida a união estável entre pessoas do mesmo sexo. Mesmo não sendo um casamento, fizeram uma celebração para selar um convívio que já durava mais de uma década e meia. Filippo discursou palavras de carinho, citou Olinda e do quanto estaria orgulhosa do filho. Xêro e toda a família, incluindo Naná, agora amadurecida e abraçada em Nina, emocionaram-se com os votos, e com tudo que o avanço representava para eles e para o mundo. Caê anunciou que encaminharam os papéis para adoção e, no tempo devido, a família teria novamente dois bebês para cuidar. No ano anterior, pela primeira vez no Brasil, um casal de mulheres gaúchas registrou os filhos, constando no documento o nome de ambas, inaugurando a adoção homoparental, enfim, reconhecida legalmente. Adisa, expressando sua erê, sempre cheio de disposição para viver, falou que contassem com ele e Didi *Pois, não esqueçam, necessita uma aldeia para criar uma criança!* Mozi bradou com humor *E, "NÃO ESQUEÇAM", nós estamos contando com todos!*

Foi durante o festejo que Filippo, tirando fotografias com sua potente máquina semiprofissional, retratou Heloísa, distraída a interagir com as crianças, próxima a um arranjo de flores e verdes, contemplando o pôr-do-sol. A foto mais linda, dentre tantas que ele tirava dela, sempre em ângulos que ela própria nunca havia reparado em si, foi premiada sob o título "Xêro", em um concurso nacional de fotografias para amadores.

Os avanços da tecnologia andavam a galope e logo câmeras fotográficas seriam objetos de museu. Os *smartphones* estavam cada vez mais nas mãos das pessoas, "clicando", capturando imagens e editando as fotos, enviando mensagens de voz, de textos e vídeos, e tornando muitos recursos, antes indispensáveis, em obsoletos. Logo ninguém mais saberia o que era um telegrama, um fax ou mesmo uma carta. Até os e-mails se tornariam secundários. Evoluções e retrocessos se alternam na cultura, como reafirmava Filippo. E escândalos de corrupção se espreitavam por frestas rasgadas à força na política nacional. Filippo havia dito que o fato de o partido dos trabalhadores estar tanto tempo no poder e ter sido depositário de grandes expectativas salvadoras, iria causar incômodo, principalmente na oligarquia. Não sabia dizer as consequências, mas acreditava que não tardariam. O país saiu da zona de pobreza extrema e os índices de vida aumentaram significativamente. Povo sem fome e com estudo é menos manipulável. O presidente anterior, responsável pelas mudanças, mesmo rodeado pela sombra da corrupção em seu partido, seguia sendo reconhecido internacionalmente e recebido mundo afora por seu grandioso trabalho em um país de tantas desigualdades sociais enraizadas.

Nina, apesar de alguns namoros duradouros, estava sem namorada, com um bom emprego e morando em São Paulo, para onde foi logo após a formatura em Letras-Inglês, levando a experiência em docência adquirida desde os dezessete anos, quando, natural e inexplicavelmente, já dominava o idioma. Muito cedo tinha claro o desejo de adotar. E, tão logo se organizou, seguiu os passos de Caê e entrou para a lista de adoção nacional. Inicialmente pensava em adotar uma menina pequena, no entanto, quando preencheu aquela longa ficha, marcou critérios bem amplos, incluindo crianças maiores. A adoção no Brasil, considerada burocrática ou lenta demais por alguns, não corresponde a uma realidade simples. Nina foi entrando mais e mais nesse universo, contando com os anos de experiência de Naná na vara da infância. A verdade é que a conta não fecha, porque oitenta e três por cento das crianças abrigadas têm mais de dez anos e menos de três por cento dos candidatos à adoção aceitam crianças acima dessa idade. Somado a isso, a incomparável maioria busca um bebê recém-nascido, branco, saudável e sem marcas históricas de sofrimento. Um bebê imaginário, completamente idealizado.

Nina Rosa pesquisava. *Um país colonizado basicamente por homens brancos, que chegaram aqui sem suas mulheres, em um mundo habitado por povos indígenas e para onde trouxeram também povos pretos por eles escravizados, é um país povoado por descendentes dessa mistura, nada branca. Escravizados alforriados, jogados na miséria. Negras e indígenas estupradas pelos senhores brancos, davam à luz filhos bastardos, renegados pelos genitores desde àquela época até os dias de hoje. Todos formando um cinturão de desamparados sociais, perpetuado diuturnamente.*

É desse mundo, rejeitado pelos brancos, que surgem as crianças potencialmente adotáveis. A conta não fecha! bradava ela no almoço de domingo, desde quando entendeu essa matemática. É preciso falar disso! Xêro, discursava à avó, alg*umas crianças são retiradas da guarda dos genitores e crescem em abrigos até atingirem a maioridade. Então – exatamente igual aos escravizados alforriados! – são jogados no mundo para lutar por si, com uma malinha de pertences na mão e o vazio familiar na alma. Meritocracia? Escambau! Um país preconceituoso, racista sim, e não me venham com essa falácia de democracia racial, porque isso não existe! Nós somos racistas sim! Daí o garoto preto ou a garota preta, mais claro ou mais escuro, inquestionavelmente afrodescendente, sai de lá e vem pro mundo buscar emprego. Não consegue! Criado em abrigo! Não consegue! Já nasce condenado ao repúdio, vendo as pessoas atravessarem a rua ao vê-los, relegados à inferioridade ou à marginalidade. Eles crescem sabendo disso! São marcados com ferro em brasa pela cultura da segregação. Dinda Minda sabia disso tudo. Meritocracia é uma fruta que dá em árvore genealógica e ponto!*

Tornou-se ativista dessa e de muitas causas. Em tal contexto, a fila da adoção andou e Nina Rosa foi chamada a conhecer Samara. Com dez anos, vivia com dois irmãos mais velhos, em um abrigo da cidade, desde os cinco, quando chegou muito suja, assustada, descuidada pelos genitores – também eles vítimas e sintomas dessa mesma selvageria social –, com os cabelos emaranhados, por onde não entrava um pente e só passavam os piolhos que corriam por seu corpo sem dó, provocando coceiras enlouquecedoras e feridas sem fim. Foi acolhida, limpa, tratada e alimentada, assim como os irmãos, apesar da clara manifestação de desconfiança e medo em seus olhos. Medo de quem conheceu alguns perigos que nenhuma criança deveria viver. Assim contavam as cuidadoras que a receberam. Os três andavam sempre unidos e a proteção dos mais velhos para com a irmã, causava comoção. No dia em que Nina a viu pela primeira vez, ligou para a mãe e para a avó e contou que conhecera sua filha. Muito, muito emocionada. Descrevia a menina como se a tivesse escaneado. Os irmãos estavam quase atingindo a maioridade e, percebendo a dificuldade de serem adotados juntos, pois essa era a condição, convenceram a caçula a se desvincular para que ela tivesse alguma chance de ser adotada. Resistente, a princípio a pequena resistiu, contudo cedeu. Mais um fio foi jogado na panela da família, para sempre.

Há três anos isso havia acontecido. Samara chegou tímida, tateando com os olhos o terreno novo para onde estava sendo levada. Como significava o nome, era uma menina urbana, vinda da parte mais assustadora de uma urbe. Conhecia nada além da selva de concreto paulistana. Nina seguia inscrita na lista de adoção, pois queria viver a maternidade mais precoce e, como não cansava de falar, queria *Empoderar uma menina negra!* Samara tinha cabelos anelados, pretos, traços africanos, com grandes olhos escuros que se sobressaíam ao minúsculo nariz, sobreposto à boca de lábios bem desenhados e grossos, porém a pele era bem clara. Parecia muito com os irmãos, a quem Nina mantinha sempre por perto, incentivando o contato entre eles e alimentando o vínculo que os uniu e os protegeu durante anos. Samara logo foi se deixando amar. Passava o dia introvertida, como se na maior parte das horas ainda não estivesse realmente acordada, e, ao cair da tarde, despertava, contando coisas e dando opiniões inquietas, assemelhando-se à Biziza quando criança, que, pela manhã, agitada, queria ver os pintinhos e todo O Mundo lá fora, precisando ser refreada por Minda. A vó Naná ponderava sobre o quanto a conduta de Samara talvez mostrasse algo que a menina trazia de suas vivências traumáticas e que a tornaram vigilante à noite, para que pudesse se proteger dos perigos e ameaças da escuridão, nos primeiros tempos de vida. Em três anos na nova família, já se via traços de Nina Rosa na menina, confirmando a força da convivência. *Exemplo arrasta,* diz um ditado gaúcho.

Em 2013, o primeiro presidente norte-americano negro assumiu, após a reeleição e o papa católico renunciou, em um ato historicamente raro. O mundo perdeu Mandela, advogado, líder africano, também negro, nascido em uma família de nobreza tribal, pacifista, um dos maiores defensores dos direitos humanos contra o *apartheid*, que injustamente havia sido mantido preso por 27 anos, vítima de um regime de segregação racial, denunciado como *"terrorista comunista"* – argumento usual para esse tipo de violência. Libertado por pressão internacional em 1990, pôde voltar ao poder pelo voto do povo. Governou a África do Sul por cinco anos, tornando-se símbolo da paz e da igualdade, premiado e condecorado ao redor do planeta. A família de Adisa sentiu o pesar frente à perda do melhor exemplo, do maior líder da história recente.

O mês de junho foi marcado por muitos protestos no Brasil, que ficaram conhecidos como Levante Popular ou Insurreição, acompanhando algumas ondas ao redor da Terra, chegando a ter mais de oitenta por cento de apoio da população, e se estenderam ao longo do ano. Se o foco principal das manifestações parecia ser o aumento das tarifas no transporte público, existiam outras reivindicações que inflamaram a massa. No entanto, havia também uma convocatória subliminar que incitou o povo – o mesmo povo que, diante de tantos outros tempos de horror, escolhe se omitir, deixando um rastro enigmático a ser decifrado. Os jovens da família foram às ruas, liderados por Milan, que reclamava sobre o custo do transporte público, dos combustíveis, contra a corrupção e outras coisas mais. Entre as táticas de incitação utilizadas, surgiam os serviços de mensagens instantâneas como mídia alternativa e que, mais tarde, tomariam força de avalanche e definiriam rumos políticos no mundo todo: o amoral ciberativismo. Anos depois, foi possível entender que fora mais um levante aguçado, entre outras fontes, pela Guerra Cultural, agora informatizada, tendo como base temas conservadores, liderados por extremistas religiosos. Sem que ninguém se desse conta, segurando as mesmas bandeiras, havia naquele movimento interesses muito diversos que clivaram a sociedade irreparavelmente.

Em meio ao turbilhão de protestos, Filippo chamou a família para um churrasco de domingo. Depois do almoço, convidou todos à sala, onde a televisão de tubo já fora substituída por uma de tela plana, que parecia simular um cinema particular, conectada ao quase obsoleto aparelho de DVD. Em alguma locadora ele encontrou o filme *A Onda*, uma refilmagem de um original, adaptação de um livro homônimo. Alertava, o octogenário experiente, para a facilidade com que nós somos manipulados politicamente e para o risco de apoiarmos, sem nos darmos conta, marés de fascismo – que sempre vêm mascaradas de defesa contra algum inimigo que se torna alvo de calúnias, como fizeram com os judeus na segunda guerra – que têm, como fim último, promover indivíduos que se consideram superiores, erradicando os outros, ditos fracos e inferiores. *Fascistas sempre criam um bode expiatório a quem depreciam, criando uma ideia de um inimigo comum, a quem eles se opõem e de quem, na sua falácia, propõem-se a defender a população e a nação, como se não fossem todos cidadãos por igual. Dividem o povo entre bons e maus, como nos contos de fadas. E, assim, seguem até tomar o poder e acabar com a democracia. Temos exemplos suficientes ao redor do mundo.* Ele não tinha ainda ideia do quanto estava certo e não teve tempo para confirmar sua teoria.

No mesmo ano, o casamento entre pessoas do mesmo sexo foi aprovado e a família toda comemorou. Nina estava namorando sério e, frente ao fato novo, entusiasmada, planejou um noivado lindo, mas que não durou, congelando seus afetos. Mozi e Caê finalmente se uniram, em uma celebração à altura de quem esperou por tantos anos pelo direito de ter reconhecido seu amor perante a lei. Laura e Samara ficaram incumbidas das pétalas de rosas e outras coisas mais, que atribuíram a elas lugar de importância na cerimônia. Ninguém ainda questionava o fato de que, não raro, tais conquistas não passam de ajustes e adequações para caber nas fôrmas sociais. E de se sentir incluído no discurso dominante, merecedor da proteção do Estado, que sempre mantém à margem os que insistem em ser diferentes do que é tradicionalmente aceito, a exemplo da ideologia normatizante estereotipada de gênero binário. Mulher é assim. Homem é assim. E ponto.

O ano seguinte seria de eleições. A humanidade olharia atentamente para o maior surto de ebola na África Ocidental e o Brasil seria sacudido por uma campanha agitada e agressiva. A Copa do Mundo, que ocorria no país, ficou em segundo plano, mas também chamava a atenção para grandes obras inconclusas, que anunciavam mais casos de corrupção. A vida familiar sofreria um abalo sísmico que afetaria Ziza nas entranhas da alma, exigindo outro tempo de reformas. Pensava ela que aquele foi um dos tempos mais tristes de sua vida, difícil de lembrar, difícil de contar, como um prédio de muitos andares, construído com o melhor material, a melhor arquitetura, a mais bonita decoração, que, de repente, despenca sem aviso, atingido por um foguete que o destrói inteiro, sem possibilidade de restauro, mantendo-se, no entanto, intacto na lembrança, como se ainda fosse possível habitá-lo.

A reeleição da primeira mulher presidenta do país, já começou sendo atacada com a contestação dos resultados pelo adversário derrotado, neto do primeiro presidente não militar do país após a ditadura, aquele que não assumiu e morreu na noite de 21 de abril de 1985. Filippo, completamente lúcido aos oitenta e três anos, dono de uma bagagem de vida abarrotada de experiências, confidenciou à família sua opinião. *Essa mulher não terminará o mandato. O androcentrismo, o poder centralizador dos homens, está abalado e os que nutrem a fantasia de superioridade masculina, estão ofendidos. A oligarquia que sempre comandou, representada pelo opositor dela, não suportaria ficar mais tempo fora do comando.* Foi a primeira vez que Xêro o percebeu cansado.

O final de outubro trazia de volta o calor do verão gaúcho e, naturalmente, as pessoas sentiam-se mais preguiçosas. Filippo parecia especialmente lento e magro, os ossos da face estavam salientes, e Ziza o questionou sobre o fato. Fazia mais de um mês que ele evitava jogar tênis, recusando convites do amigo Miguel. *Xêro, eu apenas estou denunciando a idade, amor! Tu não imaginava que eu manteria a mesma energia que tinha quando te conheci, aos sessenta e cinco anos, né?* Abraçaram-se e ela cedeu. Relaxou durante uma semana. Quando, então, ele próprio percebeu a roupa frouxa demais, diarreia insistente, dores no abdômen e uma exaustão demasiada para ser normal. Estava com a pele levemente alaranjada, o que também causava estranhamento. Foram juntos ao médico e aos exames.

A notícia da aproximação de um foguete, sem ré, deixou-os petrificados. O doutor pediu para falar com Heloísa em particular. Filippo já havia antecipado a ela que, fosse qual fosse o diagnóstico, *Eu quero saber de tudo, Xêro! É um direito que eu tenho a essa altura da vida.* Chegaram juntos ao consultório, para surpresa do experiente profissional. *Não se assuste, doutor. Aos oitenta e três anos a gente só não suporta mentiras. De resto, a vida já nos preparou para tudo,* disse ele vendo a fisionomia desajeitada do médico, que não relaxou de todo. É câncer, doutor? perguntou sem rodeios. Ziza já formando poças d'água nos anuviados verdes olhos.

Pâncreas, respondeu aos filhos, quando convocou um encontro para conversarem sobre o fato, no mesmo final de semana. *Envelhecemos por fora, enrugamos, e por dentro não é diferente. Meu pâncreas não envelheceu bem. Nada do que eu tenha feito contribuiu para isso, vocês sabem. Essa culpa não carrego. Nunca fumei, nunca abusei de nada, exceto talvez os anos de consumo de carne, principalmente a carne vermelha e gorda do nosso churrasco companheiro. Mas não posso me culpar por esse prazer nesse momento. O fato é que, de alguma causa, vamos morrer...* Caê e Chico, visivelmente afetados, questionaram, quase ao mesmo tempo, *Deve haver tratamento. Ele não prescreveu quimioterapia, radioterapia?* Filippo mantinha-se sereno e percebia o desespero dos filhos. A morte geralmente é negada, mas essa atitude não condizia com um homem que sempre prezou pela verdade. Com a mesma clareza que falava sobre as coisas do mundo, respondeu aos filhos. *Em algumas circunstâncias é possível. Infelizmente, não é o meu caso. A situação é grave e irreversível, como não raro esse tipo de câncer é em homens da minha idade. E esse que me acomete não veio a galope, veio como um rojão. Eu combinei com o médico, com a cumplicidade da Xêro, que vou fazer cuidados paliativos, não quero sentir dor, quero viver meus últimos tempos com dignidade, na nossa casa, rodeado de quem eu amo.* A comoção tomou conta da família e Caê precisou perguntar, sem sequer tentar conter as lágrimas, *Quanto tempo temos, pai?* Filippo o chamou para perto com os braços e respondeu *Tempo suficiente, meu filho... Basta aproveitarmos bem o tempo que temos, que sempre é tempo suficiente...* Nunca é, ela sabia, mas ninguém o contrariou.

Foram quarenta e um dias de convívio intenso, de despedidas, de longas conversas. Muito menos tempo do que teve com Papai, constatou. Os dois quartos da casa estavam sempre ocupados, revezados entre Caê, Chico, Naná, Didi, Lennon e Jamila, com seus pares e proles. Foi um tempo de revisitar fotografias, ouvir boas músicas, degustar comidas e alguns vinhos. Todos os dias soavam como uma despedida serena, ao tom de quem vai se reencontrar logo ali, apesar de nenhum deles acreditar nisso. Dançaram juntos, lentamente, abraçados, algumas vezes, sempre como se fosse a última. As conversas variavam entre lembranças engraçadas e outras mais profundas, não raro surgiam perguntas que buscavam preencher lacunas de histórias sempre incompletas. E encerravam quando alguém, geralmente ela mesma, sinalizava o cansaço de Filippo. Dia a dia mais magro, fraco, acabava cochilando, cada vez por um tempo mais longo, onde estivesse.

Xêro não mais saiu de seu lado e, todos os dias, ficava grata à vida por tê-lo um pouco mais. E pelos anos que viveram juntos. Foi a sua vez de retribuir tantos cuidados, tantas viagens, tantas frutas cortadas, tantos cafés passados, tantas banheiras cheias de espuma, tantos aprendizados. Ainda o segurava com as palmas das mãos, a barba, agora rala e totalmente branca, por entre os dedos, e sempre um beijo a seguir, como o primeiro, no portão do prédio onde morava, quando jantaram pela primeira vez. Até o último dia, quando estavam deitados após o almoço e ele mal tocara na sopa. Aninhados um no outro, ela parecia o dobro do tamanho dele, cada dia mais emagrecido. A cama do casal, voltada de frente para a grande porta balcão que se abria para o pátio, permitia que contemplassem dali seu éden particular, verdejante e florido, palco de tantas confraternizações, plantado e cuidado a quatro mãos. Um cenário que transmitia a paz que somente os justos, verdadeiramente, desfrutam. Suspirou, um suspiro fundo, e disse *Xêro, me dá um beijo que eu vou dormir um pouco... Eu tô muito cansado...* Ela o segurou, como sempre, beijou-o e o acalentou, *Descansa, meu amor, descansa.* Ele mirou-a, bem fundo nos olhos, enquanto ela lhe fazia cafuné, aspirou o perfume adocicado e falou pela última vez *Obrigada, minha Xêro... Por tudo, amor meu...* Fechou os olhos e ali ficou, pelo tempo que ela desejou tê-lo em seus braços, num longo enlace dos corpos, que ela sabia ser um encerramento. Até sair e comunicar que ele se fora. Para sempre.

Como se fazia antigamente, ela própria o lavou, penteou, vestiu, perfumou com o cheiro de almíscar. Não queria delegar a estranhos algo tão íntimo. Aceitou a ajuda dos filhos, pois mesmo ele tão magro, a ela, com seus setenta e sete anos, parecia ainda pesado. Os atos de resguardo e despedida foram feitos ao longo de horas, em uma sala ecumênica, de onde o corpo já sairia para o processo de cremação, conforme ele pedira. Durante todo o tempo, as músicas preferidas dele saíam de uma pequena caixinha de som e fotos de seus muitos tempos de vida, circulavam pelas mãos dos presentes. Parecia que ele estava dormindo e acordaria a qualquer momento para participar com todos. Café, chá, chimarrão e petiscos foram dispostos em uma mesa do lado de fora, como se fosse realmente uma recepção. Amigos e familiares circulavam em despedida ao querido de todos, que deixava, em cada um, marcas de sua sabedoria e de seu afetuoso jeito de ser. Ziza estava em paz. E, a cada intervalo de tempo, entre conversas e lembranças, ia até ele para mais um carinho, um beijo, uma lágrima de saudade. Quando o caixão foi fechado – após um longo tempo no qual ela ficou com o rosto junto ao dele – seguiram o cortejo por alguns metros adiante, até a despedida final. No momento em que o invólucro de madeira deslizou para dentro de um túnel sem volta, como um espetáculo que se encerra, ao fechar lento das pequenas cortinas, a voz de Elis entoava *Quero lhe contar como eu vivi, E tudo o que aconteceu comigo, Viver é melhor que sonhar...* conforme ele pediu. Aquele foi o evento mais desastroso, o pior do novo século. Ziza, até então serena, desfez-se em tristes e maduras lágrimas, sentindo-se despejada de sua melhor e mais segura morada.

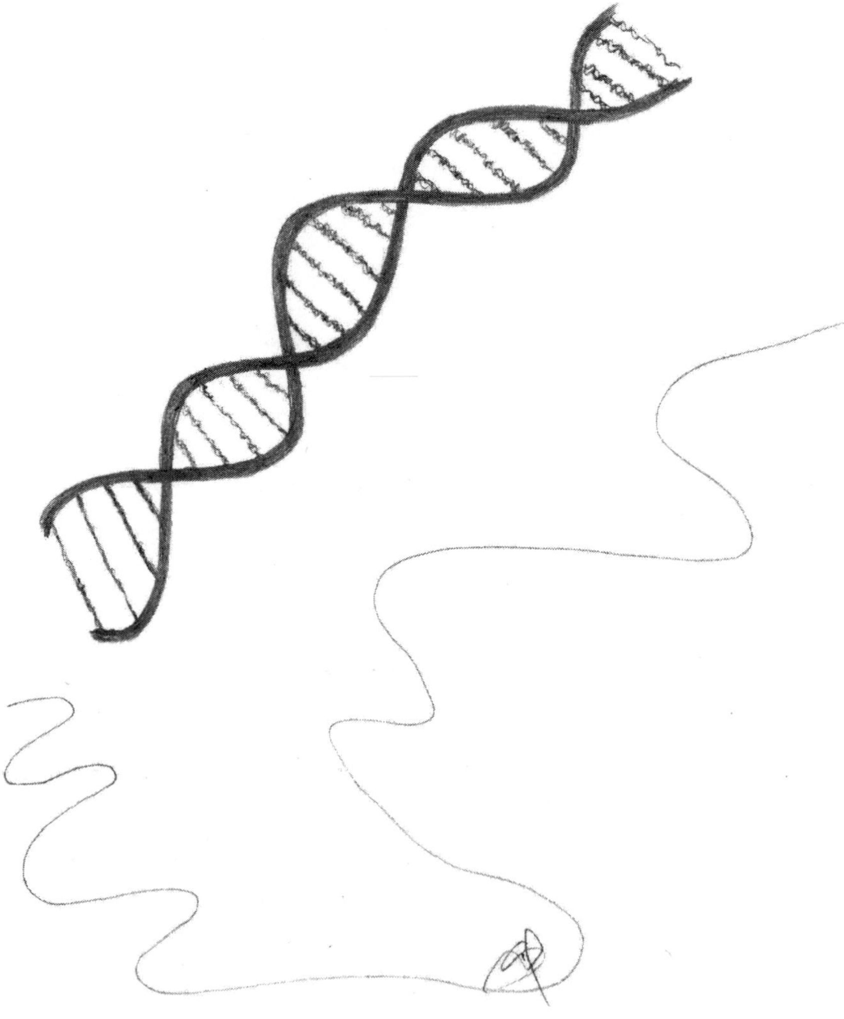

11

O Ingrediente Secreto

O céu do domingo amanheceu fechado e Heloísa despertou bem cedo, com o barulho da chuva fazendo música em seus ouvidos. Pensou *A trilha sonora do meu aniversário já começou bem!* e sorriu. A terra da garoa não se fez falhar. *Oitenta anos! Como isso é possível?* Ainda sentia, ao amanhecer, aquela inquietação sobre o que viria pela frente, quase igual aos tempos da fazenda, com a diferença de que, o corpo velho e lento, recusava-se a acompanhar no mesmo ritmo. Gostava de acordar junto com os primeiros sinais do dia, como se tivesse um galo cantando, avisando o raiar da alvorada, e ainda corresse para não perder nenhum momento sequer dos acontecimentos.

Olhou ao redor. Samara fora dormir no quarto de Frida e lhe cedeu seu mundinho íntimo. Sorriu de novo. A metade inferior das paredes, pintadas de amarelo por Naná, a pedido da menina, lembravam sua grande panela de fios de ovos. *Um alvorecer particular! Amarelo ouro!* confirmou. As paredes sustentavam, em pregos e parafusos fixados pelo avô Martín, quadros que representavam elementos que estavam compondo a jovem adolescente e a tornando, mais e mais, quem já era e quem viria a ser. O *rock*, herança de Naná, fã de Elvis – *o Rei!* – fazia-se presente, principalmente através dos instrumentos pelos quais demonstrava interesse. O seu baixo, que "batizou" de "*meu Flea*", não como uma versão em inglês de pulga, mas como uma homenagem ao baixista de sua banda preferida, cujo nome Ziza nunca lembrava e seu enferrujado inglês não retinha na ponta da língua. Sabia ter algo a ver com pimenta malagueta, quente, vermelho, não sabia bem a ordem das palavras. Abriu a grande janela com um certo esforço, inclusive para evitar barulho, e vislumbrou os primeiros riscos de sol surgindo por entre as derrocadas nuvens. As ruas que enxergava dali estavam praticamente vazias, exceto por alguns parcos boêmios que, quem sabe, ainda procuravam o rumo de casa. O asfalto resplandecia um brilho úmido que atribuía à cidade ares de que fora toda lavada durante a noite. A ladeira do Teatro Municipal parecia ladrilhada de brilhantes. *Se essa rua, se essa rua fosse minha... Eu mandava, eu mandava ladrilhar! Com pedrinhas de brilhante para o meu amor passar...* Uma fina lágrima escorreu pelo canto exterior do olho direito, encontrando caminhos entre os vincos, enquanto cantarolou. Secou-a com a ponta do dedo magro. *Mais de dois anos e meio sem meu Filippo...*

Lembrou da noite anterior, de quanto se passou a limpo em pouco menos de duas horas, enquanto tomava seu vinho e esperava pela neta e pelas bisnetas. Assim que Nina Rosa chegou, acompanhada das pequenas e de Trix, sua jornada ao passado foi totalmente interrompida. Samara a encheu de abraços, sentou ao colo, beijou-lhe a face repetidamente, mexendo em seus cabelos recentemente cortados e não mais grisalhos, após o banho de tinta que recebeu no salão, por sugestão de Adriana e de Ingrid. Ambas, Naná e Didi, chamaram sua atenção, dizendo quase como se fosse uma ordem *Xêro, é teu aniversário! Tu não vai viajar como se tivesse desistido da vida, porque isso não é tu! Tu é uma mulher em grande estilo e a gente sabe que Filippo não concordaria com tanto tempo de luto.* Não que ela estivesse de luto, mas realmente havia se desocupado de algumas coisas que talvez pudessem representar descuido ou até mesmo tristeza. A ela, parecia apenas ter se desocupado de coisas desnecessárias.

O primeiro mês sem Filippo foi o tempo de se despedir do mundo que construíram juntos. A casa, por mais prática que fosse, seria demasiado grande para ela, sozinha. Por sorte, Lisi, a diarista, seguiu firme, fazendo o serviço pesado, semanalmente. Vez ou outra, levava o filho adolescente para ajudá-la e outras, a menina pequena, com quem Ziza se entretinha jogando cinco Marias, fazendo as bonecas de pano ou disputando alguma partida de tabuleiro. Nos dias da faxina preparava um bom almoço e algum de seus gostosos doces, pois valorizava muito aquela colaboração. *Se não tratarmos com honra a quem trabalha pelo nosso bem-estar, vamos tratar com honra a quem? Falsos amigos é que não merecem! Os bons amigos, os bons familiares e os parceiros de vida são os verdadeiros merecedores do melhor de nós!*

Aos poucos, foi Lisi quem a ajudou a arrumar a mudança, a separar o que levaria consigo para um pequeno apartamento alugado, pois manteve o inquilino no seu, de três quartos, desde que Lennon fora morar com a companheira. Cada filho, cada neto, dos seus e dos dele, que se alternavam em visitas a ela, escolheram objetos como herança, como lembrança daquele que marcou a vida de todos que o rodearam. Grandes parceiros dos projetos sociais foram também agraciados por Xêro, com a cumplicidade de Caê e Chico, através de pertences que escolheram cuidadosamente e que, de algum modo, representavam a valiosa amizade. A casa foi se esvaziando em uma lenta e madura despedida, até entregar as chaves aos herdeiros que dariam destino a ela, vendendo-a. Assim como o pai, não acumulavam bens materiais. *O necessário é termos conforto e um lugar para cair morto!* Ainda escutava a voz limpa de Filippo a divulgar suas Filosofias de vida, sem imposição.

O quarto, que serviu de oásis para ambos, ao longo de quase dezoito anos, continha pedaços do romance raro que viveram a dois e do melhor amor que a vida oportunizou a ela. Foi o mais difícil desmonte. Olhava ao redor, via seus perfumes lado a lado, *Vanilla e Almíscar, a mistura perfeita, o cheiro que define a paixão!* No cabide, descansava o seu chapéu de abas largas, comprado na última viagem que fizeram para os lençóis maranhenses, junto ao chapéu dele, estilo panamá, adquirido no Rio de Janeiro, e com o qual foi a tantos e tantos bailes de dança de salão, ao longo dos anos que incluíram a prática em suas vidas. Havia fotos das vezes em que arriscaram participar de apresentações, quando divertiam-se em ensaios e vestiam-se com figurinos especiais. A foto premiada permanecia na mesa de cabeceira, no lado em que ele costumava dormir, onde ele próprio a colocou. Sobre uma cômoda com gavetas estava a caixa decorada, último presente de dia dos namorados que recebeu dele, contendo toda a linha *Nivea*, com os novos produtos do seu velho creme da latinha azul, que se multiplicou com os anos. Ele sempre a observava e a presenteava a partir de suas percepções. Como quando chegou com um pacote pardo, contendo um pijama de flanela, arrematado com estampa de oncinha, e um cartão onde se lia *Para minha Xêro, com desejos de uma boa aposentadoria ao pijama que já cumpriu sua missão e de um inverno "caliente"!* Riram da aposentadoria do puído pijama de bolinhas, que foi para doação. A um canto, sobre a escrivaninha, as rosas brancas – do último buquê que ele pediu que encomendassem para lhe dar, cuidadosamente dispostas no vaso acinturado de vidro soprado, trazido no colo desde as ilhas de Murano – derrubavam as últimas pétalas sobre a madeira.

Saiu da casa em que viveu com sua "morada Filippo" quase dois meses depois de perdê-lo. Despedir-se de um amor passa pelo desenlace dos emaranhados de dentro, do desenrolar-se do outro, lentamente, delicadamente, como quem desfaz nós de uma finíssima corrente de ouro, de maneira a evitar o risco de rebentá-la.

Voltando ao presente, andava pelo apartamento, onde na noite anterior brincou com Frida, agora com dois anos e meio, e que, vendo a irmã no colo, foi se achegando e tomando conta da Biziza, com sua voz forte e grave a chamá-la *Vem Biziza, vem brincar de boneca, vem!* Nina Rosa já imprimia naquele pequeno broto de vida marcas de sua personalidade segura e decidida. Nina delegava autonomia de acordo com as condições de cada um, conforme já havia feito com Samara e, há anos, com seus incontáveis alunos, que, via de regra, amavam-na. Sentiu suas pernas levemente doloridas, talvez efeito das brincadeiras de pega-pega e de esconde-esconde, que a fizeram correr atrás de Frida ou, mais difícil ainda, correr daquelas curtas e ágeis perninhas, que colocavam a pequena em vantagem e, obviamente, permitiram que ganhasse todas as partidas.

O silêncio do apartamento a fez pensar que não parecia estar na grande metrópole que é São Paulo. Arrumou a cama, enquanto o café passava na cafeteira elétrica, aromatizando tudo com aquele odor inconfundível e delicioso. Pôs a mesa, cortou frutas, aqueceu o leite e foi fazendo o mate, na cuia gaúcha feita de casca de porongo, um tipo específico de abóbora. Havia conhecido Trix na noite anterior e ficou encantada com aquela pessoa, a quem não conseguia definir em sua cabeça, como sendo homem ou mulher, um tipo andrógino, uma pessoa linda, preta, empoderada, esguia e musculosa, cheia da melhor energia. *Vocês estão namorando, Nina?* Perguntou, de canto, à neta. Nina ria, como se ela tivesse falado algo engraçado. *Xêro, eu não quero encrenca! Já passei meus perrengues, agora quero criar as meninas sozinha, do meu jeito. Mas como ninguém é de ferro, né, ela é um caso!* E piscou para a avó. Trix guardou as compras, encomendou as pizzas, arrumou a mesa, ao mesmo tempo conversava, contava de sua profissão no teatro musical, de como estava há anos na mesma peça, no corpo de dança, enquanto Nina dava banho em Frida e ajeitava as camas, auxiliada por Samara. *Tu foi bem de viagem, vó?* perguntou quando voltou à sala. Ziza sorriu e pensou *De qual viagem?* Mas limitou-se a responder apenas *Muito bem! Os voos estão cada vez melhores! E ficou bem aqui enquanto fui buscar a turma, Vózíza?* Indagou novamente Nina. *Fiz a maior de todas as viagens... Visitei todo meu passado, querida... O tempo é um mistério e provoca em nós efeitos imprevisíveis...* Nina olhou para a avó, pálpebras estreitas, com curiosidade.

Gradativamente foram despertando e, logo após o café, Ziza começava a tomar chimarrão, quando o interfone tocou pela primeira vez. O neto, que morava no décimo andar, queria saber se já estavam acordadas. Milan e Virgínia desceram para abraçar a Biza. *Zizalandra! Zizalandra!! Que saudade de ti, mocinha!* O neto a abraçava com genuíno afeto. *E tu, Milandro! Como tu tá, príncipe grego?* O clima já era de festa. *Eu ainda estou inquieta por vir para São Paulo comemorar ao invés de Nina e vocês irem para o sul! Seria mais lógico. Lá estão ainda muitos da família e amigos... Mas, se Nina achou melhor, farei uma pequena confraternização quando eu voltar. Tua mãe está me ajudando a organizar.* Ziza não percebeu, mas Milan e Nina trocaram olhares cúmplices e traidores, como quem está armando algo contra alguém. Naná, Didi, Jamila, aos poucos todos foram telefonando de seus hotéis, para avisar que já estavam quase prontos para irem para o local da festa.

Heloísa, de cabelos médios – no melhor estilo "*Jane Fonda século vinte e um*", *sua musa inspiradora dos anos noventa* – castanhos, com mechas mais claras, longa franja ao lado, em camadas, apressou-se a ir ao banho. Escolheu para aquele dia um vestido em tom de marsala, o novo nome da moda para um tom de vermelho fechado, um modelo não muito justo, um pouco abaixo dos joelhos, com transparências nos braços e no colo, e aplicações do mesmo tecido sobre o fino *tulle*, compondo formas estilizadas de florais. Anéis e brincos em ouro. Os sapatos baixos e elegantes, combinando com a pequena bolsa *nude*. Aos oitenta anos, ela ainda mantinha a forma levemente acinturada e uma feminina desenvoltura que escondia o peso da idade e da vida. A maquiagem leve, que valorizava seus olhos verdes, já um pouco opacos, ela mesma fez, como aprendeu com os anos, mas que modernizou com algumas dicas da neta caçula, a filha de Jamila, agora uma jovem de dezenove anos, moderna, criativa e inovadora. Alta como o irmão Lennon, Laura era o retrato de sua geração, rompendo com os preconceitos do binarismo de gênero e sendo quem realmente se sentia ser, apoiada pela mãe, agora baixinha ao lado dos filhos.

Nina Rosa, absolutamente básica, usava um vestido longo, preto, com fendas laterais, assimétrico, despojado, que lhe dava muita liberdade de movimentos e que finalizou com um vistoso colar colorido, combinando com a sapatilha. Precisava estar confortável para correr atrás de Frida que, impulsionada pela curiosidade infantil, não parava muito tempo em um mesmo lugar. Nina ainda mantinha seus longos cabelos lisos e loiros, com luzes claras, que traduziam a ela uma aparência que retratava quase metade de sua idade. As meninas, vestidas com estampas afro, traziam os cabelos arrumados no mesmo estilo, com algumas tranças reverenciando códigos ancestrais, mas mantendo a maior parte solta, decorados com contas, combinando com as cores das roupas, fazendo valer o intuito de Nina de resgatar a cultura da qual seus antepassados foram sequestrados. Assim seguiram as aniversariantes para o destino da festa, do qual Heloísa quase nada sabia.

Chegaram em frente ao Edifício Itália, com folga, às onze horas e quarenta e cinco minutos, em um carro de transporte popular, que ela aprendeu a usar quando Milan instalou em seu telefone o aplicativo, no começo do ano anterior, e que a fez definitivamente vender seu carro. Em seu ritmo, aprendia a lidar com a tecnologia e com as redes sociais, com chamadas por vídeo, mas reforçava que ainda achava as presenças indispensáveis. O almoço estava marcado para às doze e trinta, o qual logicamente atrasaria. Pegaram o primeiro elevador até o trigésimo sétimo andar e lá desceram para pegar o seguinte até o quadragésimo primeiro, onde adentraram na recepção do famoso e icônico Terraço

Itália. Tudo parecia muito calmo até ali. Por uma gentil recepcionista, foram encaminhadas ao piano bar, um andar acima. Antes de subir o lance da escada panorâmica, toda envidraçada, de onde se avistava uma São Paulo que parecia infinita, ao passarem pelo salão Nobre em frente ao elevador, Ziza ficou impressionada com a beleza e o capricho do lugar, na verdade luxuoso, que, naquele momento, estava vazio. Mesas bem vestidas e elegantemente arrumadas, esperavam clientes por vir, foi o que pensou. Adriana havia dito que reservaram um salão para a comemoração dos aniversários, porém não parecia ser aquele, com cadeiras douradas e louças finas. No andar superior, também de paredes de vidro, como se flutuasse no ar, a maior surpresa a aguardava em silêncio. Um aglomerado de gente que mal cabia no lugar, entre pescoços alongados e entrincheirados, reconhecia aos poucos semblantes familiares de todos os tempos de sua longa vida. Um sonoro Parabéns a Você de muitas vozes, acompanhadas de Milan ao piano, invadiu seu corpo por todos os poros e a vida pulsou nela em cada célula, em cada lembrança, em cada órgão dos sentidos. Em puro estado de êxtase, nem sequer chorou.

Didi e Adisa; Titiz e o novo namorado; Jamila, Saul e Laura; Lennon, agora com trinta e nove anos, ao lado de Tati, que portava na vasta barriga um nenê a caminho; Adriana e Martín; Nina, com sua Trix, a segurar Frida, ao lado de Samara; Milan e Virgínia, que andaram falando aos sete ventos que não queriam filhos de jeito nenhum, causando mais uma crise em Naná que, quando soube, foi chorar para Ziza, reclamando Mãe, eu nunca terei um neto do meu sangue! Ziza a olhou secamente e disse *Volta para a análise, Adriana! Teu narcisismo continua resistindo a suportar os limites do teu poder de controle!* Mas isso já fazia meses.

Ali estavam Lelê, agora viúva também, algumas das Gurias, que resistiam e continuavam vivas e unidas; os Nomikos, animados como sempre; os agora conhecidos Alhassan, familiares de Adisa, africanamente à caráter e com os sorrisos largos; o pessoal do Grupanças; uma neta de Domingos, afilhada de Ziza, com sua família; Guinho e Marjô, filhos de Dionísio; as Marias, filhas de Maitê, e alguns de seus filhos também; as amigas da faculdade, Maria Helena e Juliana, com os seus; Fernanda e Andréa; Maria Rita; Clarissa com Paulão, à espera da pequena Lua; o grupinho dos jovens amigos queridos do inglês, inclusive a *teacher* Carol; a enfermeira Rose; dona Zulmira, vizinha de Nina, também octogenária; muitos a quem não via há séculos; alguns parceiros dos projetos sociais; Caê e Mozi com seus dois bebês recém-chegados que, infelizmente, Filippo não teve tempo de conhecer; Chico e a Gringa, e sua prole já crescida... Tanta gente que compunha seu mosaico colorido de lembranças, de vivências e de aprendizado. Tantas e tantas histórias de distintos tempos de sua longa trajetória.

Foram incontáveis os abraços. Todo o Terraço Itália havia sido reservado para a recepção. As pessoas se espalharam pelos salões e, também, na área externa e estreita, de onde se podia, em um ângulo de trezentos e sessenta graus, ter a vista mais linda de São Paulo. A música seguia ao piano, enquanto as conversas eram colocadas em dia e o almoço servido à francesa. O refinado ambiente resplandecia de afetos. *Uma festa da diversidade!* Sorriu, fazendo referência às diferenças, como uma amostra do mundo, ali presente, e às "diversas idades" também. Ao canto, uma tela enorme reproduzia fotos de todos os tempos, numa fantasia inglória de um passado eternizado. Capturas de imagens que reacendiam lembranças, esmaecidas e pálidas, do que não existia mais.

Andou pelos ambientes, por onde os convidados foram distribuídos, em lugares previamente marcados, passando pela enorme adega climatizada que expunha um grande número dos melhores vinhos do mundo. Durante o almoço, Ziza, silenciosamente, concentrou-se nos retratos restaurados e ampliados pela tecnologia, e ali permaneceu, mesmo quando muitos já ocupavam a pista de dança, inaugurada por ela, que bailou com cada familiar e, depois, retornou ao assento. Na sequência, vieram os tradicionais discursos e foram tantas as declarações de amor e admiração que Heloísa não mais largou o lenço. E, frente ao bolo coberto de fios de ovos, que ela fizera na sexta-feira, a pedido de Naná, ainda em Porto Alegre, com a ajuda de Lisi, a brincadeira principal era se o dia 17 de setembro de 2017 seria o momento da revelação do seu ingrediente secreto. Tal brincadeira arrancava risos de todos, pois não havia ninguém que não tivesse feito aquela provocação ao longo das décadas que vinha produzindo a iguaria. Ziza apenas ria.

Nas fotos agigantadas e bem definidas, estavam todos, inclusive ela, em diversos tempos, desde criança até os dias atuais, de trança, vestida de noiva, três vezes grávida, fotos de seus dois filhos, Adriano ainda jovem, ela e Minda ao longo dos anos, Fios de Ovos e Merengue, em torno de fogões e mesas, Henry em momentos de sua curta vida, Café e Leite em todas as fases, Lennon sempre alegre, Titiz e Nina crescendo juntas, as Gurias, incluindo sua viagem histórica com dezenas de mulheres juntas e, Jacyra – que viveu ainda alguns anos mais depois da aventura da qual participou – estava lá também, firme entre todas, na praia de Faro, com Laura ao colo: a mais velha e a mais nova da excursão; até um Natal com Benjamin a um canto, e muitas, muitas fotos de seu tempo de vida com Filippo, das tantas viagens, das confraternizações em família, dançando, cozinhando e aquela premiada, em destaque, mas junto a outras dezenas escolhidas, dentre centenas que ele clicou dela, em dezessete anos de vida a dois. Observava um a um os retratos, descobrindo e redescobrindo fatias e versões de si mesma. Olhares, expressões, gestos que jamais haviam chamado sua atenção, agora atraíam, imantavam-na. Imagens capturadas ainda em preto e branco, do tempo da fazenda, umas poucas apenas, mas que ela sequer lembrava de ter visto. No colo de Dóia, no colo de Minda, as duas eram praticamente crianças ou pouco mais que isso. Mamãe sempre olhando de lado para tudo. Papai com seus olhos de amor. Todos lá. Seus irmãos, inclusive os que sequer conheceu, ao lado do Vovô, ainda reinando sobre tudo. Uma linha do tempo de sua vida, quase em perfeita sequência, que voltava ao começo assim que a última foto aparecia, numa repetição lenta, permitindo que todas fossem vistas e revistas ao longo da festa. Adriana, vendo a mãe emocionada, foi ao seu encontro, onde descansava as velhas pernas para contemplar as imagens, e ofereceu mais um lenço.

Quando Ziza desviou os olhos do telão – no qual aparecia uma foto já colorida de Dóia, com a sobrinha no colo, e Naná a olhar para a tia com o carinho que ambas nutriram durante todo o tempo em que conviveram – e vislumbrou o rosto da filha, sentiu um calafrio no corpo, um tremor, como se levasse um susto. Surpreendeu-se com a absurda semelhança entre elas. Glória devia ter em torno de quarenta anos na foto. Adriana estava, agora, com cinquenta e cinco. A semelhança entre elas não foi percebida somente por Ziza, mas por muita gente. E virou comentário na festa. Imediatamente lembrou das tantas vezes em que a sua psicanalista perguntava de formas diferentes *Por que um ingrediente secreto, Heloísa? Qual é o segredo que tu guarda? O que essa charada representa na tua vida? Qual o ingrediente secreto da tua história? Será que há algum enigma a ser desvendado? Qual será o sentido para manteres algo não revelado da tua receita?* Nunca houve uma resposta.

Voltou a olhar para a filha. Voltou a revivescer a irmã Dóia. Um enxame de abelhas parecia ocupar seu estômago. *Será que uma família consegue manter segredos por décadas, como em um túmulo lacrado? Flashes* de vivências brotavam aceleradamente. Os urros de Mamãe pareciam reais de novo, e talvez agora pudesse entender outra razão para aquela ira contra Chico. Os gritos furiosos de quando a enviou para o exílio na casa de Maitê, dizendo *Tu não será outra a desonrar a família! Será que Mamãe não conseguiu proteger a primogênita?* Como fotografias ou vídeos, as cenas voltavam aos jorros em sua mente, distraindo-a do presente, ao mesmo tempo em que seus olhos seguiam as imagens, atentos. Recordou-se de quando Minda contou que ouviu uns retalhos de conversa entre a Mamãe e o Papai, que falavam em *Outro nenê, ela parecendo uma senhora de idade, quando não tinha ainda trinta anos e já somava nove gestações, alguns filhos perdidos pra vida e outros pra morte, marcas que pesavam no corpo e na alma.* E que foi naquela época que Dóia fora levada para morar com a avó Glória em uma fazenda não muito longe dali, um pouco mais no fim do mundo. Pensou, de súbito, Dóia fora exilada para a casa da avó? Minda contou que *Meses depois, numa tarde morna de setembro, Tonha avisou que ficaria uns dias na casa dos pais, perto de sua mãe, que se foi de carroça, levando consigo um parco enxoval de nenê, voltando dias depois, com a menininha no braço, o olhar cansado, nem mais magra, nem mais gorda. "Nem mais magra, nem mais gorda" alguém que acabou de ter uma criança?* Ouvia a voz da amigairmã, ainda dentro do Chevette, como se estivesse falando naquele exato momento ao seu ouvido. Veio-lhe à cabeça a promessa, que a mãe fez à Nossa Senhora dos Aflitos, de nunca cortar os cabelos da criança – que era ela – *Para retomar as rédeas da vida, em um momento de desespero.* Pensava em Dóia, descendo da carroça, chamando *Zizinha! Zizinha! Cadê você?* E de como tinha os olhos carregados de uma sombra triste, de como recendia o perfume daquelas águas de vidros bonitos, com letras douradas, que sentia quando a abraçava, beijava e de como não era assim com mais ninguém. Tratou-a a vida toda com especial dedicação. Pensou na presença de Dóia durante suas gestações, de como estava sempre um passo à frente de Mamãe, não economizando em encomendar peças de tricô para o nenê e, a cada semana, trazia entre sorrisos, mais roupinhas, sapatinhos e mantinhas. *Era mais vó do que a vó.* Resgatou o episódio em que fora impedida pelo padre de comungar e que Dóia, por algum motivo, ficava sempre de fora daquele ritual, que nunca recebia a hóstia sagrada, contentando-se em fazer suas orações, sempre em silêncio, sem jamais ser questionada sobre tal atitude. Era bananeira que já deu cacho? Dóia deu cacho? Assombrava-se com seus pensamentos. Voltaram à sua mente episódios dos dois meses em que Dóia decaiu de forma assustadora e parecia estar sempre alheia ao mundo, de como confundia as pessoas, misturava fatos, dizia coisas sem nexo, sussurrava que existiam *segredos que não podia contar, que ninguém sabia de nada.* De quando indagou Naná sobre quem era sua avó e xingou dizendo que ela também não sabia de coisa alguma, que Ziza sempre fora boa filha, mas que ela própria – na primeira pessoa – deveria ter sido melhor mãe e outras coisas mais. Naná contou, à época, que perguntou *"Melhor mãe" de quem, Dóia?* E que a tia havia virado o rosto, ausentando-se da realidade, sem nada responder.

De repente, uma verdade absurda se revelava em seus pensamentos, através das lembranças desembaralhadas, desesquecidas, trazidas à luz, ao ponto de que seu velho coração parecia saltar do peito como nos tempos em que tudo na vida parecia novidade! Então, diferente do que um dia pensou, Dóia não passara a vida em branco? Será que arrebataram dela parte de sua verdade – uma filha? Arrancaram-na de seu colo da mesma forma que passou a vida extirpando exaustivamente pedaços de suas unhas, roídas até sangrar os dedos, numa reafirmação diária de sua dor, por nunca ter podido viver plenamente – nunca ter podido viver a maternidade! – fruto de um provável abuso, protagonizado por quem? – que impiedosamente a desonrou aos olhos do mundo moralista e cruel, e a relegou à condição de solidão? Deparou-se, incrédula, com o passado nunca compreendido e com um ingrediente secreto de sua própria feitura. Estava estarrecida ao repensar o impensável sobre sua própria origem.

Martín foi quem percebeu a palidez da sogra e, levando a ela um copo de água gelada, aproximou-se em auxílio. *Dona Heloísa, a senhora está se sentindo bem?* Voltando à realidade, onde todos dançavam, cantavam, brincavam, Ziza desviou os olhos, que mantinha a seguir a filha, em quem só conseguia agora enxergar Dóia e, com esforço, virou-se para o genro, respondendo *Creio que não devo estar bem, pois não lembro da última vez em que tu me chamou de Dona Heloísa!* Voltou do transe, mas não o esqueceu. Rindo, Martín anunciou que todos esperavam seu discurso.

Entre os sons de talheres nas taças e os gritos em coro pedindo *Discurso! Discurso!*, ela levantou-se, lutando contra as pernas levemente cambaleantes pela secreta emoção. Os convidados vieram dos outros espaços e se apinharam no grande salão. *Pois vamos lá!* Pegando a pequena bolsa da alça da cadeira, retirou seu batom vermelho. *E, se vou discursar, preciso retocar o batom, pois nem pra entrar na UTI abri mão dele! Não será aqui, quando vocês vão fotografar e filmar, que vou ficar sem ele!* Samara, admirando a bisavó, perguntou *Biziza, tu passa o batom sem olhar no espelho?* Ela agachou-se levemente, aproveitando os joelhos trabalhados pela *yoga*, e disse *Querida, faz mais de sessenta anos que pinto a mesma boca no mesmo lugar! Já sei de cor e salteado o desenho dos meus lábios!* E foi ao microfone, sorrindo seu melhor sorriso.

Pessoas queridas de toda minha longa vida, os que aqui estão e os que estão aqui representados por muitos dos presentes! O que dizer a vocês, que tão generosamente vieram hoje para comemorar comigo essa jornada? Eu realmente não preparei nada. Na verdade, isso talvez já diga muito: como a gente se prepara para situações como essa? Como nos preparamos para as situações da vida? Eu ainda não sei! Mas, temo que me estenda – e creio que me estenderei! – pois, aos oitenta anos, há muito para dizer aos que estão começando ou no meio do caminho! Ontem fiz uma viagem longa, não de Porto Alegre até aqui, não! Viajei pelas minhas lembranças sem fazer roteiro prévio! Apenas me deixei levar pela memória, pelas curvas e esquinas das minhas oito décadas... Nossas rugas são metáforas das tantas ruas de vidas que percorremos... Essas datas redondas nos convocam a reflexões curiosas... É um dos mistérios dos efeitos de como organizamos o tempo, né? Ontem eu me dei conta de que, há muito, eu desisti de tentar controlar os rumos da minha vida e do mundo, um erro bastante comum a nós, humanos: tentar controlar! Apenas acordo todos os dias, curiosa como uma criança, acolho o que me chega, como quem pega ovos do galinheiro – alguns a gente deixa chocando! – e faço as escolhas necessárias. Ah, sim, e priorizo as tarefas, porque elas me distraem das partes mais difíceis e me dão alguma ilusão de ter um certo controle sobre tudo. Ilusão, sim! Creio que Minda já dizia isso! Podemos controlar a quantidade de louça suja na pia, de roupa suja no cesto, quando vamos cortar as unhas ou os cabelos, a quantidade de ovos e açúcar em uma receita, e isso é quase tudo. Porém, sobre as escolhas mais significativas, essas sim são decisivas. Podemos escolher todos os dias os valores que pautam nossas vidas, podemos nos repensar diariamente. Tenho certeza de que, se eu tivesse dirigido o rumo de minha vida como eu achava que deveria ser, não teria encontrado muitos de vocês nas tantas curvas que ela me oportunizou! E isso é maravilhoso: ser surpreendida pela vida! Seria muito chato prever tudo e ter tudo controladinho! Um aborrecimento! De um jeito simples, ela provocava risadas de sua plateia familiar e fraterna.

Desde muito cedo percebi o mundo como um lugar de diferenças. Somos todos diversos! E deveríamos ficar curiosos e admirados sobre essas dessemelhanças ao invés de identificá-las ou classificá-las unicamente como critérios de valor ou desvalor, bom ou ruim, em mais um binarismo hipócrita. Apesar de toda e qualquer desigualdade, nossa fisiologia é idêntica em todos, por isso não podemos mais ser coniventes com as discriminações anatômicas, étnicas, de gênero, de classe ou qualquer outro preconceito! Arranquem as peles e seremos absolutamente iguais! O sangue de todos nós é igualmente vermelho! Somos da mesma espécie e raça é uma construção humana violenta demais. Essa é uma reflexão urgente! Desde muito cedo, naturalmente, eu me deparei com as injustiças do mundo no qual nasci. Precisei decifrar os ecos da minha vida, que ficaram repercutindo, consciente e inconscientemente, dentro de mim. Ou a gente se decifra ou se autodevora sem sequer perceber, correndo o risco de maltratar desnecessariamente outros seres humanos pelo caminho. Temos obrigação de evoluir. Quando vivemos tanto, temos a sorte de acompanhar uma pequena parte da História e das mudanças que vão acontecendo em nós e diante dos nossos olhos. Estou tendo o privilégio de viver em dois séculos que revolucionaram os caminhos da humanidade e do planeta de forma decisiva. Quando estudamos História, Filosofia, Sociologia, Antropologia... aprendemos um pouco mais. Quando falo de evoluir e de escolher valores, eu me refiro ao fato de não ficarmos indiferentes aos caminhos do mundo. A cultura nos molda! Vivemos em sociedade e tudo o que fazemos afeta alguém. E afeta a Natureza – com letra maiúscula, como se nomeia uma deusa! Precisamos reafirmar princípios para não cairmos novamente em regimes de opressão, nos quais nós, mulheres, sempre somos alvos da violência, criadas para competir pela aparência – como Cinderelas e Brancas de Neve! – e para depender do olhar de aprovação dos outros. Eu vivi tempo suficiente para desfrutar de conquistas que minha avó, e minha mãe – e inclusive as minhas irmãs! – jamais puderam usufruir. Isso não é simples, não! Hoje parece tão natural uma menina ir para a escola, uma moça dirigir seu carro, usar calça comprida, ir ao banco abrir uma conta ou financiar um imóvel em seu nome. Nossas meninas cedo já têm CPF próprio, independentemente de ter um marido. Isso são conquistas recentes que custaram, e ainda custam diariamente, a vida de incontáveis mulheres... Feministas! Sim: devemos muito às feministas! "Bruxas" sobreviventes e guerreiras! Não podemos retroceder... Eu vivi pra ver os descendentes de escravizados conquistarem o direito a um banco universitário! Eu vivi ao lado de uma das pessoas mais sábias e importantes de minha vida – talvez eu deva dizer "a mais importante" – no cozimento da minha massa: uma mulher negra, insistentemente violada em seus direitos de cidadã desde o nascimento e que, sem ajuda, sozinha, infelizmente não conseguiria sair daquele lugar que estava – cultural e perversamente – destinado a ela! Minda me fez enxergar o mundo por outras vias, pela via aristotélica: "a sociedade precisa tratar desigualmente os desiguais para que promova a efetiva igualdade". Como vocês sabem, sou formada – tardiamente! – em Filosofia! E só essa máxima de Aristóteles – apesar de qualquer controvérsia sobre suas teorias – deveria bastar para lutarmos por políticas públicas de reparação, políticas verdadeiramente afirmativas. Ou, como nos disse Rosa Luxemburgo, *para lutarmos de mãos dadas, "por um mundo onde sejamos socialmente iguais, humanamente diferentes e totalmente livres". Isso não é impossível! Há pouco mais de uma década, a universidade era lugar de brancos. Há algumas décadas era apenas lugar de homens brancos, em um país de maioria descendente de africanas escravizadas e violentadas. Há algo errado nessa matemática! Insisto: não podemos involuir. Assim como não podemos desandar no campo dos direitos humanos e dos direitos trabalhistas, tão duramente conquistados. Ok! Vocês talvez estejam pensando que isso não deveria ser um discurso político! Mas tudo que fazemos na vida é um ato político! Aprendi isso na faculdade e confirmei em vida, ao lado da pessoa com quem eu mais aprendi, que foi o* Filippo. *Quando falo de regime de opressão, penso que é minha obrigação dizer, alertar aos mais jovens – sobre o pior de todos! – que é esse dragão que nos queima e devora, o novo deus que guia nossos atos diariamente: o monstro da economia de consumo – o deus mercado que está acabando com os recursos naturais do nosso planeta, levando-o a um colapso – e que nos convence a nos compararmos uns com os outros através de bens materiais, como se fossem medidas de felicidade! E como qualquer droga, muitos de nós, desenvolvem uma espécie de dependência e necessitam de doses cada vez maiores, tornando-se passivos ao sistema e ativos ao consumo, desumanizando-se frente aos semelhantes e vivendo capturados nessa ilusão esvaziada e viciante.*

Apesar da densidade da exortação, todos os olhos e orelhas estavam fixados nela. Exceto Frida, que dormia, permitindo que Nina ouvisse atentamente a avó. *Não há como negar a verdade de que as nações materialmente mais pobres são as que produzem mais ricos, basta lermos um pouquinho pra saber! E, esses mesmos países, são os que produzem menos riquezas coletivas, pois exploram seres humanos relegados à invisibilidade, imprescindíveis para compor a base que sustenta a violenta pirâmide social. Se pudéssemos nos inspirar na natureza, veríamos que a democracia colaborativa – a DEMOCRACIA – impera em quase todas as espécies, desde os insetos até os primatas. O humano é que desvirtuou e se "desumanizou", se é que posso dizer dessa forma que parece tão paradoxal. Enfim, acumular não é medida de felicidade, exceto se o acúmulo for de laços e afetos! E ter vocês todas e todos aqui faz com que eu me confronte com o tamanho da minha fortuna!* Escutou alguns aplausos e seguiu. *Outro dia uma jovem ingênua me perguntou "Como é viver tanto e perder tanta gente ao longo da vida?" Dirigia a mim um olhar de pena. Respondi que, assim como a gente perde, a vida se encarrega de trazer novos fios à nossa panela, basta seguirmos vivendo e acolhendo – como quem colhe ovos, lembrem-se! É assim desde que o mundo é mundo – continuamos carregando as lembranças dentro de nós para sempre, e as pessoas que vão chegando, vão trazendo cores novas ao cinza dos nossos lutos... Se permitirmos, a vida vai nos oferecendo sempre novas amizades, famílias que não são de sangue, amores inesperados e todas, todos, tudo isso, é valioso para o nosso cozimento! Vidas nos chegam quando a gente menos espera! Vejam só, como um verso simples, escrito em português, que li certa vez em uma pedra, no chão da praça de Veneza: "O amor é inesperado! E pode estar em qualquer lado!" Exatamente assim, eu tive a sorte de encontrar, em um quarto de UTI, na cama ao lado, aos cinquenta e nove anos, o grande e melhor amor da minha vida!*

Fez uma pausa, deixando escapar pelos cantos dos olhos, finos fios de lágrimas, e prosseguiu. *Camões diz assim "se não fosse a vida tão curta para tão longo amor" ... Ainda me pergunto se algum tempo seria suficiente, como nos disse Filippo, em uma tentativa de nos acalmar frente à sua morte iminente... O tempo para quem ama nunca é suficiente...* Chorou sem se conter e muitos choraram com ela. Respirou fundo e seguiu. *Sempre falta tempo, o que contribui para o inegável inacabamento dos relacionamentos. A vida é, contraditoriamente, curta e longa. O segredo é seguir vivendo, sem medo, buscando decifrar nossos enigmas, convidando os neurônios para constantes conversas íntimas, antes que envelheçam demais!* Percebeu sorrisos em alguns rostos queridos.

Levando em conta que temos uma história que nos precede, segredos que se antecipam à nossa existência, e falo isso hoje com especial propriedade – olhou de relance para Naná. *Acreditem: nunca terminamos de nos traduzir. Somos sempre surpreendidos, inclusive por nós mesmos, por nossos pensamentos, por nosso passado que se reapresenta em nova versão... A impressão que tenho é a de que, por mais fundo que eu tenha mergulhado, nunca fui além do raso em coisa alguma. Como se sempre faltasse ouvir mais, pensar mais, estudar mais, conviver mais, conhecer mais... amar mais aos meus amores... Talvez seja realmente essa falta que nos move. Mas, reitero: não temos falta de coisas, de objetos, como nos tentam fazer crer para que sigamos consumindo. Como mulher, sinto que passei a vida lutando para me fazer respeitar, pois são muitas ainda as violências contra nós. Agora velha, luto para me manter visível a mim mesma, para não esquecer que ainda estou viva e para não permitir que me invisibilizem. Já estive nesse lugar invisível antes mesmo de envelhecer, e posso afirmar que acredito que não há lugar de onde você não possa encontrar o caminho de saída. É nossa obrigação diária fazer nossa parte para percorrer – ou criar! – o caminho à frente, começando por sair da cama pela manhã. Nós, mulheres, precisamos denunciar as violências às quais nos submetem, para que acabem! Precisamos acreditar – sem nos intrigarmos entre nós – na força da Sororidade! Juntas podemos muito mais! Isso vale para que se fortaleça uma corrente única contra as opressões. Aprendi com Minda, que esteve de mãos dadas comigo desde meu berço, com quem fiz, a quatro mãos, uma rede de afetos que não para de crescer! Fico feliz de ver aqui a nova geração, cada um sendo absolutamente quem quer ser, rompendo com hipocrisias e pregações enferrujadas. Fico feliz de ver, lá no canto, a bandeira do arco-íris de Nina, porque a vida é feita de todas as cores! O amor não é óbvio! Todos precisamos sonhar! O futuro precisa ser criado e não clonado como uma reprodução do que passou. E, se ontem, eu me perguntava sobre o sentido da vida, lá na janela da Nina Rosa, hoje eu me arriscaria a dizer que o sentido talvez seja o que cada um faz com seu viver. Não deveria ser dado a ninguém o direito de gerir a vida de outra pessoa! E se a falta nos move, penso que os encontros também, pois a solidão mata aos poucos e conviver – ou VIVER COM! – é a grande chave. Gente é sempre melhor do que ninguém. Obrigada por virem! Cada um de vocês é parte indispensável de mim. E peço agora um Parabéns à minha neta, hoje completando trinta e dois aninhos! O melhor presente de aniversário de toda minha vida! Ah! O bolo coberto de fios de ovos não preciso dizer quem fez, né?!* Aplaudida em pé, agradeceu à vida pelo momento inédito.

O sol já ia baixo quando os convidados se despediram entre abraços, um a um. Pessoas – em sua maioria simples, que pagavam ingressos para admirar a metrópole e o pôr do sol, lá do alto do corredor circundante envidraçado – chegavam contidas a espiar o ambiente, enquanto clientes finamente vestidos, dirigiam-se altivos aos salões, já limpos e reorganizados para o jantar à la carte. Os fregueses do terraço não tinham o mesmo perfil dos que frequentavam os salões. O trato das recepcionistas e dos garçons continham sutis marcas de diferenças também. Um vidro grosso bastava para manter desencontrados – apartados em um velado *apartheid* – dois mundos claramente distintos. Sua festa talvez tenha sido um dos eventos mais democráticos que aquele lugar poderia comportar. Um espaço para privilegiados. Soube mais tarde que, em dias de semana, abriam o estabelecimento para visitação de escolas de periferia, sob agendamento, como parte de um currículo cultural, ainda assim, discriminatório.

Ziza, embora muito feliz, seguia reflexiva. Encostou-se no vidro que protegia o muro do terraço, de costas para os arranha-céus, uma das mãos a segurar o cálice de vinho, e contemplou lá de fora o interior do salão com os refinados consumidores recém-chegados. *À maioria absoluta da humanidade jamais será permitido subir tão alto,* recitou em voz clara, sussurrando para si mesma. Virando-se, vislumbrou a grandeza do mundo. Reafirmou a insignificância da existência humana, diante da imensidão da paisagem da grande São Paulo, a perder de vista. Em meio ao povo, ali encantado com a absurda selva de pedras, sentiu-se em consonância com seu nome: saudável, combatente, guerreira. Sobrevivente e privilegiada. Às vezes, exausta; outras, em paz. Muito a aprender, mas não mais do que a maioria, que perpetua a segregação através da desinformação e da ignorância, ou pagando caríssimo para se sentir especial, reafirmando violências silenciosas, alicerces do colonialismo persistente. *Carpe diem,* disse a si mesma. *Viva o momento, apesar de tudo...*

Post Scriptum

O sol do Algarve resplandecia sobre as águas de muitos tons de azul do mar, especialmente limpas, salpicadas pelos caiaques coloridos de aluguel, liberados depois de meses de medidas de isolamento social, devido à primeira onda da pandemia de um novo coronavírus, que surpreendeu o mundo em 2020. Naquele momento, cientistas de todos os países estavam empenhados na descoberta de vacinas contra o inimigo comum, real. A ciência não tardaria a dar respostas, competindo de forma assustadora com receitas caseiras e divulgação de remédios sem eficácia. Havia quem acreditasse em borra de café premonitória, no entanto, incapazes de acreditar na ciência, que vem curando, prevenindo mazelas e acrescentando às nossas vidas qualidade e longevidade.

O verão chegou trazendo alguma esperança de uma lenta volta à normalidade. O planeta todo parecia mais limpo e as pessoas se permitiram sair de dentro das casas e apartamentos, com parcimônia, distanciamento social, etiquetas de uso de máscaras e álcool em gel. Portugal levou a sério o momento no qual o mundo estava vivendo e a população não questionou as orientações, pois as compreendeu como sendo medidas de preservação de vidas e até mesmo da espécie humana. A gripe espanhola, um século antes, deixou rastros trágicos e construtivos na memória daquele continente, à exceção de alguns, como sempre.

Heloísa, sentada em uma confortável cadeira de alumínio, cabelos agora totalmente brancos, tramados desde o topo da cabeça em uma trança pousada sobre o ombro esquerdo, delicados brincos de pingentes de abalone realçando os verdes olhos enevoados pela idade, o chapéu de abas largas – comprado nos lençóis maranhenses, ainda junto de sua morada Filippo –, de maiô estampado combinando com a longa saída de praia esvoaçante, pendurada no guarda-sol, mexia os pés descalços, esfregando-os na areia. O chimarrão na mateira e o livro preferido do Gabo, relido, na sacola aberta ao lado. *O Amor nos Tempos do Cólera. Hoje seria "...nos tempos do covid-19"*... Respirou resignação. Começava agora O Amante Japonês, largado ao colo, de Isabel Allende, e já se identificava com Alma, surpreendendo-se com as artimanhas do destino da personagem, contemporânea sua. Deixando um pouco os livros de lado, admirava a praia Dona Ana, na região dos Lagos, uma das mais bonitas do mundo, com sua beleza rochosa, formando paredões esculpidos pelas águas, areias limpas e um único quiosque de vendas de petiscos e bebidas. Pessoas andarilhavam pelas areias ao sol, mulheres livres com os seios desnudos, privilégio geralmente reservado aos homens. *Imigrar deveria ser um direito fundamental, assim como o poder absoluto sobre o próprio corpo,* teorizou para si. Desde o Mirante já se podia ver aquele inigualável pedaço de paraíso. Olhou para a longa escadaria de madeira e pensou que teria que subir com cuidado e paciência ou aceitar a cadeirinha de braços que os rapazes disseram que fariam, debochando dela, caso não conseguisse voltar sozinha.

Voltou sozinha no tempo, nos devaneios que fazia pelos seus *buracos de minhoca* íntimos. Pensou na falta que tantas vezes sentia de Filippo, das conversas fecundas e, principalmente, de acariciar sua barba branca. Recentemente compreendeu que, quando passava as mãos em seu rosto, eram os pelos dele que acarinhavam seus entrededos. Suspirou saudade. Continuava se decifrando. Ao mesmo tempo, consolava-se, pensando em como ele foi poupado de ver os rumos do país, que, inclusive, antevia: de como não precisou sofrer com o *impeachment* da única mulher eleita para a presidência, em uma bizarra cerimônia alvoroçada pela supremacia masculina branca, com direito à homenagem ao pior torturador da ditadura – que comprovadamente não poupou nem mesmo crianças de violências, com o intuito de atingir os pais; o *impeachment,* sem provas de qualquer crime, orquestrado por um presidente da câmara condenado por corrupção passiva, lavagem de dinheiro e evasão de divisas, que havia apoiado a candidata na campanha, mas estava ressentido por não receber proteção aos seus crimes, auxiliado por um juiz que conquistou um protagonismo rápido no cenário político, e que, assim, colocaram na cadeira presidencial o vice, o mesmo que nove meses depois se tornou o presidente mais impopular da história e o primeiro a responder por crime de corrupção, ainda durante o mandato. Acreditava ela, sem sombra de dúvida, que não tendo cometido delito algum, a presidenta fora arrancada do poder pelo simples fato de representar a continuidade de um projeto político de desmonte progressivo da cultura colonial escravocrata. E por ser mulher. Reafirmou para si o quanto foi bom Filippo não ter visto o ex-presidente, que tanto fez pelo povo através de políticas públicas de inclusão social, ser preso meses antes das eleições, para as quais vinha sendo líder disparado nas pesquisas de intenções de votos. Preso, tal qual Mandela e Pepe Mujica anos antes, acusado por envolvimento em corrupções, delatadas em troca de prêmios – em forma de redução de pena aos verdadeiros corruptos, entre eles empresários *propineiros*, que devoram o país desde sempre, incluindo os tempos da ditadura militar. Preso sem prova alguma, e condenado *por convicção,* pelo mesmo magistrado que colaborou com a derrubada da presidenta, com negados, desvelados e confirmados interesses políticos, somados à falácia do *perigo* do difamado comunismo. Comunismo esse que jamais foi posto em prática ao redor do mundo, e que no entanto é sempre confundido intencionalmente pelos direitistas – e também por parte da mídia – com regimes fascistas ditatoriais, para disseminar horror aos que ignoram o passado ou não o compreendem. Filippo sempre alertava sobre a diferença entre convicção e fatos. *O primeiro é apenas opinião*, dizia. E havia dito sobre o quanto temia *"A revolta dos bichos-alfa",* fazendo um paralelo, provocativo e às avessas, entre um ícone da literatura e a supremacia masculina branca, extremamente conservadora – incluindo mulheres habituadas ao cativeiro do machismo estrutural –, oligarquia que sempre dominou e que necessita da cultura de segregação de classes para seguir subjugando pessoas e se mantendo no topo, com suas regalias e privilégios, lucrando através da exploração de vidas alheias. Os mesmos que relatam o medo de que os comunistas invadam suas propriedades, invadem e sequestram a vida e a saúde de outros, e não demonstram nenhuma empatia pelas intermináveis invasões das terras indígenas e das vidas invadidas por balas sempre endereçadas aos pretos. O futuro estava se escrevendo muito pior do que ele havia previsto. E talvez um dos maiores erros políticos do ex-presidente tivesse sido apenas lutar pela inclusão das classes menos favorecidas no sistema já existente, ao invés de reformar o país, desmontando verdadeiramente seus alicerces coloniais. No entanto, seu verdadeiro crime, junto de sua herdeira política, a presidenta a quem chamava de "gerente", jamais foi julgado: a escolha pela gigantesca construção de mais uma usina hidrelétrica, um projeto absolutamente injustificável em tempos de energia limpa, que devastou uma área imensurável da floresta e do rio Xingu, transformando mais indígenas sobreviventes em miseráveis urbanos, sujeitos aos piores destinos que a "civilização" criou. Esses, os que sobreviveram a Belo Monte. Seguia ele, assim, o mais insensato modelo de governo possível. O genocídio dos povos originários – e pretos – nunca teve trégua. Talvez um dia, se reeleito, poderia achar um meio de reparar tal violência.

No dia anterior à sua festa de oitenta anos, quase três anos antes, Ziza perguntava-se o que mais poderia esperar da vida. Não obtinha resposta, como se tivesse chegado ao limite. Nos dias em que optou por ficar até quinta-feira de manhã com Nina, aproveitou para conviver, participando da rotina da neta e das bisnetas, e descansou. Voltaria na quinta para não perder a janta das Gurias na casa de Lelê. Embarcou sozinha, vestindo uma calça *jeans* com *lycra,* já bem gasta, que a deixava mais confortável, um tênis e uma camiseta ampla, que usou em um grande manifesto, em março do mesmo ano, na qual se lia *#paradabrasileirademulheres #nenhumaamenos #8mbrasil.* Disse à Nina *Qualquer lugar é lugar de ativismo! Aeroporto também!* A neta, completamente de acordo, despediu-se com risos, abraços e conselhos de *Te cuida, Xêro! Toma muita água! Te amo muito!* Dentro do avião, já sentada, percebeu a chegada de um homem maduro, que veio em direção à poltrona ao lado da sua e, de imediato, ela vislumbrou a semelhança com Martin Luther King Jr. Magro, alto, grisalho, olhar bom e distinto. De calça de sarja preta, usava uma camiseta clara, onde se lia a sigla *MNDH* (Movimento Nacional de Direitos Humanos) *#direitoshumanossim. Com licença, esse é meu assento. Prazer, Noah.*

Heloísa! Um jovem guri! Tu vais jantar amanhã com um galeto de setenta e oito anos! Amiga! Conta tudo depois! Na janta das Gurias, Lelê exclamava, sem conseguir acreditar. Não só contou, como todas acompanharam mais um fio de afeto, parceria que construiu quando a vida parecia não ter mais nada com o que surpreender e que amenizava o vazio que Filippo deixara em seus dias e noites.

Há décadas não acreditava em qualquer tipo de crenças místicas ou outras dessas teorias, que distraem as pessoas do aqui e do agora da vida real, e as submetem e convocam a projetar esperanças em um além imaginário. De maneira alguma engolia a ideia de vida após a morte e nem qualquer tipo de heteronomia religiosa que prega livre arbítrio e sequestra a autonomia psíquica. *Se deus existe, como disse um grande psicanalista, seu nome é inconsciente. É ele – com seus entramados, costurados pelas vivências particulares – que nos guia. E, se tenho outra certeza na vida, é a de que há vida, muita vida, antes da morte. E precisa ter!* Repetia para si, em pensamentos, admirando a amplidão do mar do Algarve. Falava isso em voz alta também, repetidas vezes nos últimos anos, quase como um alerta aos desavisados.

Olhava agora sua turma jogando frescobol, fazendo castelos de areia, alguns na água, desfrutando da paz e da segurança que escolheram viver. Lembrou do dia vinte e oito de outubro de dois anos atrás, em 2018, aniversário de Virgínia, e o começo da grande mudança que transformou a vida de toda a família.

Na exata data, foi eleito, para presidente do país, o deputado que negava veementemente que a ditadura militar – que segundo ele "deveria ter matado mais uns trinta mil", número que coincide com a soma de exilados e de presos torturados pelos militares – foi um regime opressor. Negava, talvez, porque o país nunca julgou os crimes de Estado. Filippo jamais previra tal horror. O mesmo capitão que enalteceu, sem consequências, o torturador durante o *impeachment* da presidenta, presa e flagelada no passado, por três longos anos, pelo tal abominável, como centenas de brasileiros e outros cinquenta que ele levou à morte. Ao homenagear um torturador em frente à sua vítima, repetiu a tortura, sem dó. E quem tortura, torturador é. Notícias embasadas e assombrosas sobre o tal "escolhido" vinham das mídias independentes e tradicionais a quem quisesse saber. Muitos não queriam. Eleito sem sequer comparecer aos debates públicos, com um plano de governo raso e cheio de erros crassos de escrita, após um suspeito episódio de tentativa de morte por esfaqueamento – exatamente no único dia em que saiu sem colete de proteção, o que afirmava publicamente que jamais fazia – e que o vitimizou, aos olhos de muitos. Disseminando sempre um amplo e indisfarçado discurso de ódio às minorias invisibilizadas, gravado e reproduzido sem vergonha, e papagaiado pelos seus – agora – "seguidores" de visão aparentemente limitada sobre o mundo. Ou identificados com o discurso discriminatório e violento. Um sujeito que governava através das redes sociais e canais de mensagens instantâneas, montava cenários de humildade falsa, por vezes fazendo referências mascaradas ao nazismo, com um discurso dirigido apenas aos seus congêneres. Assinava com caneta *Bic*, mas parecia gostar mesmo era de dinheiro vivo e acúmulo de imóveis. Sequestrou as cores do país e a bandeira nacional como se fossem símbolos próprios, sendo ele mesmo um político instável e descomprometido, que se elegeu por quase trinta anos, de vereador a deputado, oportunamente em partidos de aluguel. Infiltrou os filhos e as mulheres da vez pelos mesmos caminhos e, por fim, governava sem estar vinculado a partido algum, como se ele fosse suficiente em si mesmo, sem compromisso com nenhuma pauta, apenas com o conservadorismo doentio de costumes, de valores ultrapassados, que não condiziam sequer com sua aparente promíscua vida. Conhecidamente adúltero, no terceiro casamento, com direito a paternidade de filho bastardo negada, autodeclarava-se defensor da família tradicional. Talvez uma das suas poucas verdades ditas nas entrelinhas: família onde o homem manda e a mulher é "ajudadora" e submetida. Demonstrava acreditar em um golpe maior ainda, através do qual se tornaria um ditador, um autocrata, protegido pelo exército e por uma dinastia familiar, com plenos poderes, como tantas ditaduras de extrema direita, das quais se aproximou sem disfarces. A ameaça parecia real a muitos dos grandes pensadores ao redor do planeta.

Apesar de seu histórico político vazio de qualquer projeto ou contribuição à pátria, encoberto por um mimetismo de macho estereotipado, repetia um discurso inflamado *contra a corrupção* – mesmo apelo do caçador de marajás de três décadas atrás, de quem se tornou muito próximo –, apesar de se autodeclarar *sonegador compulsivo de impostos*, como possivelmente a grande maioria de seus apoiadores e de muitos brasileiros que sempre querem levar vantagem à custa de transgressões à lei. Fazia acusações estapafúrdias, aos gritos, com a fala truncada, beirando o incompreensível, sem qualquer prova. Sua dicção exigia legendas que, infelizmente, não corrigiam seu pensamento confuso e limitado. Reafirmava incansavelmente que o Partido dos Trabalhadores era o inimigo comum dos brasileiros, mirado como nosso "judeu" particular, suposta "causa de todos os problemas", a quem ele propunha, aos gritos e risos, metralhar. Esse era um entre tantos atos populistas totalitários que manifestava sem parcimônia, incitando crimes. Não por acaso, o suposto inimigo – mesmo tendo sido envolvido pela corrupção sistemática do país e se afastado demais de seus princípios –, ainda era considerado, por estudiosos, o único e verdadeiro partido do país, que foi francamente atacado por um sistema de mentiras, chamado de *Fake News,* de origens cada vez menos duvidosas, oriundas de um provável gabinete do ódio, instalado no Palácio do Planalto, habitado por seres indiscutivelmente inescrupulosos, que também desqualificavam a imprensa investigativa séria – sabidamente o primeiro ato de governos fascistas ao redor do mundo – e que, reiteradamente, faziam ameaças aos poderes legislativo e judiciário, pilares que, junto com o poder executivo, garantem a democracia, que se sabe, é um trabalho sem fim, no qual não inclui ataca-la. Como uma seita, o tal conduzia seus fiéis para onde quisesse, inclusive fazendo um apagamento curioso de seus quase trinta anos de vida pública estéril e completamente usada a serviço de si mesmo e dos seus – ou de outros objetivos escusos, voltados às milícias. Todos da família pareciam envolvidos com pessoas suspeitas, verdades que foram se revelando assombrosas, mas negadas e renegadas pelos plantonistas do cercadinho em frente ao palácio, alimentados apenas por telemensagens em grupos fechados. Cercadinho que ele criou para se comunicar diariamente apenas com apoiadores, que se revelaram pagos mensalmente, provavelmente com dinheiro público, sacado no caixa, por um algum fiel lambe-botas, para não deixar rastros. Recusando-se, assim, a dialogar com qualquer um que não fosse cego por ele. Piadas de mau-gosto e preconceituosas arrancavam risadas de humanas hienas desocupadas, pagas para ficar à disposição. Parte da parcela que o obedecia voltou a acreditar em terra plana e a negar violentamente a ciência, deixando de se vacinar, levando a pandemia aos extremos no país e submetendo crianças a doenças preveníveis. Por mais que Ziza tentasse compreender e achar algo bom naquele lado da polarização política, só conseguia ver que o projeto que ele desenvolvia era de um desmonte das políticas públicas afirmativas e inclusivas, e de manutenção de uma sociedade de castas, segregadora e abusiva. O acesso às armas vinha sendo facilitado, conforme as promessas da campanha, alvoroçando o significativo desejo fálico dos machões decadentes e alguns outros, inclusive mulheres psiquicamente cooptadas pela masculinidade frágil, mas eficazmente coercitiva. Mesmo quem cobrava dos próprios filhos que não dissessem mentiras, apoiavam o mentiroso, abrindo mão de valores caros às relações. *Crianças não podem mentir, mas o presidente sim?* Perguntava a quem o defendia.

Em paralelo à ascensão do horror, no mesmo ano de 2018, entre tantas conquistas e evoluções, uma mulher lésbica chamada Marta, consagrada jogadora de futebol feminino – esporte proibido às mulheres por um decreto de Getúlio Vargas, até o ano de 1979 – contrariando o machismo desfigurado e agonizante, mostrava a força das mulheres, sendo pela quinta vez eleita a melhor jogadora do mundo pela FIFA. Ao lado da colega Formiga, passou a integrar a Sala Anjos Barrocos, no Museu do Futebol, até então exclusiva de jogadores homens. Ziza pensava que Marta estava para o presidente eleito tal qual o corredor Owens esteve para Hitler. Forças contrárias se opunham como nunca. As águas progressistas faziam pororoca com o conservadorismo revolto.

Naquele dia 28, diante do resultado da eleição, quando isso tudo ainda era apenas uma ameaça de retrocessos sociais, Milan tomou mais cerveja do que o normal e telefonou para todos dizendo que precisavam ir embora do país. A família estava realmente em choque com os rumos que o nosso Brasil continental tomaria a partir daquele momento. E o mau maior se confirmou em poucos meses. Ou mesmo no dia da posse, em janeiro de 2019, durante a qual jornalistas, que faziam a cobertura dentro do Palácio do Planalto, foram tratados com violência, sem acesso à água ou aos banheiros, sinalizando o que estava por vir.

O território brasileiro estava literal e simbolicamente em chamas no mês de julho de 2020. A Amazônia vinha sendo alvo reiterado de incêndios criminosos, a serviço dos grandes latifundiários do agronegócio, interessados nas terras para plantação e criação de gado, não para alimentar o povo, mas para exportar e encher mais e mais os próprios bolsos já recheados de ouro e sangue. Isso tudo acontecia no mesmo instante em que Heloísa refletia, admirando o mar do Algarve. Enquanto o resto do mundo lutava para combater a pandemia, o Brasil se tornou um pandemônio e, em pouco mais de um ano, chegaria à marca de mais de seiscentos mil mortos pelo vírus, com a cumplicidade de um presidente que se recusava a usar máscaras, negava a gravidade dos fatos, e mantinha um desgoverno eugenista sem nenhuma estratégia de controle da doença, que sofreria repetidas trocas de ministros da saúde, entre eles, por fim, um militar fiel, que disse publicamente não saber o que era o SUS, o Sistema Único de Saúde brasileiro. De longe, todos assistiam e liam as piores notícias, que chegavam também via *WhatsApp*, inovação que colocava o mundo na palma das mãos, sem separar verdade e mentira, confundindo cabeças desavisadas. Ou interesseiras.

Como assim, querido? Aos 81 anos não seria ousado demais uma mudança dessas? Perguntou ao neto, ainda no dia 28 de 2018. *Xêro, tu é uma das pessoas em quem eu mais tô pensando nesse momento! Tu já viveu tempos de opressão, não merece agora ser perseguida por tuas convicções! E ativistas não serão bem-vindas, serão caladas, não importa a idade! Saber a hora de abandonar a luta é, muitas vezes, conservativo da vida!* Ela lembrou dos anos sessenta e setenta. E temeu.

Dias depois daquele telefonema, que mudou as vidas de todos, o rapaz comunicou que havia se casado com Virgínia no civil, com quem mantinha um relacionamento aberto, afetuoso e moderno, outro desafio à compreensão de Ziza, que, em alguma medida, admirava esse formato livre de sentimentos de posse. Casou sem avisar ninguém, pois assim ela teria direito a tentar solicitar a cidadania alemã. Aquele ato significava apenas a formalização legal de um fato já posto. Pois foi que Naná chorava em cachoeiras, ofendida por não ter sido comunicada, avisada, convidada. *Mãe, foi apenas um documento civil, cinco minutos no cartório! E nós não queríamos nenhum tipo de comemoração. Só isso!* Tentava explicar Milan à Adriana. Ziza limitou-se a dizer *Esse teu apego ao teu narcisismo é inacreditável, Naná! De novo: NÃO É SOBRE VOCÊ!* Daquela vez, Naná cedeu mais rápido. Havia outros assuntos mais urgentes com os quais precisava se ocupar.

Alguns eventos foram confirmando o retrocesso do país e afirmando aquela escolha desafiadora. Seus pensamentos iam e voltavam, em um ziguezague no tempo. Antes da eleição, em 14 de março de

2018, quando o ódio começava a acirrar os ânimos no cenário nacional, Marielle Franco, uma expoente socióloga, ativista, negra, mãe, lésbica, quinta vereadora em número de votos, nascida e criada em uma favela do Complexo da Maré, no Rio de Janeiro – desafeto público de um vereador, filho do candidato que seria eleito no outubro seguinte –, foi assassinada a tiros, junto com seu motorista, por provável motivação política, simbolizando muito mais do que se podia compreender de forma leviana. Passados dois anos, uma dupla de homens brancos – membros da milícia que já dominava um percentual aproximado de trinta e cinco por cento da população carioca, vinculados de forma demasiadamente suspeita à família do presidente, esse que inclusive foi quem pagou a prótese de perna usada pelo atirador –, foi presa pelos assassinatos. Os mandantes permaneciam não identificados e protegidos por imensuráveis forças interessadas, incluindo mais de uma dezena de trocas de delegados e investigadores do caso, sem motivos claros, por citadas interferências, vazamentos de informações e outros descabidos ainda indecifrados.

Ziza rememorava como quem monta um quebra-cabeças. No cenário pessoal, no dia seguinte à eleição, já em outubro, Martín foi ao supermercado e um homem desconhecido dirigiu-se a ele, buscando uma cumplicidade, emitindo duras críticas sobre um rapaz, claramente homossexual, que escolhia tomates próximo a eles. Dizia *No meu tempo isso seria inaceitável!* Martín, observando o homem aparentemente da sua geração, respondeu *Esse seu tempo, que é o mesmo meu, acabou. Que bom que acabou!* Virou as costas e saiu. Parecia que os discursos homofóbicos, respaldados pelo eleito, já começavam a sair do armário, como outros tantos preconceitos. Ziza acreditava que, quando o tal perdesse a proteção privilegiada do cargo, ou seria preso ou sairia homiziado para outro país ou para a morte, a exemplo de tantos iguais a ele.

A discriminação racial também se naturalizava na voz do estulto transformado em "mito" e ganhava força nas falas de muitos. Ainda na noite que sucedeu o primeiro turno, respaldado nisso, um fanático apoiador do ainda candidato que obteria a maioria de votos válidos, assassinou a facadas Moa do Katendê, uma personagem carismática da cidade de Salvador, a quem conhecera quando lá foi com Benjamin, simplesmente por uma divergência de opiniões sobre a atual política, já completamente polarizada. Muitas outras mortes viriam na mesma esteira, ao longo dos anos seguintes.

Em janeiro de 2019, após ter ocorrido a posse, reforçando tais desvalores, outro fato marcou o cenário familiar. Adisa saiu para ir à padaria e voltou assustado, contando o que viveu na esquina da Protásio Alves, avenida movimentada de Porto Alegre. De bermuda, camiseta e chinelos, *dreadlocks* ao vento, caminhava despreocupado, quando uma viatura da polícia parou ao seu lado. Dois policiais desceram do automóvel, armas em punho, como uma reedição dos Pedro-Paulos da ditadura, e foram em sua direção, aos gritos. *Parado! Parado!* Tomado pela surpresa, tentou falar, cumprimentar, perguntar o que estava acontecendo, quando foi obrigado a virar de costas, ameaçado ao tentar colocar a mão no bolso para pegar os documentos – escudo falível para evitar a crescente violência contra negros. *Mãos na cabeça! Mãos na cabeça! Não te faz de esperto, vagabundo!* Apavorado, ficou congelado. *Mãos ao alto!* Conseguiu dizer *Calma, por favor! Meus documentos estão no meu bolso esquerdo.* O dono da padaria, conhecido no bairro, amigo de anos, vendo a cena, atravessou a rua e foi em seu auxílio. Salvou-o. Em casa, dizia *Foi uma das coisas mais difíceis que já vivi! Não foi a primeira e não será a última... Sorte que levei meus documentos, incluindo minha carteira profissional do conselho de engenheiros. Mas sorte mesmo foi o meu amigo Alfredo vir em meu socorro! Isso sim me salvou...*

As minorias invisibilizadas, historicamente caladas, passaram a ser mais e mais atacadas. Dias depois, Ingrid e Ivone Beatriz foram abordadas na saída de um supermercado cheio, ao se dirigirem à porta sem comprar nada, com a ideia de voltar mais tarde, ao perceberem o avançado da hora e o risco de se atrasarem para um compromisso. O segurança as impediu de sair e propôs impositivamente que fossem para uma sala privada, ao que Titiz se negou veementemente, já falando bem alto para chamar atenção. Pedia que elas abrissem suas bolsas, numa clara suspeita de que estivessem roubando. Sentindo-se tratada como uma ladra, Didi, fortalecida pela presença de estranhos que assistiam e pela força que viu na filha, virou a bolsa ali no chão mesmo, enquanto Titiz filmava tudo. Abriu também a mochila da jovem, esparramando os pertences. Ameaçou processar o estabelecimento por racismo. O segurança tentava baixar o celular e interromper a filmagem, mas outros registros também viralizaram na *Internet.* O fato absurdo rendeu a demissão do funcionário e o ganho de causa para ambas na justiça, a partir de proposta de acordo, feita pelo proprietário, que temia que seu estabelecimento sofresse boicote dos demais clientes. O país involuía a passos largos. Lutas como essa tornavam-se frequentes, com embates e assassinatos recorrentes de pessoas pretas.

Apesar dos incontáveis retrocessos, de resistências conservadoras e de bilionários ainda optarem por investir dinheiro – que seria suficiente para acabar com toda a fome do mundo! – em dispendiosas viagens turísticas para além da atmosfera, ou para as profundezas do mar, muitas alternativas estavam sendo pensadas, discutidas e colocadas em prática ao redor da Terra para salvar o meio ambiente, descolonizar o pensamento e promover direitos humanos. O mundo precisava de utopias e de esperanças e, pessoas especiais, como a jovem ativista sueca Greta Thunberg, alimentavam esse sentimento, do polo sul ao polo norte do nosso planeta, sem dúvida, redondo.

A cidadania alemã, que havia sido feita anos antes para todos da família, valia para a União Europeia. Foi assim que venderam tudo que tinham, doaram móveis e outros objetos, desfizeram-se de qualquer empecilho, enviaram alguns pertences por navio, acomodados em *contêineres,* e atravessaram os céus sobre o oceano, na primeira metade de 2019, só passado o tempo de organizarem tudo. Os que não tinham cidadania, iriam por outras vias: na condição de aposentados ou com vínculo de estudo ou de trabalho. Martín e Adisa, já jubilados, assim como Saul, entraram com o visto D7. Constituíram facilmente uma empresa na área da Engenharia, na qual Lennon também se associou. Compraram algumas casas velhas, ruínas, imóveis antigos e passaram imediatamente a reformá-los a passos largos, para vendê-los. Adquiriram uma pequena quinta ao sul, de tamanho suficiente para construírem pequenas e confortáveis casas – sob o comando de Adisa! -distantes entre si, uma para cada família, o mais sustentável e minimalista que puderam fazer. Uma pitoresca vila familiar. Mesmo inacabada, cheirando a fios de ovos, que voltaram a ser fonte de renda para Ziza, a *Vila Minda* recebeu amigos já nos primeiros dias, até a pandemia fechar todas as fronteiras. Foi um período em que, como eles, muitos brasileiros emigraram, optando pelo autoexílio a viver o galope do conservadorismo opressor da extrema, extrema direita.

Aquilo tudo já fazia parte do passado recente e estavam todos juntos, desfrutando de uma vida tranquila, em um país que se reinventou, investindo pesado em democracia e educação. O mesmo país que um dia enviou seus cidadãos para além do oceano, colonizou e dizimou povos originários e se apropriou de vidas e de territórios manchados pelo sangue de inocentes. O mundo dá voltas a cada volta que o planeta dá.

Noah, também viúvo, cuja única filha, da idade de Adriana, já morava em Portugal havia décadas, estava agora a caminhar com Maria da Graça pela areia, fazendo e refazendo o pequeno trajeto. Samara deixava, dia a dia, de ser urbana e aprendia a desfrutar dos prazeres de uma vida ao ar livre. Mais cedo dizia, com sua voz aguda e delicada, *Biziza, já viu rio correr pra trás? Não corre. Aquele cara, o "despresidente", vai ferrar um pouco o progresso, mas vai ser vencido!,* bradava do alto de sua sabedoria, aos 17 anos. Tomava sol ao lado de Tom, um talentoso garoto que tinha o violão como extensão do braço, quase-namorado, e da amiga a quem se referia como *elu. Por que "êlu", Samara?* Perguntou a octogenária. *Xêro, porque Orin não se identifica com nenhum gênero. Elu quer usar saia, gravata, batom, namorar qualquer pessoa, sem precisar escolher usar azul ou rosa, entende, Biziza?* Continuava tentando entender diariamente as evoluções do mundo. *Então vai acabar o ele e o ela?* interrogou-a. *Não, dona Heloísa! Um gênero não exclui o outro. Eles se somam, igual teu nome e todos teus apelidos!* respondeu, bem-humorada e convicta, a mocinha. Ziza teve um relance de uma lucidez inédita e imaginou um futuro livre de estereótipos e da ideologia de gênero binária. *Gêneros fluidos!* E sorriu, admirando *elu,* Orin. Porém, não deixou de refletir e se questionar sobre a real necessidade de criar um gênero neutro na linguagem. Já fazia uns meses que virara fã de um canal do *Youtube,* protagonizado por um jovem e tímido professor brasileiro de estudos da cultura, portador de uma inteligência rara que, segundo Naná *Se fizesse o teste Rorschach, superaria Clarice Lispector!* Vestido de *Drag Queen,* performava uma elegante mulher da década dos anos cinquenta, de nome Rita, e ensinava conteúdos profundos sobre História, Filosofia e temas sociais – temperados com fundamentação teórica vasta, linguagem acessível e bom humor – a quem desejasse aprender. Ziza assimilava novos conhecimentos sem nenhum sinal de demência, sempre lutando contra a resistência natural às novidades, e os aplicava sabiamente nas rodas de conversa. Conclamava *Não basta saber, tem que dialogar!*

Absorta, projetava hipóteses sobre como estariam essas crianças e adolescentes quando tivessem a sua idade, tendo já nascido em um mundo veloz, informativo, tão diferente daquele que a recebeu ao nascer, "O Mundo" lento da fazenda de sua infância. Ao fundo, ouvia a voz grave, forte e marcante de uma cantora da música sertaneja brasileira, conhecida por suas letras com temas femininos, por isso renomeadas de *Feminejo*. O som vinha de um aplicativo do celular de Adriana, chamado *Spotify*, que se conectava por ondas com uma caixinha azul *JBL*, pendurada na bolsa da filha. Tentava entender aquela conexão toda e a tal da nuvem. Parecia a ela algo tão mágico quanto as ondas do rádio de sua infância. A música, sucesso de 2020, falava de uma amiga dizendo a outra *Tá de novo com essa pessoa/ Não tô acreditando/ Vai fazer papel de trouxa outra vez/ Para de insistir, chega de se iludir/ Ele tá fazendo de tapete o seu coração... De mulher pra mulher/ Supera/ Supera.* A moça fazia letras feministas, carregadas de sororidade, que convocavam as mulheres a se libertarem dos abusos machistas e a lutarem por seus direitos. Lembrou de uma canção que ouvia ainda menina, no radinho da Mamãe, desde a década de 1940, que dizia que *mulher de verdade não fazia exigências, passava fome e achava bonito não ter o que comer/ Amélia não tinha a menor vaidade/ Amélia que era mulher de verdade.* Mulheres criadas para serem Amélias estavam em extinção. Suspirou seu suspiro pesado, carregado de cicatrizes próprias, mas de alívio e esperança nas novas gerações, cada vez mais despojadas das hipocrisias convencionadas. *Basta de não ser feliz para manter marido e mostrar aos outros uma vida em acordo com a "fôrma" imposta!*

Samara dizia que queria ser Nômade Digital, trabalhar via internet, como o tio Milan e Virgínia, mas de qualquer lugar do mundo. Ambicionava viajar. E, um dia, gostaria de ter *A consciência salva na nuvem.* Ziza seguia sem entender. *Como assim, querida?* indagava, olhando a bisneta com assombro. Samara a convidou para ver séries futuristas e estavam assistindo juntas a *Black Mirror,* já tendo assistido a *Years and Years,* em uma *plataforma de streaming,* pois televisão aberta já havia virado coisa do passado. Verdadeiros desafios à velha senhora, que ainda lembrava de quando esperava, todos os dias, para escutar um episódio da radionovela cubana *O Direito de Nascer,* que levou o Brasil às lágrimas por um longo período, ainda na década de 1950 e que, só agora, conseguia ver paralelos com sua própria vida. Do lado de dentro, refletia sem trégua. *Por fim, somos todos nômades, assim como meus avós italianos, meu pai alemão, os espanhóis, os portugueses e tantos outros! Não temos raízes, somos nômades geográficos, culturais, digitais e, agora, até a consciência poderá migrar!* Espantava-se *só de pensar em tudo aquilo.*

Parecia ainda uma total loucura! Seu sorriso transpareceu agitado, revelando algo da ordem do incompreensível. Sentia-se feliz no além--mar, no entanto, por vezes, a nostalgia por um Brasil que não viveria para ver existir – e que talvez nunca existisse se continuasse pelo rumo que seguia –, passava por detrás de seu olhar, como uma nuvem solitária em dia de ventania.

Ziza observava Adriana, brincando com Frida e com o pequeno gurizinho de Lennon, oitenta anos mais novo do que a bisavó, que, para sua sorte, ele chamou de Henry, uma homenagem ao tataravô e ao avô do menino, que o próprio Lennon nunca conheceu, o que facilitava para lembrar de como chamá-lo. Admirando a filha, pensou em Glória, como acontecia facilmente desde a sua grande festa de oitenta anos. A irmã que esteve com ela por décadas e que, provavelmente, foi muito mais do que apenas uma irmã-mais-velha. Talvez seu verdadeiro ingrediente secreto, que escondia outro, referente a outra nunca mencionada paternidade, agora sem mais testemunhas vivas com quem averiguar. Dóia levou consigo segredos, nada diferente de cada um de nós, cada um com os seus. Soava ainda difícil pensar nas palavras de Minda, de que, quem sabe, ela tenha sido a filha que Dóia "*nunca pôde ter nos braços*" ...

***

Foi nesse momento que ela me chamou. Entreguei Frida à Nina, que descansava ao lado de sua miúda Dani, naquele momento gestando um menino, escolha de ambas, que viria se somar à Samara e à Frida. Sentiame agradecida à Dani – mais uma surpresa da vida, que veio em tons de chocolate e ouro, com seus cabelos tramados em incontáveis tranças nagô – por estar restaurando em minha filha a crença numa possível parceria amorosa. Sentei ao lado de minha mãe e senti seu inconfundível cheiro de baunilha. Ela estava absolutamente serena, com o olhar profundo, como se tivesse encontrado um lugar mais adiante da maturidade. Noah chegou em sua vida quando ela havia completado oitenta anos e parecia já ter vivido tudo que acreditava poder viver. A vida não economiza surpresas. Tornaram-se parceiros de fim de jornada. Noah, que significa descanso, repouso de longa vida, veio para somar também, porém não vinha dele a paz que ela emanava. Independia de outros, prescindia do externo. Era uma construção íntima, particular, própria.

E, ali, com os quatro pés na areia, entre um mate e outro, foi que nossa sábia octogenária endereçou sua saga a mim. *Adriana, minha filha, quando teu pai estava adoentado e tu te surpreendeu com o egoísmo dele, eu te disse que um dia contaria melhor essa história, que também é tua. Cada vez que perco alguém que amo, penso que perdi parte daquela trajetória que morre com cada um que se vai... Então, eu vou te contar sobre a "viagem" que fiz na véspera do meu aniversário de oitenta anos e peço que tu a escreva, como uma herança que deixo para as gerações que já chegaram e outras que virão depois de nós. Certamente não é tudo... Nunca é... Escreva, filha! Tu és boa nisso. E preciso te dizer que tu tens que confiar mais em ti, minha filha! Vou te contar também, enfim, tudo que sei e o que descobri sobre... o ingrediente secreto...* Eu a olhei sem entender, atenta. Apenas dei um tapinha em seu joelho bronzeado e disse *Fala, Xêro! Sou toda ouvidos pra ti, mãe! Diga, meu fio de ouro!*

***

Hoje, quando termino de escrever, eu me pergunto se foi bem assim que ela me contou. Creio que algumas coisas foram, outras não e outras ainda eu escrevi como eu imaginei. Outras tantas, registrei como – em meus melhores sonhos! – eu gostaria que tivessem realmente acontecido. Seu melhor legado tem sido, na minha compreensão, a busca e a aceitação da vida a cada dia e a cada surpresa. Aprendi muito e sigo aprendendo com ela... A história nunca acaba, porque sempre se reescreve em cada um de nós...

Meus agradecimentos

À Luci (minha Minda),
por tanto. E à Matilde e à Almerinda
(in memorian), por tudo.
Ao Paulo Fernando Monteiro Ferraz, pelas palavras diante
da minha primeira leitura em sua oficina, e por quase dois anos de
escritas, ensinamentos e motivações para eu não desistir.
Aos frutos do meu ventre: Carina, Marcelo e Murilo, pelo tanto
que me ensinam,
desde que começaram a cozinhar dentro de mim.
Ao Hugo, pelas quatro décadas de parceria, encontros,
desencontros,
cumplicidades e leituras compulsórias.
À minha neta amada, Sharon.
À minha analista Rosana Steffen, que me acompanhou neste
trabalho de me tornar um pouco mais eu mesma.
Aos analisandos e analisandas que vieram a mim para travar uma
luta em busca de "saber-se" melhor e me confiaram suas histórias.
A tantas professoras que incentivaram minha escrita, em especial
à querida Esir de Resende Grond (in memorian), que no 2º Grau via
em mim uma "escritora".
A tantos amigos e amigas, algumas que se reconhecerão aqui, e
que provocaram e provocam em mim tantas ideias e afetos.
Às minhas supervisoras,
em especial à minha amiga Fernanda Hoff, meu divisor de águas
e interlocutora para todos os assuntos, e à Bárbara Conte, por dizer
que meus relatos clínicos pareciam romances.

À amiga de décadas, Andrea Mongeló, que leu o primeiro capítulo com tanto entusiasmo.
À Ana Almeida, por aceitar ler também e me falar de suas emoções.
À Fernanda Barbieri, minha irmã de vida, pela leitura e pelas palavras cuidadosas sobre meus escritos.
Por fim, tão importante, à minha prima artista, fio que encontrei na sexta década de minha vida, Marli Leal, pela obra de arte maravilhosa que se tornou capa desse livro, agora, real.

pólen bold 90 gr/m2
tipologia garamond
impresso na primavera de 2023

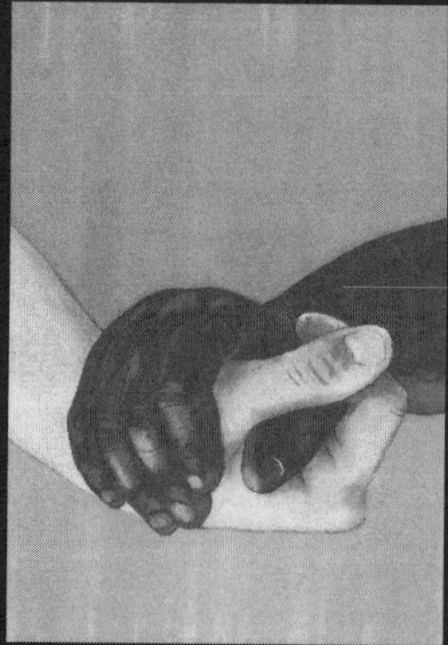